青 蝉

李冠军　著

山西出版传媒集团 山西人民出版社

图书在版编目（CIP）数据

青蝉 / 李冠军著. -- 太原 ： 山西人民出版社，2025.1. -- ISBN 978-7-203-13677-4

Ⅰ．I247.5

中国国家版本馆CIP数据核字第20242PT326号

青蝉

著　　者：李冠军
责任编辑：魏　红
复　　审：刘小玲
终　　审：李　颖
装帧设计：赵铁林

出 版 者：山西出版传媒集团·山西人民出版社
地　　址：太原市建设南路 21 号
邮　　编：030012
发行营销：0351－4922220　4955996　4956039　4922127（传真）
天猫官网：https://sxrmcbs.tmall.com　电话：0351－4922159
E－mail：sxskcb@163.com　发行部
　　　　　sxskcb@126.com　总编室
网　　址：www.sxskcb.com

经 销 者：山西出版传媒集团·山西人民出版社
承 印 厂：山西省教育学院印刷厂

开　　本：890mm×1240mm　　　1/32
印　　张：11.5
字　　数：260 千字
版　　次：2025 年 1 月　第 1 版
印　　次：2025 年 1 月　第 1 次印刷
书　　号：ISBN 978-7-203-13677-4
定　　价：68.00 元

目录

楔子

不必站在 30 岁的视角去评判 20 岁步履蹒跚的幼稚；更不必站在 40 岁的高度去嘲笑 18 岁青涩的爱情。

人生没有对错，只是时间是把杀猪刀，我们是砧板上的肉，只能任其宰割。

实不相瞒，我是一个志存高远、奋发有为的青年。很久以前，大概初一那年，我在床头的日记本上便写下了人生奋斗目标。前几天回了趟老家，无意间翻到了那本日记本，看了一下儿时给自己定的奋斗目标，差点没有晕倒。

直到今天，看到自己当年的天马行空，才知道什么叫年少轻狂！目标如下：

1. 创立一家企业，十年磨一剑，成功上市，市值要破万亿。

2. 写几本流传千载的小说，至少获得一次诺贝尔文学奖。

3. 到中国最好大学的管理学院做兼职教授，学生将我的经济学理论整理成书，获得了诺贝尔经济学奖。

行为经济学里面有一个理论叫控制幻觉，我不知道初一那年写人生的奋斗目标时，自己是不是没有控制住，产生了幻觉。

我是一个喜欢收藏的人，尤爱收藏儿时的东西，面对自己的日记本，当时第一反应是放回原处，硬是没敢带回临海。临海是我大学毕业后工作、学习的地方。它位于中国东部，是中国东部沿海地区最大的城市，也是一座国际化的大都市。

梦想对人的确是有影响的：为了实现创建一家万亿上市公司的梦想，我曾经停薪留职创建临海闪速电子商务有限公司，创业半年，无奈理想很丰满，现实很骨感，第一次创业以破产告终。为了获得诺贝尔文学奖，我曾经挑灯夜战，可惜尽管奋笔疾书多年，也没有一举成名天下知。只记得 15 年前，曾经有出版社出价两万想买断我辛苦两年码的两百万字的悬疑小说，被我断然拒绝了。因为工作太忙，分不出时间写作，写作短期又无法赚取足以支撑生活的收益，为了养家糊口，不得不忍痛割爱中断了写作。为了获得诺贝尔经济学奖，刚工作没几天，为了提升自己的经济学水准，便热血沸腾地申请了华清大学管理学院的 EMBA，面试官见我年纪轻轻，不像能够提供百万学费的成功人士，根本没有跟我正儿八经地聊便把我打发走了。

跟大多数年轻人一样，曾经年少轻狂。大学毕业坐绿皮车到临海的路上，给自己定下了 3 年奋斗目标：保时捷、临海东郊别墅、读中国最好大学管理学院的 EMBA。

掐指一算，10 年已逝。

10 年间，我老老实实地工作，娶妻生子，贷了款，买了临海郊区的次新房，每天开着十来万的尼桑上下班。为了孩子读书，转了临海户口，成了名副其实的新临海人。为了实现当初给自己定下的三年奋斗目标，曾经报考过京北大学和震旦大学两所中国顶尖名校管理学院的 EMBA，跟华清大学拒绝我的理由一样，背景资历太浅。

我是一个不安分的人，这点必须承认。在朋友和家人眼里，小日子原本过得挺幸福的。可自己偏偏不知足，老想着一夜暴富！

日有所思，夜有所梦。经过一段时间的思考，我抵押了临海的房子，竭尽所能，筹到了自己能筹的全部资金，跟曾不凡一起注册了临海谦牧投资有限责任公司，开干了。

临海谦牧投资有限责任公司聚焦股市和期货市场，因为资金有限，利用杠杆场外配资投入股市和期货，刚开始一路长红。后来，行情反转，股市和期货暴跌。当市场下行时，眼瞅着自己的资产光速般减少，十几年辛辛苦苦的积累瞬间化为乌有，所有的理性都灰飞烟灭，明明可以止损却不舍得割肉，结果可想而知。那年我34岁，第二次创业失败，濒临破产的边缘！紧接着，生活让我过了一段暗无天日的苦日子。

先是卖掉了太嘉市（靠近临海的三线城市）的房子，随着股市的一路狂跌，爆仓了。在临海买的酒店式公寓早早地挂牌，甚至一家人住的唯一的一套商品房也可能被银行收走。

可能以前太顺了，一下子面临着家庭破产，压力可想而知。如果房子保不住，家肯定就散了。

面对挫折，我咬紧牙关四处筹钱，最终以卖掉太嘉的房子，临海的酒店式公寓和外欠112万保住了临海的房子。房子在，家也就在。

那一年，多年的积蓄瞬间灰飞烟灭，个人职业发展也遇到了前所未有的瓶颈，面对未来看不到一丁点希望。

读书可以改变命运，我认这个理儿。尽管欠了一屁股外债，还是毅然决然地报考了临海外国语大学的MBA，通过全国统考，贷款20多万，35岁那年，开始读MBA。

当命运之神给你关上一扇门时，同时会给你打开一扇窗。当我读了MBA之后，命运之神似乎开始眷顾我，同时也在考验我。谁承想，竟然在我35岁时，通过猎头，经过四次面试和严格的背调，拿到了这个世界上最大的电子商务公司的

Offer。

是的，你没看错，抓着青春的尾巴，我进入了国内 A 互联网大厂，一个彻底改变我命运的地方。

在 A 大厂让我彻底领悟到了："男怕入错行，女怕嫁错郎"的精髓！

工资对老员工而言，只是零花钱，真正的是年终奖和股票。跟一个 90 后同事聊天，他说，为了孩子读书，在西杭市买了一套 1000 多万的学区房。我问他，贷款没？同事说，卖了一部分股票，全款买的。我问他，你还有多少股，同事说还有 3600 股（当时股价最高突破 319 美元／股）……

在 A 互联网大厂，像开了天眼般，让我看到了一个更大的世界。同时，也经历了传统企业从没有经历过的职场的血雨腥风，看到了人性的真善美和假恶丑。面对利益，361 的绩效考核制度，把人性恶的一面彻底激发了出来，每次绩效考核，都是一次血淋淋的人性博弈。

尽管体验到了被踩在脚下无情摩擦的痛，但在那个竞争激烈的环境，个人也得到了快速成长。它就像一所大学，给我打开了一扇不一样的窗，让我看到了一个不一样的大世界。虽然很难，但我从不后悔自己的选择！

庆幸的是，在 A 大厂，通过两年多的努力，还清了所有债务，让我焦虑的心情得以缓解。

经历两次创业失败，我并没有偃旗息鼓。当缓过劲儿之后，已经求生存了将近 40 年，该为自己的梦想活一次了，在 2023 年，辞去收入颇丰的工作，再次投身创业的洪流。

……

李文彬就是我，出生于 20 世纪 80 年代，今年 39 岁，明年 2024 年就 40 岁了。

古人有云，三十而立，四十不惑，五十知天命。的确，这几年，随着年龄的增长，我对工作、学习、生活、家庭有了一些新的认识和感悟。

最近一直在思考一个问题，这辈子活着是不是就是为银行打工的？天天为房子、车子、票子奔波真的幸福吗？

房贷、车贷、MBA 学费、子女教育等，每个月都等着二资去还各种贷款和借呗、花呗、信用卡，以及各种日常的开销费用。我的工资在临海打工人群里应该属于中等，但基本持平，每个月发工资的那一瞬间，看到银行卡里的数字瞬间攀升，不到 5 分钟便消失于无形。再加上最近这些年，网络上各种炒作 35 岁危机，奔四的我早过了 35 岁，为了养家糊口，每日可谓战战兢兢，如履薄冰。

"命中有时终须有，命中无时莫强求。"年少轻狂往往容易好高骛远，见过太多的例子，我自己就是一个好高骛远的典范，不然，初一那年也不会写出如此宏大的梦想。

当然，好高骛远也未必是坏事，古语云："求其上，得其中；求其中，得其下；求其下，必败"。

落户临海让我实现了一次人生转折；投资失败让我看到了人世的冷暖；大厂江湖，让我明白了人在江湖漂，怎能不挨刀；三年疫情，让我认识到了陪伴与长情的重要。在汹涌澎湃的市场经济大潮中，我希望能够在创业的道路上金戈铁马，气吞万里如虎。

每个人都有两个不同的角色，一个是理想中的自己，一个是现实生活中的自己，我也不例外。

在历史的长河中，人生百年不过转瞬间。

回顾人生大海，展望未来，向阳而生，沐歌而行。

在走向人生 40 岁之际，回顾一下过往，记录一下当下，展望一下未来。

在今天这个伟大的时代，关注平凡人的不平凡，我们就从《青蝉》开始吧。写给自己的 40 岁，同时，也写给这个伟大的时代。

第一章 单身女领导

常言道，职场尽量不要跟着矫情的女领导，尤其是快 40 岁了依旧单身的女领导。她可能会对你很好，也可能会让你这辈子忘不了。

在我工作 7 年后，跳槽到了一家外企，才彻底明白了这个道理。

我叫李文彬，毕业于一所普通双非大学，既非 985，又非 211，一所排名 200 名开外的三流大学。

一毕业就来到临海，一座国际性的现代化大都市，也是远东第一大城市。到了临海，很快进入一家民营企业，起早贪黑，任劳任怨，一干就是 7 年。

现在想想，那家公司真黑，刚开始不交社保，只交综合保险，当时太年轻，根本不知道这意味着什么。

后来，谈了对象，开始考虑买房，规划子女教育，才知道有个临海户口多好。

当我认识到临海户口在当时的重要性之后，总结了几种转临海户口的方法，对我这个来自穷乡僻壤的乡下人而言，居转户是唯一出路。

我是一个执行力特强的一个人，当然，执行力与年龄负相关，随着年龄的增长，执行力随之下降。好在当时我年轻，一溜烟去办了居住证。

经过公司一道道审批，社保和公积金都是按最低标准交。在临海如果社保按最低标准交，是不可能转临海户口的，在这家民营企业傻乎乎地干了 7 年之后，为了能够转临海户口，给自己，最重要的是给未来的孩子一个交代，我跳槽到了一家名为 Keyhome 的外企。

跳槽是涨工资的最快的途径，不要相信老板给你的任任口头承诺，除非他拿出真金白银。

要么涨工资发奖金，要么给股票，其他的都是空话，如果你知道你的助理的工资都比你高时，你就相信我的话了。

我就是因为无意间看到了自己下面业务员的工资单，竟然比自己这个干了 7 年的经理的工资还高，一怒之下骑驴找马！

凭借着多年的工作经验和面试中的优异表现，工资成功翻倍，并且社保和公积金按照实际的工资基数正常缴纳。

想想当初我有多惨，或者当时的政策对外地人多不友善。同是中国人，因为出生地的不同，待遇天壤之别。

正是这次跳槽，让我工资翻倍，享受"临海人"待遇的同时，让我成了一个 40 岁单身女人的下属。当时我很开心，殊不知接下来的 6 年，让我彻底尝到了那个 40 岁单身女人的飞扬跋扈、小心眼和各种打压下属的手段。

她叫杨爽，人看起来挺爽快，可小心思多得令人毛骨悚然。

一切从我正式加入 Keyhome 开始，她的行为和手段颠覆了我的三观，不过，她也太小看我的忍耐力了。

杨爽出生于北方的一座大城市，她完全不理解我这种从山旮旯儿到临海讨生活的凤凰男的求生欲。

为了活下来，我可以忍；为了家人和未来的孩子，我可以忍；说得直白点，为了拿到每个月对我而言不菲的工资，我也可以忍！

度日如年，毫不夸张地讲，每天上班如上坟。打死我都不敢想象，自己跟着她竟然一干就是 6 年。

当然，隐忍的结果是在 Keyhome 工作了 6 年，在 Keyhome 第六年时，我成功地转了临海户口，当我拿到户口本的那一瞬间，立马打电话给杨爽提了离职，我能明显地感觉到电话那头的她一脸的愕然。

故事先从面试 Keyhome 开始吧。

还记得第一次到 Keyhome 面试时，步入空旷的会议室的瞬间，一个短发、高挑、皮肤白皙的漂亮女人映入我的眼帘，她给人的感觉很不错，但从面相就能感觉到她的强势和威压，一看就是一个干练之人。

女人面带微笑，跟我打招呼。我微微一笑，算是对她的回应。

当时，自己被她一口流利的英语给征服了，她的英语水平是平生自己遇到的最好的，胜过了我大学老师的水平，尽管老师有英语专业八级证书。

整个面试过程很顺利，双方侃侃而谈，那天我发挥得很好，完了她让我等一会儿，自己出了办公室。后来才知道，那天她找了老板和人事，直接把我录取了。

刚入职第一个月，我格外地开心，外企、工资翻倍、社保正常缴纳，干几年，我就可以居转户，拿到香喷喷的临海户口了。

前途一片光明！人生如此美好！

破天荒又遇到一个好领导。感觉命运之神对我太眷顾了，每天喝口凉水都感觉是甜的。

就在我得意忘形之际，远在外地的老妈提醒我别高兴得太早了，福兮祸之所依，日久见人心。

现在想想，我妈虽然文化不高，还挺有远见。

好景不长，一个月后的某一天，我跟市场部的人吵了一架。

在这里有必要对 Keyhome 做一个简单的介绍，它是一家美资企业，不仅做纺织品的进出口贸易，通过国内工厂 OEM 将产品出口到国外，还是一个品牌商，通过国内各大电商平台，大力发展自有品牌国内电商业务。

刚入职时，我是负责产品研发的，不负责企划和供应链。

我的脾气虽然暴躁，但是，在职场从没有跟人红过脸，直到我遇到了 Keyhome 市场部的刘颖。

她是一个 90 后，出生于 1990 年，来公司 3 个月，便被杨爽火速提拔，从一个市场专员连跳两级成了市场部总监，是公司最年轻的总监，一时成了 Keyhome 的当红人物。

刘颖刚工作两年，以前从事化妆品行业，没有纺织行业的从业经验，纺织品知识匮乏，对纺织行业发展趋势更是知之甚少。

国内的各种平台推广和种草，如果不懂产品，很难做企划，再加上刘颖根本没有企划经验，每次协同上线新产品，她都出不了方案，即使憋出来一套方案，也是驴唇不对马嘴。

国内电商讲究的是协同作战，任一环节出了问题，都会影响产品整体的上线节奏和效果。而绩效却是整体考核，这就非常的不合理。

但大家都敢怒不敢言。

各个部门虽然有火，无奈刘颖有靠山，尽管她飞扬跋扈，大家对她也是敢怒不敢言。因为市场部的拉胯，已经导致几个部门的绩效连续几个月垫底。

我刚来，不知道这里面的深浅，暗地里帮她出方案，刘颖拿着我辛辛苦苦做的企划方案招摇过市。

自从我帮她做方案之后，大家的绩效开始好转，明显感觉各个部门对我都是笑脸相迎。

不过，从此发现刘颖看我的眼神有点怪异，时常在公司群里面挑衅我，说我不专业，其实是她自己不专业，这是公认的事实。

平生第一次遇到如此不讲理的人，好心变成了驴肝肺，甚至一度怀疑自己的眼睛，她竟然恩将仇报，真是看走眼了。

试想，在公司级的项目启动大会上，市场部连基本的价格和活动方案都出错，老板提一个基本的问题都回答不上来，能专业吗？

也许，她欺负我是新来的，通过打压我来树立自己的威信。

刚开始我没太在意，忍让不是软弱，而是宽容大度。毕竟好男不跟女斗，更何况我是新来的，并且刘颖是个女孩子。

可她玷污了我的善良，变得越来越过分，甚至有点不可理喻。不仅在群里对我指桑骂槐，还在各种会议上明目张胆地挑衅，说话更是阴阳怪气。不仅影响了我的心情，更挑衅了我的威信。

不在沉默中爆发，就在沉默中隐忍！

最终，我还是爆发了，抛弃了所有的顾忌和绅士风度，狠狠地跟她吵了一架。

第二章 笑里藏刀

人不能太忍让，尤其是职场，一味地忍让，只能让别人觉得你好欺负。

尽管刘颖很泼辣，但她的逻辑思维能力太差，无论从气势上，还是从业务层面，都被我批得体无完肤。

这个一向高傲的临海小姑娘，没想到我这个她一向看不起的乡巴佬，竟然会当着全公司一百多号员工的面跟她吵架，并且吵得有理有据。女人原本白皙的脸变得红彤彤的，胸脯起伏不定，我知道，她彻底被激怒了。

生活告诉我，激怒一个女人，尤其是一个自尊心很强的女人，不是什么好事儿。

刘颖摔门而出，直奔副总裁杨爽的办公室，很明显，她要去告御状了。

很快，我便接到了顶头上司杨爽的电话，电话里女人口吻十分生硬，命令我立刻去她办公室。

我还没来得及说话，杨爽已经把电话挂了，一点礼貌都没有，这让我很是不爽。

"李文彬，你现在翅膀硬了，是吧？敢在办公室里吵架了！"我刚一进门，杨爽便气呼呼道。很明显，我跟刘颖吵架的事儿，让她很不爽。

坐在一旁，满脸委屈的刘颖狠狠地瞥了我一眼，添油加醋道："杨总，李文彬不仅不团结，更不专业！今天我们市场部跟产品部沟通明年自有品牌国内电商的新品开发方向。针对记忆枕，我们市场部建议做 TDI 技术的产品，他非得坚持改做 MDI 的记忆枕。人家某国际大牌就是做的 TDI 的产品，难不成他李文彬比人家国际大品牌都专业？"

面对刘颖的挑衅，我简直快被气晕了。

关于记忆枕的技术问题，在公司的各种会议上我至少讲了不下 10 遍，她硬是没听明白是什么原理，就连她的靠山杨爽都无奈地摇了摇头。

记忆枕跟其他的枕头比，最大的好处是柔软性和支撑性的平衡，通过慢回弹，反作用力小，躺下时给头部和颈部足够的包裹感，疏散压力，同时对颈部又有足够的支撑，柔软包裹，可以缓解疲劳和焦虑，整体睡眠体验好。

TDI 是记忆枕早期的技术，已经落伍了，该技术所生产的记忆枕有异味且对温度很敏感，冬天会特别硬。MDI 是成熟技术，该技术下生产的记忆枕是非温感的，一年四季的柔软度差不多，并且没有什么气味儿。

Keyhome 前期没有行业经验，再加上市场部不专业，刘颖竟然无视消费者体验，一意孤行，产品企划时让用 TDI 的技术生产记忆枕，因为气味儿和产品太硬，导致大量的消费者投诉。

我刚加入公司时，便注意到这个问题，跟几家头部供应商的技术部门深入交流，了解到问题的关键就是技术问题，只要改成 MDI 的技术，就解决了产品的气味和柔软度的问题。

当我正准备给刘颖再普及一下记忆枕的技术问题时，杨爽直接摆了摆手，示意我不要再讲了。我讲得都要吐了，她那么聪明的人，估计听得也快吐了。

原本杨爽准备借机奚落我一顿，却被刘颖弄巧成拙。于是，女人示意刘颖先出去，偌大的办公室，就剩下了我们两个人。

刘颖离开后，杨爽转怒为喜，道："李文彬，你来公司快两个月了，感觉你成长挺快的。再有一个多月就是你的试用期答辩了，为了让你在答辩时有更多的成果展示，进而顺利通过试用期答辩，我准备把企划工作划归你们产品部，不知道你愿不愿意承担更多的工作？"

面对领导的关心，我真的是感激涕零。刚才还对我口诛笔伐，转眼间竟然跟换了个人似的。

女人真是多变，尤其是漂亮的女人，让人难以捉摸。

现在想想，当时我还是太年轻，面对别人挖的坑，我想也没想便一口答应了。

杨爽见我爽快得答应了接手公司产品企划的事情，便诡异一笑，道："李文彬，我看好你，好好干。既然你没什么意见，待会儿我就安排刘颖跟你交接工作。"

杨爽果然是一个干脆之人，快马加鞭，一言九鼎。

我没有多想，只是轻轻地点了点头，算是接受了领导的"善意"安排。

刚开始我还担心刘颖心理上过不去，毕竟产品企划原本是她负责的。两个人莫名得吵了一架之后，产品企划的工作竟然从她手里分出来，变成由我负责。换成一般的人，内心很难接受。

可刘颖的表现让我格外的狐疑，她不但没有丝毫的不爽，反而满面春风。这让我禁不住内心咯噔了一下。

这两个女人葫芦里究竟卖的什么药？

嗨，甭管她，是福不是祸，是祸躲不过。现如今，说出去的话如泼出去的水，收是收不回来了。

正当我有点六神无主时，杨爽发了微信消息给我。大意是，原计划下个月举行的下一年度的产品企划方案沟通会，提前到明天举行，并着重强调，明天大老板破天荒也会参加。让我好好准备，明天好好表现。

收到杨爽的微信消息，我一下子懵了。

今天刘颖跟我交接的时候，我看了一下她做的企划方案，东拼西凑了一些东西，完全没有逻辑可言，简直是狗屁不通。如果按照她的企划方案，明年 Keyhome 自有品牌国内电商业务肯定会大幅下滑。

产品企划是公司业务的火车头，做产品企划是一件非常严谨的事情，必须对行情、敌情、我情做深入的分析，根据下一年的目标进行拆解，然后根据市场竞争和自身供应链情况，分析产品如何布局。

产品企划跟打仗的排兵布阵有点类似，而刘颖不懂装懂，竟然把它当做儿戏，一顿胡编乱造。

明天就要汇报了，企划方案还没有眉目，我有一种五雷轰顶、命悬一线的感觉。不过，很快我就镇定了下来。

在这个节骨眼上，绝不能自乱阵脚，我知道，这次如果自己不能出奇招的话，试用期肯定过不了！

好狠的两个人，一顿骚炒作，便将我架在了火炉上烤。

尤其是杨爽，表面上谈笑风生，殊不知，笑里藏刀，刀刀致命！

这一次，杨刘二人，一唱一和，让我彻底见识到了职场如战场，谈笑间杀人于无形。

第三章 内忧外患

时不我待，再有一个小时就下班了，Keyhome 员工没有加班的习惯，到点下班。

必须在下班之前理出明年产品企划的初步思路，不然就麻烦了！

可能你会说 Keyhome 老板真好，这次你真想多了。不是有这么一句话么：天下乌鸦一般黑！

Keyhome 老板不是做慈善的，理论上有外贸业务的公司肯定会加班的，以前 Keyhome 也曾经 996 过很长一段时间。后来，因为有员工不满公司的加班文化，拿上加班的证据将公司给告了，相关部门要求勒令整改，举报人不仅没有被公司开除，还得到了不菲的加班赔偿。

后来，公司担心人人效仿，便明文规定到点必须离开公司，但是，每天的工作必须当日事当日毕。等于是每天拎着电脑回家加班，公司因祸得福，还省了电费。

言归正传！

Keyhome整个产品部连我这个部门总监总共10个人，也就是这10个人，支撑了8亿美金外贸业务和3000万人民币自有品牌国内电商业务所有产品的研发工作。

为了尽快梳理出明年的产品企划方案，我在微信群里进行了明确分工。

4名产品研发经理，将自己所负责产品去年的市场行情整理一下，同时对去年和今年的竞品做一个初步的分析。

4名设计师，将去年和今年的产品设计得失总结一下，同时分析一下明年的趋势。

1名跟单，理一下去年分品类的业务情况，预估一下今年的业绩及完成情况。同时，分别按照增长50%和100%两个维度，盘一下满足增长明年需要开发的新品数量。

火速分配完任务，我便提前到了富春山会议室，让大家半个小时之后到富春山会议室开会，讨论明年的新品企划方案。

半个小时后，团队成员陆续进了会议室，会议正式开始。

9个组员，8个人都按要求做了自己该做的事情，并且尽可能讲得详细，以便我这个新来的空降总监能够听懂。

其实，这些都是大家平时该做的事情，只是让他们快速地整合一下，同时，听一下他们对于明年产品企划的个人思考和建议。

三个臭皮匠顶个诸葛亮，说得直白点，就是集思广益。

因为我加入 Keyhome 才一个多月，对公司的产品线，尤其是历史情况不是特别了解，需要这些人提供一些信息。

毛泽东主席讲："没有调查就没有发言权。"如果连最基本的调研都没有，对公司的业务不了解，怎么去全盘思考做规划？我李文彬可不是刘颖，不打无准备之仗，更不会瞎指挥。

其他几个人讲完，见坐在对面的吴佩佩一直不开口，我便直接开口提醒道："佩佩，该你了。"

吴佩佩淡定地看了我一眼，皮笑肉不笑道："李文彬，不好意思，时间太赶了，我还没有做好！"

"佩佩，刚才我在微信群里讲得很清楚，十万火急，为什么别人都按要求做了，你身为老员工却没有按要求做？你是看不懂我说的话，还是几个意思？"面对吴佩佩的不配合，我差点出离了愤怒。

面对质疑，吴佩佩不慌不忙，道："李文彬，身为产品部总监，你做事能不能有点规划？能不能不要那么猴急？我已经跟你反馈过好多次了，作为部门领导，做事情要提前通知，给下属预留足够的时间，不能每次都打乱别人的工作节奏。"

面对吴佩佩的挑衅，我真想上前给她一耳光，好让她长长记性。但是，秉承着好男不跟女斗的原则，我还是强忍着压制住了内心的怒火。

产品部在 Keyhome 一直没什么地位，我想改变现状，一直找不到合适的机会。刚好刘颖做不出企划方案，被杨爽临危受命，这对产品部既是一个挑战，也是一次千载难逢的机遇。如果产品部能够团结一心，众志成城，共同努力打一场漂亮的翻身仗，可以提升产品部在 Keyhome 的地位。显然，吴佩佩深谙此理，她之所以不配合，就是想让我当众出丑。

吴佩佩一毕业就加入了 Keyhome，在 Keyhome 工作了 6 年多。因为业务水平一般，尽管工作多年，一直没被委以重任，要不然，也就没我什么事儿了。

但是，她自我感觉极为良好，认为自己不被重用是我这个空降领导的问题，不是她水平的问题。所以，从我加入 Keyhome 第一天起，她便处处跟我作对。

俗话说得好："小不忍则乱大谋！"

"佩佩，我知道你对我个人有一些误解，但是，明天的产品企划方案沟通会，对我们部门太重要了，大老板也会参加，还是希望你个人能够顾全大局。为我们产品部的名誉贡献一份力。"身为空降领导，屁股还没坐稳，我深知不能硬来，尤其是对公司的老员工更不能硬来。于是，我强颜欢笑，跟吴佩佩打起了感情牌。

可惜，面对我打出的感情牌，吴佩佩丝毫不为所动，淡然道："哼！说得真好听，恐怕不是为我们产品部的名誉，而是为了你李总监的乌纱帽吧？"

"你？！"我竟然被吴佩佩气得一时语塞。

见我被怼得毫无还手之力，吴佩佩一副胜利者的姿态，道："你什么你？"

被下属公然挑衅，这让我颜面无存，我双拳紧握，强忍着怒火。

坐在旁边的苏玉箫实在是看不下去了，打圆场道："哎呀，佩佩姐，事发突然，彬哥之前已经在微信群里解释过了。他刚来，对业务还不是特别熟悉，你就配合配合他的工作呗。"

"玉箫，你不要多管闲事，这事儿跟你没关系。"吴佩佩瞥了一眼苏玉箫，接着对我说道："李总监，请问产品企划原本是市场部的工作，为什么莫名其妙地变成我们产品部的事情了？工作划给了我们产品部，相应的人为什么不划归产品部？不要以为你是领导，就可以为所欲为！别人把你当软柿子捏，老娘可不是好惹的。"

如果说以前吴佩佩只是不配合我的工作，从今天开始，她算是正式跟我撕破脸了，局势进一步地恶化。

现在可谓是内忧外患，不仅面临着市场部刘颖的虎视眈眈，顶头上司杨爽更是给我挖了天坑让我往里跳。现在可好，就连下属吴佩佩对我这个空降领导也公然挑衅。身为 Keyhome 的老员工，吴佩佩难道对杨爽的性格一点都不了解？此时此刻，杨爽很明显在对我进行压力测试，而她吴佩佩则选择了袖手旁观。

有人的地方就有江湖，尽管 Keyhome 是外企，可依然江湖水深。

一个空降部门总监，在试用期面临内忧外患，我感到一股股寒意袭来，不过，更多的是那种不屈服的斗志。越是困难，越有征服欲，更何况自己是总监级别的职位，公司请我来就是要解决问题的，面对困难，必须迎难而上，无畏前行！

"吴佩佩，我在微信群里已经讲得很清楚，事发突然，希望大家能够谅解！我们在这里吵架是解决不了问题的，明天的企划方案沟通会开完以后，我会好好跟你解释的。"对于吴佩佩，尽管她已经对我宣战，明面上我还不想跟她撕破脸。

吴佩佩假模假样瞟了一眼自己的手表，道："李总监，不好意思，下班时间到了，有事儿明天再说吧。"

言毕，她就起身离开了会议室。很明显，她根本没把我这个空降领导放在眼里。

吴佩佩的无礼和无视彻底激怒了我，我站起身就要冲出去跟她理论，却被坐在一旁的苏玉箫一把拦住了。

第四章 二次元女主角

古灵精怪的苏玉箫示意大家可以收拾东西下班了。

这帮人没有一丁点儿的同理心，他们的战友外加领导面临着生死大考，连一句关心的话都没有。一分钟都不愿多待，一哄而散，离开办公室，收拾东西下班了。

文化决定生死，一个公司的企业文化，折射出这家公司的精神面貌。Keyhome 虽然上下班打卡考核，员工却缺乏一种团队协作精神。不管事儿多急，到点下班，这让我很无语。

等大家离开，苏玉箫关上会议室的门，轻声道："彬哥，之前我不是跟你讲过嘛，吴佩佩是老员工，她有点倚老卖老，在你来之前，曾经有一个产品部总监，人可好了，温文尔雅，干了不到一个月便被她给气走了。"

听到苏玉箫讲吴佩佩的光荣历史，我有点不相信，毕竟，能当上总监的人，应该都有两把刷子。

苏玉箫见我满脸质疑，接着道："彬哥，我苏玉箫是什么人，通过这段时间的接触，你应该也了解了。实不相瞒，今天她是故意激怒你，想让你当着大家的面跟她吵一架。"

"什么？她有病吧！"

"彬哥，你这么聪明的人难道想不到？吴佩佩醉翁之意不在酒，试想，如果你真跟她吵了，你的威信何在？以后还怎么管理团队？"

听了苏玉箫的一席话，我瞬间冒了一身冷汗。人心隔肚皮，我一向奉行人不犯我我不犯人的原则，今天算是彻底被吴佩佩给折服了。大家同事一场，我的理解同事就是战友，是可以放心地将自己的后背交给对方的。

现实狠狠地抽了我一耳光，看来我还是太善良了。原本以为吴佩佩只是觉得我阻挡了她的前程，完全没想到她的内心竟然如此的阴暗。

在我的人生哲学里，见贤思齐是永恒不变的定律。

如果换作我，会思考为什么自己没有晋升？别人比我优秀在哪里，自己如何奋起直追，公平竞争，直到达到自己的目的。

可现实是吴佩佩不仅不配合我的工作，还绞尽脑汁，施展出各种腹黑手段要整垮我，最好死在三个月的试用期。

沉思了片刻，我无奈地对苏玉箫摇了摇头，道："箫箫，我真的是无法理解吴佩佩的做法，貌似我被淘汰了，她吴佩佩就可以上位了。我告诉你，她最大的问题是没有大局观，不仅缺乏管理经验，即便是在产品研发方面，也是浅尝辄止。如果她自身不改变，再干 10 年也当不了产品部总监！"

苏玉箫眨了眨明亮的大眼睛，伸手摸了一下我的额头，笑道："文彬哥，你没发烧呀，怎么说起胡话来了？"

"难道我说得不对吗？"

"你说的听起来挺对的，但是，你忽视了博弈的存在。你想呀，她吴佩佩为什么要服从你？服从你就能当上总监吗？肯定不可以，有你在，她 100% 没机会。可如果你被挤兑走了，说不定公司瘸子里挑将军，她就上位了。只要有 1% 的机会，她就会毫不犹豫地干！"

苏玉箫的一席话让我茅塞顿开，可能最近自己太累了，太关注于细节，追求把事情做好，忽视了办公室的政治斗争，尤其是人与人之间的关系。

不过，跟苏玉箫的这次谈话，让我对她有了全新的认识，忽然感觉面前这个刚毕业没多久的大学生不仅做事干脆利落，也很有头脑，庆幸她没有站在自己的对立面，反而跟自己统一战线，坚定地帮我，我很是感激地对苏玉箫说了声谢谢。

这时，我认真打量起苏玉箫。

身为产品部总监，我必须承认错误，对下属了解太少，尽管相处了一个多月，从没有正面欣赏过苏玉箫。

当然，还有另外一个原因，苏玉箫性格温柔，平时穿衣风格很 JK。尽管我很喜欢 JK 风，性格温柔的女生。但碍于上下级关系，本着多一事不如少一事的原则，我从未正面打量过她。

稳定了情绪，智商才有上场的机会。今天苏玉箫出手将我从情绪失控的状态拉了回来，这让我甚是感激，顺便多打量了她两眼。

客观地讲，苏玉箫活脱脱的二次元女主角，五官精致得挑不出一点毛病，尤其是樱桃小嘴分析起问题来头头是道。外加皮肤白皙，个头虽然不高，却腰细、腿长、臀翘，多少直男的梦中女主角。我庆幸之前没怎么注意苏玉箫的长相，要不然，自己可能已经名节不保了。

"彬哥，你在想什么呢？"苏玉箫见我半天没有反应，玉手轻轻地碰了一下我的胳膊。

为了掩饰自己的失态，我赶紧掩饰道："箫箫，谢谢你。今天如果不是你及时制止我，还不知会出什么乱子！大恩不言谢，改天哥请你吃饭，地点你来选。"

"大叔，谁让你请客吃饭啦，你以后不要这么鲁莽就好了。你看你还是部门总监呢。冲动是魔鬼，你难道不知道吗？"很明显，苏玉箫对我的回答很是不满。

"箫箫，刚才的确是我情绪失控，我检讨。我知道你家庭条件好，但饭还是要请的。等过了明天这一关，我要好好地请你撮一顿。"

苏玉箫莞尔一笑，道："好啦，好啦，不逗你了。除了吴佩佩，你还要格外小心刘颖，实不相瞒，我跟刘颖的关系还行，她可不是一个逆来顺受之人，今天你当着众人的面跟她大吵一架，让她下不来台，以我对她的了解，她肯定会报复的。"

"嗨，是福不是祸，是祸躲不过。我只要做好自己的本职工作就行，管她什么刘颖还是张颖，她能把我吃了不成？！"

苏玉箫柳眉微蹙，道："彬哥，你是部门总监，有人的地方就有江湖，难道你以为做好自己的本职工作就可以了？你不会真的这么幼稚吧？你要搞定人，如果你搞不定人，即便工作做得再好，也是徒劳。"

"箫箫，Keyhome 不是外企吗？外企讲究效率，简单就好嘛！"

"你醒醒吧，此外企非彼外企也，说白了，就是假洋鬼子。大老板中西合璧，有一半的血统来自中国。"

"啊？"

"别惊讶，后面颠覆你三观的事儿多着呢。对于刘颖，你千万不可大意，以我对刘颖的了解，她吃不吃你，我不知道，但是，至少会让你脱层皮！"

我知道苏玉箫没有骗我，入职 Keyhome 一个多月，不知为何，第六感告诉我，在我面前她没有耍任何心眼，是真的想帮我。

我这人后知后觉，直到离开 Keyhome 还没有顿悟。一直以为把自己的工作做好就行，直到后来有幸进入了 A 互联网大厂，才知道什么叫说你行，你就行；说你不行，行也不行。

"好了，时候不早了，我不啰嗦了，省得你说我年纪轻轻像大妈，你好好准备明天的大考吧。"

"箫箫，谢谢你！"

第五章 事出反常必有妖

苏玉箫离开后，打开 QQ 音乐，开始播放贝多芬的《命运交响曲》。在碰到棘手问题，尤其是难以解决的大难题时，我习惯一边听着贝多芬的《命运交响曲》，一边思考解决问题的方法。当然了，当我人生得意须尽欢时，也会听贝多芬的《命运交响曲》。

一边听着激昂的音乐，一边在会议室开始汇总团队成员搜集的资料，很快就整理得差不多了，也有了初步的企划方向。只要再将资料提炼出一些具体的思路和举措，以及产品研发的策略就大功告成了。

正在我伸懒腰缓解一下疲劳的身体时，会议室的门被打开了。映入眼帘的是粉色超短迷你裙，圆润的大长腿配上黑色长筒靴。

看到眼前的一幕，我情不自禁地咽了一口唾沫，目光缓缓由下而上扫射。

一张打扮的妖艳但却很标致的鹅蛋脸，妩媚的眼睛散发着秋波，蓬松的金色大波浪披散着，显得格外有女人味儿。

女人见我愣在了那里，妩媚一笑，打趣道："怎么，不认识我啦？"

愣了半天，我艰难地咽了口唾沫压了压惊，道："刘颖，你……你不是回家了吗，怎么又回来了？"

"这不是来跟你赔礼道歉嘛。首先今天不应该跟你吵架，你作为 Keyhome 的新人，我应该帮你落地才对；其次呢，非常感谢你能够不计前嫌，替我接下产品企划的工作。你也知道，以前我是做化妆品的，对纺织行业不太了解。如果不是你今天痛快地将产品企划工作接了过去，真不知道明天该怎么交差。"

听到刘颖说这话，我就来气，你倒是好了，我却被架在了烤炉上，生死未卜！

尽管我想上去抽她一耳光，还是强忍着皮笑肉不笑道："刘总监，我今天也很冲动，不够绅士，在这里向你诚挚地道歉。"

"嗨，过去的事儿就不要提了。走，今天我请客，不醉不休！"

"刘颖，这……这不太合适吧，哪有大老爷们让女孩子请客的。这样吧，你的心意我领了，你也知道，明天产品企划方案沟通会就要提前举行了，大老板也参加，我正在准备材料呢。改天我做东！"

"李文彬，你怎么磨磨唧唧的跟个娘们似的，临海 Owner Circle 酒吧的弹簧舞池非常棒，走，我带你去蹦迪，顺便喝两杯解解乏。最近你工作太忙了，要注意劳逸结合。"说着，刘颖上前就要拉我。

对于男女之事，我一向很谨慎，始终秉承着男女授受不亲的原则。除非是我喜欢的人且是我的女朋友，不然，如果双方关系不清不楚，我是不会跟她亲密接触的，即便女方长得很漂亮，也很主动。

在今天这个复杂的社会，男人裤腰带紧点，不是什么坏事儿。

跟刘颖拉扯了好长时间，最终以我的妥协收场。

这小娘们太难缠了，为达目的不择手段。

又是撒娇，又是哥哥长哥哥短的，圆润的身体都贴我身上了，我一度怀疑如果自己不妥协，她敢扑我怀里！

临海 90 后的小姑娘都这么开放的吗？

刘颖真是颠覆了我的认知，我一度认为她是真的来跟我推心置腹，和好如初。甚至一度怀疑是不是我李文彬太小心眼了？

20分钟后，刘颖挽着我的胳膊，满脸洋溢着青春的荷尔蒙步入了临海 Owner Circle 酒吧。

暗红色廊道，紫色射灯，躁动的音乐和迷人的酒精，气氛满满，引人入胜。

进了酒吧，刘颖便拉着我进入了弹簧舞池。刘颖不愧是土生土长的临海土著，随着DJ的节奏，她很快融入了蹦迪的人群，狂舞着蓬松的金色大波浪，肆意挥洒着汗水。

蹦了一会儿，刘颖见我站在那里一动不动，过来拉着我步入了蹦迪大军。

这是我头一次蹦迪，说不紧张那是假的，尽管紧张，还是可以明显地感觉到刘颖拉着我的手很丝滑。由于两个人离得比较近，我明显嗅到了她人身上的香水味儿，如果我没猜错的话，刘颖用的应该是阿玛尼红色挚爱。

不大一会儿的工夫，刘颖已经香汗淋淋，甚至有点喘。她凑到我耳边轻声呢喃着说要去喝两杯。瞬间，我感觉一股电流涌遍全身，禁不住打了一个寒噤。

刘颖没有一点忌讳，拉着我到了吧台，点了两瓶苏格兰威士忌。

本来我想拦着她，建议喝点啤酒算了。可刘颖在兴头上，不好让她扫兴，只能舍命陪"君子"了。

我的酒量还行，可跟刘颖喝，两瓶威士忌干完，感觉她没有任何反应，很明显，这个临海小囡囡酒量不错。

劝了好几次，各回各家，毕竟明天的企划方案沟通会对我太重要了。无奈，刘颖一直撒娇不止，不管我怎么劝，她就是不为所动。

隐隐约约，感觉事情有点不对。

刘颖性格火暴，我跟她发生那么大的冲突，她竟然主动向我道歉，并且请我到临海 Owner Circle 酒吧这么高档的地方蹦迪喝酒，这太不合常理了！

事出反常必有妖！

明天的会议事关我的生死，刘颖这又是道歉，又是请客，她的目的很明确，就是要让我喝醉。只要我喝醉了，明天的会议肯定无法正常举行，即便我硬着头皮上，准备不充分外加状态不好，也不可能汇报好。

威士忌的后劲儿很大，如果再喝，明天出现头晕、恶心、呕吐就完了。

一旦明天的企划沟通会出了差错，所有的问题都会暴露在大老板面前，杨爽就可以借题发挥，刘颖就可以推波助澜。

搞不好明天就是我在 Keyhome 的 Last day，所有的一切都灰飞烟灭了。别说转正了，很可能提前出局！

李文彬呀李文彬！你小子太不长记性了，杨爽和刘颖刚给你挖了个深坑，把你推了进去，现在人家是填土要彻底把你埋了呀！

好狠的女人！

瞄了一眼面若桃花的刘颖，我内心五味杂陈，面前这个漂亮时尚的女人，谁能想到她心如蛇蝎？为了个人的一己之私，竟然使出这种下三滥的手段。

视人为人，大家都是出来讨生活，为何非要置对方于死地而后快？

当我明白过来怎么回事儿之后，便以上卫生间为借口，给苏玉箫发了微信定位，把自己目前的实际情况和刘颖的事儿和盘托出。

苏玉箫收到消息之后，第一时间打电话给我，明显感觉到她很生气，气得直跺脚，问我喝醉了没有，我告诉她没有。听我说没醉，电话另一头的苏玉箫咯咯笑了起来。

"箫箫，你说接下来我该怎么办？我想回家，但是，现在刘颖死缠烂打就是不放我回去。"

苏玉箫沉默了片刻，道："文彬哥，刘颖为了达到目的什么事儿都干得出来，我感觉事态正在往失控的方向发展。接下来千万不要再意气用事，更不可轻视刘颖！你先在那里撑着，我稍后到。"

第六章 非分之想

摸清了刘颖的真实目的，我便调整了策略，任她刘颖无底线撩逗，我自岿然不动。

刘颖是何等聪明的女人，她见我油盐不进，嘴角坏坏地一笑。

"文彬，怎么不喝啦？身体不舒服？"

"感觉没劲儿！"

"哎哟，怎么？我们一向稳重的李大叔思春啦？"

"刘颖，过分啦，我80后，你90后，没大你几岁吧？大叔这称呼在你我之间是不是不合适？"

"哈哈，李文彬，你太逗了，说实话，你现在对我是不是有非分之想？"

噗！为了掩饰内心的真实想法，轻抿了一口依云矿泉水，却被刘颖一句非分之想给呛喷了。

刘颖轻轻拍了拍我的背，佯装关心道："你没事儿吧？"

我尴尬地一笑，道："没事儿。"

"真没事儿？"

"真没事儿！"

在我意乱情迷、不知所措时，刘颖右手搂住我的右肩，含情脉脉地看着我，轻声道："李文彬，你看着我的眼睛。"

刘颖似乎有种魔力，我竟然鬼使神差地跟她对视起来。

圆润的鹅蛋脸，妩媚的眼神，饱满欲滴的红唇。尤其是她那双手，神奇得很，在她搭在我肩膀上的瞬间，感觉一股无形的电流直击心脏，那种感觉只有在大学谈恋爱时才有过。

对，触电的感觉。

一种久违的触电般的感觉让我有些沉醉，我的瞳孔慢慢地放大，喝了那么多的威士忌和依云矿泉水，竟然感觉口渴了。

刘颖左手端起了酒杯，轻抿了一口威士忌，对我抛了一个媚眼，轻声呢喃道："李文彬，你确定对我没感觉？"

面对刘颖的步步紧逼，我有点怂了，尴笑道："刘……刘颖，你跟我开什么玩笑。"

"你看我像是在开玩笑吗？"

"我……我不知道。"

"李文彬，你是不是爷们？说句真心话有那么难吗？"

"刘颖，咱俩不是一个世界的人，能否不谈这种无聊的话题？"

我的回答明显不符合刘颖的期望，她似乎跟我杠上了。

拎起一瓶威士忌放到我的面前，冷笑道："李文彬，你把这瓶酒喝了，我就不问你这个无聊的问题了，如何？"

我知道她是想灌醉我，可面对刘颖的无理要求，我竟然拿起酒瓶，在刘颖和周围人惊诧的目光中，咕咚咚一饮而尽。

尽管我喝完了一瓶威士忌，刘颖达到了目的，但她似乎并不高兴，因为她的表情出卖了她，比当时我跟她吵架都难看。

"李文彬，你是不是取向有问题？难道我刘颖那么没有魅力？你宁可喝一瓶酒都不肯恭维我两句？"刘颖撤回放在我右肩的胳膊，面无表情地说。

并不是刘颖不漂亮，也不是我对她一点想法都没有，此情此景，如果我说一点想法都没有，各位看官肯定会觉得我太能装。

根本原因在于她临海人的标签是一堵无形的墙，听说家里面是陆家嘴的拆迁户，在世纪大道那边有好几套房子。

可能你会觉得我太怂，那是因为你不了解一个来自山旮旯的孩子，打小穷得很，上大学之前，从没见过一百块是什么样儿。

来临海工作 7 年，谈过几个女朋友，可都是因为穷，买不起房，最终无疾而终。

当然，也遇到过自己喜欢的临海土著女孩，对于我的长相，我一向很自信，如果用一个字来形容，非"帅"莫属，个头一米八，要模样有模样，要身高有身高。

可人家一听你是外地人，躲瘟神般嫌弃你。

我是一个男人，跟天下其他男人一样，也是有自尊心的。经历过一次次的打击后，对阶层有了些许概念，知道有些东西短期是无法逾越的。

想当初，爷心高气傲得很，全天下唯我独尊，一个临海的小囡囡根本不入我的法眼。

见我不说话，刘颖竟然一屁股坐在了我的腿上，她似乎觉得不舒服，轻轻地挪了下身子。刘颖一个小动作，瞬间就让我表情很痛苦，更是突破了我的心理防线。

我只是碍于面子，死扛着。

其实我很清楚，在那个场合，如果我轻揽伊人的小蛮腰，她是不会反对的。

可惜，尽管美女如此妖娆，奈何我不敢为之折腰。

忐忑地坐在那里，感觉我的心跳加速。

刘颖看在眼里，笑在心里，我知道，她肯定在想，我让你嘴硬，看你能硬到何时！

见我还在硬撑着，刘颖凑到我的耳边，呢喃道："今晚我做你女朋友，你愿意吗？只要你说声喜欢我，心甘情愿让我做你女朋友，我现在就跟你走。"

话都说到这份上了，如果我还端着，就显得我这人太假。

在那一刻，至少那一秒，我心动了，不是喜欢，而是一个男人对一个漂亮异性有了非分之想。

理智告诉我，李文彬，你千万不能飘，更不能胡思乱想。刘颖可是临海土著，并且她和你之间有着不可调和的矛盾，之前苏玉箫千叮咛，万嘱咐，你千万不要大意！

就在我的理智和欲念斗争之际，刘颖的红唇印在了我的嘴上，不过，只停留了 0.2 秒便撤回去了。

可就是这 0.2 秒钟，让我原本动摇的马其诺防线彻底坍塌了。我的手颤抖着揽住了她的柳腰，眼睛盯着她如玉般的脸。

那一刻，我很想吻上去。

就在我情绪失控准备不管不顾时，刘颖警惕地看了一下四周，脸一红，头低了下去。

苏玉箫！在这个关键时刻，一身 JK 装的苏玉箫出现在了临海 Owner Circle 酒吧。

聪明警觉的刘颖自然发现了她，原本有些迷乱的女人起身，牵起我的手离开了酒吧。

刘颖没有提苏玉箫，我也没有说。

苏玉箫是为我而来，可面对诱惑，我竟然无视她的存在，尽管她没有看到我，但是，我的内心有种莫名的负罪感。

出了酒吧，刘颖和我都恢复了理智，松开了对方的手，漫无目的地走在大街上。

临海的夜，冷月如水，车水马龙，繁华依旧。

人真是一种奇怪的动物，在特定的环境，特定的场合，竟然像变了一个人似的，发生一些不该发生的事儿，似乎很自然。事后，你对自己的所作所为都不敢相信。

这就是所谓的怀疑人生吧？就比如我跟刘颖，原本仇人似的，可刚才在酒吧，差点就逾越了普通的男女关系。

想到此，我竟然莫名地出了一身冷汗。

"不见可欲，使民心不乱。"男人千万不要考验自己，面对诱惑，没几个能够出淤泥而不染，有时之所以能够全身而退，不是你的抵抗力强，而是诱惑不够大。

第七章 索然无味

刘颖接了一个电话，从声音判断，应该是杨爽打过来的。

接电话的过程中，貌似刘颖跟杨爽在电话里因为各自观点不同有争吵。可能刘颖害怕我听到什么，竟然慢慢地走开了。

五分钟后，刘颖挂了电话。

随后，刘颖跟换了个人似的，瞬间跟我划清了界线。尽管我还有所渴望，尝试着牵她的手，都被刘颖巧妙地回避了。

女人翻脸真是比翻书还快，刚才还问我对她是否有感觉，还说只要我愿意，她今天愿意做我女朋友。可架不住领导一个电话，人就变了。

看来，女人的话不可信，尤其是年轻漂亮的女人。

毋庸置疑，杨爽是幕后主谋，刘颖只不过是她的一枚棋子而已。不过，刘颖也挺豁得出去的，为了一份工作，竟然愿意以身试探。

关键她不差钱呀，家庭条件优渥，不差钱的那种，为何还心甘情愿任人驱使？

也许家家有本难念的经，不然，怎么解释？

还有，杨爽到底是一个什么样的人？我是她招进来的，如果从办公室政治的角度而言，我是她的人，她为什么针对我？加入 Keyhome 一个多月，我从未顶撞过她，更没有违背过她的任何意志。

"李文彬，我想唱歌，要不……要不我们去 KTV 唱歌吧？"正当我胡思乱想之际，刘颖打破了平静。

"颖颖，不……刘颖，我困了，回去休息了。"

"李文彬，刚才你叫我什么？"

"颖颖，不，刘颖呀。"

刘颖瞬间面若桃花，对我笑道："李文彬，走吧，唱歌去。"

那晚，面对满脸堆笑的刘颖，原则被我抛到了九霄云外。再次鬼使神差般，跟着她去了附近的一家 KTV。

一进包厢，刘颖便换了个人似的，又蹦、又跳、又唱，看着活力四射的刘颖，我感慨年轻真好。

我真不愿意接受现实，甚至不敢想象，面前这个青春靓丽的女孩会联合别人设计陷害我。可现实就摆在那里，刘颖就是要置我于死地。

刘颖竭尽全力想营造 Owner Circle 酒吧的那种氛围，可不管她怎么调动气氛，我都觉得索然无味。我真想揭穿她，让她不要再瞎忙活了，可我最后还是忍住了。

人这种动物，很奇怪，物是人非，时间变了，环境变了，心境也就变了。

时间飞逝，已是凌晨，困意阵阵来袭。

刘颖接了一个电话，很明显又是杨爽打来的。接完电话，刘颖招呼也没打，拎包离开了。

在 KTV 包厢休息了片刻，我看了一下时间，已经凌晨 1 点，正准备起身离开。这时，包厢的门被打开了，走进来一个打扮妖艳，但长相却清纯可人的女孩。

女孩十八九岁的年纪，像一朵含苞待放的牡丹，清纯可人，令人如沐春风。高跟鞋和包臀裙穿在她身上，显得格格不入。

"你……你找谁？"包厢莫名其妙地进来一个陌生的女孩，尽管她清纯可人，可我还是有点莫名的紧张。

"您是李文彬李先生吧，刘小姐临时有事儿走了，我是白马 KTV 的陪酒公关，刘小姐点了 6 个小时的服务，让我过来陪您。"

刘颖不辞而别让我有点不悦，不过，一想到明天的企划沟通会，我就有点心烦意乱，不知道杨爽究竟葫芦里卖的什么药。

这两个人究竟想干吗？一会儿酒吧，一会儿 KTV，一会儿又是陪酒女公关，简直不是人干的事儿。

"李先生，您怎么了？遇到什么事儿了吗？"女人紧挨着我坐了下来，头靠在我的肩上，手搭在我的腿上。

扑鼻的香水和女人淡淡的体温，此时此刻，我的心跳到了喉咙眼。

KTV 包厢充满了暧昧的气息，我的警觉已经尽失，苏玉箫给我打电话我没接，包厢门口一脸坏笑的刘颖拿着手机咔咔咔地拍照我浑然不知。

坦白讲，来临海漂了7年多，跟公司同事偶尔去KTV唱歌，可都是同事间正常的活动，今天刘颖竟然给我叫了一个女公关陪聊、陪喝、陪玩，我没有怀疑刘颖的骚操作，而是一下子懵了。

我再有原则，一个年轻漂亮的女孩紧挨着你坐着，如果我一丁点的想法都没有，那纯粹是扯淡。

可能有读者朋友说，你小子就偷着乐吧。说实话，当时还真不是这种感觉，反正，紧张的我几乎忘记了一切。

原本我想起身就走，可女孩央求着我留下，不然会扣工资的。

我是一个善良的人，见不得别人卖苦，只得留下来跟女孩聊天。尽管我害怕她有可能是"仙人跳"，当我跟女孩聊得正嗨的时候，几个虎背熊腰的大汉冲了进来……

其实，那晚我想多了，直到最后离开都没有虎背熊腰的大汉出现。

不过，我真不知道是她陪我，还是我陪她。反正那晚我们聊了很多，当然，我并没有像其他的中年大叔那样，肆意揩油，而是正儿八经地跟她聊天，估计，她会觉得我这人挺无聊的。

在跟女孩聊天的过程中了解到，她叫琪琪，是一个美籍华人，目前就读于临海某知名985高校，尽管家里条件很好，但她不想依赖家里人，所以，便出来勤工俭学。

我问她年纪轻轻，为什么在KTV工作，以她的学识，完全可以做家教之类的兼职。她告诉我最近计划买一台最新的苹果电脑，KTV陪酒是她兼职的工种里面工资最高的。

我想说我可以资助她一台电脑，如果她真的需要的话。女孩似乎看出了我的心思，竟然婉拒了我的好意。

她告诉我，她爸妈都是上市公司高管，家里不缺钱，可她已经读大学了，不想靠家里人，想靠自己的努力养活自己。

现如今这个社会，竟然还有如此要强的年轻人，别人都是啃老，她却要自力更生。

原本电视剧里面的桥段，竟然发生在我身上，看来文学源于生活这话一点不假。

最后，我们互加了微信，我离开白马 KTV 的时候，已是早上 7 点钟。

尽管昨晚没正儿八经地睡觉，不过，在 KTV 我还是眯了一会儿，总体精神状态还可以。

第八章 没底线的渣男

出了酒吧，一股新鲜空气迎面扑来，顿时有一种沁人心脾的感觉。一缕缕柔和的金色阳光照在我的脸上，暖洋洋的。

阳光明媚，心情舒畅，美好的一天开始了。

站在临海陆家嘴 CBD 的天桥上，负手而立，看着南来北往的车流，我有一种指点江山、激扬文字、粪土当年万户侯的豪情壮志！

今天对我李文彬而言，是一个特殊的日子。如果能够扭转乾坤，自己还有机会翻盘成为 Keyhome 的中层领导；如果搞砸了，在 Keyhome 的职业生涯也就戛然而止了，自己居转户的梦想也就彻底破灭了。

我曾经处过几个对象，都是因为没房、没车，又是外地的乡下人，最终在谈婚论嫁的阶段黄了。

如果能居转户，成功上岸，成为新临海人，再处对象，成功的概率就大得多了。我已经没有退路了，为了自己的终生幸福，今天必须打一场漂亮的翻身仗！

"我，李文彬，要成为新临海人，谁也阻挡不了我前进的步伐！"心情大好的我，仰天大吼，完全不顾忌路人异样的目光。

下了天桥，坐上去公司的地铁，忽然想起一件事儿，隐隐约约记得昨天我带了电脑，可现在两手空空，我的电脑丢了？还是根本没有带？

昨晚下班前资料已经整理得差不多了，上午稍微再整理一下，下午一点就可以准时参加明年产品企划的第一次沟通会了，这可是我第一次在公司大老板面前露脸。

可以说机不可失，时不再来，如果表现得好，可以给大老板留下好印象，如果表现得不好，可就歇菜了。

因为时间太赶，我只要把自己的企划研发的总体思路，大的框架逻辑讲清楚，同时，把明年的新品开发方向理顺，基本就可以了。具体的细节和整体的新品开发节奏，可以再约个会议。

如果我的电脑丢了，也就意味着所有的资料都丢了，届时怎么上台去讲？想到此，瞬间冒了一身冷汗。

当时我心乱如麻，寄希望于昨晚没带电脑，恨不得长出一双翅膀，飞到公司确认一下电脑是否正静静地躺在办公桌上。

好在离公司不远，匆匆地赶到公司楼下，正赶上上班时间，电梯排队的人很多，干脆爬楼梯。

为了在最短的时间确认结果，我竟然一口气跑到了十六楼的办公室。先冲进富春山会议室，没有看到我的电脑，而我的办公桌上除了墨绿色的茶杯和台历之外，也没有电脑的影子。

那一刻，简直五雷轰顶，我一屁股瘫坐在了椅子上，脸色煞白，感觉天都塌了。平生第一次感觉如此的无助，泪水开始在眼睛里打转，作为一个男人，我都快绷不住了。

我把自己骂了千百次，企图以此得到老天的眷顾，能够让我的电脑失而复得。可时间一秒秒地流逝，办公室的人越来越多，奇迹并没有出现。

是不是落在临海 Owner Circle 酒吧了？抑或是白马KTV？我有琪琪的微信，急忙发了微信语音过去，得到的答案是否定的。

临海 Owner Circle 酒吧的电话打了好几次一直无人接听，给杨爽发了消息，说有点急事儿临时出去一下，晚点到公司。

快速地下楼，打车，直奔 Owner Circle 酒吧。

怀着无比忐忑的心情冲进了 Owner Circle 酒吧，他们还没有开始营业，还好有值班的阿姨，可她不知道，只能等领班经理来了才能确认。

因为领班经理上的是夜班，现在正在睡觉，我求了好几遍，阿姨才不情愿地将领班经理的电话给我，打过去关机！真是屋漏偏逢连夜雨！

无奈，我跟刘颖打了一个电话，说明原因，女人十分得意地说没见我带电脑包，最后还幸灾乐祸地祝我好运。

转身离开 Owner Circle 酒吧，重新坐上回公司的地铁。让自己心情尽量平复下来，努力回忆昨天下班后发生的一切。

刘颖邀请我去酒吧时，当时我正在富春山会议室整理资料，刘颖死缠烂打，硬逼着我去酒吧。当时我带了电脑，还想着到酒吧草草地喝完酒，回家收个尾，结果弄成这样。酒吧那种鱼龙混杂的地方，电脑十有八九被人顺走了。

整个人像泄了气的皮球，无精打采地返回办公室，准备接受杨爽和刘颖的最终审判，我认输了。

谁让我放浪形骸？

作为一个成年人，我应该为自己的所作所为买单。明知道今天有重要的事情要办，还不管不顾地跟别人去酒吧喝酒。

活该，罪有应得。

刚出电梯，看见苏玉箫背着手站在十六楼的大厅，冲她皮笑肉不笑地说了声"早"，正准备进办公室。苏玉箫叫住了我，问我昨晚去哪了？我无言以对，连声说对不起！

箫箫被我的敷衍激怒了，对着我的屁股就是狠狠的一脚，搞得正在打扫卫生的阿姨还以为我欺负了人家。

"李文彬，你太令我失望了，原本以为你是一个有理想、有抱负的男子汉，没想到你也是一个没底线的渣男！"苏玉箫见我萎靡不振的样子，毫不留情道。

"箫箫，对不起，昨晚是我的错！"面对愤怒的苏玉箫，我有一种负罪感。昨天的确是我的错，这没有什么好解释的。

"给，你的电脑，自己吃饭的家伙都能丢的人，能有什么出息！从此以后，我苏玉箫不认识你！明天我就提离职！"

原来苏玉箫背后的手里拎着我不翼而飞的电脑，这让我瞬间从失落的状态变得像打了鸡血般。

在众目睽睽之下，也不管苏玉箫的感受，我竟然一把将苏玉箫抱进了怀里。

"箫箫，我爱死你了！"

苏玉箫竭力挣扎着，可柔弱的她在我面前，挣扎是徒劳的，她越是挣扎，我抱得越紧。苏玉箫没有谈过恋爱，在众目睽睽之下，被我死死地抱住，她的脸瞬间变得绯红，如中秋的石榴般。

"李文彬，你放开我，再不放开，我就真生气啦！"

可能是我太激动，抱着苏玉箫的手，丝毫没有松开的意思。

"啪！"大厅里一声响，我的脸感觉火辣辣的，原本抱着苏玉箫的手也松开了。

第九章 杨爽的往事

不知何时，杨爽竟然鬼使神差地出现在了 16 楼办公大厅，她竟然当着大厅那么多人的面，一点面子都不给我，出手就是一巴掌，并且还是用尽全力的那种。

"Catherine（杨爽的英文名字），你……你太过分了，凭什么打我？"我捂着脸，极为不满道。

"我打的就是你，我打的就是你……"杨爽完全不顾忌自己身为公司副总裁的身份，对着我又是一顿拳打脚踢。

我感觉她今天着魔了，肯定出门遇到了什么秽物，不然，一向优雅的杨爽，不会像泼妇骂街般跟我动粗。她擅长的是手段，她完全可以杀我于无形。

她是不是受到什么刺激了？失恋了？不可能呀，杨爽明明单身，以她挑剔的性格，不可能随随便便找个男人托付终身的。难道杨爽活到四十岁终于活明白了？

人生得意须尽欢，莫使金樽空对月。有道是今朝有酒今朝醉，明日愁来明日愁。

倘若杨爽想清楚了人生得意须尽欢的真谛，去酒吧买醉，搞个一夜情什么的也不是不可能。可仔细一想，以我对她的了解，她有洁癖，并且是处女座的洁癖严重患者，宁可死都不愿意被陌生的男人占便宜。所以，一夜情的概率几乎为零。

尽管平日里我和颜悦色，可一旦受到挑衅，也是针尖对锋芒，不是那么好欺负的。杨爽虽然是我的领导，无缘无故扇我耳光，这是我不能接受的，她触碰了我的底线。这份工作对我很重要，可我不为五斗米折腰。

正当我准备发火，跟她大闹一场时，苏玉箫及时阻止了我的冲动，一把将我拉进了富春山会议室。

苏玉箫把我拉进会议室，跟我讲不要看平日里杨爽高傲得很，其实她是一个受过伤的女人。

苏玉箫跟我八卦了一些杨爽的往事，这些都是公司里尽人皆知的事儿，尽管无法求证，至少从侧面能够了解一下我这个变态的女领导。

在杨爽的潜意识里，男人是脏的。

公司曾经流传，她之所以单身，就是嫌男人脏，苏玉箫说，听老同事讲，她跟前男友恩爱前，要求男人吃斋念佛半个月，并且监督男友早晚洗澡，如果有一天没有做到，时间重新计算。恩爱过后，她会第一时间冲进卫生间洗澡，似乎很嫌弃男女之事。

水至清则无鱼，人至察则无徒。

杨爽长得肤白貌美，身材高挑，并且是很性感的那种，她的那张脸很精致，如果非得对标的话，应该是集合了张柏芝和汤唯的优点。比张柏芝漂亮，比汤唯更有灵气。

据传，大学那会儿，追她的人很多，可谁承想，她外表小龙女，实则灭绝师太。大批的男同学如风似火地来，蔫不拉几地去。原本以为自己得了一个宝，谁承想是一个烫手的山芋，好处没捞到，惹得一身骚，没几个能跟她相处超过一个月的。

时间久了，堪称校花的杨爽竟然成了男生望而生畏的"女神"。由此可见，女人的容貌很重要，可最重要的不是容貌，而是性格。正如古人所云，女子无才便是德。太强势的女人，男人怎敢宠爱？

杨爽大学三年没有遇到过一个合适的，要么她不喜欢，要么经不起她折腾，直到大四那年，遇到了长相帅气的马哲老师。男人 30 多岁的年纪已是教授，还是那所著名大学马哲学院的副院长。他讲马哲跟别的老师不一样，一般这种课很多学生都逃课，可这位马哲老师的课座无虚席，不仅本班的同学来听，很多别的班级甚至外校的学生都来听课。听说这位马哲老师通古博今，将整个世界历史和中国近现代史融会贯通，讲课比单田芳讲小说都给力。

听了马哲老师的第一堂课，杨爽崇拜得五体投地，对他更是一见钟情。

这个世界，很多事情是无法用语言来表达的，尤其是男女之间的感情。就比如杨爽，在男同学的心目中，她是一个高傲的公主，只可远观不可亵玩。如果她对你不感兴趣，你死皮赖脸地追她，她会用各种手段对付你。可在马哲老师面前，她完全变了个人似的。那时候手机还没有普及，她便找各种理由跟老师在现实生活中接触，时间久了，两个人竟然逾越了普通师生的关系。

杨爽那会儿很傻，她不图财，也没有嫁给那位马哲老师的奢望，因为她知道，如果他离婚，会影响他的前程。她宁可自己受委屈，也不愿他受一丁点的伤害。

这可能是真正的爱情，但又是见不得光的爱情。或者这根本就不能称之为爱情，只是杨爽生活在梦里，她单方面认为这是爱情。

俗话说："好事不出门，坏事传千里。"又有人说："天下没有不透风的墙。"

在杨爽即将毕业那年，应该是 1997 年。杨爽作为第三者，天天跟马哲老师腻歪在一起。老师的原配知道了他们之间的事儿，带着家人到学校把她堵在图书馆门口，当着全校那么多人的面，扒光衣服一顿暴打。期间，杨爽求助的目光跟马哲老师四目相对，平日里豪情万丈的男人低下了头，丝毫没有出手相救的意思，杨爽没有感觉到身上的痛，男人的举动却让她心如死灰。

不可否认，那位马哲老师有点才华，可一个穷酸书生，根本不可能混得风生水起。原来，他是吃软饭的，靠老婆家的关系评上了教授，并且当上了那所知名大学马哲学院的副院长。

杨爽是一个何等聪明的女人，"不识庐山真面目，只缘身在此山中"。当她明白了一些事儿之后，她是不会纠缠的。杨爽不再沉溺过去，学会释怀，追寻属于她的星辰大海。但凡那个男人护她一下，替她讲一句话，即便是上刀山下火海，她都毫无怨言。可他没有，在杨爽绝望无助的那一刻，男人一丝一毫的关怀都没有。

杨爽所谓的真爱，只不过是男人行乐的幌子而已，他垂涎的是她年轻且又免费的身子。

当天晚上，杨爽便头也不回地坐上前往临海的火车，离开了这个学习生活了四年的地方。

曾经有过的美好，可就在那一瞬间，所有的一切都灰飞烟灭了。

第十章 不做亏心事，不怕鬼敲门

"箫箫，你跟我讲这些干吗？她杨爽那些陈芝麻烂谷子的事儿跟她打不打我有什么关系？"

苏玉箫见我意难平，眨了眨灵动的大眼睛，道："文彬哥，不知为何，我有一种莫名其妙的感觉。"

"什么感觉？"

"我总感觉杨总看你的眼神不对。"

"箫箫，侬脑子瓦特啦，她看我的眼神哪里不对啦？"

苏玉箫拿了瓶矿泉水递给我，笑道："大叔，喝口水。淡定，淡定。"

"箫箫，我现在没法淡定，我蛋疼！"

"你……你再这样，我不理你了。人家好心好意开导你，你竟然爆粗口。"说罢，苏玉箫转身就要离开。

我一把拉住苏玉箫的胳膊，死活不让她走。尽管很生气，但我更理智。社会是把锉，早把我的棱角磨平了。

想当初刚来临海那会儿，睡过大街，摆过地摊，为了生活，什么苦没吃过？现在这点小事儿算什么！

苏玉箫是我跟杨爽之间的润滑剂，尽管她只是一个小小的跟单，但跟公司上上下下的人关系都很好，包括杨爽。

如果今天她不管了，那么，我跟顶头上司杨爽之间决裂的关系就无法愈合了。可以毫不夸张地讲，苏玉箫是我能否在Keyhome继续待下去的救命稻草，我需要靠她翻盘。

"箫箫，不好意思，刚才我情绪有点激动。"

"你还知道自己有点激动呀！"

"箫箫，你就不要跟我计较这些细节了。今天跟杨总闹成这样，我真不知道该怎么办了。"

"现在知道事情闹大啦？早干吗去了！"

"苏玉箫，就此打住，我争不过你。言归正传，你说杨总看我的眼神不对，此话怎讲？"

"女人的第六感告诉我，杨总对你有意思，至少超越了一般同事关系。"

噗！刚喝了一口矿泉水，苏玉箫此话一出，立马喷了出来。

"苏玉箫！你……我看你脑子真的瓦特啦！"

苏玉箫自己也忍不住笑了起来，不过，少顷，她便认真道："文彬哥，我说的是实话，尽管你从心理上一时难以接受，可事实的确如此。你要相信我的感觉，或者说从某种程度上来讲，有点玄学的味道。"

"她对我有没有意思我不管，让我十分不解的是，我是她招进来的，她不应该帮我落地吗？可为什么她竟然会处处针对我？"

"大叔，你是不是很久没恋爱了？"

苏玉箫的话让我更是一头雾水，越来越玄乎了。

见我不说话，苏玉箫接着说道："爱之深，恨之切！如果杨总对你没有任何想法，她为什么会扇你耳光？并且当着那么多人的面。她在 Keyhome 工作了十几年，从没有像今天这样失态过。你觉得不反常吗？副总裁扇了产品总监一耳光！我们好歹也算是一家外企，这……这你都感觉不到？"

"她变态呗，肯定是昨晚跟哪个男朋友闹矛盾，把气撒在我身上。"

"大叔，这些没有一丁点逻辑的话就不要乱讲了。你能醒醒吗？我强烈建议你劳逸结合，工作之余逛逛街，谈谈恋爱，别整天神经紧绷着，没有一丁点儿的生活情趣，人都变傻啦！"

"苏玉箫，你能不能正经点，我现在马上都被扫地出门了，你还在这里幸灾乐祸，看我笑话，是吧？"

"李文彬同志，请你搞搞清楚，人活着不只是工作，我知道你很聪明，做事情很有章法。可你想过没有，不管工作还是生活，每天都是在跟人打交道。你必须学会处理人际关系，你的领导，你的下属，你的同级，你的其他同事。如果你逃避现实，不赞同我的推断，请你给我一个合理的解释，我苏玉箫洗耳恭听。"

其实我也不傻，在平日里跟杨爽沟通的过程中，多少也有一点异样的感觉，那种说不清道不明的感觉。如果真像苏玉箫推断的那样，杨爽更应该帮我才对，可她为什么处处为难我？

事出反常必有妖！

面对苏玉箫犀利的反问，我无言以对。此时此刻，一向自以为自己是一个很通透的人，可现实却给了我当头一棒，可怜的我，情商还不如一个刚毕业的小女生。

"李文彬同志，既然你说不出一二三来，那就不要再垂死挣扎了。不然，你真的就死定了。"

"箫箫，我现在已经是砧板上的肉，只能任人宰割了。生死有命，富贵在天。我看下午的产品企划沟通会也不用参加了，干脆直接走人，省得到时候被人挤兑，丢人现眼。"

"李文彬，你确定这是你自己内心的真实想法？如果是这样的话，我们之间的谈话可以结束了。"

"这……箫箫，前面的话，你只当没听见。如果你觉得我还有救的可能，难怕是万分之一，我都愿意去争取一下。"

"鉴于你态度良好，我就死马当活马医一次。但是，你要配合我。"

"这个你放心，为了活下来，我肯定会全力配合。"

"李文彬，请你告诉我，昨天晚上你跟刘颖在 Owner Circle 酒吧有没有做什么出格的事儿？"

"没有，我发誓，绝对没有！我跟她只是普通同事关系，是她死缠烂打拉着我去的酒吧，说请我喝酒，最后还是我出的钱。"

"我问你什么问题，请你回答什么问题，不要说多余的废话。"

"好的。"

"原本你们在酒吧玩得好好的，为什么离开酒吧？去了哪里？都干了啥？"

我一五一十把昨天晚上跟刘颖在酒吧发生的事情都讲了一遍，当然，隐去了一些个人的心理变化。后来，我摸清了刘颖的把戏，坚持不喝酒，杨爽打电话给她，我们出了酒吧，后来去了白马KTV，以及琪琪的事情完完整整地告诉了苏玉箫。

"算你人品还不错，没有说谎。呐，你看这张照片，这算什么嘛！"说着，苏玉箫拿着手机给我看照片。

当时我就愣住了，那是一张我跟琪琪的照片，照片里两个人紧挨着，她头靠在我的身上，双手搭在我的腿上，像一对情侣。

"这……我说箫箫，这照片你是从哪里弄来的？我跟琪琪可是清白的，什么都没有，她还是一个孩子。"

"不做亏心事，不怕鬼敲门。既然你们之间是清白的，你紧张什么？"

第十一章 偃旗息鼓

面对苏玉箫的质疑，我没有反驳。

成王败寇，我现在都混成这德行了，还有什么资格反驳一个救我于危难的人呢？

苏玉箫见我没有反驳，心情大好，娇滴滴道："很好，没想到一向擅长辩论的文彬哥哥，今天竟然这么安静。"

我知道箫箫在含沙射影说我自作自受，今天的一切的确是我咎由自取，没什么可说的，所以，也就没什么可争辩的。

不过，苏玉箫手机里的照片让我如鲠在喉，我也不再忌讳上下级的关系，直接开门见山地问她照片从哪里来的。

苏玉箫愣了三秒，没有正面回答我的问题。

照片的问题我迟早会弄清楚，眼下最重要的不是跟箫箫斗嘴皮子，而是想办法缓和跟杨爽之间看似不可调和的矛盾。

看了一下手表，已经是上午九点半了，距离下午一点钟就要开始的产品企划沟通会还剩三个半小时，在这三个半小时里，我要把昨天没有做完的规划做完，同时，还要提前给杨爽看一下，让她给一些专业性的意见。在这节骨眼上，即便是她没有意见，也要给她看一下。我可不想先斩后奏，到时候将一些领导不爱听的内容展示出来。

"箫箫，下一步我该怎么办？去杨总的办公室，跟她道个歉？"

"道什么歉？文彬哥，以我对杨总的了解，这时候你千万不可自取其辱，必须端着，如果你点头哈腰地去道歉，不仅得不到你想要的结果，反而会适得其反，让杨总看不起你。"

我真的是有点自乱分寸，想想也是，刚才还跟人家针尖对锋芒，转瞬间就要装孙子，这不是自取其辱吗？何苦呢？！

苏玉箫拿着手机让我看了一下她的微信，道："杨总让你去她办公室一趟。"

富春山会议室离杨爽的办公室很近，但从会议室到她的办公室，我竟然走了一刻钟的时间。

"李文彬，你是不是觉得公司庙太小，容不下你这尊大佛，不想在 Keyhome 干了？如果不想在 Keyhome 干了，滚！现在就给我滚！"我前脚刚迈进杨爽的办公室，她便劈头盖脸对我一阵咆哮道。

原本以为杨爽自知理亏，要向我道歉，没想到一进门便给我来了个下马威。

此时此刻，我也豁出去了，从没有受过这么大的委屈，不就是一份工作吗？左也不是，右也不是，老子不伺候了。

"Catherine，我走可以，但是不能死得不明不白。自从加入 Keyhome，每天兢兢业业，从没有犯过什么错，你凭什么这么对我？"

杨爽关上电脑，坐在老板椅上，跷着二郎腿，打量了我一下，开口道："明年的产品企划方案做好了吗？"

"没有！"

"昨晚你干吗去了？"

"昨晚……昨晚跟刘颖一起去酒吧喝酒去了。"

"挺潇洒嘛，你明知道今天有重要的会议，Tony（大老板）也会参加，为什么不好好准备？"

"你怎么知道我没有好好准备呢？昨天企划方案我已经做了一个框架，时间这么赶，我是想着今天讲一下大体的思路和方向，再约一个会议讲正式的企划方案。"

一边说着，一边打开电脑，将我做的企划方案框架 PPT 打开，毕恭毕敬地放在了杨爽面前。

为了做好产品企划方案，我带领团队迅速进行了市场调研，不仅对竞品和行业趋势进行了深入分析，还对消费者的需求做了深入洞察。在市场调研的基础上，根据 Keyhome 的品牌定位重新梳理了产品定位以及国内外的目标市场，基于公司国内外的销售目标，初步形成了产品线的品类规划。根据产品规划制定了相应的销售渠道、市场推广及价格策略。原本以为杨爽看到我做的企划方案会夸我两句，没想到不看还好，看了我的方案后，她气得脸都绿了。

"李文彬，你太自以为是了，Keyhome 内销加外贸业务，几十亿的盘子，你以为是菜市场买菜，还可以讨价还价。大家的时间都很宝贵，你跟谁确认过，同步一下产品企划方案还要分两次？"

"杨总，您昨天下午通知我产品企划的工作划归我们产品部，临时通知今天就要开产品企划的沟通会，时间太赶了，我只能做一个框架。"面对老妖女的反问，我摆事实讲道理。

"李文彬，公司拿这么高的薪水请你过来，不是让你在这里读书看报养尊处优的。如果你觉得时间不够，请问你全力以赴没有？"

"我……我怎么没有全力以赴？昨天第一时间就组织了产品部会议，梳理了一下业务的现状，分析了行情、敌情、我情。"

"哼！你这充其量是产品企划前期的一部分工作，请问你的品牌屋呢？你的消费者调研呢？你开发产品的依据是什么？没有大量的消费者调研，怎么得出消费者的痛点和痒点？难道抓一些数据就可以得出结论了？"

杨爽果然经验丰富，寥寥几句话却点中了产品企划研发的核心所在，我不得不佩服她的专业性。原本我破釜沉舟，还想跟她大吵一番，可面对着专业的杨爽，我瞬间偃旗息鼓了。

面对强者，人习惯性地尊敬尤其是面对比自己更专业的人。

"杨总，我加入 Keyhome 才一个多月的时间，对整体业务的情况和品牌的调性还不是特别了解，内销的品牌屋我的确没有深度思考，当然，现在如果我硬着头皮去堆砌，输出的东西也不一定跟我们现实的业务匹配，尤其是内销，国内电子商务目前处于高速发展的红利期，瞬息万变，如果对业务不了解，我担心会误判形势。"

杨爽见我情绪稳定并且也讲到了点子上，她的态度也缓和了许多。话锋一转，道："李文彬，你是不是觉得我把你招进来，却不认真地带你，内心有怨言？"

没想到杨爽竟然问这个问题，我一时的愕然，不过，很快就反应过来，重重地点了点头。

"李文彬，你的 Title 是总监，总监已经是公司的高管了。作为一名高管，最起码的团队融合能力都没有，那说明我看走眼了！"

"杨总，今天我深刻认识到了自身的错误，以后绝不会犯了。"

"你让我如何相信一个没有通过考验的人？"

"杨总，我……我哪里没有通过考验？愿闻其详！"

"你以为你李文彬的面子大，大到可以让性格高傲的刘颖向你赔礼道歉，然后快快乐乐地邀请你去酒吧潇洒？你不好好在公司加班，跑去蹦什么迪，喝什么酒？蹦完迪喝完酒，你又干吗去了？一个连自己裤腰带都管不住的男人，怎么能让我相信？"

"杨总，昨晚的事情的确是我李文彬的错，不过君子坦荡荡，我……我是清白的，我发誓，昨晚没有发生任何见不得光的事儿。"

"发生没发生什么事儿，你不用跟我讲，我只看结果。"

"杨总，这次的确是我分不清主次，是我的错。"

"看在你态度还算诚恳的份上，暂且饶你一回。但是，李文彬，你给我记住了，好好做人，认真做事儿，早晚你会明白我的良苦用心。"

第十二章 逢场作戏

随着沟通的深入，杨爽的态度进一步缓和，情绪已经跟平时没什么两样。不过，她似乎并没有释怀，一副欲言又止的样子。

两个人陷入了短暂的沉默之中。

杨爽实在是有点憋不住，打破了沉寂，皮笑肉不笑道："李文彬，看不出来，你魅力还挺大呀！"

说实话，活了快三十年了，不敢说识人无数，自己一路走来，也算是见过大场面的人。

尤其是毕业来临海这座国际化大都市参加工作这些年，因为业务的需要，自己也算是走南闯北，甚至国外很多大城市都去过不少。已经从那个山旮旯的穷小子，蜕变成了一个货真价实的国际化大都市的白领。尽管自己阅人无数，可始终摸不清杨爽究竟是什么性格的人，尽管认识快两个月了，一直感觉她挺神秘的，她似乎戴着一层朦胧的面纱，让人无法看清她的真实面目。

我不喜欢猜别人的心思，就比如现在，杨爽究竟什么意思，实在是猜不出来，便直接开口问道："杨总，我不是很明白您什么意思，能否明示？"

"哼！在我面前就不要装了，你李文彬有那么愚笨吗？"

"杨总，在您面前，我李文彬永远不值得一提，我哪里有做的不对的地方，还请您明示。"

"好，我不跟你绕弯子了，你跟苏玉箫之间究竟是什么关系？"

"杨总，箫箫还是个孩子，我跟她只是上下级关系，除此别无其他。如若不然，天打五雷轰！"

"那你为什么抱她？还在公司这么明目张胆地抱，你不知道公司禁止谈恋爱吗？"

"杨总，我发誓，我跟箫箫没有谈恋爱。昨晚被刘颖拉着去酒吧，我带着电脑去的，谁承想，电脑落酒吧了，后来是箫箫帮我找回了电脑，我一时激动，抱了她一下，纯粹是因为太激动。"面对杨爽的质疑，尽管我跟箫箫之间是清白的，为了避免不必要的麻烦，我还是隐去了昨晚发消息给苏玉箫，只是讲出了箫箫帮我找回电脑的结果。

有些事情是讲不清道不明的，与其让人误会，还不如缄口不言。

"好了，不扯那些没用的了。工作以外你干什么，那是你个人的事儿。下次如果再出现重要的工作没做完就去干那些乱七八糟的事儿，我绝不手软。另外，请遵守公司的规章制度，Keyhome 员工之间不准谈恋爱，如果触碰红线，必须有一个人无条件辞职！"

听到杨爽说下次，我就知道此时此刻，我们之间的误解暂时告一段落了。

为了让杨爽彻底地释怀，我拍着胸脯，道："杨总，我李文彬是一个有底线讲原则的人，以前不会，以后更不会去干那些乌七八糟的事情。"

……

事情算是暂时翻篇了，末了杨爽向我提要求了，她要求我在一小时之内将明年的产品企划方案修改好，再跟她过一遍。

尽管时间不够，我也不敢再跟杨爽谈条件了。打了个招呼，毕恭毕敬地关上门，算是出了杨爽的办公室。

我离开杨爽的办公室去修改产品企划方案暂且不提。

话说，我前脚刚走，从杨爽的办公室套间走出一个身穿

OL套裙，前凸后翘，粉红色衬衫下摆整齐地塞入黑色包臀裙里，修长的大长腿裹着黑丝袜，蓬松的大波浪随着身子的扭动轻轻地甩着。不是别人，正是性感妩媚的临海小囡囡刘颖。

刘颖一出现，便坐在了杨爽办公桌对面的椅子上，身子慵懒地靠在椅子后背上，傲人的胸部毫不掩饰地展现了出来。我敢打赌，如果杨爽是一个男人，她肯定会被眼前的一幕给吸引。

"杨总，你相信李文彬的话吗？我感觉他跟苏玉箫这个小蹄子之间肯定有一腿，不然……不然两个人在众目睽睽之下怎么可能拥抱在一起？箫箫你又不是不知道，赫赫有名的苏氏集团董事长苏明亮的唯一继承人，含着金汤匙出生的女孩，从没谈过恋爱，无缘无故，怎么可能会跟李文彬这个小瘪三抱在一起？"刘颖不知道是出于嫉妒还是故意，竟然煽风点火道。

"怎么？你吃醋了？"

"杨总，你什么意思？我刘颖吃什么醋？"

"先别说苏玉箫，还是先说说你自己吧。昨天晚上你不是负责把李文彬灌醉吗？你不是恨他吗？为什么放弃任务，跟他在酒吧搂搂抱抱，还主动地亲他？"说着，杨爽从抽屉里拿出了一沓照片，丢在了刘颖面前的办公桌上。

看着自己昨晚主动亲李文彬，在舞池里跟他抱在一起疯狂起舞的照片，刘颖的脸瞬间红了。

她万万没想到，杨爽安排自己引诱李文彬去酒吧的同时，竟然还安排人监视他们，一石二鸟，难怪昨晚在电话里，她明明不在现场，却对现场的一切了如指掌。这太可怕了，面前这个四十岁的单身女领导太恐怖了。

刘颖虽然内心很震撼，也很不爽，甚至浑身直起鸡皮疙瘩。但她很快便冷静下来，女人颇有微词道："杨总，你竟然派人跟踪我？"

"颖颖，不是跟踪，是怕你被感情冲昏了头脑。"

"我呸！杨总，他李文彬一个农村来的小瘪三，我跟他有什么感情可言？只不过是逢场作戏而已，昨晚他死活不喝酒，我只能上一些小手段。"

"颖颖，我怎么感觉你动心了。"

"杨总，我对天发誓，绝对没有的事儿。他李文彬暂时还入不了我刘颖的法眼！"

"颖颖，你不要嘴硬了，喜欢一个人又不是什么见不得光的事情，没必要遮遮掩掩。"

"杨总，我眼光再不济，也不会看上他，请你一百个放心！"

"颖颖，别瞧不起李文彬，这小子不可小觑，据我观察，他绝非池中之物，早晚会飞黄腾达！"

"杨总，你太高看他了吧？一个农村来的穷小子，能会有多大出息？"

"颖颖，乾坤未定，不要过早地下结论，更不要看不起农村走出来的人。恰恰相反，他们吃过苦，更有奋斗精神。李文彬绝非甘于久居人下者，他有野心，更是一匹黑马，迟早会有一番作为的！"

"Catherine，他李文彬究竟何德何能，你对他竟然评价那么高？"

"我总感觉他是在隐藏自己，并且隐藏得很深。尽管野心很大，却从不张扬。表面看起来憨厚老实，其实一肚子的坏水。"

"还是杨总高屋建瓴，没有被那小子的假象所迷惑。李文彬城府很深，完全不是他所表现出来的那样朴实无华。不过，好在他命不好，出生在偏远的农村，跟我们这些生活在大城市的人相比，视野和格局差点意思。"

"颖颖，别太轻敌了。视野是可以开拓的，他现在生活工作在临海，又有机会全世界跑，视野不会比你我差。格局就更不用说了，李文彬的格局不小，你看，他做的每一件事情都是奔着自己的目标而去，并且不给自己设置边界，就比如产品企划这件事儿，不得不说人家李文彬的格局大。虽然他现在有些步履蹒跚，但是，假以时日，说不定就所向披靡了。"

第十三章 刘颖的优越感

刘颖虽然嘴硬，可杨爽分析的每一句话，都直击她的内心深处。李文彬跟她之间的差距是临海市的户口和爹妈拆迁的几套房子，表面看李文彬跟她差距很大，可他有一股子拼劲儿，假以时日，等李文彬转了临海户口，买了临海的房子，他们之间的差距也就荡然无存了。

尽管刘颖天生有一种优越感，可面对事实，她也没什么可说的。

如果单从物质的角度而言，人并非生而平等，比如刘颖和李文彬相比，刘颖出生在临海，拆迁后立马土鸡变凤凰，成了临海市的新贵，过上了富家女的生活；而李文彬出生在偏远的农村，无依无靠，只能靠自己打拼。

换个角度思考，这个世界又是公平的，还是刘颖和李文彬，李文彬通过自己的努力一步步实现理想的过程，物质上慢慢地跟刘颖看齐，甚至远超她，整个奋斗的过程和精神满足是刘颖永远都无法体验的。

今天，刘颖感觉面前的杨爽特别陌生，那个一向维护她的领导不见了，这让她很是不爽。

杨爽业务能力很强，这个是大家公认的，可她年龄那么大了还单着，这就让人不得不产生遐想。其实并不是别人想的那样。可能在普通人的观念里，一个女人三四十岁还单着，不是身体有问题，就是脑袋有问题，所以，办公室的人经常拿杨爽的个人生活作为八卦点之一。

刘颖很会巴结领导，摸清了杨爽的状况之后，她便为了树立自己在杨爽内心的地位，经常跟她一起吃饭，两个人偶尔一起旅行……

在外人的眼里，她们不是上下级的关系，俨然一对好姐妹。可刘颖内心最清楚，她跟杨爽上班是上下级的同事关系，下班是闺蜜关系，仅仅是闺蜜。除了提拔她当了市场部总监之外，其他方面并没有帮助自己太多。

刘颖是一个攀龙附凤之人，说得直白点，就是媚上欺下，欺软怕硬。只要对方是一个强大的存在，瞬间就会产生好感，就比如杨爽，Keyhome 的副总裁，Tony 之下，百人之上。刚认识那会儿，刘颖看杨爽的眼神绝对是崇拜的。

刘颖的媚上欺下在公司可是出了名的，领导放个屁都是香的，下属稍有不从，便是各种刁难辱骂，虽然是高知家庭，说起脏话毫不含糊。

杨爽刚把她纳入麾下那会儿，刘颖就像一只小蜜蜂，天天围着杨爽嘘寒问暖，早上带杯星巴克，中午陪她去荣新馆吃日料，晚上陪她加完班去吃凑凑火锅。刘颖一度成为杨爽生活中不可或缺的人物，这也是她为什么被火速提拔的原因。

当李文彬和刘颖之间大吵一架之后，她便寻找各种机会在杨爽面前奚落李文彬，可效果不大。

一个狂风暴雨的周末，两个人吃过烛光晚餐，顺便喝了点张裕解百纳。

原本刘颖想抓住机会让杨爽提前通知李文彬试用期不过，让他卷铺盖卷走人，可任凭刘颖好说歹说，最后，也没有达成共识。刘颖第一次失策了，在杨爽心情好的时候进谗言，心想十拿九稳，可没想到自己打压李文彬的念头被杨爽拒绝了。

那晚，杨爽睡卧室，刘颖躺在沙发上硬是没有去卧室，泪水一泻千里，高傲的小公主一向是拒绝别人，可今天她却被杨爽拒绝了，刘颖躺在沙发上凑合了一夜。

第二天依然如故，好像昨晚什么事儿也没发生，这就是成年人的世界。

从此，刘颖和杨爽看似关系依旧，不过，她从未再提直接辞退李文彬的想法。而是制造各种小摩擦，准备慢慢地逼走他。

看似什么也没有发生，其实两个人之间已经开始出现些许的裂痕，随着李文彬的转正日期越来越近，双方从无话不谈看似铁打的闺蜜关系，变成了无话可说，曾经的一切美好成为过往。原以为自己跟杨爽之间的关系如铜墙铁壁，现实却狠狠地抽了刘颖一耳光，杨爽竟然安排人跟踪她，这让刘颖不得不重新审视两个人之间的关系。

姜还是老的辣，平日里不显山不露水，遇到事儿竟然防着自己，杨爽的不信任让刘颖有种背叛的感觉。平日里亲密无间的闺蜜，竟然如此经不起考验。

又聊了一会儿，并没有聊出子丑寅卯来，刘颖喃喃道："Catherine，你变了。"

不等杨爽回复，刘颖起身离开，留下杨爽一脸无辜地坐在老板椅上。在她面前一向乖巧听话的刘颖，竟然有了自己的小心思，这让控制欲极强的杨爽很是不爽。

在回自己工位时，刘颖不经意瞟了一眼不远处的李文彬，这厮正在那里热火朝天地修改着来年的产品企划方案。只能说李文彬命苦，同工不同酬也就罢了，同工还不同劳，别人年纪轻轻拿着比自己高的工资不说，活还得自己帮她干！

坐定，解码手机，打开微信，几十个未读信息。

刘颖一条条读着信息，目光停留在了苏玉箫的微信消息："颖颖，你怎么啦？一脸的不高兴，晚上约饭，我请客。"

想起早上李文彬和苏玉箫在办公室大厅热情相拥，刘颖的心里莫名地来气，她娴熟地打字回复："小浪蹄子，你还是跟你的大叔李文彬去吃烛光晚餐吧，老娘可不当电灯泡，也没空！"

苏玉箫不甘示弱，回复道："好你个刘颖，你也打趣我，我是什么人你不知道吗？我跟彬哥之间是清白的，比临江的水都清！"

"切，清白，一句一个彬哥，肉麻不？如果你们两个人之间是清白的，临江的水都能当矿泉水喝。"

苏玉箫被刘颖的冷幽默给整笑了，发了一个笑的表情。

"小浪蹄子，坦白从宽，抗拒从严。说，你跟李文彬究竟是什么关系，大清早在办公室搂搂抱抱，简直无视大家的存在。"

面对刘颖的打趣，苏玉箫回道："你是摆地摊卖蛋炒饭的呀，那点破事儿你自己不清楚吗？炒来炒去有意思吗？"

自从跟杨爽的关系有了裂痕之后，刘颖谁都不相信了。她跟杨爽的关系是何等的牢靠，可自从李文彬出现，打乱了她们原本平静幸福的生活。

杨爽曾经敞开心扉跟刘颖聊过，她告诉刘颖，李文彬绝非等闲之辈，将来遇到机会肯定起飞。对于他这种人，绝对不能得罪，不然，后悔都来不及。刚开始刘颖并没在意，可随着李文彬把自己吹的牛都一步步变成现实，刘颖对李文彬的态度也慢慢地发生了变化。

第十四章 末位淘汰

重新梳理好企划方案，正准备去杨爽办公室汇报，却被苏玉箫拦住了。

"彬哥，我觉得你有必要对杨总的历史深入了解一下，这样，可能对你有所帮助。"

"愿闻其详！"

苏玉箫笑道："表情不要那么严肃。"

我试图挤出一丝微笑，可发现太难了，于是便催促道："别磨磨叽叽的，赶快说吧。"

"杨总刚来 Keyhome 时，公司业务规模很小，虽然有十几个员工，管理却很松散，上下班因为没有考勤，很多人迟到、早退。所以，昨天大家准点下班，你也不要有意见，这搁以前，都是早退。

杨总上任伊始，便将整顿公司的纪律和拓展业务作为首要任务。

新官上任三把火，杨总的第一把火便是整顿军纪，俗话说得好，无规矩不成方圆。

为了烧好第一把火，杨爽专门给大家上了一堂思政课，大意就是人要有血性，公司是一个组织，每一个人都必须按照公司的规章制度办事，如果违反了公司的规章制度，不管是谁，一律按公司的规定惩罚。

刚开始，大家根本就没有把她的话放在心上，再说她的年纪跟大部分员工的年纪差不多，都以为她是做做样子。

公司里很多都是临海本地人，很多人进公司就是养老，没什么追求，就是混日子，图公司交个社保。

　　尽管杨爽在会上说得很清楚，大部分人还是左耳进，右耳出。第二天，照样有人迟到，有人无故旷工。

　　一周过后的礼拜一，快下班时，杨爽召集所有员工，当时会场的气氛相当地紧张，甚至有点剑拔弩张的味道。"

　　苏玉箫讲起杨爽的往事，有点扣人心弦。

　　讲到关键时刻，苏玉箫停顿了一下，我便急忙问道："那天发生了什么事儿，开个会气氛竟然那么紧张？"

　　那天杨爽将行政部整理出来的人员名单逐个念出：

　　迟到的罚款；

　　出差不写申请，并且没有跟公司的相应领导打招呼的，扣发当月奖金；

　　无故旷工达三天以上者，开除！

　　其中有一个老员工，出差不写申请，在外面鬼混了一个月，后来有供应商投诉这个员工索要回扣，杨爽当机立断，让人事打电话通知他被开除了。

　　这名员工竟然冲进了杨爽的办公室，他的情绪很激动，从身上抽出一把菜刀，威胁杨爽，好在公司的保安及时出现，要不然，后果不堪设想！

　　闹事的那人自知理亏，他的火气也没那么大了，可他死活还是不接受公司的处罚，并且大有谁敢开除他，跟谁玩命的味道。

　　如果换作别人，估计会妥协，然后息事宁人。可杨爽没有，这也正是她的过人之处，她二话不说直接打电话到110报了警。

　　杨爽没有给肇事者狡辩的机会，交给Keyhome的法务处理，男员工想抵赖，可供应商的举报材料和他索要回扣的录音都在，在铁的证据面前。这位员工终于服软了，不仅被开除了，并且还遭受了牢狱之灾！

这件事儿之后，公司的风气随之一变，再没有把迟到不当回事儿，更没有无故旷工的事情发生。

"箫箫，也就是说，杨爽是一个非常讲规则，对下属要求很严的女领导，对吧？"听完苏玉箫讲完杨爽的故事，我总结道。

苏玉箫点了点头，道："如果仅仅是管理严格，公司的业绩可能会有所改善，但不可能实现跨越式的发展。Keyhome 原本是一家不入流的美国纺织品进口商，在她的带领下，各项业务快速发展，只要是 Keyhome 涉足的业务，在美国的进口商中都能名列前茅。同时，还适时地开拓了自有品牌国内电商业务。公司在杨总的带领下，凤凰涅槃，短短 5 年时间，Keyhome 业绩翻了好几倍，一跃成为美国第一大纺织品进口商。另外，当公司业务发展后，盈利增加，敏锐的杨总建议公司买地造自己的办公楼。好在 Tony 听了杨总的建议，买了地，建了这栋办公楼，这些年临海的房价地价飙升，都翻了好几番。Keyhome 能够做这么大，杨爽功不可没，一方面是她自己业务能力强，开发了很多大客户；另一方面，是她超强的管理能力。"

我看了一下时间，感觉时间不早了，如果再不去见杨爽，待会儿估计她就去吃午饭了，于是，急忙道："箫箫，时间不多了，讲讲杨总是靠着什么法宝将 Keyhome 起死回生的？"

"我觉得杨总是把士气放在第一位，她觉得个人也好，团队也罢，必须精气神十足。

"为了提升团队的士气，上任伊始，杨总便把整顿公司的纪律和打造团队放在第一位。处罚了几个抱有侥幸心理的员工之后，整个团队焕发出了勃勃生机，个个都像变了个人似的，生龙活虎，气象大为改观。

"盘活了团队，接下来便是奖惩制度了，从某种程度上来讲，这个世界是公平的，它既给你登顶无上荣耀的机会，同时，它也会给你等量的苦！无论是谁，你必须时刻保持奔跑，不然，只能面临淘汰。

"如果你想登顶获得荣耀，你就必须努力！如果你不努力，等待你的就是无边无际的苦。

"整个公司纳入考核，连续三个月排名倒数第一的直接开除，这就是 Keyhome 末位淘汰制的由来。正是因为完善了各项规章制度，公司的业务一步步发展，才有了今天年销售额几十亿、一百多号人的团队。"苏玉箫越说越来劲儿，她两眼直放光，从这里面也可以看出，她对杨爽的敬佩之情。

我瞅了一眼苏玉箫，笑道："箫箫，杨总果然不简单呀。试想，之前 Keyhome 为什么业绩不行？因为大家吃大锅饭，干好干歹一个样，在这种制度之下，没有人愿意多付出一丝一毫，即便是一些非常有能力的员工也会慢慢地泯然众人矣。"

箫箫告诉我，为了提升团队士气和完善企业的绩效考核制度，在公司最困难时，杨爽竟然花费百万引入外部咨询公司，通过在线全员学习和现场中高管学习，将 Keyhome 打造成了一个学习型组织。利用咨询公司跟员工一对一研讨制作了岗位绩效考核表，通过利益内嵌，把公司的业务目标、员工薪酬和绩效考核捆绑在一起，然后再通过试运行复盘，对存在较大差异的岗位进行绩效目标调整。杨爽利用三个月的时间，将 Keyhome 搭建成了一个平台，每一名员工聚焦关注自己所负责的部分，从而形成正向循环。

苏玉箫喝了一口依云，清了清嗓子，道："用实力说话，无论是谁，一视同仁。末位淘汰制出台以后，除了几个跟不上步伐的员工离职补充了新鲜血液，其他 Keyhome 的业务员都打了鸡血似的，格外努力。从此，Keyhome 搭上了火箭似的，业绩年年翻番！"

第十五章 拒绝

"箫箫，如此高压的工作环境，肯定有员工顶不住压力，员工的流动性怎么解决？"

苏玉箫笑道："的确如此，杨爽熟悉公司整体情况之后，意识到大部分同事都是外地人，这些外地人背井离乡来临海的目的很简单，好好工作，努力过上好日子。杨爽似乎学过心理学，她能从员工的角度出发，通过举办一系列的活动来调动大家的归属感，比如为员工办生日Party，每月100元的阅读基金，可以免费买书，杨爽还为大家争取到了健康基金，这个基金用于每年大家的免费体检，如果员工不幸得了重病，员工可以根据病情的不同报销不同的金额。"

苏玉箫喝了一口依云，继续道："政策一出台，刚好一个员工患了重病，需要二十多万的医疗费，她家很穷，杨爽知道后，第一时间让公司先帮她垫付医药费，让她先接受治疗。试想，既能拿到不菲的收入，又能享受公司的关怀，大家的创造力能不迸发吗？公司员工的努力，让Keyhome步入了正轨，走上了快速发展的轨道。"

苏玉箫讲完，又聊了一会儿，我便起身再次来到杨爽的办公室。

一进办公室，碰上刘颖和杨爽有说有笑，正准备去上井吃日料。

还好我来得及时，不然领导去吃午饭，下午的企划沟通会就来不及了。

杨爽支开了刘颖，我便从体、面、线、点跟杨爽讲了一下我对来年新品的具体开发规划，同时，还给出自己对于

Keyhome 供应链通过组合创新来提升公司产品研发能力的建议。

听了我的汇报，一向严肃的杨爽脸上难得露出了笑容。

"走，上井一起吃日料吧，就在公司附近。"杨爽发起了午饭的邀约。

我挠了挠头，笑道："杨总，我……我叫了外卖，你们去吃吧，改天我做东，请你去荣新馆吃日料。"

"好呀！等转正了，你请我吃一顿大餐。"

听到杨爽说转正的事儿，我就头皮发麻。当初入职Keyhome，杨爽给我的试用期定了一个很高的目标，三个月试用期必须上线一款爆款单品，必须初步形成适合 Keyhome 的爆品开发方法论。用她的原话说，只有高目标、严要求才能够让我快速地成长。

对产品研发稍微了解的人都知道慢工出细活，开发一款爆品是需要时间打磨的，方法论更不是短期可以沉淀的，可杨爽就是不按常理出牌。

关于 Keyhome 国内电商的发展路径，我跟杨爽之间有着不同的观点。身为职业经理人的她要求短平快，崇尚爆品策略，迅速出业绩；而我则坚持长期主义，认为通过产品系列化最终实现产品和品牌双驱动，才是正确的路径。

尽管我跟杨爽的观点不一致，但是，胳膊拧不过大腿，我完全按照她短平快的要求，迅速开发出了爆品，在短短一年不到的时间，经过 618 和双十一两波 S 级大促，我牵头研发的双面双感记忆枕成为全网最爆的产品，将公司自有品牌国内电商的业绩从年销售额三千万人民币迅速拉升到了三亿人民币。

尽管如此，当自有品牌国内电商业务发展到三个亿的时候，因为太过于急功近利，开始出现反噬，靠一款爆款记忆枕打天下的局面最终戛然而止，原本高速增长的态势偃旗息鼓，杨爽让市场部投入巨额的广告费，无奈投资回报率太低，最后不了了之。

在杨爽束手无策时，我拿着调研报告以及系列化的产品方案经过多次跟杨爽沟通，穷途末路的杨爽最终接受了我产品和品牌双驱动的建议，经过半年的布局，Keyhome 自有品牌国内电商业务重新焕发出生机，步入良性发展的轨道。当然，这是后话，暂且不提。

杨爽没想到，我竟然会拒绝她请客吃饭。虽然我会给领导抬轿子，但是，我不会阿谀奉承，更不会低三下四。在职场，我靠的是本事吃饭，不是拍马屁。所以，即便杨爽是我的直属领导，我在 Keyhome 的职场浮沉完全在她的一念之间，即便如此，我也不会曲意逢迎，而是视人为人。

我跟杨爽签过对赌协议，如果没有通过试用期考核，直接走人，到时候一分钱都拿不到。当然，杨爽不可能不发工资，从劳动法的角度来讲，我跟她的赌约是放不上台面的。

杨爽可是一个经历过大风大浪的女人，见我拒绝了一起共进午餐的邀约，微微一笑，便欣然跟刘颖坐电梯下楼去了。

有人请客吃饭，并且还是自己的领导，我没有理由拒绝，主要是因为我跟苏玉箫约好了中午一起吃饭。最近箫箫帮了我很多，我不想放她鸽子，尽管我知道顺着杨爽，对我接下来在 Keyhome 的职业生涯更好。

当时我刚在临海买了一套 60 平方米的酒店式公寓，因为临海有政策规定，外地人结婚后才能购买商品房，我当时还没有结婚，无奈只能先买酒店式公寓，付完首付，腰包空空如也。

恭送走了杨爽她们，便和苏玉箫一起去吃凑凑火锅。实话实说，凑凑火锅里面的豆腐和鸭血真的是一绝，当然，他们家的饮料也不错。

苏玉箫知道我刚买了房，身上所剩无几，在如此困难的时候，竟然肯请她吃饭，这足以说明我的诚意！虽然跟我接触的时间不长，只有一个多月，苏玉箫已经将我的脾气和秉性摸得很透，她知道我是一个极爱面子的男人。

苏玉箫面带微笑，道："文彬哥，今天我请你吧，等你转正了，请我吃顿大餐。"

苏玉箫话音刚落，我一脸的茫然，怎么她跟杨爽说话的口吻都是一个调调？不等我拒绝，箫箫已经在大众点评上买了单，面对既成事实，我也只能接受。

不得不承认，苏玉箫的智商情商超越一般人，这让我对富二代这个群体有了重新的认识，他们打小接受最好的教育，父辈们的杀伐决断早已刻印在他们的脑海里，虎父无犬子，接人待物方面自然天衣无缝。

第十六章 大获成功

产品企划方案沟通会如期举行，经过跟直属领导杨爽的几轮 Battle，不仅整体的框架搭建得很完善，细节准备得也很充分。

充分的准备给了我足够的自信，在公司的富春山会议室，第一次当着全公司一百多号人侃侃而谈。从整体的产品线布局，到基于消费者视角的产品研发策略，从产品研发与供应链之间的关系，到提出了提升 Keyhome 整个供应链体系的"方舟计划"，当时我有一种登高望远、一览众山小的感觉；更有一种指点江山，激扬文字，粪土当年万户侯的豪迈。

当我演讲完毕，会议室响起了热烈的掌声，即便是死对头刘颖，也给予了肯定的掌声。

大老板 Tony 对我的产品企划方案很满意，同时也给出了专业的意见：第一，需要尽快去成品工厂、面料厂、原料厂了解最新的研发成果和市场趋势，将之汇总，补充进企划方案之中。第二，加强消费者调研，针对重点项目，尤其是 S 级的项目，产品必须有调研报告。第三，对人群细分、场景细分、功能细分做更深入的研究。

活了将近 40 年，明白了一个浅显的道理：凡是那些有所成就的人，基本都有两把刷子。就比如 Tony，能当上老板，看问题的深度和宽度是一般人难以比肩的。

我很清楚，今天能够大获成功，要感谢杨爽。当然，不是因为杨爽的提携，而是她将我逼到绝路，而我则顶住了压力，置之死地而后生，最终，扭转乾坤，在 Keyhome 全体员工面前展现了自己的专业和能力，扩大了个人的影响力。

当时，我内心五味杂陈，瞬间顿悟一个道理。贵人分为两类：一类是在你逆境时，能够拉你一把的人；一类是在你逆境时，砍你两刀的人。拉你一把的人能够让你顺利渡劫，砍你两刀的人能够让你涅槃重生。

此次产品企划沟通会大获成功，产生了深远的影响，大老板 Tony 关注到了我。一个精神矍铄的老头，他身居幕后，一般不跟员工直接接触，听了我的汇报之后，他找我谈过两次话。第一次跟我聊工作，主要是我个人对产品企划、研发和供应链的思考。第二次，他跟我聊家庭、生活，还有个人的喜好，得知我已经在着手备考研究生时，会心地笑了。后来，我转正没多久，便接到了人事任命，我由 Keyhome 的产品部总监，一跃成为 Keyhome 集团的产品企划研发及供应链总监，Keyhome 外贸业务当时 8 亿美金的规模，外贸业务远比内销规模大。每年订单数量庞大，供应链错综复杂，很考验管理能力。

当我进入新角色之后，便有机会去纽约参加家纺行业的市场周活动，去法兰克福参加展会……我的视野被彻底打开。因为职位的变化，让我有机会接触更多更专业的供应商，学习全品类家纺最前沿的产品研发技术和理念，产品研发能力得到了极大的提升。因为团队扩大，个人管理能力也得到了快速成长。

当我站在那里，回味着刚才讲解产品企划方案时的挥斥方遒时，杨爽走过来，干脆地说明了来意："李文彬，你跟我到办公室来一下！"

此时此刻，即便面对杨爽，我也自信满满。

进了杨爽的办公室，我心情比往日里平和了许多，杨爽一改往日的严肃，面若桃花，没有一丁点儿不悦。

很明显，杨爽对我今天的表现很是满意。杨爽是何等聪明之人，她对我施压，可以轻而易举地试探出我的能力，站在审判台上高高在上的她，此时见我深不见底，深谙职场用人之道的杨爽很清楚，是时候给我点甜头了。

"杨总，您找我有事儿？"我毕恭毕敬道。

杨爽示意我坐下，微微一笑，道："李文彬，你今天表现得不错，完全超出了我的预期，给产品部长脸了，我没看走眼，当初招你进来是对的。"

"都是杨总提携，如果不是您的谆谆教诲，我今天不可能有如此完美的表现。"

杨爽瞟了我一眼，眼神略显妩媚，道："哎哟，什么时候李文彬也开始谦虚起来了。"

"杨总，我李文彬向来以谦虚谨慎为本。"

"好了，言归正传，今天 Tony 给出了三个改进方向，我们要尽快落实。关于成品工厂访厂，你马上跟苏玉箫沟通一下，排一下行程，明天就出发，我们先去东山省。"一向雷厉风行的杨爽开门见山道。

……

我转身刚从杨爽办公室离开，刘颖便从里间出来了。

"怎么样？我没说错吧，李文彬远比他所表现的厉害，就比如这次的产品企划方案沟通会，临危受命，如此短的时间，竟然还能做得这么好，现在的李文彬还真的有点超出了我的预期。"

"Catherine，我看他是运气爆棚，如果不是你给他指点，他能够将产品企划方案做得如此的完善亮眼？"

"颖颖，我只不过是给了一些个人建议，即便李文彬不听我的建议，完全按照他自己的思路，说不定结果会更好。因为他所阐述的产品和品牌双驱动，如果从长远的战略思考，对 Keyhome 更有利。与其说是我指点了李文彬，不如说是他暂时向我低头，接受了我短平快，迅速出业绩的策略。"

"杨总，既然你知道产品和品牌双驱动对 Keyhome 会更好，为什么还一意孤行，坚持短平快的爆品策略？"

"颖颖，不在其位，不谋其政。身为 Keyhome 的常务副总裁，每年的 KPI 将我压得喘不过气来，这么多年我之所以永立潮头，是因为 Keyhome 在我的带领下，业绩一路长虹。如果我不能保证 Keyhome 的业务增长，Keyhome 常务副总裁的位置就会易主，与其坚持长期主义给别人作嫁衣，还不如做好当下，即便是饮鸩止渴。"

出了杨爽办公室，找到苏玉箫，大致跟她讲了一下接下来去东山省工厂的事情，箫箫迅速打开电脑，根据要求做起了行程单。箫箫做事儿真的是给力，十几分钟的时间便把将近二十家工厂的行程排好了，并且将相应的交通工具和行程，入住酒店等细节全部排得好好的。

我冲着箫箫竖了竖大拇指，甚至一度怀疑她真的是苏氏集团董事长苏明亮的唯一女儿？苏玉箫告诉我如假包换，我问她既然家里面条件这么好，为什么还做这么基础的工作，苏玉箫以家家有本难念的经为由搪塞了我的问题。

我将行程计划微信发给了杨爽，她看后直接回复了 OK。这时，我才理解为啥杨爽让找箫箫排行程，她做事倍儿清爽，这让我对箫箫的好感倍增。

第十七章 淄博烧烤

八九年前那会儿，淄博烧烤还远没有现如今火爆。

最近团队很辛苦，我想利用此次出差的机会犒劳一下团队。出于私心，我把第一站放在了淄博，准备晚上请团队吃一顿淄博烧烤。一方面缓和下大家紧绷的神经；另一方面也算是对大家最近努力的回馈。

当然，更为重要的是为了团队的融合，产品部虽然是一个团队，可总觉得貌合神离。更为让人不解的是，我主导的几款新品，在即将上市之际，竞争对手竟然提前几天上线，把我们的新品上市节奏都打乱了，这让我一度怀疑是不是产品部有人使坏。

原以为新品企划方案有了眉目，工作上就会顺风顺水，谁承想竟然会出现新品资料外泄的事情，并且还在我即将转正的档口，如果竞争对手拿走了我们所有的新品资料，今年的上新计划就会受到严重的影响。

我这人有一个特点，越是遇到难题，越会打起百分之一百的精神迎难而上。既然有人挑衅，我自然不会认怂。

被外泄的新品是非温感记忆枕，我进入 Keyhome 之后，给自己定下的试用期目标之一便是开发出一款大爆品。求其上者得其中，求其中者得其下。我喜欢定高的目标，面对挑战，才会迸发出创造力。定下目标之后，我便走南闯北，拜访了十几家全国知名的记忆棉工厂，通过二个月的市场调研和消费者试用，经过多轮的产品优化，一款全新的非温感记忆枕横空出世。同时我还储备了第二代新品双面双感记忆枕和第三代新品双芯护颈记忆枕，第二代和第三代的新品企划、研发资料在我的电脑里，除了我，没人知道，我把它们当作突破市场的秘密武器。

正当我准备大干一场，希望开发出一款能够在全行业产生重大影响的产品时，竟然出现资料外泄，竞争对手提前上线的事情。

这让 Keyhome 陷入了短暂的混乱。

当初产品开发出来之后，试用过的人没有一个不说好的，即便对产品极为挑剔的杨爽，也给我投了赞成票。大家对这款划时代的非温感记忆枕都非常有信心，尤其是运营团队更是信心满满，摩拳擦掌，准备大干一场。

事情传开之后，杨爽第一时间找了我，我简短地向她做了汇报。杨爽自然很是气愤，毕竟大家想靠着这款新品，在下半年的双十一能够出圈，完成自有品牌国内电商业务的突破，根据预测，如果成功，电商业务有可能完成 100% 以上的增长。

新品资料外泄，被竞争对手抢先上线，这对 Keyhome 的自有品牌国内电商业务影响深远。如果不能及时解决，当年的电商业务很难有突破性进展。

隐隐约约觉得有内奸，其实我内心有两个人选，一个是吴佩佩，一个是刘颖。

吴佩佩对我这个空降领导一直颇有微词，会不会借机整我？刘颖就更不用说了，一直想借刀杀人，作为市场部总监，她也有机会接触到新品的资料。

当我把内心的猜测跟杨爽摊牌时，她直接否决了，理由很简单，吴佩佩虽然对我不满，但是，吴佩佩刚结婚，在临海刚买了房子，她背负着高额的房贷，不可能冒着被辞退的风险泄露资料，一旦被辞退，她很难再找到类似待遇的工作；刘颖更不会，她对产品研发一窍不通，即便想利用新品玩花样也不可能做到。

最近，Keyhome 自有品牌国内电商新品资料外泄的事情闹得沸沸扬扬，连去国外旅游的 Tony 都打电话询问到底是什么情况。

关于自有品牌国内电商新品资料外泄的事情，杨爽已经汇报给 Tony 了，要不然，她也不会淡定地过来吃烧烤。

杨爽在商场摸爬滚打多年，不可能坐以待毙，一个公司的新品对公司意味着什么，在外贸业务疲软、国内电商业务被寄予厚望之下，今年甚至明年是吃肉还是喝汤，最为关键的就是看新品表现了。这一点，杨爽很清楚，所以，面对电商新品研发资料外泄，她肯定会揪出内鬼，尽快推动研发出替代产品。

如果放在以前，这事情可能就过去了，可今天我绝对不会善罢甘休，好不容易开始在 Keyhome 崭露头角，我可不想有人破坏我的大好前程。居转户、购买临海商品房、娶妻生子，完成从凤凰男到新临海人的华丽转变。对当时的我而言意义重大，我可不想到手的鸭子又无缘无故地飞走了。

关于替代产品的事儿我自有办法，至于谁泄密的，揪出内鬼，这事儿只能交给杨爽去处理了，她能动用的资源是我不能比的。杨爽给公司行政打了电话，让IT通过网络查，看谁进入了公司的新品研发资料盘。

打完电话，杨爽一脸阴沉，若有所思道："李文彬，最近你有没有发现公司内部有什么异常现象？比如，你们产品部有没有人跟外面的猎头接触？"

我知道杨爽什么意思，她是怕有竞争对手通过面试套方案。现如今很多公司不地道，不是想着通过努力经营发展，而是整天琢磨着怎么通过套取其他公司的方案来发展。

"前一段时间，苏玉箫闹情绪，说有猎头联系她，跟我说有公司愿意出双倍工资请她，不过，她拒绝了。她没有发简历，更没有提供产品方案。更何况，箫箫也不可能再找工作，可能过段时间，她就回苏市了，听箫箫说老爹苏明亮有意安排她在苏氏集团从基层做起，有这么好的机会，她也不会再找工作了。当然了，我相信箫箫的人品，她绝对不会干出对Keyhome不利的事情。"的确有猎头联系团队的人，不过，除了箫箫，其他人目前我还真不是很清楚。

跟杨爽聊了一会儿，杨爽并没有说更多关于新品泄密的事儿。她有一个特点，做什么事情，如果没有十足的把握，她是不会当着众人的面说的，这也是她成熟的地方。

为了缓和气氛，我举杯跟大家一起干了一杯。然后拿起几串吱吱冒油的羊肉串，蘸上酱料，摊在小饼上，再放几棵小葱，咬一口，相当美味。

吃烧烤之前，一个个摩拳擦掌，觉得可以气吞万里如虎，尤其是吴佩佩，说自己要海吃海喝，结果乌苏只喝了半瓶，一人一袋小饼，她只吃了一个小饼，几串羊肉串下肚后便缴械投降了。

也难怪，现如今人们的生活水平都提高了，吃烧烤只是尝个鲜，也吃不了多少东西。

……

见大家很开心，完全忘记了平日工作的烦恼，我便临时起兴，咏诗一首：

淄博烧烤

牛肉花生米，黄瓜配乌苏。

寒冬撸羊串，火炉烤羊腿。

鸡翅焦里酥，羊腿貌似香。

问君钟意否？夜深不知归。

我这人没有什么艺术细胞，不会唱歌，不会跳舞，更不会赋诗，所谓的临时起兴，只不过是为了博得大家一笑而已。

第十八章 催婚

吃饭前感觉气吞万里如虎，真吃起来，串没撸几串，啤酒没喝几瓶，已经是酒足串饱。

听我念出蹩脚的打油诗，杨爽难得露出了笑容，打趣了我两句，便起身离开了。

正当我准备起身结账时，接到了老妈打来的电话，张口就要抱孙子，面对老妈的催促，我只得硬着头皮道："妈，我对象还没呢，怎么给您抱孙子！"

"没对象你不会谈吗？你看看人家小鹏，年龄跟你一样大，小孩都两个了。"老太太提起同村的小鹏，总是来气。

老妈口中的小鹏是我的发小，没读大学，比我年长一岁，19 岁便跟隔壁村的姑娘结婚，20 岁生了个女儿，21 岁要了个二胎儿子，现在 30 岁已经是儿女双全，在外面打个零工，小日子过得惬意得很。反观我自己，虽然大学毕业，可在临海不仅没有买房，连户口也没有，因为无房无户，女朋友也就没有，正儿八经的三无男人。

在老家人的眼里，像我这种三无男人就是反面的案例，教育孩子都提名道姓说不能向我这种不争气的人学习。

为此，远在外地的老爸老妈隔三岔五地打电话催促我娶妻生子，不说光宗耀祖，至少他们不想被人戳脊梁骨。可远在农村的他们从来不考虑买房的问题，落户的问题，可不买房，不落户，在临海这座国际化大都市，谁认识我这个外地来的穷书生，跟我过日子呢？

经济基础决定上层建筑，我当然也想谈个漂漂亮亮的女朋友，带回老家在亲朋好友面前多有面？可别人一问你户口是哪里的？房子买好了吗？开的什么车？聊不了几句话，就被聊死了。

讲到这里，我多少还是有一些怨言的。我一个外地人，又没有临海市的户口，当时政府为了稳定房价，临海的政策是非本地人买房需要已婚。也就是说，如果你是外地人，需要找个姑娘先结婚，没有结婚证，对不起，没有购房资格！问题是我没房，别人不愿意跟我处对象，可现实是你没对象，没结婚，拿不出结婚证，对不起，你没有购房资格。真是奇葩的政策，奇葩的事儿！

"喂，你在听我说话吗？"老妈略显不耐烦，也有可能是在可惜她的电话费了。

"妈，听着呢！"

"隔壁村的小慧儿怎么样？恁大娘提了好几次了，她担心你嫌弃人家没文化，那姑娘也在临海打工，要不，我把电话给你要一下，你跟她见一下？"

"妈！婚姻乃是人生大事儿，我怎么能随便找个人凑合着过呢？你说的那个小慧儿我知道，之前上初中的时候我们一个班的，我们真不合适。"

"为啥不合适？你爸跟我不也是别人介绍的，现在不也过得好好的？"

"妈，话不能这么说。现在时代不同了，讲究自由恋爱，结婚的前提双方至少要有感觉吧？我跟她十几年没见过了，不可能为了结婚而结婚的。这样，对她，对我都不负责。"

……

我也是醉了，隔三岔五，老妈就会打电话催婚，把我原本不悦的心情搞得如阴雨连绵，情绪更是低落至极。

也不能全怪老爸老妈。我今年29岁，搁农村的确该当爹了，可现如今我在临海工作，虽然在这座国际化大都市工作了7年，还是一事无成。

为了省钱买房，住着没有空调的阁楼。眼瞅着临海的房价越来越高，从刚开始的万把块一平到现在的几万，甚至十几万，几十万一平。眼瞅着万丈高楼平地起，别人都买了房子，过上了不用搬家的稳定生活，可自己依旧单着，攒钱的速度明显跟不上房价飙升的速度。

我是该考虑考虑个人问题了，即便不为自己考虑，也要为父母考虑。他们也希望在有生之年能够看着孙子孙女长大成人。

对于省钱这件事儿，如果以今天的视角来看，当初我真傻，为了一个月省几百块钱，住着没有空调的阁楼，夏天热得浑身起痱子。临海的阁楼，夏天从外面进去跟进牢笼差不多，甚至有过之无不及。为了凉快一些，自己甚至从窗户跳出去，躺在6层楼的屋顶睡觉！

那会儿因为穷怕了，发点工资都想着存起来，加上又想着在临海买房安家，虽然条件艰苦，硬是咬牙住阁楼。对于买房这事儿，我很笃定，在临海这些年，每次租房搬家都把人折腾半死，给我留下了阴影。我曾经对天发誓，无论如何都要在临海买套房子，有个安身立命之地。

恍恍惚惚地结完账，我没有去酒店，而是径直离开烧烤店，漫无目的地走在大街上。

"文彬哥，怎么啦？感觉你一脸不开心的样子。"

不知何时，苏玉箫出现在了我的面前，这个一向看似没有烦恼的开心果让我一时无言以对。

思绪从老妈的逼婚状态返回现实，强颜欢笑，道："箫箫，我真羡慕你，没有烦恼。"

"谁说我没有烦恼？"

……

家家有本难念的经，箫箫当然也有她的烦恼，只是她不想向外人吐苦水。我对箫箫的印象很好，甚至一度想，如果再找不到合适的，不行就追箫箫，至少她性格挺好。当然了，她人也很漂亮，是我喜欢的萝莉型美女。

直到刘颖指着我的鼻子奚落我，彼时，我才知道，苏玉箫的背景有多强大，苏玉箫竟然是赫赫有名的苏氏集团董事长苏明亮的唯一女儿。她是那种我只能远观而不可亵玩的女孩，对于我们这些外地来的凤凰男，简直是女神，不，女王般的存在。

一个如此背景的女孩，在 Keyhome 竟然是一名小小的跟单员，一个月拿着几千块钱的工资！真是人不可貌相，海水不可斗量。

"箫箫，你说我怎么这么惨，辛辛苦苦考上大学，毕业在临海这边讨生活，快 30 岁了还一无所有。以至于父母打电话催婚，我……我也太失败了。"

"哈哈，文彬哥，你这么帅，年纪轻轻，又事业有成，不缺女朋友吧？"

"谁说我不缺？我缺的就是女朋友，要不然，早就结婚了。"

苏玉箫站定，一本正经地胡说八道道："文彬哥，要不……要不咱俩搭伙过日子？"

如果搁以前，我就开箫箫的玩笑了，可现如今我知道了苏玉箫强大的背景，也就不敢再造次了，尽管我知道她对物质并不在乎，可我在乎，一个大老爷们儿，如果不能给予另一半基本的物质需求，就不要撩人家。

箫箫是个好女孩，人好，性格也好，现在又加上一个多金，简直是无数男人的梦中情人，如果谁和她结婚，至少能少奋斗 20 年。

可理智让我保持冷静、冷静、再冷静。

第十九章 门当户对

现实生活中一向以打趣别人为乐的我，竟然栽在了箫箫的手里，这让我着实有些不甘。

"箫箫，你说实话，身为苏家大小姐，你为什么来临海？在 Keyhome 打工？"

"死刘颖，你个臭刘颖！"苏玉箫骂刘颖出卖她的同时，还不忘把刘颖的祖宗十八代给顺带一并骂了。

女人难缠是一点不假，你说刘颖得罪了苏玉箫，她竟然连带刘颖的祖宗十八代都不放过，难怪孔老爷子说唯小人与女子难养也。这里完全没有贬低女人的意思，只是提醒各位看官不要得罪女人。

箫箫骂刘颖，我就知道她猜出了是刘颖将她的身份泄密给我。所以，很多时候言多必失，无意间的一句话，可能就会把别人的秘密给泄漏了。

拉着箫箫一顿狂解释，只想消除她对刘颖的误会，尽管我跟刘颖之间水火不容，可不想让别人戳我脊梁骨，说我背后嚼舌根。

箫箫死活不听，说着就要打电话讨伐刘颖，好在被我及时制止，要不然，又是一起小风波。

"文彬哥，我不打电话骂刘颖那死妮子也行，除非……"

"除非什么？"

"除非你答应照顾我。"

"箫箫，工作中我不是一直罩着你吗？"

"李文彬，你不要耍小聪明，更不要顾左右而言他。"苏玉箫表情由晴转阴，直接开门见山道。

避开箫箫阴晴不定的眼神，我抽身准备离开，当时的情景，我深知，如果再待下去，指不定箫箫会干出什么出格的事儿。

90后和80后相比，还是有着天壤之别，更何况含着金钥匙出生的苏玉箫。她完全可以不用考虑后果，只为性情而活，而我则不然，必须思考门当户对否？能否给对方带来真正的幸福快乐。

何为爱情？爱情没有柴米油盐，爱情是一杯星巴克，一顿人均两三百的凑凑火锅，还有名牌包包，名牌衣服和鞋子。

我一个住在阁楼，炎热夏天连空调都没有的凤凰男，有什么资格去跟萧萧这样的女孩风花雪月？不是我不想，而是我连资格都没有。就好比在临海买房，先不谈有没有钱，我连购房的资格都没有。

世界是美好的，同时又是现实的。

短期我可以带着萧萧喝杯星巴克，也可以带她吃顿凑凑火锅。可我囊中羞涩，不可能带她去买名牌包包、衣服和鞋子，更不可能带她去住没有空调的阁楼，还是合租。试想，一个漂亮可爱的姑娘，你忍心她跟着你受罪？

苏玉萧可以不在乎，可我李文彬不可以不 Care。

对于恋爱这件事儿，人与人之间是有差距的。我无法像某些人一样，心安理得地接受别人的馈赠，甚至以攀高枝为荣。

可能受个人成长环境的影响，抑或是传统门当户对观念深入骨髓的原因。正常人的思维，遇到苏玉萧，肯定会跪舔，做个有钱人家的上门女婿，不愁吃不愁穿，住有豪宅，出门有豪车，这辈子多风光。

尽管世俗有世俗的观念，可我有自己的想法，且不说如果自己一口答应了苏玉萧，她会不会认为我别有所图？

如果是在大学或者刚大学毕业那会儿，我会毫不犹豫地追萧萧，因为我在追求自己喜欢的人，爱情无贵贱！

而此时的我，已经不可能再那样义无反顾，尽管跟当初刚从校园走出来那个愣头青相比，虽然没有太大的改变，可我毕竟已经经历了些许人间的喜怒哀乐，经历了一些人间的悲欢离合。

一个男人，当经历了一些是是非非之后，就会变得成熟起来。一个男人，成熟的标志可能是从你心存敬畏开始。

就比如我跟苏玉萧之间，如果我对她表现出"窈窕淑女，君子好逑"的样子，说明我跟其他的男人没什么两样。可我看到的不仅是面前如花似玉的姑娘，更有她身后深不可测的背景。

自己一个外地来的小瘪三，一无所有，凭什么喜欢她？七年的社会毒打和被按在地上摩擦，教会我何为爱情，何为现实。

喜欢一个人很容易，而能够有资格喜欢一个人，很难！

蜀道难，难于上青天。喜欢一个女生，有时候比蜀道还要难走！

苏玉箫虽然是含着金汤匙出生的，她对人情世故和个人感情很敏感。她知道我对她也有感觉，但是，我能够控制自己的情感，并且一开始就不拖泥带水。这至少会让苏玉箫觉得我很坦荡，面对一个坦荡又帅气的男人，箫箫心里面会觉得踏实。

在女人面前男人表现得越真挚、越诚恳，女人对男人越没有警惕心。

经历过大世面的苏玉箫心里面很清楚，虽然我表面上嘻嘻哈哈，没什么大的追求。实则不然，她始终认为我不是一个久居人下之人。女人的第六感是很灵敏的，从我身上的气质，她早就推断出，我绝不是一个普通的 80 后，因为骨子里透着一股自命不凡。

正是因为从一开始苏玉箫便将我与其他人区别对待，她才会心甘情愿地帮我。

"箫箫，我什么情况你不是不知道，我不想别人戳我的脊梁骨，说我李文彬是一个攀高枝吃软饭的男人。"

苏玉箫妩媚一笑，她的眼神一改往日的纯情，透露出一种说不出的妩媚。女人的一颦一笑，如春风拂面，让我有一种陶醉的感觉。

不过，苏玉箫跟别的女人不一样，除了纯，她的身上还透露着一种高贵，那种气质有一种只可远观不可亵玩的威严，可能这就是贵族的气息吧。

都说三代才能培养出一个贵族，苏玉箫身为苏氏集团的后人，已历经好几代，天生高贵的气质也是情理之中的。

"文彬哥，说真心话，你到底喜不喜欢我？"

面对箫箫的反问，我没有回答，此时此刻，我没有资格回答。在巨大的差距面前，无论我怎么回答，都会显得无力而又苍白。爱情本来是纯洁无瑕的，阶层的存在，就像一道深不见底的鸿沟，让它变得遥不可及。

"文彬哥，不管你怎么想，我对你是真心的，我不在意世俗的想法，我觉得你跟其他人不一样，你隐藏得很深。我身边没几个男人可以跟你比，现在你只是虎落平阳，终归有一天你会闯出一番属于自己的天地的。人生起起伏伏很正常，我相信你的未来肯定会绚丽多彩！所以，不要在乎那些世俗的观念，如果你也喜欢我，就好好地照顾我吧！"

第二十章 今晚注定不平凡

苏玉箫是一个性情中人，面对箫箫的钟爱，我不敢直面，只能退缩，不是我怂，而是责任。

刘颖总是不失时机地出现，这次东山省之行，她代表市场部出席，听说我请团队吃烧烤，这人也不客气，二话不说，直接打电话让我请她吃晚饭。

我就纳闷了，我一个从外地来临海讨生活的凤凰男，刘颖是临海本地的孔雀女。我一无所有，而她出身优越，家资颇丰，至少几千万家底，怎么着也是她请我吃饭，而不是我请她。

可我毕竟是男人，面子还是要的。面对死缠烂打的刘颖，实在是无法推脱，只得答应请她吃饭。

刘颖今天穿着一件黑色的包臀裙，凹凸有致的身材与包臀裙完美搭配，摇曳生姿的背影若隐若现。加上她身材高挑，皮肤又好，修长的美腿，简直就是一道亮丽的风景线。

"李文彬，眼睛不要乱瞄，小心乱花渐欲迷人眼。"

"颖颖，你这么穿不就是让人欣赏的嘛，怎么？别人能看，唯独我李文彬不能看？"

"油嘴滑舌，你还好意思跟我贫嘴？老实交代，今天请客吃饭为什么也不叫我一声！"

"我们部门内部聚餐，不大方便。"

"你不是叫杨总了吗？多我一双筷子你会死人呢？"

我知道刘颖此刻在胡搅蛮缠，话说杨爽跟她能一样吗？杨爽是整个集团的领导，她刘颖充其量只不过是一个部门小领导而已。团队聚餐我叫杨爽理所当然，如果我叫她刘颖，人家可能就觉得我另有所图了。

"怎么？理亏了吧？"刘颖贝齿轻咬红唇，妩媚的眼神甚是让我心动。

我承认，面对年轻漂亮的刘颖，抛开两个人之间的办公室政治斗争，我还是有那么一丝心动的。

"你……你今天真漂亮！"话一出口我就后悔了，因为我的回答有点驴唇不对马嘴。

尽管我的回答驴唇不对马嘴，可难得夸人的我，这一番操作，刘颖听起来却很是享受，她毕竟是女人，女人怎么可能禁得起男人，尤其是帅气男人的夸奖。

被我一夸，刘颖原本严肃的表情瞬间变得妩媚起来，我有一种预感，今晚注定不平凡，说不定跟面前这个女人会再续前缘，今晚会发生点什么事儿也不是不可能。

刘颖瞟了我一眼，打趣道："怎么？难道平常我不漂亮？"

"不……不，颖颖，你误会了，我不是这个意思，我的意思是你今天格外漂亮！"

刘颖淡然一笑，道："李文彬，跟你开个玩笑，你紧张什么？"

······

服务员带我们来到了包厢，坐定之后，我点了几个刘颖比较喜欢吃的菜，要了几瓶青岛啤酒。

女士优先，先帮刘颖满上，然后将自己的也斟满。

尽管刚吃过烧烤，可最多六成饱，这家餐厅的菜品味道还不错。一边吃着菜，一边推杯换盏，气氛还算融洽。

几杯啤酒下肚之后，刘颖的脸上泛起了一抹红晕，就像熟透的红苹果。如果她的性格不是那么霸道，跟她吵过一架，搞不好我会喜欢上她。

酒足饭饱，刘颖身子朝我靠了靠，贝齿轻启，笑道："李文彬，老实交代，你到底有没有女朋友？"

"刘颖，你怎么也变得这么八卦？"

刘颖抿了一口青啤，道："不是我八卦，而是你李文彬太神秘了。"

面对刘颖无聊的话题，我不再反驳。

见我不说话，刘颖便伸手在我面前晃了晃，不知出于什么目的，我竟然伸手一把抓住了她的纤纤玉手。

两个人四目相对，一种暧昧的气氛瞬间升腾而起。

包厢里面的气氛变得异常的沉默，刘颖不说话，我也默默地喝着青啤。

······

不知为何，接下来两个人都陷入了沉默，明明两个熟悉的人，却似不认识的陌生人。

我不怀好意地朝刘颖笑了笑，道："颖颖，你……你最近是不是看上我了？总是没事找事接近我。"

刘颖扑哧一声，刚喝进嘴里的青啤被吐了出来，喷我一脸。

"李文彬，看不出来，一向低调的你，竟然也如此的自恋？就凭你？就是全天下的男人都死光了，本大小姐也不会看上你。"言毕，刘颖起身出餐厅。

结账，出了餐厅，我正准备返回酒店，刘颖拦住我，要我陪她逛街。

"今晚的月亮真圆呢！"刘颖似乎有点心不在焉，口是心非道。

"刘颖同志，今晚的月亮哪里圆了？明明是半圆。"

"李文彬！"

"刘颖，我要回去睡觉了，明天一早7点还要起床去工厂。"

刘颖我太了解了，她无事不登三宝殿，今天让我请她吃饭，并不是她看上我了，而是另有所图。可她又总是神神秘秘的，尽管有事儿，又不跟你挑明了。

"李文彬，难怪你没有女朋友，就你这种不懂得怜香惜玉的男人，注定这辈子都会打光棍。"

被刘颖这么奚落，我内心极为不爽，原本想回酒店的心思也没了。停下脚步，仔细打量面前的女人。今晚刘颖画的淡妆，唇膏用的那种我喜欢的颜色，原本吹弹可破的皮肤显得格外的晶莹剔透，平心而论，刘颖长得挺漂亮的。

我情不自禁地咽了一口唾沫，笑道："刘颖，看在你今晚的打扮很合我口味的份上，我就大人不记小人过，不跟你计较。"

刘颖狠狠地剜了我一眼，道："李文彬，你不要太自恋。"

"我哪里自恋了？"

"什么时候我的打扮需要你来指手画脚了？"

我无心跟刘颖斗嘴，也没有那个必要，两个人不是一路人，斗嘴除了浪费时间，没有任何意义。

7 年的现实生活已经教育我，遍地黄金的临海，一座被金钱浇铸起来的国际化大都市，在这里每天都在上演各种不同的人间百态。世事无常，万般滋味，皆是生活。

灯红酒绿也好，一世繁华也罢，如果只是一个普普通通的小白领，是很难真正地融入这座城市的。

读高中那会儿，曾经看过《读者》上面的一篇文章，那篇文章写得很真实，讲的是一个来临海的外乡人，奋斗了 18 年才有资格跟临海的土著一起喝杯咖啡。

刘颖可是临海土著，见过世面的女孩子。现如今虽然我可以跟她一起推杯换盏，那完全是因为同事关系，如果从世俗的角度而言，我根本没有资格跟她一起吃饭喝酒，更别说打情骂俏了。

第二十一章 搅屎棍

我跟刘颖之间每次见面，除了斗嘴还是斗嘴，好歹我也是校级辩论高手，曾经获得西江大学辩论大赛最佳辩手。刘颖明明知道不是我的对手，可每次还是不肯罢休。

返回酒店大厅，正准备跟刘颖分开，各回各屋，刘颖却拦住了我的去路，道："李文彬，不邀请我去你房间坐坐？"

刘颖提出到我房间坐会儿，我浑身直打哆嗦。

俗话说得好，好事不出门，坏事传千里。话说酒店住着十几个同事，虽然我跟刘颖之间没什么，可如果被人看见，指不定会传出什么风凉话呢。

"刘颖，你要注意影响，被别的同事看到我跳进黄河也洗不清了。"

"我呸，李文彬，你怎么那么自恋呢？我这么一个大美女都不担心别人闲言碎语，你一个没人要的大老爷们还在这矫情呢？"

"颖颖，我跟你不一样，我是农村人，跟你们临海人没得比，我们思想保守。"

刘颖举起右手，做出一副削我的手势。

"李文彬，不要给脸不要脸。"

"你还是别给我脸了，我有点承受不起。"

刘颖坏坏一笑，道："好！如果你不让我去你房间坐会儿，待会儿我就站你门口敲门。"

刘颖这女人真有手段，话都说这份上，我还能说什么？如果我执意不让她进屋，估计她真会干出一些出格的事儿。

"既然你非要到我房间，那就请吧。"言毕，我直接转身朝电梯走去。

刘颖迈着轻盈的步伐，跟了过来。

走到酒店房间门口，拿出房卡打开门，刘颖迈步就要进房间却被我拦住了。

"颖颖，丑话说到前头，孤男寡女，共处一室对我的名声可不好，10分钟后你必须无条件离开。"实在是扛不住刘颖的死缠烂打，无奈只得带她到自己的房间。

跟刚开始刘颖让我请她吃饭时的感觉一样，总觉得哪旦有点不对，这女人心里肯定有鬼，不然，也不会死皮赖脸地要进我房间。

事出反常必有妖，难不成刘颖和杨爽两个人又合计出了对付我的手段？

是福不是祸，是祸躲不过。

进了房间，让刘颖坐下，我递了一瓶水给她。

"这水里不会下药了吧？"

"刘颖同志，你连续剧看多了吧！"

刘颖拧开娃哈哈矿泉水，贝齿轻咬红唇，道："李文彬，谅你也不敢下药。"

"有话快说，有屁快放！"

"实不相瞒，我今天来找你是受人所托，让问你究竟有没有女朋友。"

"刘颖，有话直说，不要绕来绕去的。"

"好吧，我也不跟你拐弯抹角了，你老实说是不是喜欢苏玉箫。"

"没有的事儿。"

"李文彬，你不要骗我，我跟箫箫住一起，你们吃完烧烤，她回房间倒床上便哭，我一猜就是你的问题。"

"我跟箫箫是不可能的，这不是你之前指着我的额头嘲笑我时说的话吗？我一个农村来的，啥条件你不清楚吗？怎么可能有资格喜欢箫箫，刘颖，你不要夹在中间充当搅屎棍。"

"我让你说我是搅屎棍，我让你说我是搅屎棍……"刘颖二话不说，拎起粉拳直接朝我打来。

"刘颖，之前我已经跟你讲过，我就是一个普通的80后，父母都是老实巴交的农民。大学毕业后，便选择来临海这边闯世界，可来临海7年多了，还一无所有。就我这状态，追你你都嫌弃，我怎么可能会喜欢箫箫？我有资格去喜欢她吗？"

"李文彬，你能不能好好说话，难不成我比箫箫哪里差吗？"

刘颖冷不丁地冒出这句话，这让我有点晕，我不知道女人心里面究竟想的什么，刘颖明明知道我说的是她家庭条件跟箫箫没法比，她却依旧不依不饶。

刘颖可是一个见过世面的女孩子，尽管她跟我在工作中针尖对麦芒，可接触下来对我这个人还是有些欣赏的。

见我被她一顿奚落表现得无所适从时，刘颖嘴角露出了一丝让人难以琢磨的笑容，不过，那丝笑容很难让人察觉，刘颖又不是一个傻子，此时她还不想跟我理论。

孤男寡女独处一室，气氛有点不对，刘颖看我的眼神变得柔和了许多。

"颖颖，我……我还单身，没有女朋友，要不，你帮我介绍个？"面对刘颖，我以退为进。

"李文彬，我不信，如果你没有女朋友，老母猪都会上树。"

我一脸的委屈，道："颖颖，我真没女朋友，就我这情况怎么去找女朋友？又有哪个女孩子愿意跟我谈恋爱？"

刘颖扑哧一笑，道："李文彬，并不是每一个女孩子都那么物质的，就比如我。"

"颖颖，这话从鬼嘴里说出来都比从你嘴里说出来让人相信。"

刘颖是什么样的人，我再了解不过了，虽然是临海土著，家庭条件优渥，可她对男方的家庭条件看得比一般人都重。

她不仅喜欢帅气的男生，更喜欢家里有矿的男生。

男大当婚，女大当嫁。刘颖是一个正常的女人，她也需要一份感情。可感情归感情，她更需要有雄厚物质基础的感情。

对于追求她的男生，刘颖会考察他们的家庭背景。光喜欢，如果没有一个良好的家庭背景，刘颖是不会答应的。现如今，稍微有点姿色的女孩子，对另一半的要求都是非富即贵，搞得家里没矿的都不好意思出来谈恋爱。

与其嫁给一个穷人不一定幸福，何不嫁个富二代？

刘颖也曾经遇到过喜欢她的男生，可真心喜欢她的未必是家庭殷实的，而家庭优渥的又不一定真心地喜欢她。所以，她还一直单着，尽管年龄也不小了。

"李文彬，你上辈子跟我是不是有仇？"

"此话怎讲？"

"但凡跟我关系正常点，都不会说出那样的话。"

"刘颖，但凡你有一丁点的不物质，我都不会那样说。"

"你欺负人！"

"我怎么欺负你了？"

"你……你说我说的话鬼都不信！"

"你信吗？"

那天我跟刘颖打情骂俏，斗了一夜的嘴，也没有分出输赢。

第二十二章 锁定目标

新品企划方案泄密的事情有眉目了，目标锁定了运营部的沈晓燕。

沈晓燕是一个川妹子，身材高挑，长相甜美，瓜子脸，樱桃嘴，微笑时白皙的脸上露出一对浅浅的小酒窝。她在

Keyhome 自有品牌国内电商运营部任运营主管一职，入职公司两个多月，处于转正的关键时期。

运营人员还是以业绩说话的，不管什么行业，不管公司做的什么产品，只要你是一名运营从业者，不仅要具备敏锐的市场洞察力，业绩更是 KPI 考核的重中之重。

沈晓燕在公司工作了两个多月，还处于试用期。身为 Keyhome 的一名运营，背负着销售业绩的压力。也许有人会说，不就是一名运营主管吗？上面还有领导，能有多大的压力？

前文有提到过杨爽改革，引入末位淘汰的事儿，Keyhome 经过多年的发展，已经初具规模。随着外贸业务增速放缓，自有品牌国内电商业务被寄予厚望，杨总希望自有品牌国内电商业务能够迅速转型，走上快速发展的道路。所以，对员工，尤其是自有品牌国内电商业务的员工有着非常严格的考核制度。

每一名运营人员，每个月都有固定的 KPI 考核，需要达成一定的 GMV 目标，也就是通常所讲的销售额。新员工在试用期也需要设定阶段性的目标，目标一般分为最低目标、达标目标、挑战目标。

正是在这样的背景下，试用期的销售目标像一座大山，压得沈晓燕有点喘不过气来。为了达到试用期销售目标，沈晓燕另辟蹊径，想跟外部 MCN 机构合作，尝试通过直播带货把自己运营的产品打爆，不仅可以实现达标目标，甚至冲击挑战目标。可眼瞅着三个月的试用期就要到了，达标目标才完成了 25%，如果不能如期完成试用期的销售目标，基本上试用期转正就无望了。

沈晓燕的想法很简单，她想通过 MCN 机构，推荐给合适的主播，只要这些主播在直播的时候播 Keyhome 的产品，就有可能打爆产品。只要有一款产品被头部主播卖，就有可能超额完成试用期的销售目标。

只要产品过硬，价格合适，品牌故事足够打动消费者，头部主播一般会选择合作。

沈晓燕想得过于简单，她没有意识到社会复杂，江湖险恶，很多 MCN 机构都是套方案的。为了把自己的产品推荐做得更好，她竟然通过公司内网把即将上线的部分新品也做进了方案之中。说干就干，沈晓燕自以为自己很聪明，她是这么想的，也是这么去做的。

且说一天，沈晓燕在公司打卡之后，便早早地出去了。她已经提前在网上搜索了一些 MCN 机构的名单。

尽管沈晓燕有满腔的热忱，似乎现实并不像她想的那样。正规的 MCN 机构，基本上都是兴致勃勃地来，垂头丧气而归，跑了整整一上午，没有一家有合作意向的。

沈晓燕原本积极的心态受到了极大的打击！试想，有几个人能受得了陌生拜访的拒绝？

在今天这个社会，讲究的都是社会关系，更何况沈晓燕想找的都是一些头部主播，这些主播是需要动用公司的资源去谈的，不是一次陌生拜访便能够搞定的。

烈日当空，空气中弥漫着盛夏的热烈与沉闷。

沈晓燕拎着包，心情异常的低落，人在逆境的时候，往往内心是脆弱的，更何况一个刚步入社会没多久的女孩子。刚接触社会，便被生活的重压所拖累，沈晓燕一时无法解决面临的困难，她开始有些动摇了。

一个人面对困难，一旦信念动摇，又不能及时调整自己的心态，迎难而上，突破自我，一鼓作气战胜困难。困难就会变成无法逾越的鸿沟，最终选择退缩。此时，沈晓燕就是处于这么一个状态。

沈晓燕是一个倔强而又有目标感的女孩子，无论做什么事情，都想做出一番成绩。沈晓燕知道自己的试用期快到了，如果不做出一点成绩，很难转正。

逃避的念头一度出现在沈晓燕的脑海里，不过转瞬即逝。她暗暗发誓，半个多月后，当试用期结束，不管自己能否成功留在 Keyhome，是否还继续待在临海，都要奋力一搏。

这叫什么？这就叫干一行爱一行，既然此时此刻已经成为 Keyhome 自有品牌国内电商业务的一名运营主管，就应该遵守公司的相关规定，试用期的任务指标是多少就要完成多少，绝不能做一个逃避的缩头乌龟！

思来想去，沈晓燕还是决定自己要扛下去，无论将来会遇到多大的挑战，都要奋力一搏。坚定了信念之后，沈晓燕将自己的产品推荐 PPT 做了修改，不仅提高了抽佣，还将一些新品的企划方案也放了进去。

人事通过 IT 查询，除了杨爽、李文彬等几个项目负责人外，只有沈晓燕查询过新品的企划方案以及接下来的营销节奏，并下载了所有的新品资料（包含研发资料）。所以，新品企划方案外泄的目标很快便锁定了沈晓燕。

思路决定出路，打定主意之后，修改完推荐 PPT，沈晓燕精神为之一振。人逢喜事精神爽，想想自己就要逆天改命，第一次通过达人直播带货使 Keyhome 自有品牌国内电商业务实现突破性增长，然后顺利转正，想到此，沈晓燕开心地笑了。

如果人始终保持积极的心态，无论什么时候，都能展现一种积极向上的精神面貌，别人看在心里面也是赏心悦目的，这样更易于促成一个人的成功。相反，当一个人以消极的心态面对这个世界时，你不开心，别人看到也不堪入目，这种状态下成事儿的概率也不高。几乎没人愿意跟一个消极的人合作，试想，谁愿意没事儿看你的苦瓜脸？

当沈晓燕面带微笑向凯越公司沟通双方合作时，年轻的前台姑娘看到她真诚的笑容，便告诉沈晓燕公司负责招商的负责人是刘总，并告知刘总办公室的具体位置。在弄清了具体招商负责人之后，沈晓燕便直奔刘总的办公室。

心情无比的激动，试想，能不激动吗？肯定激动！光激动不能拿下谈判，沈晓燕需要跟刘总沟通，将 Keyhome 的品牌故事讲好，产品力和价格力包他满意。并且还要确认最近有没有头部主播资源，如果有，就要说服刘总跟 Keyhome 合作，让凯越公司旗下的头部主播直播她所负责品类的产品。

从某种程度上来讲，这并不是一件容易的事情。

首先别人必须看你顺眼，也只有看你顺眼时，才会跟你进一步沟通，才会把真实的情况告诉你。如果别人对你没有一丁点儿好感，光凭着一腔热忱是没有任何意义的。

让沈晓燕感到庆幸的是，当她迈着轻盈的步伐走进刘总办公室时，一个微胖的男人进入了她的视野。在那一刻，沈晓燕瞬间信心百倍。

第二十三章 机不可失，时不再来

沈晓燕莲步轻移，直接向刘总表明了来意，告诉他这次来拜访的目的就是想了解一下他们凯越公司旗下的主播有没有跟 Keyhome 合作的意向。

刘总抬头瞄了沈晓燕一眼，他的目光中有一种异样的感觉。刘总没有说话，也没有直接拒绝，沈晓燕内心的胆怯荡然无存。

沈晓燕面带微笑，信心满满地对刘总说道："刘总，我是Keyhome 的沈晓燕，这次来拜访您是想跟您沟通一下，看双方是否有合作的机会，Keyhome 是一家新锐家纺品牌，想必您也有所耳闻。"

瞟了一眼沈晓燕，刘总没有丝毫的不耐烦，相反，他的脸上还透露着几分兴趣。

刘总淡然一笑，道："沈小姐，不凑巧，待会儿我刚好有一个会，如果你方便的话，晚上七点半到我办公室，到时候我们再详聊双方合作的事儿，你看怎么样？"

对沈晓燕而言，刘总的邀请绝对是好消息，这是拜访了多家 MCN 机构之后，第一家 MCN 机构的招商负责人愿意跟沈晓燕做进一步的沟通。面对刘总的邀约，沈晓燕欣然答应赴约。

走出刘总的办公室，心情大好，没想到事情竟然进展得如此顺利，这让沈晓燕相当的开心。

出了凯越公司已是中午饭点，就近找了家沙县大酒店，点了一份黄焖鸡米饭，便悠闲地刷起了手机。

少顷，老板将一份热腾腾的黄焖鸡米饭端到沈晓燕的面前，她就像几天没吃过东西一样，抄起筷子，不大一会儿的工夫便将黄焖鸡米饭给吃了个精光。

一份黄焖鸡米饭下肚，沈晓燕一脸的满足，她用餐巾纸擦了擦嘴，拿了瓶脉动，从包里拿出手机扫码付钱。出了沙县大酒店，找了个凉快的地方刷手机。

沈晓燕心里美滋滋地刷着手机，她盘算着，如果把刘总说服，跟他们公司的主播合作直播 Keyhome 的家纺产品，完成试用期的销售目标自然不在话下，并且自己还从 0 到 1 为Keyhome 自有品牌国内电商业务拓展了一个快速发展的渠道，有了这些业绩，转正也就顺理成章，指日可待了。

坦白讲，沈晓燕觉得自己的人生开始蜕变，虽然不能说发生了翻天覆地的变化，可至少也开始变得越来越有自己的主张，越来越成熟。通过自己的思考去想一些解决方案，通过不断的实践去调整自己的思路，这样慢慢地一步步走向成熟。

时间感觉比平时慢了很多，尽管沈晓燕很烦，她也不想坐在那里浪费生命，可为了傍上凯越公司的大腿，只能等！

时间一分一秒地流逝，看着临海街头人头攒动，人来人往，甚是繁华。不知这些熙熙攘攘的人流为了什么而奔波，也许他们和自己一样，仅仅为了活着。这就是所谓的"天下熙熙，皆为利来，天下攘攘，皆为利往"。

人在情绪低落时，往往会对人生产生怀疑，尤其是面对困难和无法解决的问题时，情绪低落如乌云压顶，让人倍感沉重，此时的沈晓燕就是这样一种状态。

沈晓燕家境普通，她跟李文彬一样，来临海闯世界同样为了改变自己的命运。可现实远比走出象牙塔时所设想的残酷得多，她柔弱的肩膀此时此刻要承担起生活的重担。面对未来，前途未卜，试用期转正似一场大考，平生第一次有一种无力感，感觉天都快要塌了，整个局面已经有些不可控了。

左等右等，等得黄花菜都快凉了。沈晓燕不是那种前怕狼后怕虎的性格，她似乎意识到了今晚之约没那么简单，可为了完成试用期的销售目标，她豁出去了。末了，为了给刘总留下一个好印象，沈晓燕决定去商场买件新衣服。

……

经过漫长的等待，跟刘总约定的时间终于到了。

不过，此时的沈晓燕心情显得格外的忐忑，因为今天对沈晓燕而言可是一次突破的机会，如果顺利的话，她便能够成功转正，同样可以通过居住证转户口成为新临海人。沈晓燕同样面临着谈婚论嫁，如果她有了临海户口，个人收入也不错，不管是找一个临海的土著，还是找一个外地来的凤凰男，双方收入都不错的话，在临海买房安家就变得水到渠成了。所以，沈晓燕想抓住这次来之不易的机会。

对于沈晓燕来说，今天如果能够跟刘总谈成双方合作的话，只要有头部的主播愿意播她负责的产品，她转正的PPT上就可以浓重地写上一笔。

毕竟，沈晓燕需要向杨爽汇报，要求严苛的杨爽可不是一般人，不拿出点干货，肯定过不了她这一关。

每天想着转正的事儿，想着怎么完成一千万的销售目标，沈晓燕好似扛着一座大山，压得她几乎喘不过气来。

再次踏进刘总的办公室，刘总抬头瞟了一眼沈晓燕，瞬间被眼前的景象给惊呆了，你猜怎么着？

沈晓燕换了件新衣服，穿着一件浅粉色包臀裙，飘逸的长发披散在肩上，巧施粉黛，让人觉得恰到好处。尤其是她微微一笑，那对浅浅的小酒窝甚是可人。

如果说第一次见到沈晓燕时，她给刘总的第一印象是一个年轻干练的小姑娘。此时此刻的沈晓燕，在刘总看来，是一个妩媚动人的绝色美女。

尤其是她妩媚的眼神，看起来是如此的迷人，甚至有点摄人心魄。

刘总也算是直播界有头有脸的人物，虽说长相寒碜，可毕竟在直播界混迹多年，现如今又大权在握。无论什么类型的美女，刘总基本上都有所接触，虽然不敢说阅女无数，可也算是见过世面之人。

沈晓燕谈过几个男朋友，也听过一些办公室潜规则之类的事儿，可像面前这位负责招商的刘总，沈晓燕还是第一次见到。

刘总看她的眼神，似乎是隔壁老王家的狗，那股子劲儿，让沈晓燕直打哆嗦，一般人怎么可能经受得了刘总那火辣辣的眼神？

沈晓燕只不过是一个普普通通的女孩子，不过，此刻她豁出去了，舍不得孩子套不住狼！

"沈小姐，你长得真漂亮！"刘总有点驴唇不对马嘴，第一次接触，竟然敢在女孩面前说这种直白的话，真的是吃了豹子胆了。

"谢谢刘总夸奖！"面对刘总炽热的目光和直白的夸奖，沈晓燕强颜欢笑。看到面前这个秃头油腻中年男，她内心就作呕，无奈人家大权在握，自己现在有求于人，只能勉为其难。

刘总扶了一下快掉下来的眼镜，咽了口口水，满脸猥琐地笑道："沈小姐，坐，请坐！"

看着满脸痦子的刘总，尤其是他浑身散发的雄性荷尔蒙，沈晓燕猛然间顿悟了。视人为人，自己是个人，面前这个猥琐的男人也是人，凭什么自己就要在他面前低三下四？更何况，越是低三下四，越是让人看不起，试想，如果他根本就看不起你，会选择跟你合作吗？

想了想，沈晓燕挺直了腰杆，这次机会对她而言很重要，机不可失，时不再来。思索片刻，沈晓燕对刘总柔声道："刘总，今天中午的时候，我有跟您讲过此次来贵公司的目的，贵公司作为新崛起的 MCN 机构，听说有几个知名的头部主播准备开播家纺产品，头部主播的流量很大，直播效果又好，我们 Keyhome 很想跟你们强强联合，为你们做好供应链服务。"

刘总淡然一笑，道："沈小姐，现在是下班时间，咱能不能说点别的，不谈工作？"

"刘总，我来就是跟您谈双方合作的事儿的，您也知道，我们 Keyhome 是一家崛起中的新锐家纺品牌，我们希望跟你们合作一起把国内自有品牌做大做强！"

听到刘总开口说不谈工作，沈晓燕就想发飙，辛辛苦苦等了一天，面前这个满脸痦子的男人竟然说现在是下班时间，不谈工作。沈晓燕有点出离了愤怒，不过，她还是强忍着没有爆发。毕竟，人在屋檐下，怎能不低头！

此时，她的脑海完全被试用期的销售目标所占据，她根本就没有往别处想。她一心想说服刘总，成功跟他们公司签约，各大主播争相直播 Keyhome 的家纺产品，Keyhome 自有品牌国内电商销售额直接冲进行业前三……有了业绩的支撑，转正的事儿也就顺理成章了。

第二十四章 树欲静而风不止

面前的男人可是决定沈晓燕是否可以破圈，能否完成试用期销售目标的关键人物，此刻，沈晓燕把他当神一样供着。

即便他的一些言语让沈晓燕很不舒服，可涉世未深、病急乱投医的沈晓燕不仅丝毫没有意识到危险一步步降临，相反，竟然将刘总当做救命稻草。她不但没有恶语相向，相反，俏脸笑得像朵盛开的牡丹花似的。

"沈小姐，事急则缓！凡事太急了容易扯淡，扯到蛋就不好了。"

面对刘总露骨的撩骚，沈晓燕瞬间意识到面前这位秃顶的中年油腻男人心里打的什么算盘。不过，沈晓燕情商颇高，呵呵一笑便将尴尬掩饰过去了，皮笑肉不笑道："刘总，我不是很懂您的意思，您是指？"

"沈小姐，我的意思是说，我们交个朋友，只要关系处好了，双方的合作自然是水到渠成的事情。"刘总胖乎乎的脸上露出了一丝不悦，他瞅沈晓燕的眼神似乎更为热烈了。

此话一出，沈晓燕彻底明白了，感情刘总话里有话呀，尽管沈晓燕很想跟对方合作，可她毕竟这方面没有什么经验，傻傻地坐在那里，一时不知如何是好。

刘总似乎看穿了沈晓燕的心思，他淡然一笑，道："沈小姐，实不相瞒，我们凯越公司虽然是一家刚成立没多久的MCN机构，可都是头部主播参股，业务发展极为迅速，目前硬百、服饰、化妆品等品类招商工作已初步完成，家纺类产品的确在招商中，目前正跟几家头部的家纺品牌在接洽中。"

"刘总，既然如此，能否考虑一下我们Keyhome？"

"你也知道，像我们这种大型MCN机构，合作的都是头部品牌。毕竟头部品牌知名度高，质量和服务有保障。你能给我一个为什么不跟头部品牌合作，而跟Keyhome合作的理由吗？"

姓刘的绕了半天，终于言归正传。

一听刘总聊起了正事儿，沈晓燕顿时心花怒放，激动道："刘……刘总，想必Keyhome您也听说过，我们公司有着多年的外销经验，为国外知名家纺品牌提供专业化的供应链服务。基于我们专业的供应链，几年前我们公司开始做自有品牌国内电商，产品品质优良，设计独特，在消费者中有很好的口碑。

去年火遍大江南北的撸猫记忆枕，就是我们公司代工的产品。今年我们自有品牌研发了一款全新的非温感记忆枕，只要您愿意跟我们合作，我代表Keyhome自有品牌将这款全新的非温感记忆枕在贵公司直播首发。同时，将第二代新品双面双感记忆枕的网络直播跟你们签独家！并且我们第三代新品双芯护颈记忆枕也已研发完毕。我们可以持续地为你们凯越公司供立差异化的爆款产品。刘总，您选择我们 Keyhome，绝对是一个正确的选择！"

我曾经鼓励沈晓燕等非温感记忆枕上线后放心大胆地推，我们已经储备了第二代和第三代迭代升级产品，让她有足够的新品冲销量。没想到她竟然和盘托出，好在她并没有相关资料。

"沈小姐，你这些话去骗骗小孩子可以，对我恐怕没什么作用。你也不想想，我们这么大的 MCN 机构，有那么多的头部主播，像威雅、佳琪等红遍大江南北，找我们卖货的品牌商都快挤破头了。实不相瞒，跟我们合作的都是很有实力的头部品牌，不仅产品品质好，性价比高，坑位费也到位。有头部大品牌不选，凭什么选 Keyhome？"

说白了，沈晓燕的谈判技巧还处于初级阶段，就她说的那些优势根本就谈不上是什么优势，也不想想，头部主播是多么稀缺的资源，一场直播就是几百万甚至上千万的销售额，有多少品牌公司在盯着他们？就沈晓燕那两把刷子想说服他们直播 Keyhome 的产品不现实。

因此，刘总几个简单的问题便把沈晓燕问得哑口无言，坐在那里不知如何应答。沈晓燕越紧张，刘总越高兴，尤其是当沈晓燕回答不上问题时，刘总显得甚是开心，他看沈晓燕的眼神明显变得越来越复杂起来。

"沈小姐，你实话告诉我，你想不想跟我们公司合作？"

"想，做梦都想！刘总，贵公司的家纺招商，把枕头和被子的机会给我们 Keyhome 吧，我们的羽绒被、凉皮夏凉被、大豆澳毛被、羽绒枕、记忆枕等都很有产品力！"

刘总笑而不语。

沈晓燕笑脸相迎，继续说道："刘总，只要你答应跟我们合作，我……我沈晓燕不会忘记您的。"

此时，沈晓燕很想抓住刘总这根救命稻草，如果能够跟他们合作，让佳琪直播一场，就可以拿下至少千万的销售额，自己转正的事儿也就水到渠成了。可如果双方不能合作的话，恐怕自己真的就过不了试用期，只能被扫地出门了！

"既然你很想跟我们凯越公司合作，要不这样吧，我很擅长看手相，如果你不嫌弃的话，我帮你看看手相。"

"刘总，这……这不太好吧？我们才第一次见面，男女授受不亲。"

"沈小姐，你想多了，我只是帮你看手相，看双方是否有合作的缘分。"

听了刘总的一席话，沈晓燕没有往歪处想，还以为面前这位大权在握的刘总真的会帮自己看手相。

不过，沈晓燕心里面多多少少还是有些顾忌，很多电视剧或者小说里面的桥段，男女之间捅破窗户纸就是通过一些契机，比如看手相。

"刘总，您真的会看手相？"

刘总淡然一笑，道："沈小姐，你这话是什么意思？不相信我，还是咋地？"

"不……不，刘总，我绝不是这个意思，您帮我瞅瞅。"沈晓燕一边说着，一边将手伸到刘总的面前。

在沈晓燕将她的手伸出来之前，还不忘将手在她的粉裙上擦了擦。

刘总起身从办公桌后面走了出来，先将办公室的门反锁，合上百叶窗，然后紧挨着沈晓燕坐了下来。

看个手相搞这么大动静，沈晓燕欲言又止。

刘总左手轻轻地抓住沈晓燕的右手，先是瞅了几眼，咽了口唾沫，一句话也没说。右手轻抚着沈晓燕的手，沈晓燕一时语塞，感觉自己的右手上有蛆在蠕动般。

好在今天沈晓燕有求于人，来的目的是谈合作，面对着刘总的步步紧逼，一忍再忍。如若不然，早就跟面前这个秃顶的油腻男人翻脸了。

沈晓燕不断地克制，保持冷静，可树欲静而风不止。

刘总拉着沈晓燕的手变得哆嗦起来，他的眼神越来越炽热，甚至有些火辣，倒是沈晓燕的眼神显得格外的羞涩。在秃头刘这个职场老手面前，沈晓燕就像一头待宰的羔羊。

不等沈晓燕反应，刘总竟然一下子把她拉向了怀里。还没等沈晓燕缓过神来，刘总肥厚的唇竟然已经凑了过来。

第二十五章　当断不断，必受其乱

沈晓燕虽然很想跟对方合作，可刘总如此大尺度的动作，让她难以接受。

尽管有求于人，可被刘总强吻，可不是什么美好的事情。且不说面前这个随便的男人是不是某种不治之症的携带者，光是那满嘴的腥臭味。沈晓燕不知该如何形容那种感觉，反正有种想死的冲动。

当刘总试图更进一步时，尽管沈晓燕有求于他，可沈晓燕不会迁就，她是非黑即白的性格，喜欢就是喜欢，不喜欢就是不喜欢。沈晓燕尝试推开刘总，可此时的他正在热乎劲儿上，怎么可能就此罢休，大有更进一步的想法。

"啪"的一声，沈晓燕再三阻拦，刘总没有停下来的意思，实在是忍无可忍，她直接一巴掌扇在了刘总的脸上。

"你……你个臭婊子，竟敢打我！"很明显，刘总被沈晓燕的一巴掌打得有点疼。

"刘总，不好意思，我……我不是故意的！"

"姓沈的，你还想不想跟我们合作？"刘总被沈晓燕打了一巴掌，竟然没有暴跳如雷，而是瞪着眼问道。

"刘总，我们 Keyhome 当然想跟贵公司合作，可……可合作归合作，你也不能动手动脚呀。"沈晓燕支支吾吾羞于开口，不知如何拒绝刘总，又不敢得罪他。

人可以无傲气，但不可无傲骨。如果妥协了，为了双方的合作出卖自己，她沈晓燕就成了什么人？沈晓燕是一个有追求有底线的人，不是一个靠出卖自己的长相混世界的人。尽管当下面临着试用期转正的巨大压力，可沈晓燕坚守底线，不愿意妥协。

刘总很是不屑道："哼！就你这种态度，还想合作？"

"刘总，实不相瞒，我现在处于试用期，再有半个多月就试用期汇报了。现在的确很想跟你们凯越合作，把直播这一块业务做起来，可这并不意味着我会为了双方的合作而出卖自己的身体。"

沈晓燕很想拿下刘总，能够跟凯越这个巨无霸 MCN 机构合作，转正是分分钟的事儿。所以，面对刘总一副贪婪的嘴脸，沈晓燕有点欲拒还迎。

沈晓燕心里很清楚，如果直接拒绝了刘总，自己在接下来的半个多月完成试用期的销售目标几乎是不可能的，除非有奇迹出现。

此刻，沈晓燕不知该如何应对面前的油腻中年男，毕竟，他可是决定自己能否破局，给自己的试用期添上浓重的一笔，借此顺利完成试用期答辩的人。

如果一味地坚持自我，那么，结果可想而知，最终可能因为试用期的 KPI 达不成而无法转正。沈晓燕是一个要强的女孩，如果真的因为没有完成试用期的目标而导致试用期考核不过的话，她会为此自责。

想到自己面临被 Keyhome 扫地出门的窘境，那将会是一个多么让人无奈而又尴尬的场面。沈晓燕的心很乱，乱得一塌糊涂。

她左右为难，进一步万劫不复，退一步万丈深渊。

刘总似乎看出了沈晓燕的心思，这个江湖老手，当他看到沈晓燕如此纠结时，就知道她已经迟疑了。

对付迟疑女人的方法很简单，直截了当，越是直接，得手的可能性越高。男人的判断是准确的，沈晓燕的确有些动摇：在利益和底线面前，沈晓燕左右为难。沈晓燕是一个爱憎分明的女孩，尽管她动摇了，但底线告诉她不能乱来。

刘总知道沈晓燕急于想跟他们合作，在这个问题上，他拿捏住了沈晓燕的心脉，如蛇打七寸。

男人再次一步步地逼近沈晓燕，竟然恬不知耻地轻揽沈晓燕的柳腰，很是淡然的一笑，道："沈小姐，你是不是觉得我不够帅，配不上你？"

"不……不，刘总，我绝不是这个意思！您很有成熟男人的魅力，像您这样的成功男士，真不知有多少漂亮女孩爱慕您！"

"沈小姐，既然我像你说的这么好，那你为什么对我躲来躲去呢？"男人说话时，两只眼睛火辣辣地盯着沈晓燕。

"刘……刘总，我有男朋友，我们这样不好！"

"你跟他分手，我养你！"

......

面对无耻的男人，沈晓燕真想一把将他推开，可沈晓燕还没推男人，他再次吻了过来。这次刘总吸取了前面的经验教训，强硬而又霸道无比。

如果说刚开始沈晓燕有点懵，可当男人的手开始不老实地在沈晓燕身上游走时，沈晓燕的大脑清醒了。她意识到如果任由事态再发展下去的话，等待她的将会是一次堕落，她看不起那样的自己。

虽然面临着试用期的巨大压力，可面对底线问题，沈晓燕决不妥协。

不能说刘总手握生杀大权，自己就可以妥协。沈晓燕越是退让和躲避，刘总越是来劲儿，大有霸王硬上弓的味道，沈晓燕不由怒从心中而起。

沈晓燕是一个有底线的女人，更是一个有尊严的女人，她不会为了达到一些目的而不择手段，出卖自己的事儿更不会做。

就在事情还有余地，刘总还没得逞之前，沈晓燕一把将男人推开，皮笑肉不笑道："刘总，今天我身体不舒服，想早点回去休息。您看这样好不好，明天我过来跟您再详谈，到时候如果真的需要进一步的沟通，可以到外面找个安静的地方，您看怎样？"

沈晓燕急中生智，想拖到明天，借机再看有没有对付刘总的良策。尽管沈晓燕这么说，听起来也还不错，可刘总正在兴头上，沈晓燕的不配合让他很是不悦。

男人心里很不爽，这直接反应在他的脸上。

刘总双手一摊，不悦道："今朝有酒今朝醉，莫使金樽空对月。今天我想跟你深入地交流一下，明天可能就没心情了。"

面对男人满脸的猥琐，沈晓燕意识到当断不断，必受其乱，不能再跟面前这个油腻男人纠缠下去了。想清楚之后，沈晓燕不再纠结，拎起自己的包起身便走，在男人惊讶的目光中，迅速离开了办公室。

第二十六章 沈晓燕来访

沈晓燕的离开是刘总万万没想到的，这个职场老手没想到她不按常理出牌，面对巨大的诱惑竟然能够不为所动。

如果说沈晓燕丝毫不为所动，也是不符合现实的，面对巨大的诱惑，她也是思考再三，坚持住了做人的底线。

沈晓燕内心清楚得很，刘总对她很重要，可再重要，再想跟他合作，也不能靠出卖自己的身体和灵魂。

出了办公楼，沈晓燕来到了被夜色笼罩的临海外滩，广场上人山人海，临江两岸高耸入云的建筑上演着灯光秀，将整个临海外滩广场衬托得如入仙境。

江风扑面，呼吸着外面的新鲜空气，心情大好！

此时，沈晓燕才意识到，刚才是多么的危险。想到自己差点变成一个用身体交换利益的女人，瞬间出了一身冷汗。

漫无目的地走在临海大街上，不知道何去何从，因为沈晓燕不知道接下来去哪里。一会儿想去酒吧买醉，一会儿又觉得去酒吧没意思。

一想到如果自己得罪了刘总，双方合作的事情就黄了，沈晓燕的心情瞬间又变得低落起来。晃来晃去，最后实在没去处，你猜沈晓燕最后去了哪里？

沈晓燕跟我住同一个小区，鬼使神差跟我打电话一顿诉苦，最后竟然到了我住的地方，站在门前，沈晓燕竟然不好意思敲门！

就在沈晓燕站在那里犹豫不决时，门被打开了，当时我正准备下楼去吃点东西，看到沈晓燕站在门口，没想到她还真的来找我。最近一段时间，沈晓燕跟我很少有交集，可那天她竟然主动地来找我，这自然让我感到很意外。

"晓燕……你不要为试用期转正的事情太过焦虑了，我们一起想想办法，看怎么完成试用期的KPI。"原本我跟沈晓燕并不熟，两个人虽然住同一个小区，平时也不怎么来往，只是在公司偶尔有些交流。今天她突然打电话说想见我，这让我觉得很突然。

我住的阁楼，不好意思别人上门拜访，可不等我请沈晓燕进去，她便直接走进了房间，我只好跟了进去，引她到了我所居住的阁楼。

见沈晓燕满脸的不高兴，我便走上前，关心道："燕子，发生了什么事儿？"

沈晓燕把心一横，不管三七二十一便将今天遇到刘总的事儿一五一十地跟我讲了一遍，当然，她隐瞒了将新品企划方案放进她的产品推荐PPT里这件事儿。

听了沈晓燕的遭遇，我安慰了她几句。

沈晓燕轻叹了一口气，道："文彬，你说的这些我都懂，可我真的想跟凯越公司合作，这样，我就可以完成试用期的销售目标了。"

"燕子，你已经是成年人了，有自己的判断。你心里是怎么想的，就怎么去处理，一切以你自己的内心想法为依据，千万不要被外界所影响。因为这是你自己的事情，没人能替你做决定！"

沈晓燕已经是一个成年人了，从大学毕业的那一刻，她就应该对自己所做的一切负责。一个人在外面讨生活，尤其在临海这种国际化大都市，什么事情都需要自己做决定。

做决定是一件非常痛苦的事情，因为做决定意味着承担一定的风险，还要承担压力。沈晓燕如果自己做了决定，答应了刘总的要求，被他给"潜规则"了，那么，沈晓燕内心深处肯定会内疚。

刘总的想法很简单，就是图她的身子，如果沈晓燕是一个随便的人，过程很简单，脱了裤子，整个过程简单而又极短，根本就没有任何的难度。

可人是有思想的，无论做什么事情，都要经过大脑思考，如果沈晓燕真的那么做了，那跟行尸走肉有什么区别？

沈晓燕和刘总走到一起，是因为两个人之间有交易，刘总想用双方的合作交换沈晓燕的身体，这让沈晓燕听了心里面都想吐，龌龊的老男人！

"文彬，我懂你的意思，可你有没有想过，如果我真的跟那个刘总之间做了什么见不得光的事儿，这辈子都不会原谅自己的。我是一个有原则的人，不想为了五斗米把自己搭进云，再怎么着，我也没有无耻到这种地步吧？！"

听了沈晓燕的一席话，我很是为她高兴，在今天这个物欲横流的社会，能如沈晓燕这般洁身自爱的人不多了。

很多时候，对错就在一念之间。在大是大非面前，沈晓燕竟然能够坚守住底线，正是沈晓燕的底线思维，让我觉得沈晓燕的人品很正。

不过，让我百思不得其解的是，既然沈晓燕已经认识到问题的严重性，为什么还纠结呢？在我看来这是一件很简单的事情，可沈晓燕却表现得如此纠结。

见沈晓燕有些茫然不知所措，我便规劝道："燕子，你不是已经讲得很明白了吗？如果你跟刘总之间真的发生点什么不明不白的事情的话，你自己不会原谅自己的。既然你已经想明白了，我相信你心里面已经有了答案，既然已经有了答案，你还这么纠结干吗？"

我的一席话直击沈晓燕的内心深处，她无奈地叹了口气，没有回答我的问题。因为两个人看问题的角度是不一样的，我只考虑了人伦道德和底线思维，没有考虑刘总手握双方是否合作的生杀大权。我没考虑这些，可沈晓燕考虑了，沈晓燕必须考虑这个问题，她要面对接下来的试用期答辩。

沈晓燕的表情越来越难堪，看到沈晓燕的表情，我淡然一笑，劝道："燕子，既然你是一个有原则的人，你就坚持自己的原则。不管你自己做出什么样的选择，只要你认为是正确的，就坚决执行下去，没有必要这么纠结！"

"文彬，你说的这些，我都懂。可……可你也知道试用期是有 KPI 的，你知道我很 Care 这份工作，三个月期满，如果没有完成试用期的 KPI，我可能就要灰溜溜地离开。我不想灰溜溜地离开 Keyhome，走，也要正大光明地离开。现在试用期即将结束了，可我的试用期销售额才完成了 25%，在这种情况之下，跟刘总的合作就显得很重要。如果把他拿下，至少在业绩层面不会显得太拉胯，也可以给杨爽一个交代。"

第二十七章 不食嗟来之食

"燕子，你的心情我可以理解，你想跟刘总他们公司合作的意愿我也明白。不过，你想过没有，为了合作拿自己当筹码交换，你觉得这样值吗？"

"文彬，我不是那种人，你知道的。"

"燕子，如果你在现实面前妥协，出卖了自己，将来跳进黄河也洗不清。如果你觉得为了合作无所谓，你可以去找刘总，满足他的要求，合作是水到渠成的事儿。"当我看到沈晓燕还在纠结的时候，便有点不耐烦了。

沈晓燕对这种职场"潜规则"很清楚，当然，这也不是什么稀罕事儿，在今天这个社会很常见。既然是很稀松平常之事，沈晓燕就没有必要这么纠结，毕竟不是每个人都是有原则和底线的。

"文彬，你别说了，我……我心里有点乱。"

很明显，我的话戳到了沈晓燕的痛处，她是一个有追求、有原则和底线的女孩，绝不会为了一次直播而出卖自己。沈晓燕是何等聪明之人，其实她早已拿定了主意，只不过心情烦躁，想排遣内心的烦恼。

"沈晓燕，你不要说了，既然你已经有了自己的想法，已经打定了主意，你还找我干吗？消遣我，还是咋地？"

"文彬，我真没这个意思，你想多了，我之所以来找你，是因为我感谢你一直以来对我的无私帮助，在临海，你是我唯一一个可以讲真心话的人，虽然我们接触不多，但跟你在一起，让我有一种安全感。"

"燕子，你来之前，在电话里我已经跟你说了我的建议，并且一个月之前我就介绍了我的同学汪莫林给你，他也是某MCN 机构负责招商工作的，我已经跟他打过招呼了，可你一直不理人家。"

沈晓燕轻叹一口气，道："李文彬，谢谢你，不过，我还是希望通过自己的努力完成试用期的 KPI ！"

听到沈晓燕依然坚持己见，我真想把她扫地出门，世界上怎么会有这种人，别人给你指条明路你不走，偏偏要被社会踩躏和摩擦。

于是，我毫不客气道："燕子，既然你担心过不了试用期，为啥不去联系汪莫林？刘总那边的主播可以带货，汪莫林公司的主播就不能带货？如果你去跟汪莫林合作，试用期的 KPI 肯定能够完成，可你为什么不去？事到如今，你还端着，我真搞不懂你是怎么想的。"

沈晓燕心里明镜似的，前文也有提到，她之所以不接受我的帮忙，并不是因为对我有什么偏见，而是因为她放不下架子，总觉得别人帮她不是靠自己的真本事。学校跟社会不一样，学校简单而又公平，在学校，只要你够聪明，够努力，考个高分就可以横着走；社会靠的是关系网，混社会，说你行你就行，不行也行，说你不行你就不行，行也不行。

一直以来，沈晓燕都想用自己的实力向大家证明，她是一个有能力的人。

轻吁了一口气，沈晓燕杏唇微启，道："文彬，你的好意我心领了，可作为一名运营人员，我要靠自己的努力去完成试用期的 KPI，无论结果如何，终究是我个人努力的结果，是凭自己的真本事，我可不想让别人在我的背后戳我的脊梁骨，说我走捷径，靠人帮衬才活下来！"

沈晓燕的一席话多多少少还是超出了我的意外，无论是之前的公司还是 Keyhome，我都管理着一个小团队，面试过的人也不少。可像沈晓燕这样有骨气的女孩，还是第一次见到，很多运营虽然也很努力，很有志气，可当他们遇到这种情况的时候，有人帮忙，开心都来不及，怎么可能婉拒？

在一般运营人的眼里，能有头部主播合作直播带货就意味着业绩一路长虹，业绩好提成自然就高，这年代，有谁跟钱过不去？

可沈晓燕似乎跟常人的思维不一样，她把事情分得太清，邓爷爷曾经说过，不管白猫黑猫，抓到老鼠的就是好猫。同理，我给她介绍的汪莫林是我的大学同学，现如今在某大型 MCN 机构负责招商工作，头部主播资源很多，找汪莫林不用她付出任何代价，跟她自己找刘总合作不是一样的吗？只要拿到结果，可沈晓燕不这么想，必须是她自己亲力亲为做出来的，不然，死活不接受，大有不食嗟来之食的味道。

在今天这个社会，有沈晓燕这种想法的人还真不多见，说得好听点是有骨气，说得不好听点，就是不懂得变通。

……

经过一番苦口婆心相劝，沈晓燕的态度有所缓和，她愿意跟汪莫林见一面，前提是等她自己无能为力了。

经过一番开导后，沈晓燕的眉头舒展开了，她的表情比刚才明显好了很多，眼神变得深邃而炽热，透出一种难以言喻的坚定。她妩媚一笑，道："李文彬，我把刚才的话收回，等明天我跟刘总如果谈崩了，我会约汪莫林谈一下合作的事宜。不过，等我过了试用期，我还是要沉淀出一套自己的运营打法。"

"燕子，凯越姓刘的就不要再跟他接触了，太危险了。你还是去找汪莫林吧，先活下来再说，在今天这个竞争激烈的社会，万万不可逞匹夫之勇！"

"李文彬，我懂你意思，可我就是这样的秉性。"

"燕子，你要这样想，能有人帮你也是一种本事，何必那么固执己见？"

"李文彬，谢谢你！我知道你是为我好，可我不能一味地接受别人的帮助，如果这样的话，猴年马月我才能够沉淀出一套适合自己的运营方法？"

沈晓燕人不错，我才愿意帮她，如果换成刘颖，我才懒得掺和，可沈晓燕太固执。世界变了，单枪匹马已经不适应这个时代，一个人的能力再强，终究抵不过团队的力量。

我只能说她太年轻，认死理，尽管沈晓燕什么道理都懂，也知道多个朋友多条路，再怎么说汪莫林也是知根知底的人，跟刘总完全不同。可她思想上转不过来弯，总以为依靠自己的努力完成的 KPI 才是真本事，否则，依靠别人的都是虚的。

"燕子，你还很年轻，以后的路还很长，再有半个多月你就要试用期答辩了，时不我待，如果试用期你都过不了的话，还谈什么理想和抱负？靠自己的双手不是不可以，前提是活下来，先活下来比什么都强。"

第二十八章 酒吧开怀畅饮

山明水净夜来霜，数树深红出浅黄。

橘子黄了，秋天来了，又是黄叶飘零的季节。沈晓燕再有半个多月就要试用期答辩了，如果不做出改变，她就会像秋天的一片黄叶，再挣扎也难逃飘落的命运。

沈晓燕太固执，我苦口婆心，她竟然不听劝，我已经仁至义尽，不想跟她再费唇舌。

沈晓燕没有被我说服，女人从我这边似乎也没有得到什么宽慰。

阁楼的气氛一下子变得有点尴尬，我和沈晓燕是同事，两个人又租住同一个小区，抬头不见低头见的，我不想把关系搞得太僵，于是，便开口试图打破尴尬的气氛，道："燕子，我还没吃晚饭，你吃没？如果没吃的话，一起出去吃点？"

"文彬，我吃过了，谢谢你听我讲这么多废话，今晚打搅了，改天我请你吃饭。"沈晓燕起身，一双明眸含情脉脉地瞅着我，阁楼的气氛瞬间又变得有些迷离。

孤男寡女，独处阁楼，空气中的荷尔蒙似乎越来越浓，我明显感觉到沈晓燕的呼吸变得有些急促，为了避免错误发生，我适时下了逐客令。

坦白讲，沈晓燕是那种外表秀气，秀外慧中，身材适中，容易让人产生保护欲的小家碧玉型的姑娘，给人一种楚楚动人的感觉。

毕竟我是单身，她也没有男朋友，我对她不反感，甚至有种男人的想法。大丈夫生于天地间，就应该坦坦荡荡，决不可为了图一时之快，毁了人家小姑娘。

将沈晓燕送出阁楼，望着一袭长发、身穿粉色包臀裙的背影，我有点迷乱，甚至有点失魂落魄。

其实我跟沈晓燕并不是很熟，不知道她为什么会在这个关键的时刻来找我，如果是寻求帮助，之前我已经将大学同学汪莫林介绍给她了，可她一直不跟人家联系。

一个人的时候，人是寂寞的，稍有风吹草动，就会容易擦枪走火。更何况是沈晓燕这个秀外慧中的美女，今天还穿着一身粉红色的包臀裙，一袭长发飘飘，巧施粉黛，格外地楚楚动人。

如果说我一点想法都没有，那完全是扯淡，可我李文彬毕竟是正人君子，干不出那种乘人之危的事儿。正因为如此，我才会及时地发出逐客令。当时沈晓燕的眼神里隐隐约约有一丝失望，不过瞬间就被她掩饰了过去。

我去沙县大酒店吃猪脚饭暂且不提，话说沈晓燕离开阁楼之后，心情很是烦躁，其实她也不知道为什么会鬼使神差地找我，见我之前，内心就像猫爪子挠似的，见到我，沈晓燕心情好了很多，可当我下逐客令之后，她的情绪瞬间又变得很低落。

难道我喜欢上他了？不可能呀，我沈晓燕要在临海混出个人样，我要荣归故里，他李文彬虽然是 Keyhome 的产品部总监，可家庭条件一般，工作七年了，竟然还住阁楼，虽然个头挺高，人长得也挺帅，可……可他个人条件太差，不是自己想象中的白马王子。想到此，沈晓燕心乱如麻，轻咬杏唇努力想将我的影子从她的脑海里驱逐出去。

被沈晓燕评头论足，正在沙县大酒店啃猪脚的李文彬无端地打起了喷嚏，当时还以为是感冒的征兆。

今晚沈晓燕跟我促膝长谈也并不是一无所获，至少她笃定了内心的想法，决不可妥协，想想今天差点被刘总玷污，沈晓燕狠狠地捶了一下自己。

她不敢相信短短几个月，自己竟然差点跟现实妥协，一度想用自己的身体和灵魂跟刘总换取合作。

经过跟我的促膝长谈，沈晓燕清醒了。并不是因为我的一席话让她变得清醒，她原本就是一个有原则有底线的女孩，一个不愿意为了利益而出卖自己的好姑娘。在今天这个物欲横流的社会，沈晓燕的这种不为物欲所动的品质显得尤为珍贵。

借酒浇愁愁更愁，沈晓燕今晚心情不好，她想借酒买醉。

酒吧对于沈晓燕而言是陌生的，长这么大，她从没有去过酒吧，可那天晚上不知为何，她竟然鬼使神差地去了酒吧。

临海的大街上，一个身穿粉色包臀裙的女孩，在街上转悠了半天，最后进了路边的一家酒吧，点了半碟花生米，半碟茴香豆，又点了几瓶乌苏，一向乖巧的沈晓燕竟然在酒吧开怀畅饮。

一个从没有去过酒吧的姑娘，更没有喝过酒，即便大学同学生日或者毕业聚餐，沈晓燕喝的都是橙汁。可今天，她竟然来了酒吧，吃着茴香豆，喝起了乌苏，尽管乌苏是啤酒，可它不是一般的啤酒，乌苏啤酒酒精度高，口感浓烈，号称夺命大乌苏。

不大一会儿的工夫，四五瓶啤酒下肚，沈晓燕的视线开始有些模糊……

酒吧是什么地方？酒吧是灯红酒绿的风月场，酒吧是买醉的地方，酒吧是渣男的天堂。

正在沈晓燕挣扎着想让自己变得更为清醒的时候，一个一身文身、痞里痞气的光头男来到了她的身边，向沈晓燕发出了跳舞的邀请。

一身酒气的沈晓燕喃喃地拒绝了光头，可光头似乎根本没有罢休的意思。

光头是自来熟的那种男人，又点了几瓶乌苏啤酒，邀请沈晓燕一起喝酒。这次她没有拒绝，两个人一顿狂喝，酒精的作用下沈晓燕大脑有点断片！

很明显，光头将沈晓燕当做了经常到酒吧玩的随性女人，也不管沈晓燕同不同意，一把将她拽入了舞池。

喝酒时，沈晓燕脑海里浮现出刘总一脸猥琐的样子，不停地骂男人不是好东西，光头根本就不理会这些。

拽着沈晓燕步入舞池，一下子挽住了她修长的脖子，沈晓燕身上的香水味儿沁人心脾。

光头很是兴奋，平日里从没有接触过沈晓燕这种巧施粉黛的职场单身女性，沈晓燕肤白如脂，浑身散发着迷人的荷尔蒙。

沈晓燕大脑一会儿出现刘总的影子，一会儿出现光头的影子，有的时候又出现李文彬的影子。

沈晓燕呢喃着，饱满的杏唇甚是诱人，光头瞅着面前楚楚动人的女人，动起了歪心思。

"宝贝，你真漂亮，做我女朋友吧。"光头轻声在沈晓燕耳边耳语。

酒吧昏暗的灯光，震耳欲聋的音乐，迷离的眼神……光头轻揽沈晓燕的手不老实地摩挲着，幻想着今晚跟面前这个漂亮的女孩子滚床单肯定没问题。

沈晓燕无意识地挣扎着，忽然脑海里浮现出了刘总在办公室里对她动手动脚的情景，她把面前揽着自己跳舞的光头当做了刘总，二话不说对着光头就是一巴掌。

第二十九章 一见倾心

光头并没有被沈晓燕的一巴掌给打醒，相反，他变得更加肆无忌惮了，轻揽沈晓燕的手猛然一用力抱紧了她，然后就不管不顾地朝着沈晓燕吻了过去。

借酒浇愁愁更愁！

沈晓燕心情不好到酒吧买醉，没想到竟然遇到光头这个渣男。所以我在此也奉劝那些年轻的女性，尤其是漂亮的年轻女性，遇到困难千万不可到酒吧买醉。酒吧是一个鱼龙混杂的地方，一旦遇到渣男，搞不好会吃大亏，如果对方有艾滋之类的绝症，搞不好会后悔终生。

事态的发展已经开始失控，如果任其发展，沈晓燕今晚要吃大亏。

沈晓燕是幸运的，她遇到了我这样负责的男人。那晚跟沈晓燕分开后，见她出了小区，便多了个心眼，跟上去看她去哪里，没想到她竟然进了小区附近的酒吧。

在我的印象里，沈晓燕一向是一个乖巧听话的女孩子，可没想到她竟然进了酒吧，这倒是让我有点吃惊。

我知道，今晚注定要发生一些不平凡的事儿。

匆匆到小区对面的沙县大酒店叫了一份猪脚饭，同时给我的大学同学汪莫林发了微信消息。既然沈晓燕看得起我，在她最困难的时候向我求救，作为一个负责任的男人，我就不能袖手旁观。

另外，汪莫林是我的好朋友，人不错，家境殷实，至今还单身。我觉得沈晓燕是个好姑娘，不仅人长得漂亮，还很有上进心。所以，才让汪莫林出面跟她认识，帮一下沈晓燕。如果两个人有缘，在互动的过程中擦出一些爱情的火花，成全一对好鸳鸯，也算是做了一桩好事儿。

之前我给汪莫林看过沈晓燕的照片，这小子一见钟情，尽管还没见到真人，便信誓旦旦地发誓要将她追到手。

汪莫林年龄也不小了，毕业后在临海发展得还不错，家境殷实，听说父母是办工厂的，资产至少上亿。虽然父母想让他回去接班，可他对家里面做的生意一点兴趣都没有，所以，才到临海这边打拼，准备打拼出一番属于自己的事业。

汪莫林的年龄也不小了，父母经常催婚，现如今沈晓燕的出现，让他看到了希望，如果她愿意，汪莫林就准备结婚买房，彻底在临海定居了。

最近一段时间，汪莫林正准备筹备一个创业项目，还问我是否感兴趣。我内心也是极不安分之人，同样有着创业的想法，所以，今晚约汪莫林出来，同时也想跟他谈一下项目。

光头和沈晓燕在喝酒的时候，我和汪莫林已经到了酒吧，两个人在不远的地方点了两个小菜和几瓶乌苏。

看着光头一脸的猥琐样，尤其是他趁机揩油的行为让我很是不爽，毫不犹豫地用手机记录下了他的猥琐行为。

当光头拉着沈晓燕步入舞池时，汪莫林就想冲上去给他一耳光。他的心情我理解，如果是我，我也会这么做。可现如今是一个法治社会，冲动是魔鬼，并且解决不了任何问题。

我一把拉住了汪莫林，防止他做出过激行为。同时，也想看一下，沈晓燕到底是一个什么样的女孩子。如果她是一个没有底线的女孩，我也不能害自己的兄弟。

当沈晓燕一巴掌扇在光头的脸上，汪莫林兴奋地一口气喝掉了一瓶大乌苏，我也替自己兄弟高兴，自己的判断果然是正确的，沈晓燕是一个货真价实的好姑娘。

人美，心更美！

就在一脸猥琐的光头准备亲沈晓燕时，汪莫林忍不住了，冲上去对着光头就是一拳！

没想到平日里一向和颜悦色的汪莫林，今天竟然表现得如此爷们，这让我大吃一惊。不过，就在汪莫林出手护住沈晓燕的瞬间，酒吧里又蹿出了三个文身的小青年，恶狠狠地朝着汪莫林奔去。

我第一时间打了110，同时找了酒吧经理，让他们出面调解。好在我第一时间这么做了，如果不是酒吧保安及时出现，汪莫林可就吃大亏了。

以一敌四，虽猛必不胜也，更何况对方都是人高马大的亡命之徒。

几个痞里痞气的青年一时跟酒吧的保安相持不下，好在110的工作人员及时赶到，我第一时间出示了光头欺负沈晓燕的视频。在铁的事实面前，光头一伙秒怂，乖乖地离开了酒吧。

经此一吓，沈晓燕的醉意已经醒了八九分。光头等人走后，我便上前借机跟沈晓燕介绍了一下汪莫林，沈晓燕自然是一番千恩万谢，末了还不忘拉着我们去吧台喝两杯。

原本我并不想再喝，可女人不醉，男人没机会。为了给汪莫林和沈晓燕创造接触的机会，我便妥协留下来喝两杯。

那一晚，沈晓燕、汪莫林和我三个人一边喝酒，一边聊天，我们三个人虽然出身家境不同，可都是在临海打拼的"海漂一族"，话题自然很多。越聊越投机，年轻人敞开心扉之后，很快就熟络起来。

汪莫林含着金汤匙出生，我以为他家里帮了他很多，没想到在临海这些年，他完全靠自己打拼。

沈晓燕来自农村，家境贫寒，生活拮据。她是村里面少有的几个通过高考走出农村的女孩子，尽管现如今上大学已不是什么稀罕事儿，可对于农村的家庭而言，能走出一个名牌大学的女学生，还是很难得的。这也是她为什么那么倔强，她的内心深处有一种出人头地，衣锦还乡的执念。

我就更不用说了，出身农民，家境贫寒。在临海混了7年多，连个女朋友都没有。所以，至今一直没有在临海买房安家，因为外地人在临海购买商品房需要有结婚证，混了这么多年，就混了一套60平方米的酒店式公寓（不限购）。

尽管汪莫林长得没有我帅，也没有我高，可他家庭条件好，穿着和谈吐给人的感觉就像富二代。所以，沈晓燕对他一见倾心，甚至有点后悔当时在我介绍之后，为什么没有直接联系他，有种相见恨晚的感觉。

看着他们两人聊得热火朝天，我知道两个人干柴烈火，一点就着。

很快，不仅业务合作有了眉目，两个人还擦出了爱情的火花。看到两个人兴奋的表情，我知道自己不能待下去了，再待下去就成电灯泡了。

汪莫林和沈晓燕两个人一见倾心，让我这个朋友心情大好。一仰头一杯乌苏入肚，抹了一下头发，整理了一下衣服，走出酒吧……

第三十章 久旱逢甘霖

我一离开，汪莫林和沈晓燕两个人便放开了手脚，汪莫林这厮就像已经成了沈晓燕的男朋友一样，轻揽伊人香肩，而沈晓燕也真配合，小鸟依人般靠在汪莫林的肩头。

汪沈二人在酒吧卿卿我我，而我却独自一人走在临海宽阔的大街上。

清风拂面，我有一种异样的感觉。我还没有女朋友呢，沈晓燕人不仅长得漂亮，还有上进心，并且是那种小家碧玉型的气质型美女，如果追求她当老婆，也不是不可以。可鬼使神差，我竟然把这么好的姑娘介绍给了汪莫林。

恋爱和婚姻是两个完全不同的概念，每一个人心中都有一个自己的《一千零一夜》，同样，对于恋爱和婚姻，每一个人都有自己不同的想法。

恋爱是甜蜜的，婚姻是琐碎的；恋爱是疯狂而蚀骨的，婚姻是平淡而平凡的。

譬如大学谈恋爱，找的完全是一种感觉，感觉来了，谈一场轰轰烈烈的恋爱无可厚非。可如果步入社会，还纯粹地只恋爱不结婚，就是耍流氓。

我身高一米八，人长得有点帅，如果纯粹谈恋爱，沈晓燕会义无反顾地跟我谈一场轰轰烈烈的恋爱。如果结婚，她就会三思而后行，因为现在的我并不能让她衣锦还乡。

从我的角度而言，沈晓燕也不是一个合适的结婚对象，这跟颜值无关。当然，我李文彬也不会找一个富家女，尽管客观条件允许我可以靠颜值吃饭，可我不想做一个吃软饭的小白脸。我也是有自己的追求和男人的尊严的，在潜意识里，结婚对象应该是双方有感觉，并且可以相互扶持的人。我看重的不是现在而是未来，面包和牛奶通过努力都可以获得。

道不同不相为谋，我承认，沈晓燕是一个好姑娘，人美又不随波逐流，尽管她出身农民，家境贫寒，可她骨子里有一种高傲，看不起农村人或者家庭条件一般的人。在这一点上，她不会因为我帅而选择跟我结婚，我也不会因为她长得漂亮而接受她的嫌贫爱富。虽然我们都在临海打工，但是，却活在两个完全不同的世界。

所以说，从这个角度出发的话，汪莫林跟沈晓燕恋爱，是水到渠成的事儿。跟着汪莫林，沈晓燕立刻可以实现她鲤鱼跃龙门的华丽转变。而跟着我，虽然不愁吃不愁穿，却不能百分之百确保未来能让她过上阔太太的生活。针对这个问题，我曾经跟沈晓燕聊过，她的回答是：与其选择一个不能保证未来10年或者20年后可以过上有钱人生活的男人，还不如现在就选择一个能够立刻可以给她想要的生活的男人。沈晓燕的理由是跟有钱的男人结婚和跟没钱的男人过日子，风险是一样的，都会有七年之痒。与其 10 年甚至 20 年之后竹篮打水一场空，还不如趁着年轻享受生活。

跟谁过日子不是过？为什么要我陪你吃苦，还看不到希望。

沈晓燕虽然嫌贫爱富，她也承认自己物质，但她并不是那种随波逐流的女孩，她有自己的底线，不会为了利益而出卖自己的身体和灵魂，她心里有杆秤，不会轻易地被外界所诱惑，这也是汪莫林死心塌地喜欢她的原因之一。

鱼找鱼，虾找虾，不是一类人，难进一家门。我觉得自己有手有脚，为什么要吃软饭？沈晓燕觉得自己年轻漂亮，能靠颜值为什么不靠颜值走捷径？从某种程度上而言，尽管沈晓燕和我出身有点相似，来临海闯世界的目的却不一样，我们不是一类人。沈晓燕自信她年轻漂亮，就要过上富太太的生活；我一个凤凰男，想用自己的双手打破命运的桎梏，完成人生的涅槃。

命中有时终须有，命中无时莫强求。

沈晓燕固然好，可真正适合我的女孩还没有出现。女朋友易找，老婆难寻，我宁为玉碎不为瓦全。

汪莫林好久没有谈恋爱了，沈晓燕的出现可以说是让他久旱逢甘霖。

沈晓燕对生活的要求很高，不仅穿名牌衣服，买名牌包包，就连平日里用的香水都是爱马仕。她偎依在汪莫林的肩头，身上淡淡的女人香让汪莫林有种沁人心脾的感觉，他知道那是女人身上香水的味道，那种味道他很喜欢。

今晚汪莫林感到前所未有的幸福，因为太开心了，难免喝得有点多，好在他酒量还行，没有喝醉。

"燕子，我送你回去吧？"汪莫林附在沈晓燕的耳边，轻声道。

沈晓燕羞赧地点点头，算是同意了汪莫林送她回出租屋的提议。

两个人手牵着手，完全像一对相恋多年的恋人，出了酒吧，拦了辆出租车，很快便到了沈晓燕所住的楼下。

汪莫林轻抚伊人，咽了口唾沫，轻声道："燕子，不邀请我上去坐坐？"

沈晓燕俏脸绯红，柔声道："莫林，如果你有时间，就上去坐会儿，我给你沏茶醒醒酒。"

男追女隔座山，女追男隔层纱，更何况沈晓燕和汪莫林是一见钟情。

今晚，两个人喝得晕晕乎乎，第一次见面，沈晓燕竟然破天荒同意汪莫林去她的住处。大半夜，孤男寡女，独处一室，沈晓燕不会不知道意味着什么，她竟然毫不犹豫地同意汪莫林去她的闺房，这说明什么？至少说明沈晓燕心甘情愿跟汪莫林发生点什么不可描述之事。在自己喜欢的男人面前，什么底线，什么礼义廉耻，都统统地抛之九霄云外。也应了那句酒壮怂人胆，今晚，沈晓燕喝了不少乌苏。

上楼，进了房间，沈晓燕租的一室一厅，40多平方米，在当时的临海需要3000块钱左右，而我租的阁楼只需800块。

进了房间，可能是酒喝得有点多，再加上工作后缺乏锻炼，爬了4层楼，汪莫林一进房间，便气喘吁吁地一屁股坐在客厅的布艺沙发上。

沈晓燕给他拿了一瓶饮料，打了个招呼，便去卫生间洗澡去了。

汪莫林挺老实的一个男人，听着卫生间里面哗哗的水声，他有点心猿意马。

这谁能受得了？

孤男寡女独处一室也就算了，沈晓燕竟然毫不顾忌汪莫林的存在，去卫生间洗澡，她似乎在释放一种信号。

尽管汪莫林是一个遵纪守法的好公民，可他更是一个血气方刚的男人，自己喜欢的女孩正在洗澡，这让他有点冲动，想推门而入。

当然，汪莫林只不过是想了想而已，他知道冲进去整不好是要坐大牢的。

正在汪莫林胡思乱想之际，浴室的门开了，沈晓燕裹着洁白的浴巾出来了，那一刻，房间的气氛瞬间凝滞了一般。

第三十一章 幸福感爆棚

酒吧人多嘈杂，当时汪莫林只是隐约地看了沈晓燕的轮廓，并没有认真看沈晓燕的长相。

此时此刻，静谧的环境下，汪莫林开始仔细地端详起沈晓燕，白皙的皮肤吹弹可破，月牙般的眉毛，一对水灵灵的大眼睛，樱桃小嘴，腰如细柳，身材凹凸有致。单从硬件而言，沈晓燕在汪莫林所见过的女生里面，绝对可以排进前三。

沈晓燕微微一笑，白皙的脸上露出一对浅浅的小酒窝，汪莫林看得眼睛都快直了。沈晓燕绝对是个美人坯子，二十三四岁的年纪，清水出芙蓉，天然去雕饰。此刻的沈晓燕如仙子般站在他的面前，汪莫林略显紧张，他从来没有跟如此清新脱俗的漂亮女孩独处过。

沈晓燕觉察到了汪莫林肆无忌惮的目光，娇羞道："莫林，你为啥这么盯着人家看？"

"燕子，你长得太好看了。"汪莫林直白道。

被汪莫林夸奖，沈晓燕满脸的幸福，还不忘打趣道："甜言蜜语，你是不是跟每一个女孩子都这么说的？"

"燕子，冤枉呀！"

"哪里冤枉啦？我看你就是油嘴滑舌。"

"燕子，我汪莫林对天发誓，我对你所说的每一个字都是真的，如果有一个字是假的，让我打光棍一辈子。"

"好啦好啦，人家跟你开个玩笑而已，干嘛这么认真。"

"燕子，我可不是开玩笑的，我对你可是真心的，对你的心如滔滔江水，日月可鉴。"

"汪莫林，没想到你看起来挺老实的一个人，说起话来这么油嘴滑舌。"

被沈晓燕打趣，汪莫林委屈道："燕子，我沈莫林对你一见倾心，难道你感受不到我对你的喜欢如滔滔江水般汹涌澎湃吗？"

"莫林，我们才第一次见面，你这么直勾勾地看我，难免让我觉得你跟其他的男生一样，图我的身子。"沈晓燕轻声道，很明显她对汪莫林肆无忌惮的目光略有不满。

说实话，别看汪莫林出身富二代，可他在谈恋爱方面没有什么经验，甚至可以说一窍不通，不懂得把握火候，完全一副直男的表现。面对漂亮的沈晓燕，眼冒金星，活脱脱的一个色男形象，在沈晓燕的面前完全成了透明人。

面对沈晓燕的质疑，汪莫林急忙解释道："燕子，我双手按着《圣经》发誓，我跟别的男人不一样，别人图你的身子，我是真心喜欢你，我是要娶你，陪你慢慢变老的人。"

"你喜欢我什么？"

"我喜欢你的人，喜欢你的上进，喜欢你的美！"汪莫林原本想夸沈晓燕，被她奚落跟其他男生一副德行，这让汪莫林有点紧张，尽管他对沈晓燕是真心的，被一顿奚落之后，说话都毫无逻辑可言。

这年代，李逵和李鬼还真难分辨，有太多的人打着恋爱的幌子，其实只图姑娘的身子。

沈晓燕也不是傻子，她自然要确认汪莫林对她是否真心，虽然她还很年轻，可她玩不起。看到汪莫林一脸的紧张，沈晓燕便知道他没有说谎，不过嘴上却没有饶他，继续打趣道："汪莫林，你还说跟其他的男生不一样，你说的每一句话都跟他们一样一样的，油嘴滑舌。"

汪莫林觉得自己很冤，起身牵起沈晓燕的手，含情脉脉地跟她四目相对，道："燕子，我真的喜欢你，如果可以，我把心掏给你看。"

沈晓燕动情道："莫林，我……我来自农村，家庭条件不好，想找一个真心喜欢我又可以托付终身的男人，我谈恋爱是奔着结婚去的。我不图别的，只求安安稳稳地过一辈子就知足了。你可不要骗我，我输不起。"

汪莫林从脖子上取下一个纯金菩萨吊坠，挂在沈晓燕白皙的脖子上，柔声道："燕子，菩萨为我们作证，今生今世，倘若我汪莫林有负沈晓燕，这辈子不得好死。"

沈晓燕急忙用手盖在汪莫林的嘴上，含情脉脉道："莫林，不准你发毒誓！我相信你，即便将来有一天你有负于我，我也无怨无悔。"

面对沈晓燕态度的转变，汪莫林很是开心，甚至有些动情，想亲吻她。不过，聪明的沈晓燕抽身离开，进了房间，不大一会儿，穿着一件设计时尚的粉红色睡衣走了出来。

沈晓燕的美是清水出芙蓉，跟汪莫林平日所见到花枝招展的女孩不一样。看着前凸后翘，扭着柳腰翘臀再次来到客厅，紧挨着自己坐在布艺沙发上的沈晓燕，汪莫林瞬间幸福感爆棚。

沈晓燕开口道："莫林，你以前谈过几个女朋友？"

说出来可能列位看官不信，汪莫林没有谈过女朋友，这个我可以打包票，可被沈晓燕一问，他却有点不好意思回答了。这年代，30岁的男人，没有谈过恋爱，说出来，估计鬼都不信。更何况他家境殷实，追她的女生估计不少。

"燕子，不怕你笑话，我……我从没有谈过女朋友。"最终汪莫林还是选择了实话实说，毕竟，他对沈晓燕是真心的。

沈晓燕愕然，尽管她对这个结果有些质疑，之前李文彬跟她讲过一些关于汪莫林的事情，也顺带说过他没有谈过女朋友，当时沈晓燕还觉得不可思议，可当她真正的面对时，极为愕然。她甚至一度怀疑汪莫林是不是身体有问题，不过，接下来两个人之间发生的不可描述之事让沈晓燕打消了顾虑。其实汪莫林之所以没有谈过女朋友，是因为父母管得太严，作为独生子女，父母担心追求汪莫林的女孩都是图他们家的钱，害怕儿子被骗。当然了，最为关键的是汪莫林没有遇到自己真正喜欢的女生。

"我谈过两个，你会不会觉得吃亏？"沈晓燕轻咬杏唇，试探道。

汪莫林不假思索道："燕子，不管过去你谈过几个男朋友，我都不介意，以后你的世界只允许我一个男人出现。"

听到汪莫林的话，沈晓燕内心还是有些激动的，毕竟，对于这个问题，很多男人都是介意的。难能可贵的是，尽管沈晓燕谈过两个男朋友，可只是象牙塔里面纯真的恋爱，沈晓燕是一个保守的女孩，对两个男朋友都统一口径，坚持到结婚那天再把自己最宝贵的东西给他们。正是因为觉得沈晓燕太过奇葩，两个男朋友才先后跟她分手。

"莫林，你对我真好，不过你放心，我沈晓燕不是随便的女生。如果我们有幸能够步入婚姻的殿堂，结婚那天我会把最宝贵的东西给你。"

这次轮到汪莫林愕然了，他没想到沈晓燕谈过两个男朋友，竟然还是完璧之身，看来，李文彬没有骗自己，沈晓燕是一个值得追求的好姑娘。

汪莫林没有再说什么，而是一把将沈晓燕拥入怀中，算是作为回应。

小鸟依人般的偎依在汪莫林的怀里，沈晓燕喃喃道："莫林，我们是不是太快了？第一次见面就这样？"

缘分真的很神奇，众里寻他千百度，那人却在灯火阑珊处。

沈晓燕一直想找一个家境殷实、对她又好的男生，一直找不到。汪莫林一直想找一个自己喜欢，能够让他怦然心动又洁身自爱的女生，却一直求之不得。通过李文彬牵线搭桥，两个人竟然有缘相见，尽管感情发展得有点快，可的确很般配。

第三十二章 因祸得福

关于沈晓燕和汪莫林两个人你侬我侬暂且不提，话说当杨爽锁定了沈晓燕就是新品资料外泄的第一嫌疑人时，她极为气愤，当机立断，打电话给人事经理何香菱，让何香菱通知沈晓燕走人。

好在何香菱做事公道，并且很理性，何香菱告诉杨爽，平日里沈晓燕工作认真负责，人品也不错，让她再核实一下，以免错杀好人。

杨爽冷静下来之后，微信我，征询我如何处置沈晓燕，有没有好的建议。

收到杨爽的微信通知，我第一时间跟沈晓燕通了电话，直接开门见山，直抒胸臆。

沈晓燕倒也爽快，便将跟凯越刘总的事儿和盘托出，坦白之前跟我沟通时隐瞒了将新品资料也放进了推荐 PPT。那天情况特殊，她为了尽快离开刘总的办公室，打印资料遗漏在了对方的办公桌上。

Keyhome 自有品牌国内电商业务以前的产品研发很不规范，我入职之后便从用户调研、产品企划、产品研发、供应链跟单、产品入库以及上线等多维度梳理了流程。产品研发资料上有供应链大货生产工厂的联系人、联系地址等具体的联系方式，如果拿到资料便可以直接联系工厂。

对于工厂而言，因为是新品，还处于前期的探索阶段，并不知道能否成为爆品，双方并没有签署排他协议。因为自有品牌控货、控价，并且能够为企业带来更多的利润，现在很多大型的 MCN 机构都在做自有品牌，并且将自有品牌的销售占比作为考核的重要指标，凯越自然也不例外。当沈晓燕离开后，凯越的刘总拿到她遗漏的资料，安排人联系工厂，换一下吊牌和包装抢先上线是很容易的事情。

了解到实际情况之后，我便第一时间给杨爽打了电话，一五一十地将事情客观陈述了一遍，着重强调了一下沈晓燕为了拿下跟凯越的合作，被凯越的招商负责人刘总欺负，最后仓皇出逃，资料被落在了凯越刘总的办公桌上，才导致资料外泄。

杨爽听到沈晓燕竟然差点被凯越的刘总欺负，只听到电话那头骂了一句，"王八蛋！"我知道，杨爽又要打抱不平了。

当初开发产品时，考虑到新品上市节奏和供应链安全问题，我同时安排了B工厂研发第二代产品。第二代记忆枕可以达到一等品，母婴级，并且还可以水洗，卖点更足，产品品质更好，工厂已经在加急生产，预估一周内可以入仓上线。到时候可以给凯越狠狠一击，毕竟产品研发还是讲究策略的，他们虽然窃取了我们第一代产品的方案，但他们不知道如何研发第二代、第三代。我们将一款卖点更足，品质更好的产品，用更优的价格推向市场直面竞争，姓刘的肯定会被主播们Diss.

原本杨爽的意思要开除沈晓燕，可当她得知沈晓燕为了试用期的KPI想尽一切办法跟外部的MCN机构合作做直播，为了完成试用期的销售目标差点被凯越的刘总占便宜。沈晓燕一心为公司的态度打动了杨爽，不仅没有开除她。相反，鉴于最近沈晓燕跟外部MCN机构（汪莫林公司）合作良好，提前10天完成了试用期的KPI，决定让沈晓燕提前转正，并且免于答辩。

提前转正，不用答辩，这在Keyhome的历史上很少发生，原本一直担心转正的沈晓燕因祸得福。

不过，沈晓燕应该感激三个人，第一个自然是我李文彬，如果不是我在杨爽面前美言，如果不是我介绍汪莫林给她认识，沈晓燕转正是不可能的。第二个人便是汪莫林，她的现任男朋友。汪莫林很给力，第二天便安排了公司的头部大主播直播了Keyhome的产品，5天时间做了800万的销售额，再加上之前沈晓燕已经完成的250万，最终让沈晓燕提前超额完成了试用期的KPI。当然，沈晓燕还得感谢第三个人，她便是杨爽，如果不是杨爽明察秋毫，沈晓燕也不会翻盘，毕竟她泄露了公司还未上线的新品资料。

新品泄密是极为严重的事情，即便沈晓燕完成了试用期的

KPI，可如果按照杨爽以前的脾气，她绝不会让沈晓燕通过试用期。

女人何必为难女人呢？

杨爽一路走来，遇到的人生坎坷是常人所难以想象的，其实在她的职业生涯中，也曾经遇到过类似沈晓燕的遭遇，不过，杨爽没有沈晓燕幸运。沈晓燕的遭遇可能让杨爽心生怜悯，抑或是惺惺相惜。所以，经历一波三折之后，沈晓燕才有幸留下来。

在一次跟合作客户谈判的时候，情景跟沈晓燕遇到的情况差不多，但她没有沈晓燕幸运。那天尽管她拼命地挣扎，无奈对方身强力壮，办公室的门又被锁得死死的，最终，杨爽还是没有逃脱客户的魔爪。

那天，她不知道自己如何离开对方办公室的，印象中那个肥头大耳的男人完事儿后还不忘在她的屁股上拍了一巴掌，一脸满足地说了一句让杨爽一辈子都难以忘记的话："臭婊子！老子一年跟你做一个亿的生意，你每年提成几百万，陪老子乐呵乐呵有那么难吗？"

那次杨爽不仅被对方占了便宜，还被骂臭婊子，这让一向高傲的杨爽很是不爽，从没有人敢如此对她。

提成是她靠自己的专业和能力赚的，不是对方施舍的，不能成为对方欺负自己的理由和骂自己是婊子的资本。后来，杨爽果断断绝了跟对方的合作，并痛打落水狗，搜集证据将那个欺负她的男人扳倒了。

可能是己所不欲勿施于人，杨爽自己经历过太多的不易，所以，沈晓燕的事情发生之后，她并没有像以往那样严惩，反而给了她一次机会。

天下没有免费的午餐，每一个成功人士都会经历各种艰辛和磨难。可能别人的光鲜你很向往，但在向往之前需要先掂量掂量自己是否有能力承受别人所经受的苦与痛。

不经风雨，怎见彩虹？没有人能随随便便地成功。

处理完沈晓燕的事情，杨爽竟然发微信感谢我，说我挽救了一名优秀员工。

其实，刚开始我并没有想那么多，只是觉得沈晓燕人不错，现在她又是我大学同学汪莫林的女朋友，也算是我的朋友吧。朋友遇到困难，理应拔刀相助。

第三十三章 北方有佳人

"良言一句三冬暖，恶语伤人六月寒。"

我的无心之举，不仅成全了一对鸳鸯，同时挽救了沈晓燕。可能正是因为我的无心插柳柳成荫，后来，汪莫林和沈晓燕竟然成为我创业路上非常重要的合作伙伴，正是他们的加盟让我的事业逢凶化吉，此是后话，暂且不提。

东山省的企业有一个特点，占地规模大，不管业务怎么样，先圈个千儿八百亩地。

今天我们去拜访一家名为梦鸽集团的企业，这家公司是做毛巾、浴巾、床上用品、毛毯的企业，产品远销日本、美国、欧洲，年销售额百亿，多年前已经在 A 股上市。

梦鸽集团虽然是一家市值百亿的超大型企业，在业界的知名度极高，他们的厂区并非在当地的市中心。梦鸽集团实力雄厚，听说员工都有好几万，并且建有自己的学校、医院、住宅小区，我还没有参访过如此规模的家纺企业。所以，我对此次梦鸽之行期盼已久。

从市中心坐车直奔梦鸽集团，我的内心汹涌澎湃，激动不已。毕竟是到国内行业龙头企业对标交流学习，对我而言，能够跟行业顶尖的专家交流，是难得的学习机会。

从市区的摩天大楼到一片绿油油的庄稼地，远远地可以看到一眼望不到边的厂房、办公楼和住宅小区。

果不其然，一路上看到了梦鸽医院、梦鸽幼儿园、梦鸽小学、梦鸽初中、梦鸽高中，还有成片的商品房，梦鸽一村、二村……最后竟然看到了梦鸽十村。

梦鸽集团果然实力雄厚，集团内部基本完成了内循环，俨然可以自成一体了。

当我们一行人打车浩浩荡荡地来到梦鸽集团的正门，这家当地的标杆企业，大门足足有百米宽，两侧是柱形建筑，左右各一个穹形门卫亭，中间巨大的条石上面写着"梦鸽集团"四个鎏金大字，据说这四个字是某位领导视察时一时兴起，当场泼墨挥毫。

目测从大门到梦鸽集团办公楼，如果步行的话，至少得20分钟以上。对我还好，可对于杨爽她们而言，都穿着高跟鞋，如果走过去，脚非磨破不可。

接待我们的是梦鸽家纺负责内贸的业务经理陈姗姗，平日里都是通过电话沟通，没有见过真人，今天算是网友线下奔现了。平日对接时，陈姗姗给我的印象是声音极为甜美，我一直认为声音好听的女生长相差不了。

当她穿着一身黑色的职业裙，细长的腿裹着黑丝袜款款走来时，让我瞬间想起了李延年的名句："北方有佳人，绝世而独立。一顾倾人城，再顾倾人国。"

陈姗姗不仅身材高挑，长相更是堪称完美。

"李文彬，请注意你自己的行为，此时此刻，你可是代表

Keyhome 产品部总监。"不知何时，杨爽竟然站在我身边，低声道。

陈姗姗的出现，吸引了我的目光，幸亏杨爽及时提醒，不然就丢人现眼了。

"陈经理，我是 Keyhome 产品部总监李文彬。"

"李总好，久仰大名，今天终于见面了。"陈姗姗笑脸相迎，大方的跟我握手。

男女授受不亲，从礼节的角度来讲，握手不分男女，看来还是我多想了。陈姗姗都大方伸手了，我也就不再磨叽，伸手跟陈姗姗握手。

礼节性地握完手，我便给陈姗姗依次介绍了整个团队，杨爽、刘颖、苏玉箫……

陈姗姗跟 Keyhome 来访的人员一一握手，笑盈盈道："今天非常抱歉，常务副总彭勇因为集团临时有事，到外地去处理事情了。为了表示歉意，彭总今晚会从外地赶回来给大家接风洗尘。"

见陈姗姗如此的客气，我急忙回应道："姗姗，彭总太客气了，我们这次主要是想过来现场学习一下整个家纺产品的生产流程，同时沟通一下接下来的产品研发事宜，吃不吃饭的无所谓。再说，公司有明文规定，不能接受供应商宴请。"

陈姗姗笑道："李总，您千万不要客气，生意成不成看缘分，今天既然你们来到了梦鸽，我们就要尽地主之谊。这也是彭总给我下的政治任务，还望您不要让我为难。"

Keyhome 是一家有外资背景的企业，在员工廉政这一块有着严格的要求。如果到工厂出差，周边吃饭不方便，可以在工厂的食堂吃顿简餐，禁止接受工厂宴请，尤其是严令禁止到高端场所消费。当然，工厂到临海 Keyhome 办公室拜访，公司可以请工厂来访人员吃饭，人均消费以不超过 100 元为宜。

对于礼品这一块，要求更是严格，不准收受供应商的礼品。如果私自收受价值高于 100 元的礼品，直接开除；收受价值低于 100 元的礼品记过处分。

因为公司有着严格的规章制度，所以，Keyhome 的员工在跟供应商合作的过程中，都十分讲原则。当然了，也存在部分员工受贿，接受高规格宴请的事儿。不过，一经发现，就会立即处理。

当陈姗姗提出晚上宴请的事儿之后，我便朝旁边的杨爽投以求救的目光，杨爽没有直接口头回答我是否可以特事特办，而是微信给我发了一条消息："晚上的宴请可以参加，Keyhome 支付相关费用，付钱的差事儿就交给你了，见机行事。"

关于宴请的事儿我没有跟陈姗姗再争论下去，毕竟，入乡随俗，她也是一个打工的，如果我做得太无情的话，陈姗姗也不好向彭总交差。

寒暄过后，陈姗姗便领着我们去坐公司的园区大巴。

在去园区大巴的路上，我便趁机问道："姗姗，你们集团真大，来的路上，在高架上一眼望不到边，这园区得多大呀？"

听闻我夸赞梦鸽集团园区大，陈姗姗满脸自豪道："李总，这是我们梦鸽集团第六厂，也是目前的集团总部所在地，是去年刚建成的新园区，占地面积一万两千亩。"

"12000 亩？"刘颖听到陈姗姗说这个园区有 12000 亩，一脸的吃惊。

"是的，我们总共有 6 个厂区，这个厂区是 12000 亩。"

太夸张了，一个厂区 10000 多亩地，这在国内的纺织企业里面绝对是龙头企业了。当然，跟寸土寸金的临海相比，不能相提并论。如果在临海，光是这 12000 亩地就很难审批，多年以后，某国的著名电动汽车企业在临海造厂房，一期也就批了 1500 亩地，那可是汽车企业呀，一期才批了 1500 亩地。

第三十四章 触景生情

陈姗姗带着我们一行人领了临时访问卡，坐上园区大巴，不大一会儿的工夫便到了梦鸽集团的总部办公大楼，一栋 28 层的现代化办公大楼，矗立在一群厂房中间，颇有鹤立鸡群的感觉。

通过访客专用通道，坐电梯来到了 10 楼的访客会议室，偌大的会议室装修豪华，尽显上市公司的雄厚实力。

分宾主落座，陈姗姗先播放了一个关于梦鸽集团介绍的视频，然后通过 PPT 给 Keyhome 的小伙伴更为翔实地介绍了一下梦鸽集团，同时讲了一下接下来的新品提案。

陈姗姗讲完，我代表 Keyhome 讲了一下公司的外贸和自有品牌国内电商业务的总体情况，Keyhome 自有品牌国内电商业务未来的产品规划，以及接下来的产品布局思考。

双方讲完之后，进行了简单的交流，陈姗姗便带着我们去了公司的研发大楼。

梦鸽集团的研发大楼是一栋 6 层的现代建筑，其中 1 到 5 层是外贸客户的产品展示，他们是按照全球纺织品的客户进行布展，分为美国馆、欧洲馆、非洲馆、东南亚馆、南美洲馆等。第六层是中国馆，主要是国内的各大品牌 OEM 的产品展示，按客户和风格两种方式布局，整个样品间的产品还是蛮有特色的。我们挑了一些跟 Keyhome 国内电商品牌调性和风格契合的产品，让陈姗姗根据我们的包装要求和订单量安排报价。

看完梦鸽集团的展厅已是中午时分，原本陈姗姗安排在外面的农庄吃当地的特色菜，被我拒绝了。我再三跟她强调 Keyhome 有着严格的规章制度，不能接受供应商高规格的宴请。因为之前我破例接受了晚上的宴会，中午这顿饭，陈姗姗倒是没有跟我争，最后将午餐的地点安排在了公司的食堂。

梦鸽集团总部食堂是一栋 4 层的欧式建筑，有点像大学食堂的味道。1 到 3 楼是工人用餐区，一楼是快餐，供应炒菜和米饭；二楼是面食区，有各种面食；三楼是小炒区，如果有员工不想吃大锅饭，几个员工可以凑份子到三楼炒几个小菜。四楼是接待区，专门招待外部到访人员。

从陈姗姗的口中得知，工厂中午从 11 点到下午 1 点休息两个小时。因为园区工人众多，采取了分批制，每个批次的员工进餐时间 15 分钟。

关于工人的伙食费问题，我跟陈姗姗进行了交流，获悉工人的餐费标准为每天 7 元，主要是解决午饭的问题。因为是北方的小城市，消费不高，食堂实行承包制，7 块钱可以打一份蔬菜，一份荤菜，当然都是那种小碟子。如果晚上加班，会免费供应一顿晚饭，一般是两荤一素，米饭随便吃。

听了陈姗姗的介绍，我专门去一楼的食堂看了一下。发现很多工人都是打一个菜，有几个人凑一起吃的，这样可以丰富一些，有一个人独自吃的。如果打一个素菜一个人吃，先不说营养跟不跟得上，我担心他们吃不饱，尤其是那些五大三粗的大汉也是打一份菜，一碗米饭。

当时我只有一种感觉，就是中国的确发展了，可远没有我们想象得那么富饶。尤其是那些长期生活在一线大城市的精英们，需要到基层看一下，了解一下基层劳动人民的生活。我就是被当时的情景所震撼的，没想到基层的劳动人民为了省钱，一顿饭只吃一碟小菜，他们的劳动强度很大，时间很长。

当跟陈姗姗说出我内心的想法之后，她微微一笑，道："李总，可能您长期待在临海，对三四线城市不是很了解。实不相瞒，我们梦鸽集团是当地的龙头企业，纳税大户，我们工人的工资待遇在当地是最高的，很多工人都以入职梦鸽为骄傲，我们的员工每天可以有菜吃，你要知道很多小厂，工人根本没有菜吃，很多都是就着咸菜啃馒头。你所说的一些工人只打一个菜，是因为他们要把结余的钱在月底换成现金。"

我重重地点了一下头，道："姗姗，我懂你的意思，我李文彬也是从农村走出来的，只不过触景生情，感觉我们国家大部分人的生活水平并不像想象中的那么高，只是我们常常把大部分人平均了。"

这就好比大家的收入水平，我给列位看官分享一组数据，截至 2022 年，从国家统计机关的数字来看，全国城镇非私营单位就业人员年平均工资为 114029 元，也就是说全国城镇的公职人员的月收入大致每月 1 万元。全国城镇私营单位就业人员年平均工资为 65237 元，也就是说全国城镇的普通非公职人员的月收入约 5436 元。以上两组数据代表全国城镇人员的收入水平，而大量的农村人员是很难统计的，因为他们的收入不固定，种庄稼，打零工，一年下来挣不到几个钱。

毫不夸张地讲，很多人处在贫困线上，这跟动不动年薪百万形成了鲜明的对比。

听我讲完，陈姗姗轻声道："李总，您说得对。大量的农村老百姓的生活跟城市没法比。对于大量的农村富余劳动力而言，如果能够入职一家有实力的工厂，打一份稳定的工，他们的收入会秒杀大部分的农村人，幸福指数会直线上升。而我们梦鸽集团的一线工人，很多都是来自周边村庄的农民，还有很多是来自外地的农民。这些人非常吃苦耐劳，可能平日里在家吃饭就是咸菜就馒头，可到了梦鸽，不仅可以挣到超过全国城镇非公职人员的平均工资，还有菜吃。更为关键的是，我们梦鸽集团是一家有责任有担当的企业，只要入职梦鸽，即便是一线员工，也给他们缴纳社保，等他们退休，没有劳动能力了，可以跟城里人一样领取一份养老金。"

"姗姗，我完全赞成你的观点。如果中国有更多像梦鸽集团这样有实力、有担当的企业，解决更多中国农村老百姓的就业问题，中国的城市化进程会加快，更多老百姓会过上有保障的幸福生活。"

陈姗姗捋了一下自己的长发，意味深长道："李总，没想到您平日里杀伐果断，不仅是谈价格和产品企划研发的高手，还这么有情怀。"

"姗姗，难道在你的心目中，我李文彬只是一个会砍价的黑心买办？身为农民的儿子，在临海我也是底层的打工人，我内心对生我养我的地方一直都有关注，尤其是他们的生存状态。"

第三十五章 孔孟之乡

陈姗姗笑而不语，她知道此时的我有点上头，跟我争辩没有太大的意义，这就是她聪明的地方。

我喜欢跟聪明人共事，跟聪明人合作，你所有的产品企划想法或者产品研发需求，都能够被快速地落地执行，这也是我为什么把东山省首站放在梦鸽集团的原因。

实话实说，梦鸽集团的报价在所有供应商里面不是最低的，可他们的团队沟通能力和产品设计研发能力绝对是所涉足领域里面最棒的。

我一直有一个理念，做品牌不能陷入无休止的价格战，打价格战是完全陷入了低价竞争，是在卖货。而我们Keyhome自有品牌国内电商的目标是成为中国最懂消费者痛点、爽点和痒点的高端家纺品牌。所以，在选择供应商时，我们还是以中大型为主，我们看重的是研发设计能力，而不是低价。

因为人多，陈姗姗安排了两桌。

到了四楼的包厢，分宾主落座后，我便开始打量桌子上的菜品：九转大肠、糖醋鲤鱼、糖醋里脊、爆炒腰花、德州扒鸡、剁椒鱼头……每个桌子上都摆得满满的，大部分都是东山省的本地知名菜，我怀疑陈姗姗是不是把外面农庄的饭菜打包回来了。

入乡随俗，我自然没有跟陈姗姗较真。

不过，杨爽倒是微信提醒我，叮嘱接下来拜访的工厂，不准阳奉阴违，偷换概念。如果把外面大饭店的饭菜打包回来，跟在外面吃有什么区别？

我迅速地回复杨爽："杨总，请您放心，我打包票，后续杜绝此类事情发生。"

等我们真正地离开梦鸽集团奔赴其他工厂时，才发现在东山省人民群众的豪爽和好客面前，我的包票是如此的脆弱。此是后话，暂且不提。

陈姗姗给杨爽夹了一小盘菜放到她的面前，顺手给我夹了一块德州扒鸡。我夹起陈姗姗给的德州扒鸡，尝了一下。

陈姗姗笑道："李总，味道怎么样？"

我禁不住竖起了大拇指，笑着对坐在旁边的陈姗姗道："早就听说德州扒鸡好吃，果然名不虚传，肉嫩味正、五香脱骨，是我平生吃过的最好吃的鸡，果然不愧为天下第一鸡！"

"德州扒鸡源于明朝，至民国时期，经过改良的德州扒鸡色、香、味都已走上求美、求新的道路，民国时德州扒鸡的名声，已在中华大地上叫响。中华人民共和国成立后，德州扒鸡更是发展得风生水起，尤其是当今生产工艺进一步改良，直播兴起，德州扒鸡不仅畅销全国，更是享誉世界。"说起德州扒鸡，陈姗姗将它的发展史娓娓道来。

一向对吃颇有研究的杨爽终于开了金口，道："中国有各种好吃的鸡，鸡肉做的名吃更是层出不穷，比如说道口烧鸡、沟帮子熏鸡、叫花鸡、口水鸡、盐焗鸡等，可德州扒鸡的口感我个人觉得更胜一筹。它是有什么秘方吗？比如像可口可乐，虽然市面上可乐品种很多，可口可乐却因为它独特的配方和口感鹤立鸡群。"

"杨总，谢谢您对德州扒鸡的夸奖，作为东山人，我很荣幸。实不相瞒，德州扒鸡之所以远近闻名，是因为它严格的七步生产工艺流程：原料筛选、宰杀、煺毛、浸泡、上色、炸制、入汤煮制、出锅成品。"陈姗姗道。

杨爽刨根问底道："据我所知，从工艺流程上，大家都差不多呀，德州扒鸡似乎并没有什么特殊的地方呀？"

"杨总，听文彬说您不仅在进出口贸易和国内电商这一块是专家，在饮食方面也颇有研究。今天我就斗胆抛砖引玉，关公门前耍大刀。"陈姗姗客气道。

杨爽不喜欢别人因为她的职位而迁就她，无奈地摇了摇头，道："姗姗，我们只是探讨中国美食，不用这么客气。"

陈姗姗微微颔首，接着道："德州扒鸡之所以是中华美食，鲁菜经典，制作技艺成为国家非物质文化遗产，除了它工艺流程严谨外，还因为它的原料和调料。"

"愿闻其详！"杨爽难得如此认真。

"比如原料，除了选用 1 千克左右的当地小公鸡或未下蛋的母鸡外，还有花椒、大料、桂皮、丁香、白芷、桂条、肉桂等 20 多种中药材烹制；调料则是选用小茴香、酱油、白糖、食盐等 16 种。精湛的工艺流程加上精挑细选的原料，配上诸多调料，不好吃都难。"

……

大家放下筷子，听着陈姗姗的介绍，都入迷了。

陈姗姗见状，急忙道："大家别光听，快吃快吃，菜凉了就不好吃了。我们不光有德州扒鸡，还有九转大肠、糖醋鲤鱼、糖醋里脊、爆炒腰花……这些菜毫不逊色于德州扒鸡。"

我素喜大肠，平日里周末会到卤味店切半斤大肠，再买个素菜回家喝两杯。看到桌上色泽红亮、香味扑鼻的大肠，甚是喜欢。拿起筷子夹了一块，入口即感觉到酸、甜、咸、香四味俱全，这次我对坐在身边的陈姗姗双手竖起了大拇指。

我很是好奇红烧大肠全国遍地都是，可为什么在东山省被叫作九转大肠，于是便直接开口道："姗姗，这明明是红烧大肠，你们为啥叫作九转大肠？"

陈姗姗放下手中的筷子，拿起湿巾擦了擦嘴角，道："李总，您问了一个好问题，关于九转大肠的名字，有一个典故。相传九转大肠出于清朝光绪年间，最早由济南九华楼酒店厨师所创，九华楼酒店老板姓杜，是富甲一方的大商人，光在济南就开了九家店。因为杜老板酷爱九字，在一次宴请中，一文人将它与道家的九转仙丹相媲美。故得此名。"

听陈姗姗讲完九转大肠名字的由来，我忍不住笑道："姗姗，你们东山省不愧孔孟之乡，孔子、孟子、墨子、曾子等大圣人出生之地，就连一个红烧大肠的名字都能取得如此雅致。"

陈姗姗呷了一口茶，轻声道："李总，好菜配好名，这样才会更有胃口嘛。"

"对，这个观点我认同。"

陈姗姗环顾四周，起身道："各位 Keyhome 的合作伙伴，非常荣幸你们东山省之行第一站到访梦鸽集团，因为中午时间比较赶，吃顿便饭，等晚上再好好地招待我们 Keyhome 的各位贵宾。"

今天，对于陈姗姗的能言善语我算是领教了，不过，面对一桌如此丰盛的美食，她竟然说是吃顿便饭，我也不好当着那么多人的面跟她争辩，毕竟，客随主便。

第三十六章 跟姗姗聊天

平日里我一向节俭，吃的也比较简单，今天中午在梦鸽集团的这顿午饭，算是过年了。我也不在乎别人的目光，大快朵颐起来。

那时候还年轻，不用担心上膘，更不用担心菜品油腻对身体不好。如果换作今天，我绝对会控制。年轻时穷，没得吃，上了年纪富裕了不能吃，这就是生活。

在这里有必要讲一个同事的故事，我这个同事是临海本地人，他在我入职的第一家公司 Wintex 做了多年的 QC。

所谓 QC 就是验货员。简要说明一下，公司下订单到工厂，当工厂完成订单交付时，公司就要去验收工厂交付的大货是否符合接收标准，验货员就是去工厂负责验货并出示验货报告的人员。

因为 QC 尤其是第三方机构的 QC 有着大货能否放行的生杀大权，所以，工厂都把他们当大爷供着，好吃好喝，更有甚者会塞红包，有些吃相难看的 QC 甚至会根据货值的多少索要红包，如果不满意，就会出具验货不过的报告。

可能有读者会说，只要自己的货做得好，还怕 QC 验不成？话不能这么讲，纺织行业，无论再好的工厂，都不能保证自己生产的货没有线头，没有一丁点的污渍等小问题，并不是说这些工厂不专业，而是从纱线纺纱、印染、面料织造、入库、裁剪、大货的缝制、包装等诸多流程下来，难免会有一些小问题，如果较真，再好的产品都能找出问题。因此，本着和气生财的原则，工厂一般都会好吃好喝招待。

话说我这位前同事，就是一位 QC，年纪轻轻竟然患了痛风，走路一瘸一拐的，像极了瘸子。

可能列位看官已经猜出了八九分，对，就是你们所猜的。这位同事刚毕业就入职了 Wintex，因为公司对员工的要求相对不像 Keyhome 这么严格，身为公司的 QC，每次到工厂都会被盛情款待，全国各地的各种好吃的没少吃，尤其是阳澄湖大闸蟹，这厮一次竟然能够吃七八个。有时候一天两顿，中午吃了，晚上还吃。海鲜、大鱼大肉虽然好吃，可吃多了，人不仅会变胖，身体更会得三高，甚至会患上痛风。

痛风是什么？它是一种富贵病。我的这位同事，就是因为管不住自己的嘴，年纪轻轻，竟然得了痛风。

之前我很难体会这位同事怎么会得痛风，梦鸽的一顿午餐让我算是彻底地体验到了。

　　一顿海吃海喝，茶足饭饱，因为时间还早，陈姗姗带我们返回办公楼的会议室休息。我因为没有困意，便拉着陈姗姗聊天。并不是我对陈姗姗有什么想法，而是她在工厂一线，个人又比较上进，对整个纺织行业有自己的独特见解，跟这样的人聊天，可以提升自己的认知和专业性。

　　因为陈姗姗和我都是做纺织行业的，话题自然就聚焦在了纺织行业。其实，当时陈姗姗还单身，如果我追求她，不知道会有什么结果。当然，这只是假设而已，事实是我对她只有欣赏，并没有非分之想。

　　"姗姗，这几年家纺外贸生意感觉越来越难做，你对家纺外贸行业未来的预判是？"

　　陈姗姗习惯性地捋了捋长发，道："李总，家纺外贸因为地缘政治问题，汇率问题，再加上竞争对手越来越强，比如东南亚、巴基斯坦、印度等国家劳动力更廉价，他们的纺织品行业发展迅速，家纺外贸变得越来越不确定。我倒是觉得你们Keyhome 的做法非常值得称赞，自有品牌国内电商业务和外贸业务两条腿走路，虽然很多纯外贸企业已经意识到了这个问题，但是，因为外贸订单目前还很稳定，很少有企业真正的下功夫做内销。万一贸易战加剧，或者竞争对手抢占我们更多的市场，纯外贸企业的日子就不好过了。"

　　陈姗姗的观点我完全认同，的确，这些年，东南亚、巴基斯坦、印度等国家利用本国廉价的劳动力资源，向中国学习，大力发展纺织业。家纺行业因为技术壁垒相比其他行业没有那么高，所以，他们在全球疯狂地抢中国家纺企业的订单，逐步在蚕食中国的市场份额。Keyhome 是一家外企，我们全球采购，从最近几年的订单分布上，我明显地发现有向东南亚、巴基斯坦、印度等国转移的动向。

　　"姗姗，不仅东南亚、巴基斯坦、印度等这些国家在全球市场争抢我们的订单，我们还面临一个核心的问题，就是我们的技术装备落后，导致我们的新品开发的效率和强度不足。尽管目前我们一些大型的纺织企业在缝制设备方面达到或者接近世界领先水平，但是，我们在纺纱、织造、染整等传统工艺方面与世界的先进水平有着极大的差距。"

　　陈姗姗点了点头，道："李总所言极是，这个问题我们也很苦恼。下午我会带你们参观梦鸽的全自动生产车间和吊挂缝制生产线，尽管我们在一些设备方面达到了世界领先水平，但是，我们配套的纱线厂和印染厂却达不到世界领先的水平，这严重影响了我们新产品的研发创新和生产效率。举个简单的例子，当我们给国外的某高端客户做一些印花产品，因为客户对色牢度的要求非常高，如果我们用国内的染料就无法达到客人要求的光照色牢度，必须使用国外的染料。这说明国内目前在一些关键的技术领域，跟国外还有很大的差距。"

　　"是的，这跟国内纺织行业高素质的人才缺乏也有关系，我们国内大部分的顶尖人才要么考公务员；要么去互联网或者银行、证券、基金等金融高薪行业；要么去外企等。尽管纺织行业历来是我们国家的第一大出口行业，为国家赚取了巨额外汇，并且目前我们是全球第一大纺织品出口国家。但投身纺织行业的高端人才却少之又少，这跟它的行业地位不匹配，也影响了行业的发展。"

第三十七章 直呼冤枉

跟陈姗姗的聊天让我很开心，话题聊开之后，我们不仅聊了跟工作相关的纺织行业，还聊了时下的一些时政要点，甚至一些八卦新闻。

下午参观工厂生产线约的是 2 点钟，当时针指向 1 点 55 分时，我仍然意犹未尽，看得出来陈姗姗也很开心，似乎她跟我的感觉一样，目光中有一丝不舍。

陈姗姗看了一下右腕的手表，笑道："李总，今天跟您聊天很开心，学到了很多东西，让我有种意犹未尽的感觉。下午的安排时间马上到了，我们准备走吧。下次有机会，一定要再跟您深入交流一下。"

我向陈姗姗表达了同样的想法，人生路漫漫，知己难求，尤其是在今天这个快节奏的时代，能够遇到一个合拍的知己，真有一种相见恨晚的感觉。当然，这里指的不是感情。

整整一下午，陈姗姗带着我们 Keyhome 来访的小伙伴，坐着园区巴士穿梭于不同的厂房之间，在梦鸽集团总部，让我见识到了当时代表中国家纺行业最现代化的装备，有全自动化的被子生产车间，你很难想象，面料和填充棉一起进入机器，就可以完成绗缝、折叠，直接可以装箱。还有一尘不染的吊臂缝制车间，一排排机器整齐划一，让我大开眼界。当时我一度感慨，没想到中国家纺工厂的设备竟然如此先进。

马不停蹄看了一下午，连 1/3 的厂区都没有参观完，这让我们在感叹梦鸽集团厂区大的同时，也深表遗憾，剩下的厂区只能等下次有机会再看了。

陈姗姗说彭总已经从外地赶回来了，我们便匆匆往彭总的办公室赶，准备见识一下这位年轻有为的常务副总。

从陈姗姗的口中得知，彭总是一个年轻有为之人，也是做大事儿的人，他年纪只比我大一岁，便已是梦鸽集团常务副总裁。

人跟人之间的差距，是可以一眼看穿的，有能力的人言谈举止之间散发着一种强大的气场。

一进彭总的办公室，他便热情地起身过来跟我们一一握手，此时陈姗姗站在旁边，一脸崇拜地看着彭勇。

优秀的女人往往对比自己更优秀的男人有一种崇拜，就像此时的陈姗姗。

寒暄几句之后，分宾主落座。

我简单地做了一个自我介绍，重点介绍了一下杨爽，然后把 Keyhome 团队的小伙伴逐个简要地介绍了一下。

彭总朝杨爽笑了笑，道："杨总，早就听闻你们 Keyhome 集团的大名，百闻不如一见，Keyhome 集团果然人才济济。"

杨爽笑道："彭总，过奖了。我们 Keyhome 不仅是为全球知名家纺品牌提供专业化供应链服务的集成商，同时也是为国内外消费者提供优质产品的知名品牌。你们梦鸽集团是现代化的专业化工厂，今天到梦鸽集团学到了很多，也见识到了贵公司的专业和实力，希望未来双方能够很好地合作。"

彭总笑道："杨总，以前我们很想跟你们 Keyhome 集团合作，可苦于一直没有机会，双方一直没有对接上。这次在临海的家纺展会上跟你们产品部的负责人李文彬对接上了，你们了解客户，我们熟悉生产，希望我们双方合作，为消费者提供更多的好产品。"

杨爽点了点头，道："产品研发是由李文彬负责，以后关于产品开发方面的事情多多跟他联系，希望我们尽快把生意做起来，我们Keyhome需要你们梦鸽集团这种有实力的工厂。"

"多谢杨总给机会，现在负责Keyhome对接工作的是陈姗姗，她已经跟李总对接了。听姗姗说，李总是她见过的最为专业的客户。不仅懂消费者，对工厂的生产流程也很懂，尤其是价格方面很专业，我们给你们Keyhome报价都比老客户便宜好多。杨总，您是怎么挖到这么专业的人才的？"

彭总的一席话不是恭维，因为有多年的外贸经验，我对工厂的生产流程、产品设计研发以及报价等各方面都比较了解。

听到彭总夸我，杨爽没有直接回应，她不想当众表扬我，不过，她的表情发生了微妙的变化，没想到我竟然被如此专业的工厂认可，这也超出了她的想象。

"彭总，您对李文彬如此看好，您的依据是？难不成就因为他会压价格？"杨爽面带微笑反问道。

"杨总，这个问题我最有发言权，李总懂消费者，在我合作的所有客户里，唯独他开发产品首先从消费者视角出发，每次都问解决了消费者什么痛点；其次，他注重消费者体验，每次都要求我们提前试用产品并如实地填写试用报告，如果试用中有问题，跟我们一起讨论如何调优；并且在产品研发的过程中，他经常会给予我们一些专业的意见，提前思考是否存在一些风险。在产品研发的时候，我们工厂不注意的一些细节他都能够想到。"坐在一旁的陈姗姗道。

平生第一次被人这么夸，还是一个倾国倾城的大美女，夸得我自己都有点不好意思了。

我有自知之明，尽管彭总和陈姗姗对我评价很高，但我并没有因此而觉得自己才智过人。我一向以实力和事实讲话，虽然在Keyhome开发了一些好产品，可只是处于研发阶段，还没有一款产品上线打爆。

面对彭总和陈姗姗的表扬，我必须回应一下，不然，会让人觉得是不是我做了什么小动作。

"彭总，陈经理，过誉了。其实，如果说专业，还是你们更专业，我只是工作时间长，多少积累了一些方法而已。"

陈姗姗笑道："李总，您就不要谦虚了，就比如我们这次开发的夏凉被，第一次将宇航技术民用，开中国夏凉被之先河，在中国家纺行业第一次从智能控温的角度出发，利用 PCM 相变纤维，满满的科技感和可视化的呈现。我相信，今年夏天肯定会大卖！"

陈姗姗一直夸我，杨爽笑而不语，不过她的表情似乎有些不爽。那天走出彭总的办公室，杨爽将我拉到一边，硬是问我是不是在撩陈姗姗。我直呼冤枉，并发誓绝没有的事儿。

如果不是我发毒誓，估计杨爽不会放过我。

第三十八章 先干为敬

可能我跟陈姗姗之间表现得过于亲密了，才导致杨爽一度怀疑我在追求人家。并不是杨爽心生嫉妒，而是她担心我跟陈姗姗如果走得太近，会影响我个人的商业判断，为了博得美人一笑，做出有损公司利益的事情。一旦走上不归路，等待我的将会是被 Keyhome 严肃处理。

甭看平日里杨爽对我要求严苛，其实，她内心对我还是蛮重视的，认为将来我会有所成就，是一个难得的可以栽培的好苗子。

杨爽、陈姗姗和我坐上了彭总的奔驰，其他人陈姗姗则安排了公司的专车接送。

吃饭的地方是当地的一家知名农庄，远远地便看到院子好大，近了看到门口挂着红灯笼，很是喜庆。

穿过一个葡萄架子做成的走廊，便看到亭台楼阁、小桥流水、假山、草坪郁郁葱葱，颇有生机，很明显，这是一座装修古色古香的特色农庄。

在进包厢之前，我便跟农庄的老板打了招呼，不管花多少钱，我来结账，老板娘笑着对我点点头，不过，我总感觉老板娘的笑容怪怪的。

彭总点了菜，等着上菜的空隙，杨爽拉着陈姗姗走出了宴会厅，看到她们两个人手拉手出去，我莫名地有点异样，她们两个的关系已经到了手拉手的地步？

出了宴会厅，杨爽拉着陈姗姗来到了一处凉亭，直接开门见山道："姗姗，你长这么漂亮，追求你的男生很多吧？"

陈姗姗不知道杨爽葫芦里卖的什么药，上来竟然问她如此隐私的问题，但又不好意思不回答，便笑道："杨总，在您的面前我就是一个不起眼的丑小鸭。"

"姗姗，说真的，追你的男生是不是很多？如果你单身，我这边有一个很优秀的男生准备介绍给你。"

"杨总，不怕您笑话，平时因为工作太忙了，一直没有时间谈恋爱，更没有时间跟哪个男生腻歪。"

"那就是你单身了？"

"是的，目前还单身，趁年轻想在事业上更上一层楼，暂时还不想谈恋爱。"

"先别说那么绝对，你觉得李文彬怎么样？"言毕，杨爽的一双眼睛直勾勾地盯着陈姗姗，生怕错过一丝细节。

听到杨爽提到我，陈姗姗心里咯噔一下，不过她脸上没有任何的异样，因为她对我只有欣赏，没有爱慕。在这一点上，杨爽远没有我的判断给力。当进入彭总办公室，看到陈姗姗看彭勇的眼神，我就知道，这姑娘喜欢她的领导，是那种毫不掩饰地喜欢，可杨爽硬是没有看出来，或许当时她没有注意。

陈姗姗笑道："杨总，您开什么玩笑，李总那么优秀，我可不想高攀。再说了，他在临海工作，而我在东山省，两人相隔千里，不合适。"

"姗姗，女人的直觉告诉我，你们两个很般配。"

"杨总，这次您的直觉可能不灵光了，您可以去问李总，我跟他之间是不可能的，可能我们是聊得来的朋友，但是，不适合谈恋爱。"

杨爽还要进一步地深挖陈姗姗的一些内心想法，却被我的电话打断了。开始上菜了，晚宴开始，我便打电话让杨爽赶快回去，不然对彭总也不礼貌。

接到我的电话，杨爽没再为难陈姗姗，跟她一起返回了宴会厅。

今晚依旧两桌，档次比中午高多了，各种海鲜和地方特色菜就不一一列举，给我印象最深刻的是一盘蝉蛹，这东西小时候夏天经常吃，长大后从没有吃过，瞬间唤醒了我童年的回忆。

酒喝的是茅台和张裕赤霞珠干红，男生必须喝白酒，几个能喝的女士也选择了茅台，其余的喝张裕赤霞珠干红。

看得出来，彭总喜欢喝酒，彭总先是代表梦鸽集团对我们Keyhome的来访表示热烈的欢迎，然后便举杯开喝。

酒过三巡，彭总觉得喝得不过瘾，便准备让服务员将小酒杯换成高脚杯。相当于是用喝红酒的杯子来喝白酒，我心想，彭总疯了。

我给陈姗姗发了微信消息，问她是不是拦一下彭总，如果喝醉了，感觉不好。

陈姗姗回复我放心，今天大家高兴，敞开喝，彭总酒量还行，没个二三斤倒不了，不用担心他出洋相。

正当我跟陈姗姗微信聊天时，彭总开口道："李文彬，听说你酒量不错，今天到了梦鸽集团，让我尽尽地主之谊，陪你喝个痛快。"

言毕，彭总让服务员站旁边，自己亲自拿出几个喝红酒的高脚杯，一边跟我说话，一边倒了起来。

一瓶茅台只倒了两杯，也就是说，一杯酒半斤。彭总倒好酒，递给我一杯，跟我碰了碰杯，道："先干为敬！"

彭总言毕，端起满满一杯的茅台酒，一饮而尽。彭总手中的酒杯还没有放到桌子上，已是掌声四起。东山省人果然豪爽霸气，酒量惊人。

"好！"看到彭总一饮而尽，我叫了一声好，同时右手大拇指高举。

彭总果真不是盖的，怪不得陈姗姗对他信心满满。

中国人做生意讲究的是一种缘分，什么是缘分？

缘分很多时候是喝出来的，双方的合作也是喝出来的。Keyhome 想跟梦鸽集团深度合作，梦鸽集团想接 Keyhome 的订单。从客观上来讲，双方有合作的基础，但是，缺乏催化剂，今晚的茅台酒就是彭总的催化剂，他希望通过茅台酒加深双方的感情，进而推动双方的合作。

面对彭总的豪爽，我当然也不能丢 Keyhome 的脸，更何况此次东山省之行，Keyhome 来的大部分是女生，在如此多的女同事面前，我李文彬绝不能怂。

称赞彭总几句后，我也端起了一高脚杯的茅台酒，微微一笑，一口闷。

虽然平时喝酒不多，但是，我对自己的酒量一向很自信，我也出生于北方，打小参加各种红白喜事，看到大人们拿着碗豪爽地喝酒、划拳，可能受此影响，我的酒量还不错。

记得 6 岁那年，为了检验自己的酒量，将发小家里面用来招待客人的酒和肉洗劫一空，我和发小都喝醉了，我被老妈领回家。而我发小醒来之后，被他老妈狠狠地打了一顿。并不是发小他妈抠，那个年代穷，日子比较艰苦，招待亲戚用的酒和肉都是从牙缝里挤出来的。

第三十九章 酒逢知己千杯少

"酒逢知己千杯少，话不投机半句多。"

饭桌上平生第一次碰到彭总这种爱喝酒的朋友，那天自然推杯换盏，很快，两瓶茅台被我们两个人喝了个底朝天。

杨爽看在眼里，急在心里，对我冷声道："李文彬，你今天好嗨，是不是过于放飞自我，忘记了我们此行的目的了？"

杨爽就是这点不好，全天候完全进入工作状态，有时不懂得变通，当时那个场合，我也是骑虎难下，如果我怂了，很难跟彭总真正地交心。

彭总好胜心很强，他见我也挺能喝，觉得这么喝很难分出胜负，在众人惊诧的目光中，就像喝啤酒一样，一口气将一瓶茅台喝了个底朝天。

彭总的行为把我惊到了，一瓶白酒一口闷，这不多见。瞬间，在场所有的人都对彭总佩服得五体投地。大家的目光齐刷刷地投向了我，一时间让我觉得压力好大。

　　我想起陈姗姗说彭总喝白酒二三斤的量，我按最高的量三斤算，刚开始我们各喝了一斤，加上这一斤，他已经喝了两斤了。也就是说，如果我再喝下这一斤，也是两斤，跟彭总打平，接下来就进入决胜局了。只要我咬紧牙关，跟彭总打个平手还是有机会的。

　　此时此刻，如果我认怂，就相当没面子了。所以，杨爽想阻止我喝酒，我根本没有理她。

　　杨爽不知道，即便她知道可能也不会让我这么胡来。原本闲聊的时候，我跟彭总提了打样费和四件套价格的问题，最近在梦鸽集团安排打了冬被、地暖被、四季被、四件套等样品，光打样费就十几万。另外，我们正开发一款入门级、低价位的四件套，想做一款超级爆品，谈了几轮，价格离我们的目标价还差十几块钱。

　　彭总很干脆，告诉我，只要能让他喝好，打样费和四件套价格的问题都好说，如果喝不好，免谈。

　　现在已经是各自两瓶白酒下肚，我开口提了打样费和四件套价格的问题。

　　彭总点燃了一支烟，笑道："李总，心急吃不了热豆腐，好事多磨，说好的只要你让我喝好，我都答应你，可现在我还没喝好呢。"

　　第一次见面，我不想双方的任何一方出丑，再喝下去，不管是彭总还是我，如果谁喝醉了，都不是什么好事情，搞不好会影响双方的合作。

　　我向陈姗姗投去了求救的目光，陈姗姗示意我看手机。

　　打开手机，点开微信，努力地睁了睁眼睛，看到陈姗姗的微信消息：李总，请放心大胆地喝，彭总人很豪爽，如果你能把他喝趴下，他不仅不会怪你，打样费和四件套价格的问题他肯定会想办法帮你解决，这个请您放一百个心，我们梦鸽人都说话算话，我留字为证。

看到陈姗姗的微信消息，我一脸的无奈，喝酒伤身，尽管当时我还很年轻，喝点没事儿，可酒喝得太多毕竟不是什么好事情。

"彭总，我知道您人豪爽，今天我们Keyhome一行人来，非常感谢您的热情款待，喝了这杯酒我们就结束，您看好不好？"一向稳重的我，实在不想让任何一方有人出丑，便留了半斤的量，每个人喝二斤半，最多喝晕，不会喝醉。

言毕，倒了一高脚杯的茅台，举杯向彭总示意一下，一饮而尽，这次彭总对着我竖起大拇指。

彭总知道我不好惹，非要跟杨爽喝酒。今晚杨爽也没少喝，尽管杨爽喝的红酒，可红酒也是酒呀！

我起身又倒满了一高脚杯的茅台，一饮而尽，此时，我已是三斤茅台酒下肚，明显感觉头晕目眩。我知道，如果我不配合彭总让他喝好，以后双方的合作可能就不会那么顺利。另外，我不想他难为杨爽，实不相瞒，杨爽善于管理，可她在喝酒这块真不行。

三斤白酒下肚，彭总微笑着点了点头，对我再次竖起了大拇指，并且不再为难杨爽。

事实也证明正是因为那天跟彭总喝酒让他喝舒服了，从心理上接受了我。后来，晚宴结束的时候，彭总爽快地免掉了我们十几万的打样费，并且一直谈不拢的四件套价格，彭总也一口答应了。

正是因为四件套的价格达到了我们设定的目标价，款式设计又新颖，一周后产品一上线便卖爆了，各大主播争相主动沟通要直播卖我们的四件套。

彭总安排陈姗姗送我回酒店，陈姗姗扶着我出了包厢，上车时，我意识到自己喝得太猛了，双腿有点不听使唤，钻进车子后排座位上呼呼大睡，后来发生了什么事情，想不起来了。

醒来的时候，我躺在酒店宽大柔软的床上，熟悉的感觉，睁开眼睛，朝周围看去，我认出来了，这是全季酒店。平时出差，我大部分选择全季酒店，因为它在同价位的酒店里，不仅硬件是最好的，全季酒店的枕头和四件套睡着也很舒服。

我试图回想昨晚发生的一切，却一点也想不起来了。起身洗澡，喝了几口矿泉水，感觉人的状态好多了。

我刚要准备穿衣出门去吃早点，敲门声响起，打开门，一身 office lady 装的刘颖站在门口，她修长的小腿上的黑丝袜让我有点心跳。

刘颖招呼也不打，迈着恨天高直接步入了我的房间，一屁股坐在了我的床上。

"颖颖，是哪股邪风把你吹到我这了？孤男寡女，独处一室，这要是被同事看到，我跳进黄河也洗不清，我还想找个媳妇，过老婆孩子热炕头的好日子呢。"

刘颖没有跟我耍嘴皮子，笑道："李文彬，可以呀，以前我小看你了，昨天我才认识到你小子真爷们！"

我笑了笑没有回答，毕竟，能喝酒不是什么值得炫耀的事儿。

"你吃早饭没有？如果没有吃的话，我们一起去吃早饭。"我不想跟刘颖在一间屋子里待，怕夜长梦多。

刘颖嘟了嘟嘴，笑道："李文彬，你是不是有点怕我？"

"我怕你干吗？"

"还说不怕我，那你为什么不敢接近我？"

听到刘颖挑逗的言语，我知道她今天脑袋又有点不正常了。

坦白讲，如果单纯从谈恋爱的角度，我愿意跟她尝试谈一场酣畅淋漓的恋爱。毕竟刘颖是土生土长的临海人，是高高在上的白天鹅，不仅人长得漂亮，身材又好，跟她谈恋爱，可以驱除我一身的土包子气。

可刘颖太有心机，家庭条件又太好，再加上我们两个之前的矛盾，她对我虚虚实实，让我始终摸不透，这让我对她不得不存有戒心。

第四十章 进退维谷

当时我过于单纯，没有多想。刘颖大清早不管不顾地进我房间，暗示已经非常明显，可她没想到我却视若不见，这让一向高傲的刘颖有点挂不住。

正当我示意刘颖回避一下，我要换衣服时，刘颖忍不住爆发了。

"李文彬，你难道是个木头人吗？"

我一脸愕然，不知道刘颖哪根神经错位了，竟然问出这种弱智的问题。

"颖颖，我一个大活人站在你的面前，哪里木了？"

刘颖梨花带雨，娇嗔道："李文彬呀李文彬！你……你不仅木，你还傻！又老又傻，傻老帽一个。"

好男不跟女斗，可刘颖太过分了，竟然骂我傻老帽，我承认自己比她老，可我不傻。

于是，我强忍着没有爆发，直接开门见山道："刘颖，大清早你不在自己房间睡觉，你跑我房间就是专门过来恶心我的，

刘颖白了我一眼，笑道："李文彬，今天我算是知道你的软肋了，以后但凡我稍不顺心，就有办法找人解压了。"

"不是，刘颖同志，你啥意思？今天你到底是哪根筋错位了，到我这儿是不是又试探我？实不相瞒，我累了，真的不想跟你们钩心斗角了，我李文彬是个人，不是一个机器。刘颖，我求求你们饶了我吧，我真不想跟你们斗了，真心太累了。"

刘颖并没有因为我的求饶而有所收敛，相反，她似乎对我的手足无措很兴奋。

"李文彬，你要是想在临海这座国际化大都市混出个模样，你就必须有一种男人的霸气和痞性。"

"何为霸气，何为痞性？"

刘颖微微一笑，道："霸气就是泰山崩于前而色不变，黄河决于顶而面不惊。无论遇到什么事儿，作为一个男人，千万不要惊慌，只有处事不惊，才能够面对困难不为所惧。所谓痞性，是指脸皮厚，不管遇到什么情况，一副无所谓的态度。就比如现在，换作我是你，我就会直接打开房门，让苏玉箫进来，这没什么，我们做什么见不得光的事儿了吗？没有。即便有，那又能怎样？你不是为别人而活，是为自己而活。"

没想到平日里嘻嘻哈哈、给人一种无脑女感觉的刘颖，竟然能够如此的通透。坦白讲，刚才刘颖的一席话，让我对她的看法有所改变，甚至好感倍增。不愧是大城市长大，又上了临海大学的高才生，果然见多识广。

的确，很多时候我们活在别人的眼里，为了讨好别人选择委屈自己，为了不得罪别人，每天过得战战兢兢，如履薄冰。

第四十一章 一见钟情

刘颖的一席话打开了我的话匣子，正准备跟她继续聊点什么，杨爽打电话给我，我对刘颖做了个嘘的手势，接起了杨爽的电话。

"杨总早，有急事儿？这么早打电话。"我毕恭毕敬道。

"李文彬，刚才让萧萧叫你，她说你还没起床，你没事儿吧？如果 OK 的话，快点下来吃早点，顺便跟你对一下接下来的行程。"难得杨爽心情好，电话里明显感觉到一股热情洋溢。

挂断电话，我将杨爽让下去吃早饭的消息同步给了刘颖，可她丝毫没有起来的意思，我看了一下手表，早上七点十分，我们约定的是早八点准时从酒店出发到工厂，换一下衣服，去吃个早点，时间还是很充裕的。

"李文彬，你把我抱起来，我就跟你去吃早点。"刘颖慵懒地伸了一下腰，冲着我眨了一下乌黑的大眼睛。

真怀疑她中邪了，一个好端端傲娇的小公主，大清早竟然调戏老衲，真不把我当男人。当时我就想，不行就一失足千古恨一回，人生海海，美人在卧，为何不把握？理智告诉我，想想可以，尽管乱花渐欲迷人眼，也必须我自岿然不动。

"颖颖，别闹了，老妖女，不，杨总叫我下去吃早点，姑奶奶，求您了，您就放我一马吧。"我一急，老妖女都喊出来了，好在是私下里，如果在公共场合被杨爽听见，估计会把我大卸八块。

刘颖瞬间哈哈大笑，用手指着我，笑道："李文彬，你刚才说什么？老妖女？好哇，没想到你私底下竟然叫杨总老妖女，看我待会儿如实禀告给杨总，有你好看的。"

"颖颖，我……我一时口误。"

"李文彬同志，在我面前你就不要装了。"

"我……我真的一时口误。"

"李文彬，你真当我刘颖是三岁小孩呀？"

此时我知道今天不破点血，是不可能封住刘颖的嘴的。于是，直接开门见山道："颖颖，你说吧，什么条件你才可以出了这门不乱说？"

"跟我处对象。"

刘颖此话一出，把我彻底整晕了，这次，我隐隐约约地觉得她似乎不是在跟我开玩笑。

我揉了揉眼睛，确定侧卧在床的是刘颖，润了润干涩的嗓子，道："颖颖，别闹了。"

"文彬，人家是认真的，如果你觉得以前我哪里有做的不对的地方，我向你赔礼道歉，今天就翻篇了，以后我们全新开始。"刘颖一脸认真道。

现在轮到我懵了，没想到刘颖竟然如此的生猛，整得我冷汗直冒，结结巴巴道："颖……颖颖，拉倒吧，你跟我全新开始什么？真的，你可别跟我开玩笑，工作压力再大我都能扛，唯独感情这块我很脆弱。我一个山旮旯走出来的凤凰男，一无关系、二无背景、三无靠山，而你是临海的土著孔雀女，人美也就算了，临海世纪大道旁边几套房，妥妥的临海上层人士，我哪敢攀龙附凤。"

尽管我说的都是事实，可刘颖貌似对我的恭维不感冒，嘟了嘟玫瑰般的红唇，露出了一排洁白的牙齿，柔声道："李文彬，在认识你以前，我处对象的确第一看出身，如果家徒四壁，人长得再帅也不考虑。可自从认识了你，我中了魔咒似的。刚开始犯了花痴，被你的外表所吸引，导致在 KTV 差点跟你蹭出火花。后来，你每次立的 Flag 都能实现，你说记忆枕可以打爆，双面双感记忆枕一上线就成了天猫记忆枕类目新品榜第一，这在我们 Keyhome 历史上从未有过，天猫小二直接联系我们，要跟我们合力打造有影响力的新品。我相信你后面规划的产品也都会大卖，实不相瞒，我不仅喜欢有财的，更喜欢有才的。"

第一次被刘颖夸奖，倒让我有点不习惯，不过，我有自知之明，说不定人家是一时心血来潮。

"颖颖，非常感谢你的欣赏，让我有点诚惶诚恐，不过，我李文彬有自知之明，我这只土鸡真配不上你这只金凤凰。"

刘颖是一个心气儿很高的女孩，并且向来都是男生追她，从没有倒追过男生，今天话都说这么透了，我还不知好歹，这让她有点不爽。准确地讲，是她的自尊心受到了伤害。

越是得不到的东西，人往往越向往，感情也是。我的婉拒，激起了刘颖的征服欲，她对我更感兴趣了。

时间已经是早上七点二十，如果七点半不去吃早餐，搞不好八点不能准时出发了，这让我有点着急。站着跟刘颖聊了这么长时间，也有点累了，我便坐到了床边上。

"李文彬，出身又不是你能决定的，你啥都好，就是对自己不够自信。三十年河东，三十年河西，莫欺少年穷，就凭你这么优秀，肯定会混出个模样的，我相信你。"

"颖颖，谢谢。真的，你这么好的姑娘，之前我跟你吵架是我不对，我向你赔礼道歉。"

"这么说，你接受我了？"

"我没有说不接受你呀？"

"那从现在开始，你就是我的男朋友了，把我抱起来吧。"刘颖一边说着，一边向我伸出了双手。

"不是，颖颖，刚才我没说清楚，你误会了。我觉得我们可以慢慢了解，如果有缘，也不是不可以。"

"我对你已经足够了解了，今朝有酒今朝醉，我可没时间跟你搞一场马拉松式的拉锯战。"

我起身，拿了一瓶矿泉水，打开，一饮而尽，转身对着刘颖，道："颖颖，你不觉得这样太快了吗？爱情是神圣的，这么快我有点接受不了。"

"我对你一见钟情！"

面对刘颖的炽热目光，我知道此时此刻面前这个漂亮姑娘头脑发热了，她还年轻，可以疯，我不可以。女追男隔层纱，虽然此刻如果我一口答应她，短期可以过上幸福的二人世界，可我内心会不安的。太容易得到的东西往往是不真实的，更何况刘颖这么好的条件，我怎么可能有那么好的福气和运气。

"颖颖，给彼此一周的时间，如果到时候你对我还有意，我答应做你男朋友。实不相瞒，我对你也很有好感，但不管结果如何，我得承担一个男人的责任。所以，我们一周后再聊这个话题，好吗？"尽管我也很渴望获得一份爱情，可我更希望靠谱的爱情。

······

时间已经是早上七点半，正当我跟刘颖陷入拉锯战时，杨爽的电话又来了。

第四十二章 条条大道通罗马

"一川烟草，满城风絮，梅子黄时雨。"

不知何时，窗外竟然下起了瓢泼大雨，平稳了一下情绪，接通电话，便听到杨爽劈头盖脸的声音："李文彬，你到底怎么回事儿，一个大老爷们婆婆妈妈的比女人化妆还磨叽，这么长时间还不过来吃饭？"

既然刘颖不配合，我也没有心情跟她闲聊了，无视她的存在，直接穿好衣服。抱起刘颖，不管她同意不同意，便向房间外面走去，她顺势双手勾着我的脖子，趁我不注意，猛地在我的脸上亲了一下。出了房间的门，刘颖识趣地落地，被扫地的阿姨看到，刘颖竟然脸红了。

看到刘颖一脸的娇羞，我借机打趣道："刚才是谁在房间里信誓旦旦，出了门就偃旗息鼓了，原来是只纸老虎。"

我的话音刚落地，她便对着我的屁股狠狠地踹了一脚，刘颖此举，让打扫卫生的阿姨还以为我是一个耙耳朵的男人。

"刘颖，你干嘛踢我？"

"谁让你说我是纸老虎！谁让你说我是纸老虎！"刘颖丝毫不给面子，抬腿又开始踢我。

"颖颖，大庭广众之下，你好歹也给我点面子。"

刘颖扑哧一笑，道："李文彬，你不知道死要面子活受罪吗？"

我苦笑着摇了摇头，没有跟她再争辩。好男不跟女斗，再说了，跟女人不能讲道理，你越是跟她讲道理，她越是胡搅蛮缠，更何况是刘颖这种撒起欢来不讲理的女人？

"文彬哥，杨总给你打电话，你怎么不下去呢？"不知何时，萧萧竟然出现了。

苏玉萧的出现，让我瞬间紧张了起来，不知道她看到刚才刘颖跟我之间的打情骂俏没有，如果看到，会不会有什么想法。

"萧萧，刚才刘颖找我有点事儿，所以，耽误了。"

萧萧瞅了一眼站在一旁的刘颖，道："颖颖，你大早上不睡觉，跑到文彬哥的房间干吗？"

刘颖妩媚一笑，道："萧萧，以后你要改口叫我嫂子了，你文彬哥已经答应做我男朋友了。"

"什么？不可能！"苏玉萧两只眼睛瞪得大大的，瞅向了我。

没想到刘颖竟然如此的口无遮拦，我连忙解释道："萧萧，我跟颖颖目前不是男女朋友，不过，我们有一个约定。"

"什么约定？"

我便趴在萧萧的耳边，简明扼要地将早上刘颖到我房间的事情说了一下，刘颖死活不肯出来，权益之举，我便跟刘颖有了一周的约定。

讲清楚之后，萧萧便没有再多费口舌，反而朝我投以好自为之的目光。

到了二楼的餐厅，酒店的自助早餐还不错，餐桌上摆满了各种早点。跟着萧萧来到了杨爽她们所在餐桌，整体而言，全季酒店的餐厅还不错，能住全季酒店的一般都是社会的精英，虽然只是四星级酒店，却有着五星级酒店的硬件设施和服务。如果是自住说明你还挺有品位，如果是出差，至少说明你的级别还挺高，一般级别的报销标准很难达到。

四处打量着周围的一切，有钱人的生活还真是奢华，餐厅都装修得这么豪华。

以前出差因为公司报销标准的原因，自己一般都是住三星级或者二星级的快捷酒店，这次因为用了梦鸽集团的协议会员，我们Keyhome的报销费用也可以轻松地入住四星级的全季酒店。如此出圈的酒店，之前还没住过，光是这餐厅，就让人很有食欲。

我朝杨爽微微一笑，道："杨总，早！"

杨爽早餐吃了一个鸡蛋，拿了一些水果，一碗小馄饨已经被她吃得差不多了。见我过来，便笑道："李文彬，我还以为你没醒酒呢，早上让萧萧去找你，房间没人回应，原来你跟刘颖在一起。"

我轻声说了句抱歉，然后便端了各种吃的狼吞虎咽起来，在杨爽的面前我不用装绅士，她对我的家庭条件和现在的状况了解得很清楚，对于我这种"凤凰男"难得有机会吃这么丰盛的自助早餐，如果不饱餐一顿，岂不是浪费机会？

看着我狼吞虎咽的样子，杨爽笑道："李文彬，慢点，没人跟你抢。"

"杨总，您见笑了，昨天光顾着喝酒了，一大桌的好菜无福消受，今天早上得补回来。"

"你明知道彭总能喝，谁让你昨晚逞英雄呢？"

"杨总，我是代表咱们Keyhome集团，不能让他们把我们看扁了。当然，最主要的还是因为这不是您第一次来梦鸽集团嘛，怎么着也不能让您面上无光不是？"

杨爽放下手中的调羹勺子，拿起餐巾纸轻轻地擦了一下嘴角，道："李文彬，昨晚我不是提醒你了吗？再好的酒都不能过量，因为酒不是什么好东西，喝点面子上过得去就行了，没必要非得拼个输赢。"

"杨总，实不相瞒，主要是我想让彭总免掉十几万的打样费和引流款四件套降价。"

杨爽笑了笑，道："条条大道通罗马，有很多方法能达到你的目的，可你却偏偏选择了最伤身体的一个，以后不准你再这么不要命地喝酒了。"

我朝杨爽投以感激的目光，老板的一句关心，往往能让下属感动不已，我淡然笑道："谢谢杨总！"

匆匆地吃完早点，向杨爽简明扼要地汇报了一下接下来的行程，杨爽让我调整了某一天的行程，其实也没有大变，不知出于什么目的，某天下午的拜访换成了一座海滨城市的工厂。

就在我们一行人吃完早餐，下楼退房，准备叫网约车离开的时候，陈姗姗来了。

陈姗姗今天没有穿职业装，穿了一件小碎花 T 恤，下摆塞入浅色的牛仔裤里，更显出两条修长的腿，她的身材真是绝世无双，一个美丽而又有能力的好姑娘。这辈子谁能娶到她，绝对是上辈子烧高香了。

没想到她竟然给每个人带了一箱当地的土特产，我请示了一下杨爽，杨爽给的指示是要么付钱，要么退回。所谓的土特产都是一些当地的海鲜，也不便宜，我担心大家不愿意出钱，便婉拒了。

第四十三章 传承

东山省之行第一站梦鸽集团相当成功，不仅省了十几万的打样费，更为重要的是，我企划研发的重点项目引流款四件套达到了目标价。价格一旦谈成，便下单生产，因为有现成的面料，陈姗姗答应一周之内分批交第一批货，这样，Keyhome 的运营团队就可以提前一周预售，产品便顺理成章地提前上线了。

之前跟梦鸽集团的合作并没有这么顺利，尽管陈姗姗很配合，可彭总很难缠。现如今通过一顿酒，彭总被我拿下，促成了双方的合作。这让大家对我刮目相看，包括吴佩佩，梦鸽集团一直是让她跟进的，可一直没有太大的进展，而今天我一举拿下她努力了几个月都没有搞定的事情。

即便是要求严格的杨爽，此时也对我刮目相看了。不过，在我的规划中，此次东山省之行只不过是刚刚开始，根据我的规划，我们不仅要把枕头和四件套做好，还有被子、毯子、床垫、家居服以及远期规划的内衣类产品。

办理完退房手续，我们网上预订的车子到了，杨爽让我上她的车。上了高速，我们便一路前往青岛而来。这次我们的目的地是一家做纤维贸易的公司，他们可以做特殊功能的纤维，对于产品的研发，我不想停留在简单的工厂选品阶段，这样，谁都可以做，没有任何壁垒，而是想通过组合创新，将原料工厂、面料厂、成品厂、设计工作室等一起打通，提升产品的研发深度，进而提升产品的行业壁垒。

上了车，杨爽面带笑容，道："李文彬，谢谢你昨天晚上所做的一切，如果不是你昨晚替我挡酒，我可能被彭总灌醉，在这么多人面前出洋相了。"

面对杨爽的感谢，我没有居功自傲，淡然道："杨总，分内之事，何足挂齿！"

杨爽笑道："李文彬，你就不要谦虚了，这次我给你记一大功。"

"杨总，您跟我就不要客气了，我说过，我代表的不是我李文彬个人，我代表的是Keyhome。"

"嗯嗯，李文彬，没想到短短的两个多月，你的格局打开了，孺子可教也！"

"谢谢杨总夸奖！"

"不过，梦鸽集团的合作能够如此顺畅，完全是因为你。自从展会上你跟梦鸽集团对接上之后，当时安排了吴佩佩跟进，一直没有进展。昨晚彭总之所以愿意妥协，我觉得有三方面的原因：一方面是因为 Keyhome 本身的实力，我们可以稳定下订单给他们。第二是彭总觉得你是一个可塑之才，想结一个善缘，这一点在交流中，彭总多次向我表达了他对你的欣赏，彭总坦言，你将来必将有一番成就。第三是缘分，彭总喜欢喝酒，酒逢知己千杯少，昨晚跟你喝得很到位，彭总很开心。"

俗话说得好，多个朋友多条路，中国人做生意靠的是朋友，讲究的是缘分，缘分到了，双方的合作也就成了。杨爽没想到我不仅产品的企划研发能力很强，竟然还那么能喝酒，这的确超出了她的想象。

"刘总，第一点和第三点我完全赞成，Keyhome 实力雄厚，可以给梦鸽集团源源不断的订单，彭总是个性情中人，喜欢喝酒。不过，第二点我实难苟同，我一无关系，二无背景，三无靠山，临海最基层的打工仔一枚，何来成就之说？"

"李文彬，三十年河东，三十年河西，莫欺少年穷！实不相瞒，我的出身也很贫穷，我觉得你未来的成就会远超我之上，我只能望其项背。"

"杨总，您就别打趣我了！"

"李文彬，你要知道我见过多少人？我对自己的判断非常有信心。我说的都是真心话，见你的第一眼，跟彭总的感觉一样，第六感告诉我面前的这个小伙子不简单。你看你的天庭饱满，下巴宽厚圆润，慈眉善目，妥妥的大富大贵之相。并且，你的骨子里更是透露着一种富贵之气。"杨爽一脸认真道。

虽然我不相信风水和面相之说。可后来，我用事实证明，彭总和杨爽两个人的眼光果然不简单。

Keyhome 和梦鸽集团之间，昨晚只是合作的开始，梦鸽集团是一家实力雄厚的企业，研发能力、生产能力不是一般的小企业可以比，再加上实力雄厚，双方有很大的合作空间。

通过 Keyhome 和梦鸽集团之间的合作，让我意识到合作需要一个契机，最重要的是转折点，当然，双方需要多沟通交流，如果这次不是我提议东山省之行第一站拜访梦鸽集团，双方合作的局面可能不会如此顺利地彻底打开。

"杨总，我是一个无神论者，也是一名共产党员，实不相瞒，大学便入党了。"

"李文彬同志，这个世界有很多现象是无法用科学来解释的，但是，造物者的的确确存在。"

杨爽的一席话让我无言以对，的确这个世界上很多事情难以用科学来解释，比如智力相近、家庭背景类似的两个人，大学毕业后在社会上混的结果却有着天壤之别，如果你不信命，大家都很努力，可结果却大相径庭，这如何解释？

可能平时工作压抑久了，杨爽平日里又极为严格，大家对她都敬而远之，包括我自己。今天杨爽放得很开，双方都打开了话匣子，这也让我意识到，如果想缓和跟领导之间的关系，多出差，出差时双方可以多沟通，这样便可以让双方之间更熟悉，关系变得更为融洽。

杨爽今天穿着一身黑色的职业装，她不像刘颖那么奔放，她没有穿黑丝袜，两只雪白的大长腿叠在一起，让我禁不住多看了两眼。

我始终想不明白，像杨爽这么优秀的女人，要身材有身材，要脸蛋有脸蛋，事业又成功，按理说追求她的男生应该趋之若鹜才对，可为何现如今都四十岁了还单身？这么好的身材和基因，不传宗接代可惜了。

我是一个传统的中国人，在我的认知里，作为人的第一要义是传宗接代。因为传宗接代意味着传承，而传承是一切的根本，没有传承，一切都无从谈起。

多年以后，临海一位知名的财经作家，年入几千万，资产十几亿，可她是一个丁克，年轻的时候主张为自己而活，不生孩子，可到了她 50 多岁，快 60 岁时，身患绝症，孤苦伶仃，没有子女的陪伴，虽然她很有钱，却买不来子女的陪伴，直言后悔当初没生孩子。

第四十四章 远在天边，近在眼前

"大鹏一日同风起，扶摇直上九万里。"

不得不承认，杨爽和彭总看人还是挺准的，我这个人挺喜欢折腾，也许，某次我就折腾成功了。

尽管在临海混了 7 年多还一事无成，但这 7 年多我始终在试错。还记得工作了一年多，便给老板写了一份商业计划书，要把公司打造成为一个全国性的平台，想赚快钱的老板直接拒绝了我的想法。

既然老板不愿意做，当时我便找了汪莫林讨论我的电商平台梦。

还记得 2008 年的一天凌晨，我把自己的想法抛了出来：要做一件轰轰烈烈的大事情，全世界有这么多地方，每个地方都有当地的特产，比如说新疆的哈密瓜，西湖的龙井等等，我要建一个线上网络平台，先从中国做起，将各地的特产从线下搬到线上，并不是简单地吸引商家来卖，而是做自营，比如说新疆的哈密瓜，寻找当地最优秀的瓜农作为我们的供应商，以保证我们平台所供应的哈密瓜是当地最好的。

当然，这件事情如果想做成，首先得寻找一批志同道合的人，大家能够拧成一股绳，为这个平台寻源好商品。我坚信能够寻找到一批志同道合的人，为广大的消费者寻找到更多的好产品，通过我所创建的平台进行交易。

如果用今天的视角去复盘当初我写的创业计划书，其实就是一个垂类的电商平台，有点类似于现在的当当网，只不过当当网是卖书的平台，而我要建立一个覆盖全球的土特产平台，当时我认为这是一个很好的商业机会。

当汪莫林看了我的创业计划书之后，感觉比我还兴奋，一个劲儿地说这个项目如果能够成功运作上市，妥妥的亿万富豪！所以，他对这件事儿表现得非常积极。当时，我和汪莫林一人投了2万块钱，总共4万块钱，注册了临海闪速电子商务有限公司，开始了第一次创业。原本向公司提了离职，可能老板觉得培养一个人才不容易，给了我半年时间停薪留职。

因为中国名茶众多，并且消费者也多，我们将茶叶作为试水的第一个品类。茶叶市场按种类细分可以分为绿茶、红茶、花茶、青茶、黑茶、白茶等，其中以绿茶最为出名，消费者接受度更高。

理想是美好的，现实是骨感的。

一无资金，二无资源，单凭满腔热忱。我跟汪莫林从临海市场做起，第一，把临海的所有茶叶批发商梳理了一遍，想着我们不仅可以给这些商家供货，同时，这些商家也可以在我们平台卖他们的茶叶，当时的互联网购物远没有今天发达。基本每个商家都是同样的态度，不需要。当时太理想化了，根本没考虑到网上购物还处于初级阶段，需要大量的资金投入培育。培养商家从线下到线上卖产品，教育消费者从线下到线上购物。第二，拜访临海市区几乎所有的茶楼等需要茶叶的地方，深挖他们的需求。当商业模式深入地推进下去，才发现他们都有自己稳定的进货渠道，并且我们刚开始做，并没有价格优势。事情的难度超出了我们的想象。

折腾了半年，花光了所有的积蓄，生意虽然略有起色，但是，前期的投资实在是太大，因为2008年融资渠道不像现在这么多，当时四处奔波，筹不到钱，最后不得不解散了5个人的小团队。还记得当时大家都很拼，没日没夜地干，当时给大家打鸡血最多的就是等上市以后，公司所有的人都可以实现财务自由。可我们还没有活到上市，梦想便被现实击碎了。

第一次创业失败以后，曾经在一个月的时间里，靠汪莫林一天给我买一次包子度日。整整的一个月时间，把自己关在阁楼里，谁也不见。创业那会儿，我曾经意气风发地告诉汪莫林，这辈子再也不打工了。当二房东打了几次电话催房租时，经过激烈的思想斗争，我又屁颠屁颠地回公司上班了。

"李文彬，你在想什么呢？想得那么投入？"杨爽见我陷入了沉思，便好奇地问道。

"没……没什么。"我随意地应承了一下，并不打算把自己刚才的真实想法说出来。并不是我不诚实，职场很多时候，感觉还是低调点好，尤其是对自己的老板，在我还没有转正之前，我暂时还不想让她知道我曾经创业的事儿。

"爸，您找我有事儿？"坐在前排的苏玉箫接起了电话。

"箫箫，别任性了，回来吧，爸不逼你相亲，只是介绍个朋友认识，成不成全在于你自己喜不喜欢。"

……

经过一番拉锯战，苏玉箫的声音明显缓和下来了，毕竟苏明亮是她父亲。苏玉箫觉得她爸说的有一定道理，再说她知道爸爸也是为她好，毕竟，她是苏家的独苗，苏家家大业大，对她这个独苗自然会很看重。

苏明亮是个成功的商人，也是一个好爸爸，他希望苏玉箫能找一个门当户对的男朋友，毕竟，婚姻是两个家庭的事儿。

杨爽见苏玉箫挂断了电话，便笑道："箫箫，你爸又催婚啦？"

苏玉箫抬头，看了一眼杨爽，道："爽姐，我真不想见那个油腻的富二代，想想都烦。"

我不假思索道："箫箫，这都啥年代了，你父母还包办婚姻？"

"彬哥，你不了解我家的情况，可能是生意做得大了，我是独苗，父母对我的恋爱管得死死的，不准我私自谈恋爱。而他们给我介绍的男朋友非富即贵，就比如这次，又是一个娇生惯养的富二代。"苏玉箫苦恼道。

杨爽瞅了我一眼，道："箫箫，我倒是有一个好主意。"

"爽姐，快说，快说。"

"有一个人可以救你。"

"谁？"

"远在天边，近在眼前。"杨爽此话一出，我和苏玉箫的目光齐刷刷地看向了她。

我脸一红，道："杨总，可不能开这种玩笑，箫箫还没正儿八经谈过男朋友呢。再说了，箫箫家是豪门，而我家徒四壁，不可能的事儿。"

苏玉箫对我的回答似乎很不满意，我让她失望了。

杨爽是何等聪明的女人，一看苏玉箫的表情就知道她心里对我有意，便开口道："李文彬，我没有开玩笑。你未娶，箫箫未嫁，郎才女貌，怎么就不可能了？"

"就是，文彬哥，真不知道你是咋想的，我哪里比不上刘颖啦？"苏玉箫冷不丁地把刘颖也扯了进来。

第四十五章 临时男朋友

"刘颖？怎么，李文彬和刘颖两个人碰出了火花？"听到苏玉箫提起刘颖，杨爽直接问道。

箫箫扭头瞪了我一眼，道："爽姐，我怀疑刘颖和文彬哥两个人在偷偷摸摸地谈恋爱。"

杨爽狐疑地瞅了我一眼，一脸的惊讶，生硬道："箫箫，这话可不能乱说，难道你有证据？"

"今天早上您让我去叫文彬哥吃早餐，我……我碰到刘颖和文彬哥两个人在酒店的走廊打情骂俏,甚是亲昵。"苏玉箫道。

箫箫此言一出，我紧闭双眼，一时无以言表。

此时此刻，我真想挖个洞钻进去，怕啥来啥，刘颖不知道哪根神经错乱，到我房间撩拨我，竟然被苏玉箫抓了个正着，这让我跳进黄河也洗不清了。

杨爽见我坐在那里一言不发，便知道苏玉箫的话并不是空穴来风。瞬间，车子里的空气凝滞了一般。我知道，此时此刻，如果我不说点什么的话，就等于默认自己跟刘颖在偷偷摸摸谈恋爱了。

"箫箫，早上我不是已经跟你解释过了吗？你怎么能当着杨总的面瞎说呢？"

"文彬哥，我没有瞎说，刘颖不都让我叫她嫂子了吗？我只相信自己的眼睛和耳朵。"

"箫箫，那只是刘颖的一面之词，你知道我不是两面三刀的人，我怎么可能会跟刘颖谈恋爱，这是不可能的事情。"我知道苏玉箫看到我跟刘颖之间不清不楚生气了，可也不能跟杨爽八卦，她毕竟是我的领导，公司明令禁止，不准谈恋爱。搞不好，我会被扫地出门的。

萧萧情绪略显低落道："好了，不说这个了，你跟她爱咋滴咋滴，跟我没关系。"

"萧萧！"

"好了，不说了！"苏玉萧说着，转身不再理我，很明显，她在为我和刘颖之间的不清不楚生气。

杨爽若有所思道："李文彬，你是不是需要跟我解释一下，这究竟是怎么回事？"

我毫无保留地将刘颖早上到我房间的事儿一五一十地说了一遍，当然，去粗存精，隐去了一些杨爽不必要知道的细节。听完我的解释，抛下一句我会持续观察你们的，杨爽便没有再纠缠，

我知道杨爽什么意思，她在向我暗示Keyhome的相关规定，同事之间，不准谈恋爱，让我不要触碰公司的禁忌，不然，会死得很惨！我跟刘颖不同，她家庭条件优渥，工作只是生活的调味剂，随时可以辞职，对她没有任何影响，我则不同，如果没有工作，吃饭都是问题。更何况，入职Keyhome，我想通过居住证转常住人口户口，完成从外地人到新临海人的转变，我可不想中间有什么变故。

苏玉萧扭头扮了个鬼脸，笑道："文彬哥，不好意思，我冤枉你了。"

"没事儿。"

接下来便是短暂的沉默，我知道，萧萧肯定在为他爸爸催婚的事儿烦着呢，她不止一次地告诫自己，跟她爸爸电话中不要谈这个无聊的话题，可每次两个人打电话，都不可避免地会触及这个话题。这让苏玉萧很是烦燥，毕竟，身为90后的她，不想一切被父母掌控，对爱情有着自己的追求和想法。

杨爽首先打破了沉寂："箫箫，如果你真的不喜欢对方，可以让李文彬当挡箭牌，到时候，见了那个富二代相亲对象，就说自己有男朋友了，说不定人家对你就死心了。"

苏玉箫听了杨爽的建议，点了点头，朝我投以求助的目光，我瞬间不知如何是好。

"文彬哥，这个周末我就要回苏市，去见一下那个纨绔子弟，你愿意跟我回家当我两天的临时男朋友吗？"

我从来没有做过这种事情，一时不知如何是好。

杨爽忍不住道："李文彬，箫箫这么好的姑娘，你愿意看到她嫁给一个自己不喜欢的男人，一辈子不幸福吗？再说，只是让你做两天临时男朋友，你又不吃亏。你就放心地跟箫箫去苏市，如果周末两天时间不够，我再给你放两天的带薪假。"

我知道，自己不能再摇摆了，把心一横，道："箫箫，我答应你，到时候需要我怎么做，你尽管吩咐。"

"文彬哥，你说的是真的吗？"

"大丈夫一言既出，驷马难追！"

得到我的确认，苏玉箫一双乌黑的大眼睛瞬间变成了月牙状，我知道，此时的箫箫心情大好，可我内心却七上八下，忐忑不安。不知道周末跟着箫箫去苏市，将会面临什么样的局面。毕竟，苏氏集团名列国内民营企业百强，实力雄厚，如此大的家族，苏玉箫可是苏家的独苗，自然是掌上明珠般的存在，我怎么跟箫箫以假乱真？

车子在高速上疾驰，我不停地假设着到达苏市后的情景，推演着如何化解各种矛盾冲突。坦白讲，第一次近距离接触大家族，货真价实的豪门，内心忐忑也是可以理解的。

杨爽见我一脸的凝重，似乎看出了我的心思，微微一笑，道："李文彬，你不用担心，车到山前必有路。你和箫箫只是演一出戏给她父母和那个不识相的富二代看，又不是真让你当苏家的女婿。所以，你内心不必有压力。再说，箫箫自有她的策略。"

"杨总，话虽这么说，箫箫一直单身，冷不丁的带回去一个男朋友，她父母的反应肯定很大，指不定会发生什么事儿呢。万一露馅了，岂不是前功尽弃了。"

箫箫安慰道："文彬哥，有我在，你一万个放心，我父母那边你不用担心，主要是那个油腻的富二代，这次只要你帮我渡过了难关，我不会忘了你的。"

"怎么？箫箫，难不成你还以身相许不成？"杨爽打趣道。

面对杨爽的打趣，我没有插话，而是瞅了一眼坐在前面的苏玉箫。

今天的苏玉箫巧施淡妆，一脸的青春气息让她看起来愈发的靓丽。瞬间，我内心感慨万千，老天爷有时真不公平，像箫箫出身如此富贵，却还长得如此的精致漂亮，让那些出身贫穷的丑小鸭情何以堪？

第四十六章 内心永远的痛

夏天的味道和阳光一样，浓烈又灼人。

很快，车子开到了胶州湾大桥，大桥宛如一条长龙俯卧在大海中。从海湾大桥立交开始，胶州湾渐渐变得宽广，俯瞰整个胶州湾，海天一色，令人感受到大自然美丽壮观的同时，不禁感叹人类的巧夺天工。大家争相拿起手机拍照，就连平日里不喜欢拍照的我，也拿起手机拍了几张。

杨爽在大众点评上搜了一个吃饭的地方，让司机按照目的地导航，很快，我们到了目的地——青岛香港中路的一个商圈，下了车便感觉到烈日如火。

女生撑起了遮阳伞，一行人快步进了一家名叫前海沿的老青岛家常菜馆，单看名字没觉得有什么特别的。不过，前脚刚步入前海沿，便感觉到了满满的老青岛的味道。

前海沿的布局感觉像临海外滩的西餐厅，长方形的桌子看起来特别有感觉。

在来的路上，杨爽已经提前预约了位置，并且直接在线点单付款，这让我们避免了排队等候。在这一点上，我十分佩服她，提前规划，恰到好处，并且每次吃饭都能给你不同的味觉体验。虽然她性格有点不合群，在享受生活方面还是可圈可点的。

一行人刚一坐定，服务员便开始上菜。

前海沿香辣海龙虾、海肠捞饭、蒜蓉粉丝虾、香酥鸡、鲅鱼水饺、手锤茄子卷饼、蒜蓉粉丝生蚝、蛤蜊疙瘩汤、香酱烤鱿鱼、老青岛凉粉、虾仁肉锅贴、炸虾仁、海鲜酸辣汤、小饼、黄花鱼、蒸扇贝、口水鸡、酸菜鱼等将一个长方形的桌子摆得满满的。

杨爽端起一杯橙汁，举杯笑道："最近这两天大家辛苦了，今天中午我个人请大家吃一顿。这家店的好评一直雄霸榜首，我也是第一次来吃，希望不要翻车！"

大家起身，共同举杯，齐声感谢老板请客。

当我夹起一只香辣海龙虾轻咬一口时，感觉味道好极了，又尝了一个蒜蓉粉丝生蚝，味道相当的鲜美，于是，便朝着杨爽竖起了大拇指。

杨爽放下手中的虾壳，对我笑道："看来今天没翻车，这家店的口味还不错。"

"杨总，您就是我的偶像，不仅个人能力强，在吃的方面也颇有研究，不像我，对生活没什么特别的追求，能吃饱就行。"这是我的真心话，尽管杨爽的情绪不是特别稳定，有时候发起火来有点蛮横无理，但她的专业和对品质生活的追求还是值得我学习的。

"李文彬，你什么时候也学会拍马屁啦？"杨爽喝了一口橙汁笑道。

我是一个性格耿直、靠真本事吃饭，最不愿拍马屁的人，在这里有必要跟列位看官解释清楚。

我知道杨爽是在跟我开玩笑，便笑道："杨总，我以人格担保，我所讲述的每一句话都是真的。"

坐在对面的刘颖接起我的话，阴阳怪气道："李文彬，拍马屁就拍马屁了，没有什么不好承认的，你这不就是此地无银三百两嘛。"

我心猛地一紧，不知道刘颖这个临海小囡囡的哪根神经又错位了，生怕她在这个场合当众做出一些出格的事儿，说一些不着调的话。所以，尽管她无事生非，我也不敢说什么，低着头大口大口地吃菜。

刘颖见我不说话，便自觉没趣，不再说什么。

"文彬，你出生在南河省，读书也不在临海，怎么会想着来临海发展呢？"杨爽继续问道。

杨爽这次可问到了我的痛处，要知道我的目标至少是震旦大学，临海最好的大学。可惜高考那年，用力过猛，平日里名列前茅的我，竟然连被画了一个圈的小渔村大学都没有考上，被调剂到了一所不知名的大学，尽管在大学年年拿奖学金，没有进入心仪的大学读书成了我内心永远的痛。

"杨总，不怕您笑话，我当初报考的是小渔村大学，当时一心想到大城市发展，为了走出贫穷的山旮旯，高三那一年用力过猛，尤其是临近高考那段时间，自己不分昼夜地刷题，高考前身体被累得虚脱，重病一场。还记得那年，我是发着高烧走进考场的，高考结束，估分出来，震旦大学是没戏了，最后报了小渔村大学的计算机科学与技术，企鹅集团的马化腾就是读的小渔村大学的计算机科学与技术。可惜最终以 2 分之差没有被录取，最后被调剂到了一所不知名的大学。"

"李文彬，就凭你这智商又是震旦大学，又是小渔村大学，看把你能得，你是不是不知道自己是谁了。"刘颖今天似乎有点针对我，当初命运不济，没有考上好学校，竟然被她如此奚落。后来，我考研考上了临海最好的大学震旦大学，就是为了证明我有那个实力，拿着通知书砸她脸上。

人生是不完美的，尽管我考研考上了心仪的震旦大学。不过，因为种种原因我并没有去震旦大学，而是隔年再次考研，最终去了临海外国语大学。此是后话，暂且不讲。

"颖颖，人不可貌相，海水不可斗量。不是我吹，打小我从没拿过第二，尽管出生于农村，可参加各种奥赛也都拿奖的。高考那年，如果不是身体出了问题，别说小渔村大学，就是临海的震旦大学都不在话下。"面对刘颖的挑衅，我有点失去了理智，因为她戳中了我内心最柔软的地方。

苏玉箫看不下去了，毫不客气地对着刘颖道："刘颖，你太过分了，虽然你是临海大学毕业的，但是，在学习方面，文彬哥绝对不比你差，他可是来自华夏高考第一难考的大省南河省。"

对于高考这事儿，我没有再跟刘颖斗嘴，毕竟，事实胜于雄辩，人关注的是结果，而不是过程。

十几个人如饿狼扑食般的一顿海吃海喝,最后一抹嘴算账,人均才 60 块,这如果搁在临海这么吃一顿,至少人均 200 起。青岛这么知名的旅游和工业城市,物价水平竟然这么低,这让我们直呼青岛人真幸福。

第四十七章 梨花带雨

有人请客吃饭,我无法拒绝,又是长肉的一天。

到我年近四十岁的时候,才懂得能吃是福。岁数大了,不是你想吃什么就能吃的。体重的飙升反映的是个人健康问题,而我则在体重飙升的路上。

还记得高考那年我 102 斤,大学毕业 110 斤,结婚那年 116 斤,而我提笔写这本书时已是 160 斤,管住嘴迈开腿已刻不容缓。

闲话少叙,吃完中饭,我们便入住了香港中路的贝尔酒店,一个可以远眺五四广场和浮山湾的高档豪华酒店。

贝尔酒店是青岛最高档的酒店之一,酒店的费用超出了我们出差报销标准,原本我们不准备住在这里,苏玉箫今天高兴,坚持住贝尔酒店,超出公司报销标准的差额部分她全部承担,富二代果然霸气。

贝尔酒店这种豪华型的酒店我还没有住过,心情多少还是有点激动。酒店大堂金碧辉煌,里面的一桌一椅尽显奢华。

站在酒店 48 层的豪华海景套房,眺望不远处的五四广场,视野很开阔,不远处的奥帆中心近在咫尺,遥望蔚蓝无际的大海,两岸是香港中路的高楼大厦。站在贝尔酒店眺望,我有种登高望远，一览众楼矮的感觉。那一刻，创业的念头一闪而过，不过被我努力地压制了下去。我暗下决心，迟早会投入创业的洪流，在今天这个商业社会，缔造一个属于自己的商业帝国。

在五四广场和无际的大海之间，有一座红色雕塑，我百度了一下，它名为五月的风，旋转的造型，既像疾风，又像火炬，给人一种力量感。

我发现，每一座知名的城市都跟水脱不开干系，远古时期人类傍水而居，逐步发展成了城市。水好比人体的血液，滋养着城市的一草一木。

此时此刻，一望无际的大海，给城市增添了几分辽阔与大气。这么美的地方，晚上约一佳人海边散步，想必会很惬意。

正当我思绪万千、豪情万丈时，萧萧的微信头像动了起来，点开便看到她约我晚上一起到海边散步的邀请。真的是瞌睡了正好有人递给我一个枕头，正想着晚上去散步，萧萧便不请自来，我自然欣然答应了她的邀请。

我跟萧萧住同一楼层，出了房间，来到萧萧的房间门口，举手轻轻地敲了敲门。

少顷，门被打开了，萧萧裹着一件粉色的睡衣。由于她的身材比较娇小，整个身子被粉色的睡衣裹了起来。尽管如此，也难掩她前凸后翘的身材。美女在前，我禁不住多瞄了两眼。

苏玉箫自然洞察到了我的表情变化，便笑道："文彬哥，我的身材好吧？"

"那还用说，萧萧的身材棒棒哒！"

进屋之后，发现萧萧订的是一间总统套房，房间内主次卧两间，各含一个卫生间，休闲娱乐厅一间，会客厅一间，房内安全舒适，功能齐全。

苏玉箫进门便倒在了宽大的床上，而我则有点心不在焉地坐在了临窗的老板椅上。

"箫箫，你一个人没有必要这么奢侈，再说，两个房间有点浪费了。"一向节俭的我毫不掩饰内心的想法。

箫箫掩嘴一笑，道："文彬哥，要不你把房间退了，晚上住次卧？"

我头摇得拨浪鼓似的，生怕她真的把我的房间给退了，如果住进来，明天又是一条爆炸性新闻。

"文彬哥，你现在不是我临时男朋友吗？我们可以提前预演一下，不然，周末去了苏市，别人一眼就看出你是个冒牌货。"苏玉箫笑道。

提起周末以假乱真、冒充箫箫男朋友的计划，我就紧张，一方面是我不善于撒谎，另一方面是因为太难为情。

苏玉箫见我没有任何回应，脸上露出了一丝不悦。我一眼便看出了她的心思，不过，此时我已经没有心思跟她打情骂俏了。箫箫是一个好女孩，抛开她的家庭不谈，她个人无论是性格还是长相都挺不错的。我还是那一句话，到了我这个年纪，不以结婚为目的的恋爱都是耍流氓，我不想伤害这么好的女孩子。

面对箫箫的不悦，我说出了内心的真实想法："箫箫，你是一个白雪公主，不是我这种小矮人可以奢望的。明知道没有结果，如果我还不着调的话，跟渣男有什么区别？"

苏玉箫扑哧一笑，道："文彬哥，你太传统了，还是那句话，我不要求你对我负任何责任。只要两个人在一起开心就好，不管以后会怎样，只要现在能够在一起。"

我当然明白箫箫的意思，但是，我是一个理智的男人，不可能为了图一时之快而做出一些不合时宜的事情。

苏玉箫见我坐在那里又不吭声了，便柔声道："文彬哥，实不相瞒，如果不是你的出现，我早就回苏市了，之所以待在Keyhome，希望命运之神眷顾我一次，能让你我之间碰撞出爱情的火花。"

"箫箫，我没你想得那么好。"

热情似火的苏玉箫面对一脸冷静的我，并没有耍大小姐的脾气，这也是她之所以看重我的地方。不仅人长得帅气，不为金钱所动，还不会挖空心思去追逐那些本不属于自己的东西，更不会为了金钱和名利而不择手段。

以苏玉箫的出身和背景，她什么样的帅哥没有见过？难得的是真情。

热脸碰到冷屁股，苏玉箫略显不悦道："从没见过你这么绝情的人，你想让我怎样？才愿意跟我谈一场轰轰烈烈的恋爱呢？"

我知道箫箫生气了，解铃还须系铃人，起身走到箫箫的身边，安慰道："箫箫，别生气了，都是我的不对。"

不要跟女孩子讲道理，更何况苏玉箫这个含着金汤匙长大的富家女，无论我怎么解释，苏玉箫就是不听，我也没辙了。这是她第一次有点不讲道理，也可以理解，毕竟是女生嘛。

玉容寂寞泪阑干，梨花一枝春带雨。

苏玉箫终于憋不住了，一种莫名的委屈让她泪如雨下，瞬间，面对梨花带雨的苏玉箫，一个含着金汤匙出生的富家女，感觉她很傻，怎么会对我这个无关系、无背景、无靠山的三无男人动情。

生命中总会遇到一些有温度的人，让冰冷的职场如同遇见了夏日的阳光，苏玉箫的存在，让我在Keyhome得以生存，这让我对她心存感激。

第四十八章 黔驴技穷

公子王孙逐后尘，绿珠垂泪滴罗巾。侯门一入深如海，从此萧郎是路人。

苏玉箫不仅是一个漂亮的女孩子，同时出身豪门，在今天这个社会，阶层固化越来越严重，穷小子跟白天鹅的爱情变得几无可能，当然，奇迹还是会有的，不过，比中亿元大奖都难，我不相信会发生在自己身上。

苏氏家族显赫，即便是今天，这些豪门大户依旧讲究门当户对。不是我回避箫箫，如果我不管不顾，跟她谈恋爱，她老爸苏明亮不抽我的筋，扒我的皮才怪。当然，不是我这人胆小，而是不想让箫箫夹在中间左右为难。

曹雪芹《红楼梦》里的贾、王、史、薛不仅反映那个时代的人情世故，更能折射当今社会的门第观念，甚至毫不夸张地讲，现如今的门第观念有过之而无不及。

经济基础决定上层建筑，没有实力就没有话语权。门不当户不对，我不会当舔狗，更不会当一个毫无地位的赘婿，面对豪门的颐指气使，我难以忍受。爱情是平等的，没有高低贵贱之分，这是我的世界观。

苏玉箫是一个典型的现代女性，在爱情面前，她义无反顾，对于自己喜欢的男生，大胆的追求。虽然没有挑明，但她在电话里跟她老爸苏明亮还是透露了自己喜欢一个男生，这惹恼了苏明亮，但他又不能硬来。毕竟有前车之鉴，去年由于逼婚，苏玉箫逃离了苏市。

苏玉箫深知老爹苏明亮的性格，如果要让他知道自己喜欢李文彬，他肯定会找李文彬的麻烦，使用手段让李文彬不要跟她接近。当初箫箫离家出走就是因为苏明亮逼婚，一怒之下离家出走。

从某种程度而言，我很同情箫箫，尽管她在物质方面比我富裕得多，可我并不羡慕。

三十年河东，三十年河西，莫欺少年穷。我考虑的不是实现财务自由，而是事业有所突破，实现会当凌绝顶，一览众山小。最好是大鹏一日同风起，扶摇直上九万里。

不同年纪有不同的爱情，那份人生的美好经历，箫箫错过了。她连选择自己喜欢的人的权利都没有，二十多岁还没有谈过一次恋爱。从某种程度而言，箫箫的生活是孤寂的。

"文彬哥，你是不是觉得我不够漂亮，身材没有刘颖的火辣？"苏玉箫撒娇道。

"箫箫，你很漂亮，身材也很棒，只是我不想让你受到伤害。"

"只要你跟我在一起,谁也伤害不到我们。"苏玉箫倔强道。

我知道，箫箫虽然出身豪门，如果被苏明亮切断经济来源，她的生活都会成问题，又怎么可能有能力守护自己的爱情。我曾经见过县城的姑娘嫁到农村，最终离婚的例子，贫富悬殊在苏玉箫跟我之间隔了一条鸿沟。

苏玉箫示意我坐在她的旁边，我拒绝了。不是我心狠，而是不敢让她依偎在我的怀里，一个古灵精怪的女孩，长得又漂亮，身材又好，独处一室，如果亲密接触，我不是圣人，难免不会有超越友谊的想法。

老子曰："不见所欲，使民心不乱。"此时此刻，玉女横陈，如果我还上前凑热闹，不发生点什么是不可能的。既然知道自己的斤两，就不要逞能，搞不好会擦枪走火的。

苏玉箫刚洗完澡，身上有一种怡人的香味儿，再加上她浑身散发着一股青春的气息，屋子里的气氛变得有点暧昧。

"箫箫，下午我们还要去拜访纤维供应商，我去收拾一下，准备出发了。"说着，我起身就要离开。

当我走到床边时，箫箫冷不丁地伸手拉住我，一双乌黑的大眼睛看着我，柔情似水。那一刻，时间像静止了一样，我不知何去何从。

苏玉箫慢慢地起身，如樱桃般的红唇微微上翘，竟然不管不顾地凑了过来。就在她将要触碰到我时，我一狠心，用力将她推开了。男人如果管不住自己的裤腰带，处处留情，很难成就一番事业。

"文彬哥，你不要走！"转身正要离开，箫箫从后面抱住了我。紧接着，我便听到箫箫的抽泣声。

"箫箫，你怎么了？"我心疼道。

从我认识她的那一天开始，在我的印象里，她是一个开朗的女孩，不知为何，那天她一下子变得多愁善感起来。

苏玉箫抱着我，哭泣道："文彬哥，我感觉自己快要撑不住了，一家子人都在逼我。我只是一个刚大学毕业的小女生，七大姑八大姨各怀心思，不知道怎么应付他们。我太累了，想逃离这个大家庭，过简单幸福的生活。"

我一愣，知道箫箫承受着来自家族的巨大压力。果不其然，侯门深似海，貌似光鲜的背后是常人难以想象的巨大压力。一个女孩子，恋爱自由都没有，还要承受着家族内部的争权夺利。

转身用手轻轻地将她眼角的泪水擦拭干净，轻声道："箫箫，从今天起，从此时此刻起，无论发生什么事儿，我李文彬都会好好地保护你，不让你受到一丁点的伤害。"

年轻气盛，当时我说这话的时候还不够成熟，到后来我才知道，一个穷小子，有什么资格跟一个富家女说保护她？这个世界永远靠实力说话，如果没有实力的话，一切免谈。在实力面前，豪言壮语显得一文不值。

箫箫听了我的豪言壮语，开心地笑了起来，柔声道："我就知道文彬哥哥对我最好，不会不管我的。"

我这人很理智，但是又心软，当箫箫哭的一刹那，我知道自己逃不掉了。可我想帮她，又不知道怎么办。我认识的家庭条件特别好的人不多，如果非要瘸子里挑将军的话，汪莫林是我认识的家庭条件最好的男生，但是，跟箫箫的家庭条件相比，简直是天壤之别。再说，我已经撮合了沈晓燕和汪莫林两个人在一起，不可能再给他介绍苏玉箫了。

想了片刻，我有一种黔驴技穷的无力感，平生第一次感觉自己是如此的渺小，连一个女孩子都保护不了，在那一刻，我暗暗发誓，我李文彬要变强大。

第四十九章 我的幸运之神

贝尔酒店 48 层，推窗见绿，莫名地觉得美好。

经过跟箫箫的一番交流，让我认识到了家家有本难念的经，平时我们雾里看花，总觉得有钱人的生活纸醉金迷，幸福得很。可富家女也有富家女的难处。

轻揽箫箫的香肩，嗅到她身上淡淡的清香，那是香奈儿和女人体香的混合味儿，一种淡淡的，沁人心脾的感觉。实不相瞒，此情此景，我有点冲动，不过，最终没有行动。

冲动是魔鬼，这一点我很清楚。为了能够自我克制，我一直在内心默念着把苏玉箫当作妹妹看待，自己不能让她受一丁点的伤害，自己更不能伤害她。

原本我也没有什么恶意，见不得别人受欺负，只不过是想满足自己的保护欲而已。之前一直把箫箫当作妹妹般看待，工作中如果她遇到什么问题，都会第一时间帮忙解决。可现如今她不仅被父母逼婚，还被苏氏家族亲人排挤，一向爱打抱不平的我自然不会放手不管。

正是有了这种想法，我才对苏玉箫百依百顺。箫箫长得很漂亮，但是，身为正人君子的我，从没有认真地端详过她的样貌。此时，心情放松了，两只眼睛上下打量着箫箫，她的确很美，不是那种妖艳性感的女人，而是活泼可爱的小萝莉。

只见苏玉箫漂亮的脸蛋竟然慢慢地变得绯红，她看我的眼神也慢慢地变得异样，甚至有些迷离。

人与人之间的关系升温就在一瞬间，尽管我知道自己跟箫箫之间有一条不可逾越的鸿沟，但是，因为我们都是背井离乡、单身、无依无靠，原本互不嫌弃，那一刻，双方彼此都心动了。只是都很克制，尤其是箫箫，她从没有谈过恋爱，内心很渴望却又有点小恐惧。她的确喜欢高大帅气的我，我对她也挺满意。

平日里箫箫总是打趣我，可真的两个人独处一室时，她又变得羞涩起来。在男女关系方面，我也不擅长，所以，房间的气氛一下子变得有点紧张。

后来，还是箫箫打破了沉默，她杏唇微启，吐气如兰道："文彬哥，祝贺你！"

"祝贺我什么？"

"中午吃饭的时候杨总说，昨晚你开发的双面双感记忆枕被刘佳琪直播了，一场直播卖了 4 万多个，销售额 800 多万！成了刘佳琪直播间当晚最火的产品，更为可喜的是，Keyhome 的产品第一次被全网关注，大量的消费者涌入我们的天猫店，目前我们天猫旗舰店的货都卖断了！"

"真的吗？"我双手紧握萧萧的双肩，激动地道。毕竟产品刚上线没多久，竟然取得现象级大爆品的成绩，让一向淡定的我一下子都不淡定了。

萧萧从没见过我如此激动，笑道："当然啦！我还能骗你不成！"

"耶！"得到萧萧的再次确认，我兴奋地用力甩了一下胳膊，两个多月的卧薪尝胆，太不容易了，我太需要一场胜仗来证明自己了。

"文彬哥，你先别激动，还有一个更好的消息呢！"

"还有更好的消息？"我有点不信地问道。

萧萧点了点头，道："没错！"

"什么好消息？说来听听。"

"爽姐说准备让你提前转正，很快她就会找你聊转正的事儿。还有一个更振奋人心的消息，等你转正后，集团会宣布你升任 Keyhome 的产品企划研发及供应链总监。"苏玉萧道。

"什么？杨总让我提前转正？不可能吧！"

"千真万确！短短的两个多月，你便开发出了如此给力的爆品，让你提前转正也是顺理成章的事儿。"

"萧萧，你简直就是我的幸运之神，我爱死你了。"苏玉萧带来的两个好消息让我激动不已,两个多月的努力没有白费。

眺望窗外远处的大海，一望无际，我的心情别提有多高兴了，兴奋之余，我竟然抱起萧萧举了几下。苏玉萧瞬间脸涨得通红，看着萧萧红扑扑的脸蛋，我意识到今天自己兴奋过头了，急忙将她轻轻放下。

苏玉萧低头摆弄着自己的手指，一种小女生的柔弱让我心生爱怜。

坦白讲，箫箫的美不仅限于沉鱼落雁、闭月羞花，更有一种纯纯的感觉，她一笑，脸上便会露出一对小酒窝。她就像一个灵动的精灵，美丽而有活力。

当然，我也不是傻子，知道自己刚才失态了。想到此，我淡然一笑，道："箫箫，你就是我的幸运之神，我该怎么报答你呢？"

"文彬哥，你完全是依靠自己的努力开发出了好产品，最终赢得杨总的认可，我并没有做任何事情，所以，你要感谢你自己。当然，为了庆祝你即将转正，你顺带请我吃顿好的，也不是不可以。"

"没问题！俗话说得好，今朝有酒今朝醉。箫箫，晚上我们去青岛啤酒节，好好地嗨一下，如何？"我没有把箫箫当外人，不用到西餐厅，撸串喝酒就是最好的选择。

表面上看，我很自然地邀请箫箫去参加啤酒节，其实，我的内心很忐忑，我怕箫箫说我抠，Keyhome 的产品部总监转正，对我个人而言，简直是逆天改命，这么大的事情，竟然只请她吃烤串喝啤酒。这次真不是因为我抠，而是喜欢啤酒节撸串喝酒的气氛。

我有自己的打算,箫箫什么样的场面没见过？以她的出身，什么好吃的没吃过？可她最近心情不好，我想带她出去开心一下。此行的目的并不是为了吃而去，如果能够让箫箫暂时地忘记烦恼，我就成功了。

箫箫没有急于回答我的问题，她显得有点紧张，似乎有所顾虑。原本箫箫和我之间无话不说，可今天不知怎么了，她站在那里扭扭捏捏，似乎有点不知所措。

"文彬哥，你说的是真的吗？不怕刘颖吃醋？"

听到箫箫又提刘颖，我有点不高兴道："箫箫，最后说一遍，我跟刘颖之间没有你想的那种关系。"

"没有就好，就当我跟你开个玩笑。"

眼见为实，我知道，此时我再费口舌也没用，谁让我做出一些让别人误解的事儿呢。怪就怪当时我太年轻，不懂得拒绝，明明和刘颖没有任何关系，一心软，跟刘颖之间却变得有点不清不楚。

第五十章 聊起了《毛泽东选集》

等一城烟雨，只为你；渡一世情缘，只和你。

箫箫还年轻，她对感情懵懵懂懂。我信命，苏玉箫注定跟我不会有结果，即便门当户对，她也不是我生命中的白玫瑰。

有时候，一句话，一个眼神便胜过千言万语。经过一番开导，苏玉箫的状态好了很多。时间过得真快，一眨眼便到了下午两点钟，虽然箫箫有些不舍，也不得不到一楼集合了，下午拜访的供应商办公室就在附近，约了下午两点半，我们要提前过去，这是基本的商业礼仪。

到了供应商天宏纺织的办公室，见到了他们的老板王安国，一个40多岁身材魁梧的男人，短短几个小时的接触，让我发现此人不简单。

王总是一个老外贸人，创业20多年，我们不仅聊了工作相关的事情，聊到深处，他竟然侃侃而谈，聊起了《毛泽东选集》。我是一个喜欢读书的人，也曾试图去读《毛泽东选集》，但是苦于无法入门，一直没有静下心来去读伟人的这部巨著。

王安国满怀激情地背诵了《星星之火，可以燎原》结尾解释中国革命高潮快要到来的一句话："它是站在海岸遥望海中已经看得见桅杆尖头的一只航船，它是立于高山之巅遥看东方已见光芒四射喷薄欲出的一轮朝日，它是躁动于母腹中的快要成熟了的一个婴儿。"

在跟王总聊天的过程中了解到他们公司外贸业务发展迅猛，已经突破两亿美金。尽管外贸业务发展良好，王总居安思危，他同时组建了内销团队。

王总出生在农村，70后，家境贫寒，好在他人很聪明，靠着自己的努力，考取了临海外国语大学英语系，王安国的英语很流利，不过带着浓重的口音。他身上有一个优点，超级自信。用他的话说，浑身上下都被《毛泽东选集》武装起来了，他早已将《毛泽东选集》烂熟于心，并且可以信手拈来。

尽管王安国很成功，他不认为是自己的能力，而归因于时代，用他的话说，20世纪70年代出生的人，只要肯干，一般混得都不会太差，因为他们赶上了一个好时代！

王安国大学毕业以后进入一家国企，从事国际贸易工作，赚得第一桶金后，并没有像其他的同辈出国，而是留在国内创业。在跟王总的聊天中得知，创业以前他的业绩做得很好，用他的话说日子过得相当安逸。国有企业当个小领导，不愁吃不愁穿，周围的人都捧着你，如果就这么浑浑噩噩地混下去，这辈子过的也太平淡无奇了。

尽管当时王总意识到了自己身上存在的问题，但他并没有具体的破解之法，直到他重新拾起《毛泽东选集》，当读到《星星之火，可以燎原》结尾那句话："它是躁动于母腹中的快要成熟了的一个婴儿。"他猛然间感觉自己豁然开朗，完全变了一个人，从国企辞职创立了天宏纺织。

王总说《星星之火，可以燎原》展现了伟人的人格魅力，让他找到了自我，走出生活的舒适区，鼓起勇气辞职创业。

《中国社会各阶级的分析》让他学会了怎么去分析市场和客户，他将全球的客户分为美国、欧洲和其他地区，同时，又将客户根据订单的大小进行细分，根据不同的客户特点招聘不同的业务员去开发跟进。外贸业务就是在钢丝上起舞，在刀刃上舔血。二十几年的外贸工作，已经把王总打磨成了商场上不折不扣的精英。

跟王总的聊天让我热血沸腾，他也是白手起家，起步并不高，创业的念头顿时在我的脑海里再次浮现，不过，尽管我想创业，还没有具体的想法，所以，短期很难付诸行动。

对于王总如何能够创业成功，把生意做得这么好，我很好奇。于是，便问王总是什么支撑他走到今天时，王总呷了一口碧螺春，道："创业并没有想象得那么难，初期面对困难，勇往直前、无所畏惧，只要度过了前期的困难阶段，后面就是水到渠成的事情了。"

艰难的创业，被王总简单的几句话一笔带过。聊完了外贸，接着聊王总内销的故事。

聊天中了解到，外贸做久了，王总不甘心只帮国外品牌代工，如果仅仅只做出口生意，赚取微薄的利润，不等于还是被外国资本剥削么？于是，王总便琢磨打造一个家喻户晓的品牌。

说干就干，王总第一年便投入 3000 万人民币打造内销自有品牌团队，用了 10 年时间，从第一家直营门店到现在的近两百家直营门店，几百家加盟店，加上线上电商业务，年营业额几个亿的流水。

刚做内销的那几年，王总只想做高端市场，曲高和寡，亏得一塌糊涂。一次在阅读《毛泽东选集》时，王总看到富农讥笑贫农的话："你们上无片瓦，下无插针之地！"此时，王总意识到做品牌不能脱离人民群众，如果只做单一的高端品牌，那些广大的中产阶级和下沉市场怎么办？广大中产和下沉市场的消费者规模远超高端客户。

王安国做外贸多年，他很清楚，国外大的订单都是低端市场，比如美国的沃尔玛等。想清楚之后，他不再纠结，高中低都做，注册不同的品牌去做不同定位的产品。

低端产品，主打下沉市场，通过农村包围城市的策略，不仅销量上来了，还让企业由以前的巨亏到目前的基本打平。

我单刀直入，直接问王总外贸做得好好的，为什么烧钱做品牌？

王安国开诚布公道："我的梦想是打造一个家喻户晓的知名品牌，让老百姓买到货真价实有颜有质的好产品。不是为了赚快钱，如果仅仅为了赚钱，做外贸就可以了，没必要每年投几千万烧钱做品牌。"

我相信王总说的这些都是真心话，他外贸一年至少净赚两亿人民币，做得好好的，如果不是他的情怀作怪，没必要去烧十几年的钱做品牌。

因为，品牌从来都不是赚快钱的，讲究的是一种情怀！

第五十一章 成功企业家的建议

一个人，少说多做，用汗水浇灌人生的种子，用微笑迎接每一天的生活，福气自然会不请自来。

在拜访天宏纺织临近结束的时候，我跟老板王安国做了进一步的交流。我喜欢跟王总这种白手起家的成功企业家交流，他是我们年轻人的榜样，也是平凡老百姓实现人生逆袭的典范。

看到王总事业有成，依然保持着旺盛的精力和拼劲，我便低声问道："王总，您已经取得如此巨大的成功了，为什么还有这么大的拼劲？"

王安国习惯性地用手摸了一把自己的大背头，笑道："文彬老弟，实不相瞒，我是一个普通人，但我不喜欢普通人的生活。可能你见过一些老板，有钱了之后经常出没于 KTV、浴场、SPA 会所等地方，每天醉生梦死。可能有些人喜欢那种生活，但是我王安国不喜欢。创业 20 多年，只要没有特殊情况，我基本都是每天早 8 点进公司，晚 9 点离开公司，已经习惯了这种生活节奏。所以，现在互联网企业的 996 我并不觉得稀奇，因为我是 897，比他们还狠！"

听闻王总的一席话，我情不自禁地举手称赞。王总不愧是一个明白人，生活不易，能有奋斗的机会就是幸福的。曾经马爸爸讲过 996 是福报，被社会媒体一顿狂喷，直到多年以后，疫情肆虐，大批量的企业倒闭，丧失了很多就业机会，很多人失业了。直到那时，很多人才明白马爸爸的明智，如果有企业给你年薪百万，甚至几百万，上千万，让你过 996 的生活，那的确是一种福报，干个几年就可以咸鱼翻身了。这是后话，暂不深讲。

为了进一步挖掘王总成功的原因，我继续问道："王总，作为一名成功的企业家，如果让您给正在创业或者准备创业的年轻人一些建议，在创业的道路上，您觉得什么最重要？"

"行动、积极的心态、复盘和内化的能力。"

"愿闻其详！"

王总端起碧螺春，轻抿一口，道："其实人与人之间的差距是极其微小的，最重要的是你有了创业的想法之后，是否敢于行动。如果将创业比作西天取经的话，一开始，大部分人都会觉得很难，十万八千里，感觉无从下手，焦虑、压力也很大。可是，如果你顶住压力，选定一个适合自己的方向，以积极的心态去面对，迈开脚步去做，你会慢慢地发现，创业并没有那么难。创业过程中遇到的问题是有办法可以解决的，当然，创业肯定不是一帆风顺的，你肯定会遇到困难、挑战，甚至挫折，这个时候往往也是你成长最快的时候。及时地复盘，把自己所经历的一切经过复盘和总结，沉淀出一套适合自己的方法论，内化成自己的能力。在你一步步成长的过程中，你会变得目标越来越明确，从此不再焦虑，代之而来的是创业过程中的成就感。当你的事业越做越大，你解决的问题越来越棘手，周而复始，你变得越来越强大，你的团队也越来越强大，最终，你就成为一个超越身边人的企业家。"

听完王安国的激情自述，我冲他竖起了大拇指。王总讲得很热血，是他 20 多年创业经验的回顾与总结。

机关算尽太聪明，反算了卿卿性命！

王总呷了一口碧螺春，继续道："如果你前怕狼，后怕虎，那就只能原地踏步。人活着，千万不要过于计较一时的得失，无论成败，你的努力不会白费。你所走过的每一步，都是你在这个世界上撒下的种子，过程很艰辛，只要你肯努力，不断复盘、总结、内化，路总会走出来的。我身边有太多的聪明人，他们比我聪明，但是，正是因为他们的聪明，反而害了他们。这些人总是担心这个，担心那个，遇到机遇犹豫不决，要么不敢真正地迈出创业的步伐，要么在创业的道路上不懂得复盘和总结，使尽蛮力而不落好。你会发现，一些很聪明或者自以为很聪明的人，他们和那些貌似不聪明的人相比，往往会混得不好，并不是因为他们不聪明，而是因为他们总是想走捷径！世界上哪有那么多捷径可走？聪明反被聪明误，家破人亡者有之，被绳之以法者有之。"

......

跟王总的交流在恋恋不舍中结束了，原计划我们晚上 6 点离开，兵分两路，一路去参加晚上的啤酒节活动，不愿参加啤酒节的回酒店自由活动。

王安国秉承了东山省人好客的传统，尽管我们说了一万个理由，他只有一个理由，尽地主之谊。实在是推脱不掉，我们只能听王总的安排，到天宏纺织附近的饭店吃晚饭。

跟王总有种相见恨晚的感觉，他的创业经历不仅影响了我，他深谙《毛泽东选集》，对于《毛泽东选集》的独到见解，也让我大开眼界，在我的脑海里埋下了种子。直到后来我读了MBA，一个老教授给我们列了一份书单，书单里有《毛泽东选集》，于是从那时开始，我真正地开始研读《毛泽东选集》，以至于对我的人生产生了重大的影响，可能这就是机缘巧合。

王安国跟梦鸽集团的常务副总彭勇虽然都很好客，都很喜欢喝酒，但是两个人喝酒的方式完全不一样，彭勇喜欢短平快，而王总喜欢细水长流。

身为天宏纺织的创始人，王安国直言，他的酒量都是陪客人锻炼出来的，有时候为了拿下一个客户，不得不舍命陪君子，他跟我们讲了一个跟欧洲客人喝酒的故事。

那一年，客户第一次来访，他以为欧洲人都喜欢喝洋酒，没想到客人点名要喝茅台。客人很豪爽，主动端起酒杯，一气干了 3 杯。那可是 50 多度的白酒，酒杯也不小，一杯足有二两，一眨眼的功夫，半斤多白酒下肚，客户跟没事儿人一样。

王安国自然不能落后，同样连干 3 杯，这让客人很开心，直言王总人豪爽。

王总说国外客户跟我们一样，酒喝好了，后面的气氛就融洽得多了，当时见客人很开心，王总便知道订单有戏。客户也挺给面子，第二天便下了订单，一个窗帘的项目就 400 多万美金。

第五十二章 提前转正

只要选对了路，一切都为时未晚，有时候，我们只是缺少一些上马提枪去大干一场的勇气！

不得不说，王安国敢闯敢干，正是靠着一股子拼劲，才创造了天宏纺织的辉煌。

那天晚宴结束的时候，大家都没喝多，原本听了王总的一席话，我感慨颇多，想一醉方休，不过，王总做事儿非常靠谱，他掌控着整个局面，并没有让我喝太多。

晚宴到晚上 8 点钟结束了，跟王总道别以后，坐车返回酒店，我正准备跟萧萧她们一起去参加啤酒节，好好地嗨一下，难得来青岛，刚好碰上啤酒节。正准备出发的时候，杨爽打电话让我先等一下，我便让萧萧她们先出发，完事儿赶过去跟她们汇合。

杨爽跟我约在了五四广场，驻足广场前的浮山湾，海浪拍打着海岸，璀璨夺目的灯光，三五成群的情侣在海边拍照。海风吹着杨爽的长发，今天她情绪不错，我首先打破了沉默："杨总，您找我有事儿？"

"也没什么大事儿，你入职 Keyhome 两个多月了，想跟你聊聊，你最近工作状态如何？"杨爽道。

"杨总，入职 Keyhome 两个多月，首先了解了 Keyhome 的业务模式，对现有的产品做了初步的分析。基于大数据洞察和消费者调研，明确了产品研发方向并初步完成了 Keyhome 今年的整体产品研发，并做好了明年的新品企划方案。在重点产品研发方面，根据大数据分析和消费者深度访谈，迅速布局了双面双感记忆枕、凉皮夏凉被、国风四件套等一批差异化新品。"

听我讲完，杨爽点了点头，轻声道："李文彬，你是我见过的最懂研发且又懂企划的人，你研发的新品双面双感记忆枕，昨晚在刘佳琪的直播间卖爆了，Tony 连夜打电话给我，让给予你奖励。"

"谢谢老板！这都是我分内之事。"听到杨爽说大老板 Tony 指示要奖励我，我谦虚道。

杨爽举起右手，轻抚了一下自己的长发，柔声道："李文彬，你不用谦虚，这是公司对你的奖励，要知道公司之前国内电商做了 5 年，毫无起色，你用了两个多月的时间便改变了这一现状。双面双感记忆枕是我们 Keyhome 进军国内市场的第一款爆品，Keyhome 是一家奖罚分明的公司，对于你开发出双面双感记忆枕这款大爆品，公司决定奖励你现金两万元。我知道，这个钱不多，但是，这是公司的一点心意。"

"杨总，公司能够认可我的努力，我已经很知足了，进公司之前谈的就是固定薪水，没有说有额外的奖金，所以，这个奖励我实难接受。"我承认我缺钱，但是，我只拿自己该拿的钱。

"李文彬，我就知道你会拒绝。你是没看昨晚的直播，刘佳琪讲得太好了，听完刘佳琪的讲解，我才意识到你研发的产品是多么给力。这是公司的奖励，希望你给整个团队起一个带头作用，你不要拒绝。"

我知道杨爽想通过这件事情给整个团队打气，争取再接再厉，通过爆品策略能够把自有品牌国内电商业务做起来，于是，我便没有再拒绝。

杨爽见我不再拒绝，便继续道："另外，还有一件事情要通知你，鉴于你的优异表现，公司决定让你提前转正。李文彬，恭喜你，从明天开始，你就成为 Keyhome 的正式员工了。"

言毕，杨爽伸出玉手做了一个握手的动作，我将右手使劲地在身上擦了擦，激动地跟杨爽握了一下手。

此时的我心情格外地激动，萧萧没骗我，没想到一向要求严格的杨爽，竟然让我提前转正，我的努力得到了承认，这让我很是感动。我的眼睛瞬间湿润了，之前受的委屈瞬间都烟消云散了。

"杨总，谢谢您！"我的话有些哽咽。

可能有读者会觉得我太容易激动，试用期转正竟然如此激动。在这里有必要跟列位看官再解释一下。我出身农村，临海是中国第一大城市，也是为数不多的几个没有放开户口的超大型城市。正如前文交代，跳槽 Keyhome，我的工资翻番，公司正常缴纳三金，转正也就意味着我能够像临海本地人一样，缴纳社会保险，高于临海平均工资的两倍，假以时日，我便可以申请居住证转为临海常住户口了。

如果居转户成功，我就完成了从一个山旯旮里的穷小子到新临海人的华丽转变，当时临海的户口很难落，不像现如今这么简单。对当时的我而言，可不是一件小事儿。所以，我非常激动！

杨爽是何等聪明的女人，看到我的表情，便知道我内心波澜起伏，她平静地看了一眼辽阔的浮山湾，轻轻地捋了一下秀发，笑道："李文彬，试用期这段时间我要求特别严格，你是不是觉得我特无情？"

我稳定了一下情绪，微微一笑，道："杨总，我知道您的严格都是为了 Keyhome 的每一位新人好，对我而言，这两个月的确挺难的，不过，正是因为难，我的潜能才真正地爆发出来了。就比如双面双感记忆枕，成品工厂原本没有能力完成开发，正是为了研发出一款全新的产品，我采用了组合创新，将面料厂、纤维厂、成品厂的最新创新成果通过组合，根据 100 多人的试睡结果，经过 8 轮的试样，才研发出了这款产品。如果不是您高标准、严要求，我不可能研发出这款产品。虽然入职 Keyhome 也就两个多月的时间，但是，我个人不仅在产品企划和研发方面得到了提升，同时在团队管理方面也得到了长足的发展。"

杨爽点了点头，微笑道："你能这么想，我非常欣慰。工作中我要求比较严格，因为我追求极致，相信有什么样的精神状态，就有什么样的工作结果。"

"杨总，非常赞同您的观点，如果不是追求极致，我也不会沉淀出一套基于大数据的爆品方法论，就不会有第二代双面双感记忆枕，更不会有第三代的双芯护颈记忆枕。别人可以剽窃我们第一代非温感记忆枕，却不知道我们还有第二代、第三代的产品储备，这是我们立于不败之地的根本！"

杨爽在工作中追求极致、只争朝夕的工作态度，跟她一起搭档时，深深地影响到了我，这种追求卓越的品质让我不仅在读 MBA 时脱颖而出，在入职 A 大厂之后，面对来自世界各地的优秀同事，我依然能够脱颖而出。尤其是拥抱新生事物的态度，比如直播，双面双感记忆枕的爆火，让我意识到互联网时代打造一款爆品就可以拉动品牌迅速增长，为多年以后创业沉淀了大数据时代背景下，自有品牌基于数字营销的爆品方法论！

第五十三章 "英雄救美"

和杨爽聊完，正准备跟她告别，然后去崂山区世纪广场参加啤酒节活动。

不等我开口，杨爽笑道："文彬，你是不是要去参加啤酒节？"

我微笑着点了点头，道："是的，杨总是否感兴趣？"

杨爽妩媚一笑，道："当然！你今天转正了，是不是要请我喝一杯？庆祝一下！"

认识两个多月，这是我第一次见她发自内心的笑，尽管她40岁了，笑容依旧很美。

我爽朗地笑道："Catherine，走，今晚不醉不休。"

点开支付宝，进入出行页面，输入崂山区世纪广场，很快网约车便来了，上了车，跟杨爽一起直奔目的地。

"Catherine，你以前参加过青岛啤酒节吗？"

"我参加过一次，蛮有意思的。"

"听你这么一说，我好期待呀！"

杨爽微微一笑，道："你知道青岛啤酒节的由来吗？"

我摇了摇头，道："不知道。"

对于我这种南河省走出来的凤凰男，一向两耳不闻窗外事，一心只读圣贤书。生活中除了吉他没什么爱好，又缺乏体验生活的情调，这是我需要改进的地方，也是我跳槽进入Keyhome之后发现自己身上最严重的问题，毕竟，人生路漫漫，缺的课迟早要补上的。

"提起青岛啤酒节，这事儿还得从清光绪二十三年，也就是1897年说起。那一年，德军借故侵占青岛，清政府腐败无能，最终导致青岛沦陷为德国的殖民地。"

"又是狗日的清政府！"提起腐败无能的清政府，我就来气，华夏民族的近代史，就是一部屈辱史，让我情不自禁地爆粗口。

杨爽瞪了我一眼，继续道："后来，英国和德国商人合资兴建了日耳曼啤酒公司青岛股份公司，也就是青岛啤酒厂的前身。因为青岛有优质的崂山泉水、大麦等原料，再加上德国优良的配方和严谨的工艺，酿制的青岛啤酒泡沫细腻、口香醇厚、爽口，深受国内外消费者的欢迎。在国内的啤酒比赛中，青岛啤酒基本每次都是第一名，即便是在国际啤酒大赛，青岛啤酒也斩获了 30 多次金奖。"

"原来，青岛啤酒这么给力呀！"

"嗯呢，正是因为青岛啤酒有如此辉煌的历史，为了扩大青岛啤酒的品牌效应，于 1991 年举办了青岛国际啤酒节，啤酒节已经成为彰显青岛城市魅力的盛大节日，因为每次啤酒节，世界各地的啤酒汇集青岛，也让爱喝啤酒的朋友们有了口褔。"

很快，车子到了崂山区世纪广场，远远地便看到霓虹灯闪烁，更有三五成群的人们喝着啤酒，随着音乐翩翩起舞。

根据萧萧发给我的定位，我和杨爽很快赶了过来，可我们刚赶过来，便看到了惊人的一幕。

一个留络腮胡子的中年男人竟然在公众场合调戏苏玉萧，今天萧萧竟然一改往日的二次元风格，上身白色 T 恤套进黑色的超短裙里，腿上还裹着黑丝袜，前凸后翘，摇身一变，成了御姐一枚。

天狂必有雨，人狂必有灾。

刚开始络腮胡在萧萧的臀部摸了一把，萧萧打了一个激灵，扭头对着络腮胡提醒他不要乱来，可男人似乎没有听见萧萧的提醒，手再次伸了过去，这次把苏玉箫激怒了，对着络腮胡就抽了过去，络腮胡轻蔑地一笑，左手便抓住了箫箫扇过来的右手腕，络腮胡的右手顺势再次摸向了箫箫。

说时迟，那时快，我一个箭步冲了过去，一把抓住了络腮胡的右手腕。

"谁他妈的不长眼,坏老子的好事儿。"络腮胡愤怒地骂道。

"你他妈的是不是活腻了，竟敢欺负我女朋友！"我用力地拽着络腮胡的手腕，情不自禁地爆了粗口。

两人四目相对，顿时空气凝滞了一般，络腮胡虽然凶猛，可我身材更为魁梧，再加上平日经常锻炼，一身肌肉，原本嚣张的络腮胡的气焰被压制了下去。

"放开她！"我毋庸置疑道。

络腮胡似乎没有听到我的声音，丝毫没有松开箫箫玉腕的意思。让你狂，我用力一握，只听咯嘣一声。络腮胡随之"啊"的一声尖叫，乖乖地松开了箫箫的手腕。

"滚！再不滚，老子弄死你！"我咆哮道。

我一声"滚"声尚未落地，瞬间络腮胡便怂了，夹起尾巴逃之夭夭。这是我臆想的英雄救美的故事，不过，在今天这个社会稳定、人民安居乐业的太平盛世，英雄救美的事儿跟中亿元大奖差不多。

现实是我和杨爽一到，便被满脸堆笑的箫箫拉进啤酒大棚，一边吃着烧烤，一边喝着如黑玛瑙般的青岛黑啤。

看着眼前猜拳划掌、笑声不断的陌生的人们，我有一种欣慰的感觉。在今天这个快节奏的社会，人们能够停下脚步，跟朋友推杯换盏，得到片刻的宁静，的确是一件难得的事情。

正在我沉思感慨之际，箫箫感觉还不过瘾，在杨爽等人惊诧的目光中，拉着我出了帐篷。

"箫箫，你干吗呀，杨总和刘颖她们都在，你这么拉拉扯扯的，感觉我们两个人真的在谈恋爱似的。"

苏玉箫妩媚一笑，脸上露出了一对浅浅的酒窝，对着我嘟了嘟脸，笑道："怎么？难道我还配不上你不成？"

我顺势将她揽入怀中，假装去亲她，苏玉箫"啊"的一声尖叫，引得周围的男士投来了羡慕的眼神。在玩小心思这块，我永远不是苏玉箫的对手，这个古灵精怪的小美女太厉害了。

来玩就玩一个痛快，一向秉承今朝有酒今朝醉的人生信条的苏玉箫，上来便让我参加酒王大赛。我承认自己多少能喝一点，但是，远没有到参加比赛的地步，尤其是啤酒，喝啤酒不仅要酒量好，肚子还要足够大。

这一届的比赛规则是看谁喝得多、喝得快，相信参加过喝酒比赛的人都知道那种肚子快被撑破的感觉，让人实在受不了。

拗不过箫箫的死缠烂打，我只得硬着头皮上。虽然是参加比赛，我还是没放在心上，上场前自信满满，当我对瓶吹到第六瓶的时候，感觉肚子里的啤酒如翻江倒海般，都到喉咙眼了，有一种想吐的感觉，看着参赛选手热火朝天的劲头，我主动弃权了。

这让我想起多年以后进了 A 互联网大厂，在新人培训的时候，也有比赛环节，不过不是喝酒，是喝饮料，我还以为互联网大厂的人就是讲究，没承想，这帮狠人竟然将曼陀罗放进可乐里让你三秒喝完，那种感觉真是酸爽！

第五十四章 性格决定命运

第二天一大早，我们便出发了，沿着龙青高速、深海高速一路狂奔，中间去了一趟服务区，历经 3 个半小时到了烟台。前文提到杨爽调整了一个行程，就是烟台。

中午到了东山省凯瑞宝纺织品有限公司，工厂占地 100 多亩，年产值 1.5 亿人民币。这家工厂的特点是规模虽然不大，但是，缝制类的产品都能做，虽然一年只有 1.5 亿的产值，却涉及了被子、毯子、四件套、野餐垫、睡袋、浴袍等诸多品类。

凯瑞宝跟 Keyhome 有一些外贸订单在合作，但是订单量不多，跟 Keyhome 的自有品牌国内电商业务还处于产品研发阶段，不过，最近我们跟凯瑞宝开发的睡觉抱枕马上要上线了。

到了厂门口，便看到钱利民和他老婆站在那里等我们，钱总是那种典型的东山汉子，一个四十岁出头的男人，身材魁梧，微微发胖，肚子凸起，更为明显的是他的秃头，才四十多岁便没几根头发了。他老婆滕红华站在旁边，微胖，短发，高鼻梁，略厚的嘴唇，一看就知道是一个干练的女人。

"钱总，我是 Keyhome 的李文彬，很高兴见到你。"

钱利民笑道："李总好，终于跟你网友奔现了。"

寒暄过后，我跟钱利民重点介绍了一下杨爽，接下来双方介绍了一下各自团队的成员，然后便跟着钱总去了他们办公楼的会议室。

因为是中饭时间，原本钱总安排去外面饭店吃，Keyhome 有规定拜访供应商时不准接受高规格宴请，所以，提前跟钱总打了招呼。凯瑞宝工厂不是特别大，有员工食堂，钱总让炒了几个当地的特色菜，直接端到会议室吃。

吃完饭，依旧是双方相互介绍了一下各自的情况，然后到样品间选样品，看生产线，总体而言，凯瑞宝工厂规模不大，但是，开发能力却很强，配合意愿也很强。钱总很聪明，负责对接客户，接订单；他老婆滕红华负责产品开发和管理工厂生产，两个人很靠谱，事业发展得红红火火。

性格决定命运，就是这么一家蓬勃发展的工厂，因为老板性格问题，最终走向了不归路。

那天离开凯瑞宝的时候，总感觉哪里不对，可一时又说不上来。凯瑞宝的钱总是我工作多年来配合度最好、人又聪明的一个合作伙伴，可就是这么一个聪明的生意人，竟然栽了大跟头。

话说钱总人非常聪明，但是他有一个致命的弱点，心太软。心太软的人做生意往往会吃大亏，钱利民也不例外。我认识他时，他刚好遇到一个外贸案子，他通过临海三文国际贸易有限公司接的德国客户 MTC 的野餐垫订单，因为水洗色牢度客人自测不过，导致订单被取消，其实并不是凯瑞宝品质的问题，而是客人的测试方法跟实验室里面的不一样，导致检测结果存在差异。当然，因为凯瑞宝并不是专业生产野餐垫的工厂，产品跟专业的工厂比存在一定的差距，但不至于下架销毁。

当时那个订单的货值加上客户的利润索赔 200 多万人民币，通过复盘这件案子，发现凯瑞宝原本没有生产过野餐垫，不具备野餐垫的生产能力，就是在这种情况之下，钱利民竟然毫不犹豫地通过临海三文国际贸易有限公司竞标拿下了 MTC 的野餐垫订单。

为了接订单，钱利民硬着头皮买设备硬上生产线，因为不专业，产品达不到德国客户的严格标准，最终导致索赔。当客人索赔时，三文贸易为了维护客户关系，跟 MTC 没有任何争辩，直接压着钱利民接受索赔，而钱利民竟然屁都不放一个就接受了！

后来，听钱总下面的业务员说，有专业的野餐垫工厂愿意代加工，但是，钱总为了赚取更多的利润拒绝了。这个案子至少从侧面说明，钱利民缺乏风险意识和合作精神。同时，在自己的利益受损时，一味地妥协退让，没有底线！

术业有专攻，当你不具备专业能力的时候，寻找更专业的团队合作，是一个规避风险的方法，可钱利民为了能赚取更多的利润，拒绝了合作。

吃了这次亏之后，钱利民并没有复盘反思，或者他有所反思，并没有总结出一套适合国外大型零售商的产品生产管理流程。在自身实力不足的情况下，依然通过临海三文国际贸易有限公司接 MTC 的高风险订单，连续又有几个大订单被索赔。经历过几次索赔之后，凯瑞宝面临着资金链断裂的风险。

屋漏偏逢连夜雨，因为管理松散，凯瑞宝发生了一次火灾，又损失百万。重新装修厂房，装修工人是请的临时工，没有买任何保险，有个装修工人竟然从三楼掉下去摔死了，又赔付 100 多万。那段时间，钱利民人都快崩溃了，天天给我打电话哭诉。

后来，我在 Keyhome 不仅负责产品部的企划研发工作，公司又让我管理供应链，即升任 Keyhome 的产品企划研发及供应链总监。这样，整个 Keyhome 的外贸订单采购工作也是由我负责，当时见钱利民面临巨大的问题，便给了他一次美国沃尔玛订单的竞标机会，关键时刻，钱利民很争气，顺利拿下订单，靠着一年几千万美金的订单，凯瑞宝又起死回生。

然而，好景不长，我不知道是由于钱利民不懂得经营，还是他的风险意识不强。后来疫情防控期间，他第一时间投产口罩，靠着临海三文国际贸易有限公司的口罩订单挣了几百万，但是，随着时间的推移，当口罩产能过剩时，他不但没有停止生产口罩，相反去囤积熔喷布，因为熔喷布大跌，光这一项投资损失两千多万。

更为不可思议的是，疫情防控期间，临海三文国际贸易有限公司的老板汪要鸣移民国外，钱利民对此竟然丝毫没有警惕。在临海三文国际贸易有限公司没有任何预付款的情况下，竟然为其代加工两千多万美金的各种被子、套件、窗帘等产品，后来，临海三文国际贸易有限公司的老板汪要鸣销声匿迹，钱利民一夜白发，两千多万美金的货款一分钱都没有收回。

前前后后损失一个多亿，导致供应商的货款无钱支付。紧接着供应商一窝蜂似的去法院状告凯瑞宝，东山省凯瑞宝纺织品有限公司的厂房被拍卖抵债，钱利民的别墅、豪车等所有值钱的家产全部被法拍。

一个成功的企业家，不仅破产了，还成了失信人，飞机、高铁都不能坐。通过钱利民这件事情，我们可以看到，人恪格不能太软弱，如果太软弱，就会失去原则，一旦没有原则和底线，各种问题就会接踵而至。

第五十五章 情不自已

离开凯瑞宝返回酒店，忙碌了一天，一进房间便洗了个澡，顺便抽了一支烟。这时，感觉饿了，一看时间，已是晚上7点半，刷着大众点评正准备点外卖，门铃被摁响了。

我很是好奇，这个点谁会来找我。开门一看，刘颖拎着大包小包的东西站在门口。

"颖颖，你这是？"

刘颖边走边道："闲得无聊，过来找你喝两杯。"

"颖颖，今天太阳打西边出来啦？一毛不拔的铁公鸡今天竟然这么破费。"现在跟刘颖也算是熟人了，我便毫无顾忌地打趣道。

刘颖将大包小包的各种烧烤和一提啤酒放到桌子上，她知道我在跟她开玩笑，便双手叉腰喘了几口气，笑道："李文彬，你别不识好歹，向来都是男生请我，这还是我第一次请男生。请你懂得好好地珍惜。"

我知道刘颖是典型的临海小囡囡，骨子里有一种公主范，今天竟然拎着大包小包吃的找我，事出反常必有妖，刘颖不会无缘无故请客。

我跟刘颖有个一周之约，不过，当时只是暂时性策略，我知道刘颖是脑袋一时发热，她只是多多少少对我有点好感。今天我不知道刘颖请客是何缘故，如果她对我一丁点儿感觉都没有，以刘颖这个临海小公主的性格，打死她都不会自己花钱来找我喝酒。我隐隐约约觉得刘颖今天想达到某种不可告人的目的。

面对刘颖的盛情，我不知道接下来会发生什么不可预料的事儿，毕竟来都来了，我总不能没有一点绅士态度，直接下逐客令，这种事儿我实在做不出来。更何况，我不是铁石心肠！

稳了稳情绪，打量了一下刘颖。今晚她穿了一件薄如蝉翼的黑色连衣裙，看到她穿得如此凉爽，这让我心一紧，一向光明磊落的我有点不知所措。孤男寡女，独处一室。我承认刘颖长得漂亮，可她不能总是制造两人独处的环境，每每如此，都让我不知所措。

"文彬，你还愣在那里干吗？你还没吃晚饭吧，吃吧！"刘颖笑道，同时递给我一串喷香的羊肉串。

我无所适从地从刘颖手中接过羊肉串，笑道："谢谢！"

"怎么？跟我还这么客气？"刘颖妩媚一笑道，一张打扮的妖艳但却很标致的鹅蛋脸，妩媚的眼睛秋波闪动，蓬松的金色大波浪披散着，一笑一颦，显得格外的有女人味儿。

我知道刘颖在向我暗示什么，不过，我心中早已有答案，我跟她是不可能的。不过，刘颖既然主动找我，我不能伤害人家。但是，孤男寡女，又不是男女朋友关系，万一发生点什么不该发生的事儿，就麻烦了。

此情此景，佳人美酒，我犹豫了。不知道自己该如何完美地婉拒，虽然一周时间还没到，我不想跟她纠缠在一起，男女之事，说不清，道不明。

刘颖见我不说话，便把我拉到桌前坐下，看着满桌子的烧烤和青岛黑啤，我饿了，准备甩开膀子大吃大喝一顿。

刘颖和我面对面坐着，距离很近，她身上散发着圣罗兰的味道，有一种含苞待放的羞涩，柔美却又撩人。第一次跟刘颖近距离接触的时候，她用的不是圣罗兰，当时我说圣罗兰更配她，没想到，今天她便换了圣罗兰。这让我内心有一种难以描述的感觉，有点扑朔迷离，有点浪漫，又有点渴望。此时此刻，我的内心如翻江倒海。

刘颖帮我打开了一瓶啤酒，然后举杯，轻轻碰了一下，笑道："Cheers！"

"Cheers！"我回应道。

刘颖轻轻地抿了一口啤酒，而我则一饮而尽。

面对我的豪爽，刘颖妩媚一笑，并没有说我不够绅士。其实一男一女喝酒，讲究的是点到为止，要的是一种气氛，这些我都不懂。对于一个男人而言，在什么样的场合如何喝酒，这是一门学问，是否懂得喝酒，是一个男人成熟与否的标志之一。

人生是一个过程，都是从不懂到懂，当然，我也不例外。

美酒佳肴，美女相伴，而我却心事重重，完全没有"人生得意须尽欢，莫使金樽空对月"的想法。为了表示谢意，我不时地向刘颖道谢，毕竟，今晚她能想到我，也算是我的荣幸。

刘颖对男人极具杀伤力，她很懂得也很善于使用女人的那种朦胧美来俘获男人的心。不过，今天不管刘颖有什么目的，我都会兵来将挡水来土掩，不可能失去理智。

天宏纺织王安国的创业故事对我的内心产生了极大的震撼，我暗暗下定决心，重拾少年时的梦想，做一番事业。为了梦想，不希望自己在男女之事方面浪费时间。

推杯换盏，我的酒量一直很好，几瓶啤酒对我没有任何杀伤力。可刘颖毕竟是女孩子，几瓶啤酒下肚，她的脸变得红扑扑的，在橘红的灯光下如娇艳欲滴的牡丹花。女人有意无意地用肢体触碰我，可能是一种试探，不过，面对她的好意，我不想珍惜，相反，这让我内心的戒备之心更强了。

实不相瞒，我李文彬在男女之事方面不是一个随便之人。刘颖作为一个女生，她心知肚明男女独处一室意味着什么，可她依旧主动一次次地找我，她知道可能会发生点什么，可能，刘颖原本就想发生点什么才来找我的。

俗话说得好，女追男隔层纱，刘颖见我不上道，几次勾肩搭背我都视若不见。她知道，我在苦苦死撑。得不到的永远是最好的，更何况她对我有那么一点意思。

酒喝得差不多了，刘颖知道她不可能将我灌醉，我也不可能装醉任其摆布，她提议跳舞，我直接拒绝了，女人不等我说话，一把将我拉起。

实不相瞒，我不擅长跳舞，也不喜欢跳舞，被刘颖强行拉着跳舞，我的肢体变得越来越僵硬，圣罗兰的香味儿从她的身上不停地散发出来，我有点情不自己。

第五十六章 出离愤怒

我跟刘颖之间并没有擦出火花，尽管她使出了浑身解数，都让我无动于衷，最后，刘颖梨花带雨般离开了我的房间。

点燃一支烟，望着不远处的海滩，看到一个人影感觉很熟悉，我定睛一看，不是别人，正是杨爽。杨爽旁边还有一个男人，头发花白，六十多岁的样子，两个人似乎在争辩着什么。男人上前拉她，杨爽嫌弃地一甩胳膊，男人竟然下跪苦苦哀求。杨爽背对着男人，似乎在流泪。

这个男人是谁？男儿膝下有黄金，他怎么会给杨爽下跪？杨爽见了这个男人为什么会哭？两个人是什么关系？瞬间，一连串的问题浮现在了我的脑海里。

花白头发的老男人跪着往前挪，杨爽挣扎着，到底是怎么回事儿？来不及细想，灭掉手中的香烟，我夺门而出。

气喘吁吁地跑到现场，花白头发的老男人依然抱着杨爽的腿。杨爽见我过来，捋了捋自己的秀发，平复了一下情绪。

因为不知为何面前这个六十多岁的老男人会纠缠杨爽，我上前先将两人分开，轻声问道："老先生，您是哪位？为什么会抱着她不放？"

老男人抹了一把眼泪，道："她是我女朋友，以前我们之间闹了一些矛盾，我来找她复合。"

我瞅了一眼不远处的杨爽，她强忍着眼泪没有流出来，近乎咆哮道："谁他妈的是你女朋友？我不认识你这个畜生！滚！"

这是我第一次听到杨爽爆粗口，可见杨爽对面前这个老男人愤恨到了极点。

"爽，你不记得以前我们之间的那些美好的往事儿了吗？当你献出自己最宝贵的第一次时，你跟我说会爱我一辈子。"老男人一边说着，一边斜眼瞅了我一眼，我怀疑他是故意想气我，因为他把我当成了杨爽的男朋友。

杨爽脱掉一只鞋子，朝着老男人砸了过去，不过，男人身子一闪，躲开了。杨爽并没有就此作罢，而是冲上去扇了老男人一耳光，老男人似乎被激怒了，对着杨爽回扇了过来，只听"啪"的一声响，很明显，老男人下手够狠。

我见不得女人被打，尤其是被渣男打，隐隐约约，我想起了之前苏玉箫给我讲杨爽往事时提到的一个人。愤怒地冲上去，对着老男人的屁股狠狠地踹了一脚，老男人一个趔趄摔倒了。我上前一步，用脚踩着男人的肚子，发狠道："我是杨爽的男朋友，如果你再纠缠她，别怪我狠，见你一次打你一次。"

老男人嘿嘿一笑，道："世界上有那么多好女人你不找，偏偏找这个烂货，你知道吗？我是她大学马哲老师，她上大学时骚得很，主动投怀送抱让我睡，老子勉为其难白白玩了几年。你这么帅气的一个男人，什么样的漂亮女孩找不到，非得跟我抢这个半老徐娘，难道你不嫌弃？"

尽管以前听过苏玉箫谈起关于杨爽的往事，被大学里马哲学院的副院长玩弄感情，但亲耳听到当事人当面侮辱杨爽，我内心很是不爽。尽管跟杨爽非亲非故，但毕竟她是我的领导，是我的同事，被人欺负成这样，我不能不管。

这个无耻的老男人欺骗杨爽感情不说，还无休止地纠缠，我简直脱离了愤怒，对着他的屁股重重地踢了七八下，那天我穿的是皮鞋，即便是年轻小伙子，也会受不了。老男人被我踢得嗷嗷大叫，连声求饶。

我抬头望了一眼杨爽，问她怎么说，杨爽没有回答我，而是走向男人。

杨爽面无表情地用手指着老男人道："阮九宏，你个王八蛋，以后别再骚扰我，如果你再来惹我，别怪我无情，就是这张脸不要了，我也要告你强奸！滚！"

原来面前这个花白头发的老者名叫阮九宏，他见我抬脚又要踢他，识趣地爬起来跟跟跄跄地跑了，一边跑还一边骂着。

当阮九宏跑得无影无踪之后，杨爽实在是撑不住了，泪水止不住地淌了下来，这是我第一次见杨爽流泪，一个成熟坚强的女人，如果不是遇到了伤心事儿，怎么可能会出离愤怒。我知道，此时此刻，她心如刀割。

我上前试图安慰杨爽，话到嘴边又咽了回去，此情此景，我不知道如何安慰她。

杨爽擦了擦眼角的泪水，苦涩地一笑，道："李文彬，你是不是看不起我？"

"杨总，何出此言？在我的心目中，你一直是我的偶像，何来看不起之说？"

杨爽瘫坐在沙滩上，稳定了一下情绪，道："我知道你听公司的人说过关于我的一些往事，他就是阮九宏，那个在大学祸害了我的禽兽。"

"既然他不在乎你，为什么又来找你？"

"他就是一个畜生！是一个戴着人皮面具的畜生。"杨爽提起阮九宏像变了一个人似的。

"杨总，事情已经过去多年，难道你还没有释怀？"

杨爽叹了一口气，道："他对我的伤害，这辈子都忘不掉！他是一个惯犯，利用自己大学教授的幌子，欺骗自己的学生，不只是我，在我之前，包括我离开大学，来到临海之后，有很多女生被他欺负过。这个恶贯满盈的畜生，在一次强行霸占一个女生时，女生报了警，他被抓了起来，这个女生在网上发布信息，寻找被他迫害过的女生，一起联合起来告他，最终，阮九宏被判刑15年，这个畜生得到了应有的惩罚，因为被判刑，他老婆也跟他离了婚，被净身出户。

"最近，阮九宏刚刚刑满释放，这个不要脸的男人因为无家可归，只得回到了老家烟台，他因为被开除了公职，到了退休年龄，没有退休金，他便想起了我，想跟我搭伙过日子，让我养他！"

"欠揍的男人！可你为啥又跟他联系？"听到杨爽说阮九宏想跟她搭伙过日子，我气愤道。

"不知道他怎么弄到我的联系方式，纠缠着非要见我，过去17年了，虽然我恨他，但是，事情已经过去了，我心一软，便同意了见他。本想跟他说清楚，一刀两断，没想到他竟然死缠着不放！"

我知道杨爽一个人在临海打拼，她活得很累，自己的日子过得都不如意，更没有多余的气力拯救别人，更何况是一个伤害了她，让她对婚姻失去了信心的畜生。

第五十七章 富二代如何逆袭？

　　风花雪月何时了，情劫随风飘。

　　人生如旷野，风从四面八方吹来，她抓不住风，但是风会抓起她的裙摆。杨爽从极度的愤怒中恢复平静，那天晚上，跟杨爽聊到凌晨，我知道她还没有完全走出来，这种事情搁谁身上，都很难治愈。

　　第二天，太阳依旧东升西落，按计划我们拜访了东山朵美服饰有限公司，公司老板叫林鹏，一个年轻的 90 后。

　　Keyhome 并没有涉足家居服业务。前期通过大数据分析，发现家居服处于市场井喷的阶段，发展迅猛，跟 Keyhome 目前做的家居家纺类目有很强的相关性，只要做好供应链寻源，机会很大，于是便通过 1688 找到了东山朵美服饰有限公司。

　　说起朵美服饰的林鹏，也是一个传奇式的人物。林鹏父母早期做生意，赚了很多钱，家里有别墅、豪车、存款、商铺和工厂，正儿八经的富二代。林鹏打小便对做生意感兴趣，虽然考上了东山大学，学了金融学，大学毕业考入东山银行，干了一个月，实在受不了银行枯燥的生活，便辞职回到老家创业。

　　第一次创业卖农村的土特产，生意不温不火。后来，经过市场调研，林鹏进入家居服行业，第一年天猫店便做了两三多万。干一行爱一行，林鹏善于钻研，很快便开发出了半边绒家居服，产品一上市便深受市场欢迎。林鹏发现做电商很容易被市场模仿，为了赢得消费者认同，产品持续创新和稳定的品质便显得格外的重要。

　　林鹏带着我们先是参观了他的电商团队，我们随后进行了深入的交流，从朵美团队那里，我看到了中国年轻人对于产品的理解和顺势而为的人生态度。

中午吃过简餐，林鹏带着我们参观了他们的生产车间，工厂规模虽然不是特别大，但是，他们只做半边绒家居服，一年也能生产近百万套的产品，一个不大的团队，竟然能够做到产值一个多亿，加上电商团队的两个亿，小小年纪的林鹏，已是一家3个多亿中型企业的老板。

林鹏是一个富二代，自己父母积攒了不菲的家资，媳妇是独生子女，家里面也是办工厂的，很有钱。我问林鹏，不愁吃不愁穿，怎么走向创业道路的。

林鹏告诉我，他虽然是90后，但是早早便结婚了。刚结婚那几年，每天很晚起床，带着漂亮的老婆出去吃吃饭，KK歌，在常人看来，他日子过得很潇洒。唯独他自己觉得生活很颓废，刚结婚时的确觉得很嗨，带着漂亮的老婆四处蹭吃蹭喝很有面儿。可时间一长，便觉得生活太单调了。

一次很偶然的机会，他接触到了《毛泽东选集》，刚开始读了几遍，完全无法真正地领悟到《毛泽东选集》的内核。当他静下心，真正走进《毛泽东选集》之后，发现它是一部包罗万象的奇书，且有着非常独特的方法论。于是，林鹏如获至宝，对它爱不释手。

通读《毛泽东选集》之后，林鹏觉得自己不能这样无所事事下去了，因为他身边的富二代都在做自己的生意，好多人一年能做几个亿。在常人的眼中，那些含着金汤匙出生的富二代，除了挥霍金钱以外，啥也不会。其实，事实并非如此，很多富二代的拼搏态度超出一般人的想象，他们也很努力。

聊天中，林鹏引用《矛盾论》里的一句话："唯物辩证法认为外因是变化的条件，内因是变化的根据，外因通过内因起作用。"来表达当时自己颓废是由于内心甘于平庸，他深刻地认识到当初自己之所以如此颓废，完全是内因在作怪。林鹏告诉我，其实他内心深处有一种做一番事业的想法，他想改变。

周围小伙伴的成功刺激了林鹏，他下定决心，从里到外彻彻底底地改变，靠自己双手干出一番事业。

说干就干，林鹏注册了自己的品牌和公司，大张旗鼓的开始了他的创业之路。

每每遇到难以解决的困难，他总会想起《毛泽东选集》里面的一段话："革命不是请客吃饭，不是做文章，不是绘画绣花，不能那样雅致，那样从容不迫，文质彬彬，那样温良恭俭让。"同理，林鹏认为创业不是过家家，不是旅行，更不是恋爱结婚。自己是成年人，既然选择了创业，就应该义无反顾地坚持下去，遇到再大的困难都不放弃。

经过一年的努力，林鹏创办的公司活了下来，第一年竟然做了3000多万的营业额，打造了一支10人的电商小团队。

虽然创业初战告捷，但是林鹏并不满足于此，他认真分析了一下整个市场局势，认识到目前国内电商都以价格战为主，如果自己也打价格战，纯粹地拼价格，根本没有优势可言。基于此，林鹏决定做差异化的产品，在公司盈利微薄的情况下，他花费重金请设计师为公司做设计，近年来，打造了多款爆款家居服，用两年的时间便把自己一手创建的品牌打造成了年营业额超两亿的新锐品牌。

在大部分品牌通过代工工厂生产产品时，林鹏却反其道而行之，出资自建工厂，目的只有一个：为消费者生产品质过硬的产品。当工厂发展起来以后，同时对外输出供应链服务，这样不仅可以赚钱，还可以学习其他品牌的产品研发和全链路打爆产品的思路。

品牌的打造需要珍惜消费者的信任，好的品牌之所以成功是通过品质过硬的产品长年累月触动消费者，从而建立了牢固的信任关系。经历过几次产品质量危机之后，林鹏下定决心自建工厂，完善产品质量控制，通过设计做差异化，通过自有工厂打造品质过硬的产品，就这样，有颜有质的好产品便被林鹏打磨了出来。

几乎每一次新款产品上线都会被头部主播选中，林鹏所创建的品牌知名度越来越高。

在跟林鹏的聊天中，发现无论他遇到什么问题，都能在《毛泽东选集》里找到答案。他告诉我，如果不是《毛泽东选集》，可能他还过着浑浑噩噩的日子，正是《毛泽东选集》让他寻找到了自我，选择了创业，有了今日的成就，并凭借《毛泽东选集》领悟到的一些感悟，实现了人生的完美逆袭。

从林鹏这个富二代的身上，让我看到，富二代群体一旦想做一些事儿会不遗余力，并且有很多资源帮他们成事儿。只要他们肯做，几乎没有不成事儿的。

第五十八章 有些男人不能有钱

跟普通老百姓相比，富二代们创业成功概率更高，因为他们的出身背景，决定了他们能够接触到普通人接触不到的商业活动，更何况他们遗传了父辈们的商业头脑，比同龄人拥有更多的资源，同时具备深刻的商业洞察力。也就是说，他们的起点可能是普通人奋斗一辈子也不可能达到的终点。

这个世界是相对公平的，对于富二代已经拥有的这些优势我不羡慕，对于他们的努力，我很欣赏。英雄不问出处，富二代也很努力，也许，这个群体并不像我们所想的那样，坐享其成可能只是雾里看花，花不语。

虽然英雄不问出处，可富二代尚且有草根创业的精神，而我一个凤凰男怎么能躺平？拜访完朵美服饰，林鹏的创业经历让我深受鼓舞，纠正了我的一些观点，对富二代这个群体有了全新的认识。视人为人，需要客观公正，不能主观地想象或者揣测，不然，就会陷入井底之蛙的困境。

东山省最后一家供应商安排在了天彤家纺，老板是一个50多岁、身材不高瘦弱的男人，名叫张云彬。天彤家纺是专业做毛毯的工厂，羊毛毯、腈纶毯、人造毛毯等。对于毛毯的定位，Keyhome 不会作为核心类目做，作为补充品类，也需要合适的供应商，所以，便安排了此次的拜访。

当天参观完天彤家纺，张总安排了晚宴，我们坚持不去外面的高档酒店，张总无奈便安排在了工厂。实不相瞒，我这个人从不以貌取人，可这个张云彬长相不是一般的猥琐，尤其是他看杨爽的眼神，我总感觉哪里有点不对。事实证明，我的感觉是对的，张云彬不怀好意。

进入晚宴现场，很快，气氛就热闹了起来，觥筹交错，一个个举杯畅饮，张云彬表面上人不错，但是酒品不行，我今天算是见识到了酒品差的男人有多过分。

Keyhome 这次来的人，除了我，其他人都不大喜欢喝白酒，这主要是因为在临海，平日里大家都不喝白酒，一般喝点啤酒或者红酒。

为了让大家都动起来，张云彬建议做游戏，喝酒就要热闹，做游戏无疑是能让每一个人都参与的办法，当然，张云彬还有自己不可告人的目的，他想把杨爽灌醉，这也是我后来才知道的，这厮对杨爽竟然动了歪心思，这个禽兽不如的家伙尽管有家室，有点钱之后，便在外面拈花惹草。所以说，有些男人不能有钱，有钱之后花天酒地，祸害良家妇女。

张云彬提议道："既然大家都同意，我们就抓扑克牌，规则很简单：把扑克摆在中间，从某个人开始抓，我们就从杨总开始抓，抓到的扑克为 A ～ K，代表 1 ～ 13 个数，抓到哪个数字，就从开始数这个数字的那个人喝酒，喝完了开始再抓。如果抓到 A，就自己喝。如果抓到大小王，要喝 2 杯，大家对规则都明白了吗？"张云彬言毕，环视全场，原本热闹的宴会现场瞬间变得鸦雀无声。

"张总，我不能喝酒，尤其是白酒，喝两杯就晕了，这个游戏我就不参与了，张总您也不希望看到我在这么多人面前丢人现眼吧？"杨爽听张云彬说要做游戏，一脸的紧张道。

张云彬听杨爽说不想参与游戏，更不想喝酒，便笑道："杨总，久闻不如一见，早就听闻您可是酒中豪杰，让我张云彬也见识见识。"

杨爽做业务厉害，那是国外的业务，靠的是真本事，她在酒场上跟张云彬相比，简直是小巫见大巫，根本没得比！张云彬可是久经酒场之人，国内传统业务能做起来的，哪个不是靠喝酒喝出来的。

"张总，我真不能喝，要不然让李文彬代我喝，你看如何？"杨爽略显为难道。

张云彬笑道："杨总，既然大家都没意见，您也就同意了吧！总不能让大家伙都扫兴吧？"

张云彬拿在座的大家做挡箭牌，杨爽有点左右为难了。如果参加游戏，搞不好就要喝酒，如果喝吧，自己不胜酒力，两杯白酒就能喝醉，搞不好会出洋相；如果不喝吧，张云彬步步紧逼，这让杨爽有些举棋不定。不过，杨爽也不是吃素的，她的随机应变能力绝不是盖的，要不然没有背景的杨爽，凭什么能够做到 Keyhome 的业务总裁。

杨爽淡然一笑，道："既然张总如此给面子，我也没什么好说的，恭敬不如从命。"

"杨总，这就对了，不就是做个游戏嘛！"张云彬笑道。

"不过，我也有一个建议，我们能不能换个游戏？"

张总一双色眯眯的眼睛盯着杨爽，笑道："什么游戏？"

杨爽道："掷骰子！"

"掷骰子？"

杨爽笑道："很简单，就是在开始之前，每个人掷一次骰子，两个骰子朝上一面的点数相加，即为最终点数，最终比点数大小，点数最小者输，罚酒一杯。"

杨爽的话音一落，张云彬便笑道："杨总，不管选抓扑克，还是选掷骰子，我都举双手赞成。不过，如果谁输了能喝酒的就喝酒，不能喝酒要表演跳舞，你们觉得怎么样？"

虽然杨爽对张云彬的建议很不满，不是喝酒，就是跳舞，都不是她擅长的。可现场没有人反对，我瞅了一眼杨爽，她脸上露出了一丝难为情，如果换作平时，她早就起身走人了，这次东山省的供应商拜访，是我安排的，她不想让我下不来台。虽然心里面不爽，还强忍着继续待在这里，我知道她是在默默支持我的工作。对于这一点，我还是蛮感激她的。

杨爽看到我眼神里的关心之情，很是感激，不过她也不是被吓大的，面对张云彬的刁难，杨爽竟然爽快地答应了，她同意只要玩"掷骰子"，她便同意自己输了愿意喝酒或者表演节目。

人为一口气，树为一张皮。杨爽的豪爽让 Keyhome 的人为之一振，这个时候不能怂，毕竟，此时此刻，我们代表的不是个人，而是 Keyhome 团队。

第五十九章 酩酊大醉

杨爽中途去了一趟卫生间，等她回来时，张云彬看到杨爽过来了，他的手有意无意地摸了一下杨爽的臀，杨爽脸色大变，想发飙，最终还是忍住了。

原本以为张云彬只是活跃气氛，可看到他竟然在大庭广众之下出手占杨爽的便宜，我怒由心生，想冲上去抽他。

游戏进行了几轮，张云彬觉得不过瘾，执意要求取消游戏，他一个劲儿地敬杨爽酒。我知道杨爽酒量不行，要替她，张云彬死活不肯。

闲聊中，无意之间，杨爽被问出了她是单身的秘密，一听到杨爽是单身，张云彬两眼直放光。

……

有我在，肯定不会让张云彬占到杨爽的便宜，不能让她再受到伤害，草草地结束晚宴，便跟张云彬道别。杨爽喝得有点多，我扶着她走出天彤家纺，微风拂面，刚喝过白酒，被风一吹，最容易醉了。

尽管我护着杨爽，但是，老谋深算的张云彬还是一个劲儿地灌她，杨爽喝得酩酊大醉，把杨爽送进酒店房间，将她轻轻地放到酒店的床上。喝醉酒的杨爽，娇媚迷人，一时间我心一紧。

在关键时刻，房间的门铃响起，瞬间把我拉回了现实，起身帮杨爽盖好被子。

长吁了一口气，用手抽了自己一耳光。男人千万不能考验自己，在诱惑面前，没有几个人能真正地成为柳下惠。

"杨总，在吗？"未见其人，先闻其声，一个极为熟悉的声音。

打开门，刘颖迈着轻盈的步伐走了进来。

刘颖看到我，惊讶道："李文彬，你怎么在这里？"

"颖颖，你别误会，今天在天彤家纺，杨总喝醉了，是我送她回来的。"

刘颖似乎醋意大发，冷哼了一声，道："李文彬，你不用跟我解释。"

"颖颖，我说的都是真的，如有一句假话，天打五雷轰！"

刘颖云淡风轻道："李文彬，你没必要跟我解释。"

刘颖话里话外有着弦外之音，这种事情，越描越黑，我转身离开。

离开杨爽的房间，我长出一口气，幸亏刚才没有犯浑，要不然，被刘颖看到，我跳进黄河也洗不清。

最近几天东山省之行，发生了太多的事情，复盘这几天的事情，我迷迷糊糊地进入了梦乡。日有所思，夜有所梦，竟然梦到了杨爽。正当梦做到关键时刻，我被手机的闹铃声吵醒，揉揉惺忪的睡眼，太阳穴依然很疼。起床，进卫生间洗漱。

到酒店餐厅的路上，刚好经过苏玉箫的房间，门上挂着"请勿打扰"的牌子，她应该还在睡觉。

到了酒店的早餐厅，杨爽已经在了，没想到今天她竟然起这么早。

"李文彬，昨晚谢谢你。"杨爽宛然一笑，道。

"杨总，您对我就不要客气了，只是没想到张云彬竟然这么阴险，早晚我会跟他算账。"我笑道。

"哼！我会让他为昨天的行为付出应有的代价的，想在太岁头上动土，他也不撒泡尿照照自己有没有那个实力。"

杨爽是说一不二的强势性格，她既然说要让张云彬付出代价，我相信她早晚会使手段让张云彬付出代价。

"李文彬，还没吃饭吧！一起吧！"杨爽开口道。

我点了点头，微笑道："OK！"

实不相瞒，昨晚张云彬搞得太过分了，当时我很冲动，我真想冲过去，狠狠揍他一顿，以泄心头之恨。

当然，我没有那么冲动，没有冲上去揍张云彬，如果做了，鲁莽行为只能证明自己太年轻。

"李文彬，你怎么了？我感觉你情绪有点低落。"杨爽关心道。

"我感觉挺对不住你的，昨天让你受了那么大的委屈。"

杨爽道："李文彬，过去就过去了，不要再纠结了。"

我有点愤怒，可又不知如何是好。昨晚张云彬的所作所为在今天这个社会是很平常的事情。可亲眼看到自己的同事被占便宜，我心中还是很不爽。

吃罢早饭，跟杨爽又闲聊了几句，今天杨爽她们就坐飞机回临海了，而我下午就跟苏玉箫去苏市了。刚回到酒店房间，汪莫林打电话过来跟我报喜，月底他跟沈晓燕就要结婚了，让我参加他们的婚礼。

"兄弟，你……你们这速度也太快了吧！"听到汪莫林说他要跟沈晓燕结婚了，我有点惊讶，两个人简直是迅雷的速度。

汪莫林没有跟我扯犊子，寒暄了几句便挂断了电话，从他的语气里我能够感觉到汪莫林内心汹涌澎湃的幸福感。

挂断电话，抽了一支烟，躺在床上睡了一会儿。可能昨晚喝得有点多，挣扎着起来，头却疼得厉害，这时，门铃响了。起身，摇摇晃晃地去打开房门，发现苏玉箫手里拎了几件衣服。

"你醒了？"

我轻轻地点了点头。

"文彬哥，你最近酒喝得有点多，酒量再好，也不能天天这么喝呀！"苏玉箫关心道。

"箫箫，昨晚在天彤家纺你也看到了，张云彬太过分了，明目张胆地灌杨爽，我总不能任他欺负咱 Keyhome 的领导吧。"

"文彬哥，过去的事就让它过去，咱不提了。昨晚我去给你买了两件西服和几件衬衫，待会儿你试试合不合身。"苏玉箫将衣服挂在房间的衣柜道。

"箫箫，你这是干吗？"

"这不是要到我家了吗？怎么着也得给你买几件像样的衣服，要不然，就你身上的衣服，人家一看就不像苏家未来的女婿。"

"箫箫，你还是嫌我穷呗？"

"文彬哥，你说啥呢？如果我嫌你穷的话，也不会让你扮演我男朋友了。"

我当然知道箫箫不是嫌我穷，而是希望我能够体面地跟她去苏市。

"文彬哥，时候不早了，要不你收拾收拾，待会儿中午吃完午饭我们就出发。"苏玉箫说道。

我点了点头，道："好的。"

跟苏玉箫正说着，我的手机铃声响了，是杨爽的电话号码。

接起电话，里面传来杨爽的声音："李文彬，你跟箫箫去苏市，不要有压力，要充分表现出男人的霸气来，另外，箫箫我就交给你了，把她照顾好。"

"杨总，您就放心好了，我会把箫箫照顾得好好的，不会辜负您的期望。"

第六十章 初识陈婷婷

汪莫林要结婚了，有必要对这小子的近况做个简单的了解，自从汪莫林跟沈晓燕谈了恋爱之后，我们之间的联络就变得多了起来。

前段时间的一天晚上，汪莫林打电话约我出去玩，当时在家里待着没事，便出去了。

到了约定地点，一进门，我便听到了汪莫林鬼哭狼嚎的歌声，我发现 KTV 包房还有一个不认识的姑娘。

见我来了，拉着我便喝酒："老同学，听燕子说你最近可忙了，约你喝酒都约了好几次了，难得你肯给我面子。"

一阵轻灵的歌声响起，这歌声，跟汪莫林相比，简直是天籁，我顺着歌声看过去，一个娇小但很有气质的女孩在唱歌。看到女孩的瞬间，我有一种心动的感觉。

汪莫林压低声音对我说道："李文彬，这个女孩怎么样？我知道你喜欢小萝莉，今晚特地给你带过来的。"

"莫林，几天不见你怎么变得这么骚气了？"

汪莫林笑而不语，沈晓燕迈着轻盈的步子走了过来，今晚沈晓燕穿得很性感，吊带裙配着黑丝袜，自从跟汪莫林好上之后，这妮子的穿衣风格都变了，从邻家小妹变成了御姐范。

我眼睛瞟了一眼正在唱歌的女孩，抿了一口啤酒，笑道："燕子，几天不见，你现在越发的性感了。"

"谢谢李总夸奖！"

汪莫林揽着沈晓燕的小蛮腰，轻轻地在沈晓燕脸上亲了一口，满脸幸福道："老同学，赶紧找一个女朋友吧，现在我才知道人生最快乐的事情，莫过于跟自己喜欢的人在一起。这辈子我不图啥，只图跟燕子面朝大海，春暖花开。"

实不相瞒，看到汪莫林和沈晓燕能够幸福地在一起，我为他们高兴，同时，自己内心也有一丝羡慕。

见我傻傻地愣在那里，沈晓燕笑道："李文彬，是不是看上人家了？"

我笑而不语，实不相瞒，女孩是我喜欢的类型，看到她的一瞬间，我内心有种恋爱的感觉，自己也有好多年的空窗期了，难得遇到一个让自己心动的。

"她是陈婷婷，我的闺蜜，如果你喜欢，我可以当月老。"沈晓燕似乎看出了我的心思。

"陈婷婷，名字挺好听，当然，人也很漂亮。"我喃喃自语道。

沈晓燕笑道："婷婷可是我认识的女生里面最优秀的，本科毕业于赫赫有名的震旦大学，参加工作后，又考入了震旦大学管理学院，现在是震旦大学管理学院的一名在读工商管理硕士。"

陈婷婷一曲歌毕，汪莫林拿过话筒，笑道："下面，有请Keyhome集团的产品企划研发及供应链总监李文彬来一首《丢了幸福的猪》，大家欢迎！"

掌声响起，无奈，我只得拿起话筒。

给不了你想要的幸福，所以选择退出，因为爱你，所以让你选一个更好的归宿，我求你别再说我太残酷，谁能甘心认输，把自己的爱丢到了别处，谁能体会这撕心的苦，如果爱情的路还可以再铺，我不会让你再为我哭，如今剩一个没用到不可原谅，弄丢了自己的幸福的猪，当初爱到末路我选择退出，如今看这份爱丢的糊涂，如果上天能给机会重新付出，我愿意放弃一切，押上所有赌注……

歌声一响，掌声响起，陈婷婷没想到我的歌声丝毫不比她差。汪莫林朝我使眼色，我明白，汪莫林想让我给陈婷婷敬酒。

我拿着啤酒瓶，一边唱着，来到陈婷婷跟前，倒了一杯酒，颔首微笑道："陈婷婷，很荣幸能够认识你，我敬你一杯！"

陈婷婷微微一笑，道："谢谢！干杯！"

唱完歌，我便坐在了陈婷婷的旁边，两个人打开了话匣子，因为她也是一个人来临海闯世界，所以，两个人有说不完的话题。

"听燕子说你在读震旦大学管理学院的 MBA，这是真的吗？"

陈婷婷看了我一眼，莞尔一笑，道："是的，临海竞争太激烈了，为了避免被市场淘汰，趁着年轻，提升一下自己。"

"实不相瞒，几年前我有报考京北大学管理学院和震旦大学管理学院的 EMBA，因为资历太浅，个人背景在审核环节没有通过，所以，就没有读。最近我准备改考 MBA，后面向你请教一下报考的经验。"

"好呀，好呀，你有什么问题，可以直接找我。"

既然陈婷婷都这么说了，我便趁机加了她的微信，以便后面交流学习。

汪莫林今天晚上兴致颇高，这小子，平日里不喝酒，今天竟然觉得啤酒喝得不过瘾，叫了两瓶五十二度白酒过来。

推杯换盏间，一瓶白酒已经被我们两个喝完了。

"李文彬，喝酒伤身，少喝点吧。"陈婷婷竟然关心我，让我少喝点酒。

坐在汪莫林旁边的沈晓燕打趣道："哎哟，婷婷，你们第一次见面，还没有正式谈恋爱呢，就开始关心李文彬啦？"

陈婷婷轻轻打了一下沈晓燕，羞赧道："燕子，我……我不理你了。"

沈晓燕扑哧一笑，道："哎呀，我们一向大方的婷婷也知道害羞啦！"

陈婷婷转过身，不再理会沈晓燕。一双明亮的大眼睛含情脉脉地看着我，轻声道："李文彬，没看出来，你这么能喝！"

"可能打小受周围环境的影响，不敢说酒坛子里泡大的，反正酒没少喝，久而久之，喝酒不容易醉。"

"李文彬，长期饮酒会导致体内乙醇脱氢酶活性增加，使得酒精在体内的代谢速度加快，从而降低血液中的乙醇浓度。虽然不易醉，也要注意控制好摄入量，避免过量饮酒，以免损伤肝功能。"

沈晓燕今天带陈婷婷过来是有一定目的的，她知道我单身，陈婷婷也单身，我介绍她跟汪莫林认识，她准备将陈婷婷介绍给我，也算是报答我帮她找到了幸福。当然了，更为重要的是我李文彬是一个靠谱的男人，把她的闺蜜介绍给我，沈晓燕心里面踏实。

沈晓燕和汪莫林两个人玩起了骰子，我跟陈婷婷的陌生感全无，两个人从工作聊到 MBA，再聊到时下国际政治经济形势。

不知道汪莫林是喝多了还是这小子谈恋爱之后变得豪放了，竟然无视陈婷婷和我的存在，跟沈晓燕亲热了起来。

不想污了陈婷婷的眼，便低声对她说道："我们出去吧？"

陈婷婷会意，跟着我出了 KTV。

出了 KTV，我朝陈婷婷笑道："婷婷，你们学校有没有MBA 试听课？有机会我想去听听。"

"当然有了，不但有试听课，还有活动呢，最近就有学校组织的活动，如果你有时间，可以跟我一起参加。"

第六十一章 机缘巧合

有意无意之间，我旁敲侧击地问陈婷婷的一些信息，陈婷婷是一个何等聪明的女孩，见我套她话，微微一笑，道："李文彬，老实交代，你是不是喜欢我？"

"婷婷，你这么优秀，我有贼心没贼胆。"

陈婷婷笑道："怎么，年纪轻轻已经是 Keyhome 集团总监级人物，竟然还如此的谦虚？谦虚是好事儿，但是，过分的谦虚未必是好事儿。"

"婷婷，不是我谦虚，也不是我妄自菲薄，而是你真的太优秀，目前的我只能仰视你。"

"李文彬，我听燕子讲过关于你的一些事儿，三十年河东，三十年河西，莫欺少年穷。我相信终归有一天，你会大鹏一日同风起，扶摇直上九万里。"

陈婷婷看似一个柔弱的女孩子，但总给人一种积极、乐观、向上的感觉，这是我欣赏她的原因之一。

临分别时，陈婷婷欲言又止。我便笑道："婷婷，你是不是有什么事儿？"

"文彬，你不是想参加我们学校的活动嘛，明天晚上学校刚好有个活动，不知道你感不感兴趣？"陈婷婷莞尔一笑道。

"当然感兴趣！是什么活动？"一听到陈婷婷说学校组织活动，我顿时来劲儿了。

我是有自知之明的，陈婷婷读的可是震旦大学，震旦大学是临海第一学府，能读震旦大学 MBA 的人可都是社会上的佼佼者。

陈婷婷捋了一下秀发，笑道："到时候你就知道了。"

"恭敬不如从命,既然你都这么说了,我岂有不参加之理。"

"李文彬,明晚不见不散,再见。"陈婷婷跟我约好了时间,便打车回去了。

第二天晚上,我提前来到了震旦大学管理学院。到了活动现场之后,发现是一个讲座,是临海外国语大学管理学院的一名教授讲《毛泽东选集》。震旦大学 MBA 教室装修得很豪华,教室里座无虚席。

陈婷婷看到我笑容满面地迎了上来,今天她打扮得很正式,也很漂亮,一身笔挺的 OL 装,腿裹黑丝袜,脚踩恨天高。

讲座办得很精彩,老教授将《毛泽东选集》讲得出神入化,我都听入迷了。天外有天,人外有人,这次讲座让我对《毛泽东选集》有了全新的认识。陈婷婷竟然知道我喜欢《毛泽东选集》,估计又是沈晓燕告诉她的。

人靠衣装,马靠鞍装。为了参加这次活动,我特地把大学毕业时买的一套面试用的西装拿了出来,人自然也显得精神了许多。

到了讨论环节,我起身激动地介绍了一下自己,然后发表了通过一部电影,以小见大,进而对《毛泽东选集》的一些个人见解。

前段时间,我刚好重温了《一八九四·甲午海战》,一场世界第一次真正的铁甲海战,是中华民族与日本的一次正面大海战。

重温甲午海战,让我情不自禁泪目,同时,让我想到了《毛泽东选集》第二卷里的一篇文章《论持久战》,文章中提到抗日战争中的决战问题:"一切有把握的战役和战斗应坚决地进行决战,一切无把握的战役和战斗应避免决战,赌国家命运的战略决战应根本避免。"当我读到这里时,第一时间联想到赌个人命运的决策应根本避免。

在现实生活中，我们往往会遇到赌的时刻，在做重大决定之前，需要思前想后，将所有的可能都想清楚，进而能够更稳妥地处理问题。

作为一名来临海闯世界的人，我在生活中遇到过很多决定个人命运的事情。因为年轻，往往对于赌个人命运的决策不审慎处理，最终酿成大祸，教训极为惨痛！

曾经自己缺乏长期规划，在没有足够经验和资源的情况下，盲目创业，最终经历了两次创业失败。尤其是第二次创业，跟曾不凡合伙投资，押上了全部家当，想赌一把。结果，亏掉了十几年的积累，还负债累累。如果不是命运之神眷顾，有幸入职 A 大厂，通过几年的努力将负债还清，我早就卷铺盖卷儿离开临海了。

我们再重新审视一下中日甲午海战，这次大海战是中华民族和日本之间赌国家命运的大战，败则割地赔款，甚至亡国都有可能。

对于如此重要的一场大战，我们是不是举国上下都要重视？是不是需要好好地为此次大战做准备？而事实是什么样的呢？

从战前的准备来看，既然是赌整个中国之国运，清政府却根本没有为这场战争精心做准备，反倒举国上下为慈禧的六十大寿忙碌。

当一个国家，一个伟大的民族，为了一个人的贪婪而忙碌时，这个国家岂能屹立于世界强国之林？

反观日本，为了这场战争，无论从海军还是陆军，都做了充分的准备。尤其是海军，原本中国的海军比日本强很多，可日本从上到下励精图治，勒紧裤腰带硬是建成了一支强大的海军，无论从吨位还是舰船的先进性方面都超过了中国。

中日海战结果不言而喻，尽管那些可爱的中国军人殊死拼杀，舰不如人也就算了，关键弹药严重不足，在战斗中无法正常地发挥坚船利炮的威力，最终，在甲午之战中输给了日本。腐败无能的清政府，是甲午海战失败的根本原因，即便当时中国海军的战舰比日本先进，一个没落的清王朝，也未必能赢得了战争。

一场没有充分准备的战争，竟然赌上整个华夏民族的国运，焉能不败？焉能不割地赔款？

甲午海战已经过去了100多年，可中华民族受到的耻辱是我等华夏儿女所不能忍受的，对于今天的我们而言，能做的就是脚踏实地做好自己的工作，为中华之崛起尽个人微薄之力！

当我讲完，台下瞬间响起了雷鸣般的掌声，陈婷婷更是向我投以敬佩的目光。

我要感谢陈婷婷，正是这次关于《毛泽东选集》的讲座，再次在我内心种下了种子。后来，我考入临海外国语大学攻读MBA，正是这位来震旦大学讲《毛泽东选集》的教授，给我们列了一份必读书单，书单里有《毛泽东选集》。

后来，经过四轮面试，从传统行业进入了A互联网大厂，原本以为可以顺利完成从传统行业到互联网行业的转型。一场突如其来的疫情让一切都显得那么的不确定，为了转型成功，告别临海的家人，入职A大厂。

在酒店隔离期间，从网上购买了《毛泽东选集》第一到第四卷，当我收到书，静下心来研读时，奇迹般发现，自己竟然能够读懂并领会到伟人写这部巨著时的些许意境。如果不是这次讲座，也许，我不会报考临海外国语大学的MBA，也不会种下读《毛泽东选集》的种子，可能这就是机缘巧合。

第六十二章 不甘平凡

当着那么多精英的面，我讲了很多，几个小时的讨论很快就过去了，我意犹未尽。活动结束后，陈婷婷送我出来，漫步震旦大学校园，看着校园里穿梭的学生，他们身上蓬勃的朝气感染了我。

陈婷婷见我情绪有些激动，莞尔一笑，道："李文彬，你今天表现得很棒，没想到你那么热爱历史，还如此爱国，在今天这个物欲横流的时代，像你这样的人不多了。"

"婷婷，感谢你邀请我参加这次活动，今天收获很多。"

"以后如果有类似的活动，你还愿意参加吗？"

"太愿意了，老师的讲座不仅开拓了我的视野，跟你们的讨论更是让我收获很多，MBA教育果然是精英教育，社会上对MBA教育的偏见感觉就是吃不到葡萄说葡萄酸，是很多考不上或者没钱读MBA的人对它的一种污蔑。"我笑道。

"现如今跟以前混文凭的时代完全不一样了，有谁愿意花几十万混日子？今天的社会竞争如此激烈，时不我待，每个人都在跟时间赛跑，希望多学些知识，以便使自己更有竞争力。"

我重重地点了点头，道："婷婷，我完全赞同你的观点。看来，我也该有所改变了。"

的确，工作了这么多年，自己除了工资变得更高了一些之外，似乎并没有什么特别突出的地方，仍然过着按部就班的生活，如果再不改变，这辈子可能就这么浑浑噩噩地过下去了。

时间过得真快，不知不觉中，我和陈婷婷已经到了震旦大学校门口，陈婷婷神采飞扬，今天状态很好。此时此刻，我竟然有种依依不舍的感觉。

跟陈婷婷道别后，我便坐上了返程的地铁。

地铁上，一个很要好的朋友打电话给我，他是我前同事，曾不凡。

曾不凡出身贫寒，父母是地地道道的农民。尽管家境贫寒，生活拮据。好在曾不凡打小便很聪明，虽然从小在农村读书，但聪慧的他硬是鲤鱼跃龙门，考入了临海一所211大学，曾不凡的例子从侧面说明天赋有时候很重要。

大学毕业后，顺理成章地留在临海工作、买房、娶妻生子。

如果曾不凡是一个保守的人，普普通通没有什么想法的话，他会平平淡淡地过完一生。问题是，他跟我一样，是一个不安分的人，那天他打电话给我，我跟他分享了临海外国语大学教授讲的《毛泽东选集》。从此，曾不凡也喜欢上了它，他买了两套《毛泽东选集》，一套放床头，一套放公司的办公桌上。

后来，曾不凡对《毛泽东选集》烂熟于心，不敢说倒背如流，至少一至四卷熟稔于心。

曾不凡喜欢尝试去做一些不同的事情，他做过电商，做过外贸。在我们合伙创建临海谦牧投资有限责任公司时，聚焦股市和期货市场，那次创业，他也亏掉了所有的积蓄，为了还借朋友的钱，他将临海的房子卖了。

因为不甘平凡，投资失败，在临海打拼十几年全部付诸东流，最后，不得不卷铺盖卷回老家福建去了。

回厦门之后，曾不凡进入了一家赫赫有名的国企，在这家国企老老实实做了两年之后，他又坐不住了。因为他发现了一个商机，做聚乳酸可降解材料，他敏锐地发现不久国家将出台强制政策，垃圾袋要改成可降解垃圾袋，作为可降解垃圾袋的原材料聚乳酸将会是一个风口。

捕捉到这个商机之后，曾不凡找老板，将自己想做聚乳酸的想法跟老板沟通，国企老板二话不说，直接拒绝了他，被拒绝的曾不凡一度很颓废。

几年后，我进入了地球上最大的电商公司。在一次电话聊天中，曾不凡表达了自己想创业，但不知道如何起步的痛苦和无奈，当时我引用《毛泽东选集》里的一段话开导他。

谁是我们的敌人？谁是我们的朋友？这个问题是革命的首要问题。（《毛泽东选集第一卷》第一篇中国社会各阶级的分析）

还记得当时我跟曾不凡说，我们创业跟伟人闹革命一样，伟人搞革命团结真正的朋友，以攻击真正的敌人，同样，我们创业需要寻找同路人，一起去做一件有意义的事儿。那次聊天之后，曾不凡开始思考自己在一穷二白的情况下如何创业。

福建人有喝茶的习惯，尽管曾不凡破产了，成了一个穷光蛋，但是，他还是坚持从微薄的工资里拿出一部分钱去喝茶，每一次喝茶，跟那些大佬聊天都有不同的收获。

在喝茶的过程中，曾不凡遇到了一个亿万富翁，他将自己创业的想法告诉了亿万富翁，两人一拍即合，只要曾不凡创业，亿万富翁愿意投资 300 万。

在对整个中国市场做了深入的分析和调研之后，尽管 2020 年一场疫情席卷全球，未来的不确定性增加了大家的恐惧。但是，曾不凡认为时机已经成熟，风口转瞬即逝，他毅然决然地从稳定的国企辞职，踏上了创业之路。

通过一年的努力，单单聚乳酸原料便做了 5000 多万营业额，利润 500 多万。通过一个项目，打了一场漂亮的翻身仗。同时，曾不凡还开拓了聚乳酸垃圾袋成品市场的大门。第二年业绩便做了 1.5 亿，第三年 2 个亿，第四年 3 个亿……

在曾不凡创业过程中，他敏锐地发现聚乳酸这个项目的可行性，在遭到老板拒绝之后，他并没有放弃，反而在公司之外寻找机会，借力打力，找到了一个投资方，最终实现了创业。

拿到投资展开业务之后，他遇到了很多困难，面对困难，他时常通过《毛泽东选集》自我解压，他深信星星之火可以燎原。

为了拿到订单，他学习伟人对中国社会各阶级的分析，对整个中国的聚乳酸市场进行分析，从网上找出需求方电话和地址，一个个地打电话洽谈合作，然后实地拜访了几乎所有中国需要可降解材料的头部工厂。

曾不凡说，他曾经遇到过一个工厂的老板，也是《毛泽东选集》的忠实粉丝，几乎书不离手，两个人聊《毛泽东选集》聊嗨了，不仅成了自己的客户，还成了要好的朋友。

正是因为他的坚持和对整个行业的深入调查分析，让他逆势飞扬，在疫情中崛起。

曾不凡的成功创业，不仅让他还清了所有债务，还在厦门买了学区房，开上了保时捷，打了一场漂亮的翻身仗。同时，在阶层固化的今天，为很多普通人树立了一个贫二代突破阶层固化的正向例子。

第六十三章 不可一世的富二代

经济基础决定上层建筑，在实力面前，滔滔不绝显得很无力，甚至有点聒噪。如果你没有实力，可能连说话的机会都没有。

我还是太年轻了，把事情想得太简单了。原本以为跟着苏玉箫到苏市走一趟，凭借自己的三寸不烂之舌，就可以搞定苏玉箫的老爹苏氏集团董事长苏明亮，可现实给了我当头一棒，不仅没有见到苏明亮本人，还被人给奚落了一顿。

苏市之行，彻底让我明白了实力胜于雄辩，一个没有任何背景的人，千万不要幻想自己可以搞定那些资本大鳄，在你没有实力之前，甚至连见别人的机会都没有，现实就是这么残酷，千万别被那些爱打抱不平的电视剧骗了。

下了飞机，来接机的竟然是苏玉箫的追求者之一王一文，这是我没有想到的，可能这就是箫箫父母的安排。

王一文是一个妥妥的富二代，王氏地产唯一接班人。因为当时国内房地产发展迅猛，王氏地产更是如日中天，是苏市为数不多的市值过百亿的上市公司。百亿的上市公司是什么概念？那可是呼风唤雨的资本大鳄。

王一文戴着墨镜，开着一辆白色运动型保时捷轿跑，当我跟着苏玉箫来到王一文的车前，王一文哈巴狗似的上前又是开车门又是拎行李，完全没有超级富二代的不可一世。这不完全是因为他追求箫箫，而是因为箫箫背后的苏氏集团。

苏玉箫刚上车，我也准备跟在后面上车，当我的手伸过去，准备拉车门时，王一文挡在了车门前。

"你谁呀？大爷我不认识你，你知道这是什么车吗？这车可不是你这种叫花子可以坐的！"王一文摘下自己的墨镜，指着我说道。

面对王一文的挑衅，在那一瞬间，我怒不可遏，想冲上去狠狠地扁他一顿，理智告诉我不能这么任性。

王一文说的是事实，我的确出生于农村，家徒四壁，来临海市的三个目标之一便是开上保时捷，可人家王一文，一出生便拥有保时捷，这就是差距。有些人的起点，对于大部分人而言，可能一辈子都无法到达。我不知道如何描述这种差异，到底是宿命还是其他什么原因，总而言之，人跟人是不同的。

我强忍着内心的不爽，道："怎么，开保时捷就觉得了不起，不知道天高地厚了？"

王一文丝毫不留情面，挤兑道："你给我整辆保时捷开呀，姓李的，不是我说你，你说你一个南河省穷得叮当响的农村出来的叫花子，攀什么高枝？萧萧是什么样的人，你自己心里没有一点数吗？也不撒泡尿照照自己那熊样，就上赶着追！"

"姓王的，你不用嘚瑟。三十年河东，三十年河西，莫欺少年穷。迟早我李文彬会大鹏一日同风起，扶摇直上九万里。"

"就你？还把自己比喻成大鹏，我看你是大便吧！"

言毕，王一文一脸胜利者的笑容，在这个富二代眼里，当时的我如同一只蝼蚁般微不足道。如果他想整我，分分钟的事儿。

天若亡之，必将狂之！今天王一文狂，是因为他依仗王氏地产接班人的身份，有狂的资本。可三十年河东，三十年河西。若干年以后，身为王氏地产的接班人，王一文接手后，刚好遇到房地产调控。

因为房价太高，年轻人选择躺平，王氏地产面临跟恒大司样的问题，在房地产高歌猛进时，对于未来过于乐观，负债过高，最终导致资不抵债。为了解决流动性的问题，王氏地产不断的贱卖囤积的大量的土地资源，不过并没有完成自救，最终因为资不抵债破产。王一文从一个超级富二代沦落成了一个无人问津的负债累累之人，限制了高消费，飞机和高铁等都不能坐。届时，王一文这个不可一世的富二代，吃饭都是问题。

当然，这些都是后话，对于后来发生的这些事情，并不是巧合，而是经济发展是有一定规律的。为何富不过三代，并不是一代人不如一代人，而是随着经济周期的变化，即便有职业经理人团队打理，那些没有进取精神的富二代也很难带领家族企业基业常青。

我也不是不识趣的人，面对王一文的羞辱，知道再争执下去也没有任何意义。毕竟，当时的我的确一无所有，我跟他吼几声也没有任何的意义，毕竟，我吼几声是吼不出一辆保时捷的。

实力决定一切，当时我给自己打气，李文彬，你一定要知耻而后勇，别人可以看不起你，你必须要看得起自己！早晚有一天，我要大鹏一日同风起，扶摇直上九万里！

想通了之后，我便不再做无谓的争辩，准备叫一辆出租车。

让我没想到的是，这时，苏玉箫下了车，她似乎看出了我和王一文之间刚才起了冲突。二话不说，箫箫对着王一文就是一顿劈头盖脸的打击，原本不可一世的富二代，瞬间蔫了。我知道，箫箫之所以敢怼王一文，并不是因为王一文喜欢她，而是因为箫箫背后的苏氏集团，苏氏集团可是比王氏地产还要强大的存在。经济基础决定上层建筑，面对实力雄厚的苏氏集团，王一文只能忍气吞声！

发泄完不满之后，箫箫拉着我在王一文满脸的愕然中钻进了一辆出租车，我们并没有去苏家，而是入住了离苏家不远的全季酒店。

苏玉箫之所以如此安排，是因为她担心我直接跟她家人见面，可能会起冲突。她不想我受到伤害，毕竟，我手中并没有什么牌可打，如果我是一个身家百亿甚至千亿的超级富二代，苏玉箫就不用担心了，可我只不过是一个穷得叮当响的小白领，在苏氏集团面前，不值得一提。更何况，我只不过是一个冒牌男友，尽管来苏市是为了帮助苏玉箫应付家人逼婚，可我们并没有行之有效的应对策略。

苏玉箫很清楚，自打她跟老爹苏明亮摊牌，说自己已经有了男朋友之后，我的祖宗十八代估计都被她老爹苏明亮给调查得清清楚楚。

苏明亮曾经不止一次跟箫箫强调，他不阻止箫箫谈恋爱，但是，如果结婚，必须找一个门当户对的，不然，他绝不同意。

第六十四章 说客

我以为自己能跑赢岁月，结果，跑碎了一地幻想。

在全季酒店办理了入住手续，窗外下起了雨，梅雨季节，雨说下就下。雨天我喜欢做两件事情：躺在椅子上看书，跟古今圣贤交流思想；或者雨中漫步，让生活短暂地慢下来，缓和一下紧张的生活节奏。

酒店大堂借了一把伞，在服务员微笑的祝福声中出了全季酒店，一股清新的空气夹杂着湿气扑面而来，瞬间，我有一种舒爽的感觉，生活的烦恼顷刻被抛之九霄云外。

正当我享受着片刻宁静时，一辆路虎揽胜运动版 SUV 疾驰而过，雨水借助疾驰的车轮溅了我一身，好在路面是干净的柏油马路，只是打湿了我的裤脚。我眉头微皱，显然对这辆价值一百多万的进口路虎车司机不满。

车子并没有走远，而是在我前面五六米的地方停了下来，这让我甚是不解，难不成车主良心发现，要向我道歉？

从驾驶室下来了一个年轻男人，他二十七八岁的年纪，一身正装，打着伞向我走来。

年轻男子走到我的面前，面无表情道："李先生，我们苏总想见你。"

苏总？难道前面车子里面坐的人是苏玉箫的老爹苏明

亮？我怀着忐忑的心情，跟着年轻男子走向了不远处的路虎。

走近了才发现，车子里面坐着一位四十岁左右的女人，女人肤白如脂，穿着一身淡紫色的西装，衣服上没有任何的logo，但是，从面料和质感来看，价值不菲。虽然年纪有点大，却给人一种不一样的美。

"你就是李文彬？"女人红唇微启道。

我轻轻地点了点头，面无表情道："似乎我并不认识你。"

女人指了指副驾驶的位子，示意我上车。不知道对方的底细，我也不敢贸然上车，便轻声问道："你究竟是谁，找我有事儿？"

女人微微一笑，道："放心，我对你没有任何的敌意，只是想跟你聊一聊关于箫箫的事儿。"

瞬间我便明白了，苏家人开始正式行动了。兵来将挡，水来土掩，我毫不犹豫地上了车，女人从车载冰箱里拿出了一瓶依云递给了我。我毫不客气地打开，喝了一小口。

女人瞅了我一眼，从黑色的手包里拿了一张卡出来，递给了我。

"什么意思？"我一脸的懵懂，没有接卡，不知道对方究竟什么意思，当然不能乱收东西。

女人开口道："我是箫箫的小姑苏思钰，这张卡里有五十万，如果你离开箫箫，里面的钱就是你的了。"

瞬间，我明白了面前略显富态的女人的来意，很明显，苏家人真把我当成了箫箫的男朋友，他们不同意我这个穷小子做苏家未来的女婿，便派箫箫小姑苏思钰来当说客，试图通过金钱来让我离开箫箫。虽然我不是箫箫真正的男朋友，男子汉大丈夫一诺千金，我必须兑现对箫箫的承诺，不可能为了区区五十万而背叛箫箫。

"苏总，不好意思，这卡我不能收，我跟箫箫之间是真心相爱，不可能为了钱而出卖我们之间纯洁的爱情。"

"李文彬，我知道你的家庭并不富裕，工作多年，现在你在临海市连自己的房子都没有。我们家的情况你也了解，就凭你现在的情况，门不当户不对，你觉得自己配得上我们家箫箫吗？"

"苏总，三十年河东，三十年河西，莫欺少年穷。尽管现在我在临海的确无立锥之地，可我相信不久的将来，我可以让箫箫过上富足的生活。"

"年轻人，我知道你年轻气盛，可有些时候，单凭一腔热血是解决不了问题的，现在箫箫已经过上了富足的生活，凭什么要等你若干年后？再说，若干年后谁能保证你李文彬就可以扭转乾坤，成为人中龙凤？"

面对苏思钰的质疑，我竟然一时语塞。的确，口说无凭，现如今这个社会，满嘴跑火车的人太多了。更何况现在箫箫已经是超级富二代，她的父母怎么可能让她嫁给我这样的穷小子？

不得不承认，像箫箫这种超级富二代，从小到大的路，家里人早已经给她设计好了，上什么样的大学，嫁什么样的人。如果我真的是她男朋友的话，真的有点癞蛤蟆想吃天鹅肉的感觉，不知道当初我满口答应箫箫来帮她解围的勇气来自哪里，可能这就是年轻无畏吧！

苏思钰见我不说话，接着说道："李文彬，我相信你是一个聪明人。当然，我也知道你是一个有追求有梦想之人。识时务者为俊杰，我知道你想创业，可苦于没有启动资金，一直没有付诸行动。如果你真的喜欢箫箫，何不拿这五十万当做启动资金，找到一个适合你的方向，创造一份属于你自己的轰轰烈烈的事业呢？如果你创业成功，跟箫箫不就门当户对了吗？当然，如果你创业失败，说明你自己能力不行，配不上箫箫，祝福她幸福不也是一种爱她的方式吗？"

不得不说，苏思钰非常懂得如何拿捏人的心理，通过寥寥的几句对话，她已经大致判断出来我是一个有担当、负责任的人，知道像我这种超级有责任感的人是不会为了自己的利益而不择手段的，正是因为拿捏住了我会为了自己喜欢的人上刀山下火海，她才会使用激将法。

坦白讲，苏思钰的一席话直击我内心深处，尽管我是箫箫的冒牌男友，可我内心的确想创业，做一番惊天动地的伟业！可我不会接受她的施舍，更何况我只不过是一个冒牌男友，如果我接受这五十万，算是怎么一回事儿。

"苏总，谢谢您的好意，不过，这张卡您还是收起来。就像您说的，如果我李文彬真的有能力，自然会做出一番事业，有没有启动资金并不是主要的核心因素。"

"果然有志气！李文彬，我知道你心比天高，可你不要忘记，还有一句命比纸薄。"

第六十五章 横肉男

跟箫箫小姑苏思钰并没有谈出一个结果，还没有进苏家的大门，便领教了豪门中人的手段。

虽然苏思钰开出了丰厚的条件，但是谈话还是无疾而终。当时我的确没什么钱，虽然没钱，但我不会见钱眼开。

很明显，苏思钰没想到我这个山旮旯里走出来的穷小子，竟然会对五十万无动于衷，这倒是超出了她的想象。结束谈话之后，她不仅给苏明亮同步了结果，同时，还给箫箫打了电话，对我一顿猛夸，末了来了一句，只是太穷了，如果门当户对，还真是一对难得的金童玉女。

谈话结束，在苏思钰满脸惊讶的目光中，我下了车，在回酒店的路上，我一直复盘刚才跟苏思钰的谈话。这场短暂的谈话对我的刺激很大，让我开始重新审视自己毕业这么些年的点点滴滴。的确，这些年我很拼，一心扑在工作上，给老板赚取了高额的利润，而我自己只是从阁楼换到了合租房里，人生并没有什么本质的改变。

三十而立，四十而不惑，即将处于而立之年，自己并没有在临海这座国际化大都市立住脚。是我的能力不行，还是不适合在大城市打拼？

这个问题没有标准答案。年少轻狂时，我曾经想立言、立功、立德，而现实是无言、无功、也没有什么值得颂扬的德行可言。

不能再这样浑浑噩噩下去了，必须行动起来。一时间，我进入了发财致富的臆想中，情不自禁掏出手机给曾不凡打了一个电话，我跟曾不凡商量着怎么快速地赚取第一桶金。

富贵穷通，莫非命也！二十九岁的我根本不相信人生有一定的命数，迷茫之中，病急乱投医。正是这个电话，后来把自己在临海的房子抵押贷款，跟曾不凡合作注册了临海谦牧投资有限责任公司，聚焦股市和期货市场，因为资金有限，利用杠杆场外配资投入股市和期货，刚开始一路长红。后来，行情反转，股市和期货暴跌。当市场下行时，眼瞅着自己的资产光速般减少，十几年辛辛苦苦的积累瞬间化为乌有，所有的理性都灰飞烟灭，明明可以止损却不舍得割肉，结果可想而知。

我以为自己可以跑赢岁月，可以通过金融杠杆呼风唤雨，最终赚得盆满钵满，然后拿到这些赚的钱投资实业，迅速崛起，成为临海市的资本大鳄。可现实并没有朝着自己设想的结果发展，最终不但没有赚到钱，因为杠杆太高，爆仓后，让我濒临破产。那年我 34 岁，第二次创业失败，处于濒临破产的边缘！紧接着，生活让我过了一段暗无天日的苦日子。

进入全季酒店大堂，大堂迎宾灿烂的笑容让我烦躁的心情一时好了很多。坐电梯上楼，到了自己的房间，刚一坐定，门铃响起。

起身开门，原来是苏玉箫，我连忙让出空间让箫箫进来。

"文彬哥，你见我小姑了？"

我一愣，旋即点了点头。我没有做任何对箫箫不利的事情，所以，没有什么好隐瞒的。不过，瞬间全身冒了冷汗，如果当时自己贪念一起，箫箫肯定会看不起我的！

"你为什么不要小姑给你的五十万？"箫箫扬起俏脸，嘟囔着樱桃小嘴，笑道。

"箫箫，君子爱财，取之有道。你小姑想用五十万收买我，我李文彬是什么样的人你很清楚，不可能为了钱，而做任何对不起你的事情！我是缺钱，可我不会拿那些不义之财，我会通过自己的努力去获得自己想要的东西。"

虽然我跟箫箫之间只是临时的男女朋友，可箫箫对我不为小姑的金钱所动甚是开心，这也是我所担心的地方，对于箫箫，我纯粹的只是想帮她，并没有男女之间的想法。虽然我不是坐怀不乱的柳下惠，可我也是有自己的原则和底线的。

"文彬哥，谢谢你！能认识你这样的大哥哥，是我苏玉箫的福气。"

看着箫箫满脸的幸福，我微微一笑，道："箫箫，你不要这么客气，其实，我也没做什么。"

"好啦，好啦，不说这个了。文彬哥，你肚子饿了吧？我带你去吃顿好吃的。"说罢，箫箫拉着我出了全季酒店。

因为下雨天不好打车，吃饭的地方只需坐三站地铁，我们便选择坐附近的地铁。

上了地铁，跟箫箫紧挨着刚坐下，一个五大三粗、满脸横肉的男人走了过来，对着我霸道地说道："往旁边挪挪！"

我很是诧异地抬头瞪了一眼横肉男，反问道："你什么意思？"

"老子让你往旁边挪一挪，你没听懂，还是咋地？"横肉男挑衅道。

没等我说话，横肉男一屁股坐在了箫箫和我之间的空隙，箫箫本能反应，"啊"的一声尖叫，身子移向了旁边。

但是，横肉男的身子还是紧挨着箫箫和我，作为一个男人我都觉得心里很不爽，更何况箫箫一个女孩子。横肉男霸道的做法，让我有点出离愤怒。

起身对横肉男道："把你的屁股往旁边挪一挪！"

横肉男似乎故意在跟我唱反调，不仅没有往旁边挪，反而朝箫箫的方向用力地挤了挤。此情此景，相信只要是个爷们都会出离愤怒，更何况横肉男的咸猪手此时竟然伸向了箫箫雪白的大腿，在快要接触到箫箫大腿之前，我一把抓住了横肉男的手，用力一拽，将他拽了起来。

"你他妈的想干吗？敢坏我好事儿！"横肉男一边不满地咆哮道，同时用脚向我踹了过来。

虽然我不想惹事儿，但是，横肉男毫无底线的做法让我忍无可忍，既然忍无可忍，我也就无须再忍。

面对横肉男的霸道无礼，迎着横肉男的脚，我也使尽全力，一脚踹了过去，只听咚的一声响，横肉男一屁股坐在了车厢的地上。因为用力太猛，我也被反弹得倒退了三四米远，好在我及时抓住了地铁中央的扶手才没有倒下去。

稳住了之后，横肉男也站了起来，他变得更为愤怒，走过来似乎要动手，面对挑衅，我当然毫不示弱。正当我和横肉男剑拔弩张之际，萧萧拿起手机站在我们中间，冷冷道："你再嚣张，我就报警了！"

横肉男脸上的肌肉微微抽搐了一下，用手指着我，道："小子，你等着！"

横肉男话音刚落，地铁刚好到站，横肉男转身出了地铁，消失在人流之中。

萧萧走到我的身旁，柔声道："文彬哥，你没事儿吧？"

我笑了笑，道："萧萧，我没有那么脆弱。"

第六十六章 碰瓷

人看得见，心却难看穿；心看穿了，人就散了。

难得萧萧情绪比较好，我们吃饭的时候还小酌了两杯，推杯换盏之间，萧萧向我倒苦水，聊过之后我才发现她稚嫩的外表下有一颗复杂的心，不是她人复杂，而是被豪门中的尔虞我诈潜移默化的结果。

萧萧一直跟我强调人看得见，心却难看穿，你不知道周围那些七大姑八大姨究竟是真心对你好，还是别有用心。很多事情，看破不能说破，如果说破了，亲戚朋友也就散了。她曾经猜测小姑父对小姑不是真心的，当时萧萧还小，沉不住气，告诉她小姑，结果一试探，果真原形毕露，现在小姑和小姑父关系很僵，甚至面临婚姻破裂的风险。

吃完饭，我们并没有回酒店，萧萧拉着我去散步。苏市虽然没有临海繁华，可也是高楼林立，晚上霓虹闪烁，同时又兼具江南水乡的神韵。

"文彬哥，你说人活着究竟是为了什么？"萧萧猛不丁地问出这么一个哲学问题，让我有点不知所措。

我沉思了片刻，道："三十而立，四十而不惑，五十知天命。以我二十九岁还没有在临海立住脚的人生经验来看，人活着就是买房买车，然后娶妻生子，老婆孩子热炕头！"

"此话当真？"

我朝着萧萧笑道："要不然呢？"

"是哪个人大言不惭地说，三十年河东，三十年河西，莫欺少年穷。"

我知道萧萧是在打趣我在跟她小姑聊天时说的豪言壮语，不过，当时并不是我年轻气盛逞一时之气，我的确是这么想的。

"萧萧，你知道我并不是一个夸夸其谈之人，我之所以在你小姑面前夸下海口，一方面是不想让你丢脸；另一方面是因为我内心的确是这么想的。虽然现在我李文彬还一事无成，不过，我迟早会大鹏一日同风起，做一番轰轰烈烈的事情。"

"所以说，你活着是为了做一番事业，并不会满足于老婆孩子热炕头，对吧？"

"萧萧，其实每个人内心都有两个自己，一个是理想中的自己，一个是现实中的自己。现实中的我的确需要老婆孩子热炕头。三十而立，在临海这座国际化大都市成家立业，只有成了家，才能够立业，活成理想中的自己。"

"为什么一定要在临海成家立业，来苏市不行吗？"

我知道萧萧是什么意思，可我内心真的是把她当作自己的妹妹，更何况她出身豪门，我也不想让人在背后戳我脊梁骨，说我李文彬是一个吃软饭的。

萧萧则不然，因为从小被家人管束，她从没有谈过一场轰轰烈烈的恋爱，甚至很少真正地接触异性，而我对她无私的关心，虽然没有什么实质性的帮助，却真正地走进了她的心。为了我，她愿意放弃家财万贯，过平凡人的生活。

人倒霉了，喝口凉水都塞牙缝。

正当我们一边闲聊，一边走时，一辆电瓶车竟然闯红灯驰来，不偏不倚，正好碰到了我，好在电瓶车的速度不快，没有将我撞倒，而骑电瓶车的人却从车上掉了下来。

我忙上前去扶起从电瓶车上掉下之人，定睛一看，是一个五六十岁胖乎乎的阿姨。将胖阿姨扶起来，关心道："阿姨，您没事儿吧？"

"小伙子，怎么说话呢？我怎么会没事儿？没看见我从电瓶车上面掉下来了吗？"胖阿姨不依不饶道。

刚开始我还没有意识到今晚可能遇到麻烦事儿了，直到后来我要离开，胖阿姨拽着我的胳膊，非让我赔钱，不然不让走。

在交涉的过程中了解到胖阿姨是外地人，在苏市没有缴纳医保，尽管她没有受伤，尽管是她骑电瓶车撞了我，本着从人道主义出发，我还是从兜里拿出一千块钱递给她，算是我对她的一点补偿。

可让我没想到的是，胖阿姨既没有接我递过去的一千块钱，也没有松手。当我问她到底是什么意思时，她竟然狮子大开口，让我给她一万块钱，不然就打 110 报警。

出于一片好意，谁承想对方不仅不领情，竟然还要碰瓷，这激起了我内心的无名火。

"阿姨，你有没有搞错，是你骑电瓶车闯红灯撞了我，让我赔偿你一万块？你是不是想钱想疯了？"

"小伙子，你怎么证明是我闯红灯而不是你闯红灯？如果是我闯红灯，你为什么还要赔我一千块钱？"

听到胖阿姨的一席话，我顿时愕然，没想到网络上流传的老年人碰瓷的事儿竟然也在我身上发生了，一种莫名的委屈油然而生。

正当我委屈和有些无助时，一双柔软的手将我拉到了一边，我知道，一向爱打抱不平的萧萧看不下去了。

"文彬哥，收起你的好心吧！小心好心被当作驴肝肺，对待这种无耻之徒，就要针尖对锋芒，公事公办！"

"小姑娘，怎么说话呢？你应该叫我奶奶吧，在老年人面前不讲礼貌，小心你嫁不出去。"很明显，胖阿姨是一个一点亏不想吃的人。

萧萧瞪了一眼胖阿姨，道："讲不讲礼貌，那也得看跟谁，像你这种恬不知耻的小人，不配！"

"你……你！"

萧萧见对方被自己气得哑口无言，对着胖阿姨扮了个鬼脸。然后拿起手机拨打了110报警电话，很快，片区交警便赶来了，因为当时无法调取监控，交警便给我们两个人开了单子，让第二天赶去交警大队处理。

第二天一大早，我便赶到了交警大队，值班民警调取了监控，监控里面显示胖阿姨骑着电瓶车闯红灯撞到我，然后她自己从电瓶车上掉了下来，事实很清楚，胖阿姨负全责，当场交警便让我离开了，并教育胖阿姨以后要遵守交通规则，不要闯红灯。

从警局出来，萧萧自然又跟我讲了一堆大道理，都是些不要太心善，更不能太心软。我不惹事，也不怕事儿。不用箫箫提醒，这件事儿对我打击挺大，真是见识了什么叫人心不足蛇吞象。人跟人是有区别的，人心隔肚皮，好心被当作驴肝肺的感觉很伤人。

第六十七章 有缘无分

此次苏市之行，我并没有帮上箫箫什么忙，这也使我彻底明白，一个男人，当你没有足够实力的情况下，人微言轻。

于是，我便识趣地离开了苏市，返回了临海。

返回临海，陈婷婷约我吃饭，两个人去牛 New 寿喜烧吃了一顿自助火锅，然后去看了一场电影，具体看的什么电影我已经记不清了，但是，在看电影的过程中我们越过普通男女关系，不约而同地牵起了对方的手。之后，我和陈婷婷，处了一段短暂的男女朋友，时间很短，不超过半个月，后来，她就莫名地消失了。

这一段短暂却让我刻骨铭心的爱情，让我着实伤心了一段时间，那段时间，我曾经一度茶饭不思，提不起精神。不知道发生了什么事儿，导致陈婷婷好像人间蒸发了般，在临海这座大都市消失得无影无踪。以我对她的了解，这不像她的做事风格，即便是分手，她也会大大方方地说清楚。可陈婷婷竟然莫名地消失了，这让我有点丈二和尚摸不着头脑。

OL 装，腿裹黑丝袜，脚踩恨天高，一想起陈婷婷，眼泪就情不自禁地流。

我跑遍了她可能出现的所有地方，震旦大学管理学院，她在临海曾经租房的地方，她工作的地方⋯⋯问了她的同学、同事、朋友，没一个人知道她究竟去了哪里。

我曾经去找过沈晓燕，以为她肯定知道一些信息，可现实却证明我的判断是错误的，汪莫林也两手一摊，有种爱莫能助的感觉。

那段时间我一度很颓废，手机的 QQ 音乐里只有王琪老师的《站着等你三千年》，第一次听到这首歌时瞬间泪如雨下：

我翻过了雪山来到了草原，只为在你出嫁前再看你一眼，说好了要一起到海枯石烂，难道你忘了我们发过的誓言⋯⋯看着你走远我把泪流干，妹妹你要做一只绝情的雁，哥哥做胡杨等你三千年⋯⋯

杨爽见我工作也不在状态，便给我放假，让我出去散散心。早就想去一趟西双版纳，一直没机会，便趁机去了西双版纳。

西双版纳很美，可我并无心看风景，直到将要结束旅行时，遇到了一个来自西江省的女孩，那天我出门有点急，没有带零钱，在乘坐公交车的时候，没钱支付公交费，当时西双版纳的公交车还不能使用支付宝支付，一个戴着眼镜、皮肤白皙的女孩竟然递给我两枚硬币，帮我解决了小尴尬，我要支付宝转账给她，她笑了笑，并没有要的意思。虽然事儿不大，但是，当时让我心里面感觉暖暖的。更为关键的是，她的笑容很干净，瞬间让我忘记了烦恼。那一刻，我竟然有一种挥墨三千，只为描你倾城颜的感觉。

西双版纳之旅结束之后，我便返回临海投入忙碌的工作之中。陈婷婷依然杳无音信，我曾经尝试着去她老家了一趟，但是，因为没有具体的地址，我尝试着去找她，可一直没有着落，在她老家待了两天，便回来了。

岁月是把杀猪的刀，同时，岁月也是一条流淌的河，冲刷着你的记忆和烦恼。随着时间的流逝，陈婷婷慢慢地埋藏在了我的心底，能想起双方在一起短暂的快乐，可她的模样在脑海里渐渐地变得模糊了。

我不知道自己该说什么，可能这就是有缘无分，我使尽浑身解数想找到她，可陈婷婷就像一滴水，从人间蒸发了。

直到 10 年后，一次偶然的机会，再次遇到了陈婷婷，时过境迁，我已经将近 40 岁，她也不再年轻，看着她，我五味杂陈。

虽然陈婷婷美丽依旧，可我已经没有了往日的痴狂。因为她有了家庭，我也有了自己的幸福，我们已经形同陌路，不可能再有交集了。

我请她吃了一顿饭，闲聊中得知她已经是一个 6 岁男孩的妈妈，提起自己的孩子，她满脸洋溢着幸福的笑容。

从聊天中了解到当初她之所以离开，也是迫不得已，原本她可以在临海有一番作为的，可不得不离开这座远东第一大城市，回到老家——江浙省的一个小县城，顺利考取了公务员，老公也是体制内的人，生活过得虽然平淡，但没有大都市职场的钩心斗角。

我问她为什么不辞而别，陈婷婷竟然潸然泪下，在哽咽声中讲出了当初离开临海的原因。她说当时是真心喜欢我的，曾经一度想嫁给我，可父母感情不和，离婚了，母亲身体不好，她选择了回家照顾母亲。

虽然她内心有很多不舍，也心有不甘，可实在是放心不下老家孤苦伶仃的母亲，便选择了离开。原本她是计划跟我当面讲清楚的，因为害怕自己心软，不敢面对我，害怕看到我伤心，没有勇气面对，所以，便选择了悄无声息地离开。这样，可能有点残酷，对陈婷婷而言，可能是最好的方式。她相信，以我的能力，肯定能够在临海闯出一片属于自己的天地，找一个称心如意的女朋友，自然也不是什么难事儿。

小富靠勤，中富靠德，大富靠命。

有时候，人不认命不行，个人在时代面前，渺小得如一粒尘埃。我们相识时我一无所有，现如今房子、车子、票子该有的都有了，可房子的女主人不是她，这就是命。人生不如意事十有八九，听完陈婷婷的一席话，我知道我们之间有缘无分。

我问她现在过得怎么样，陈婷婷说，因为工作比较稳定，现在又到了一定的级别，时间相对比较自由。工作日每天早上送孩子上下学，晚上健健身，周末陪娃上各种培训班，总体而言，简单充实又幸福。

面对陈婷婷，我没什么可掩藏的，我跟她说，自己这些年遇到了很多事儿，尽管生活中有很多不如意，但是，自己都扛过来了。并且对自己现在的家庭也很满意，当然，如果当初她没有离开，我们两个人结婚生子的话，说不定我们也会很幸福。

可人生没有机会重新来过，我们过的每一分每一秒都是独一无二的，岁月流逝之后，没有再走一遭的机会，这也是为什么我们要好好珍惜当下。生活中我们时常以来日方长来自我麻痹，可生活不仅有来日方长，也有世事无常。

陈婷婷听我讲完十年间跌宕起伏的人生时，让她感叹不已，甚至有些羡慕。她觉得我的生活更充实，而她的生活过于简单和乏味。坦白讲，和十年前相比，陈婷婷虽然美丽依旧，却少了几分朝气和灵气，尤其是她那双漂亮的大眼睛，少了些许对未来渴望的光。就连聊天都是家长里短，让我根本提不起兴趣。

人生是一个体验的过程，在哪里生活是自己的选择。在临海这座国际化大都市生活是一种体验，在江浙省的小县城生活是另外一种不一样的体验。在临海生活不一定就是最幸福的，在小县城过日子也可以是最幸福的。

第六十八章 年少轻狂

过年回了趟老家，难得能睡个懒觉，早上八点多起床。日上三竿，家里的两只土狗还在睡大觉，莫名地有点羡慕这俩货，无忧无虑，这让我感慨大部分人活得还真不如狗。

在我的印象里，母亲是全天下最勤劳的人之一，农忙时自不必言表，起早贪黑的劳作。过年时每天也起得很早，生火做饭，吃完饭还要洗衣服，她一直坚持手洗，即便是寒冷刺骨的冬天。

这次回家，她一反常态，吃罢早饭没有去忙日常琐事儿，反而跟我拉家常，其实她跟我没什么聊的，无非就是想了解一下我个人的感情问题，有没有谈女朋友之类的。说白了就是催婚，希望我尽快结婚，她也好早日抱上孙子。

从年前唠叨到年后，七天假期结束，我准备坐12个小时的大巴车去临海时，临行前，母亲还不忘叮嘱两句，今年一定要带个媳妇回来。

新年上班第一天，便发生了一件影响我一生的事儿。公司来了新财务，人事带着新财务到工位一一介绍时，我发现女孩戴着眼镜，皮肤白皙，很是眼熟。后来知道她竟然就是在西双版纳帮我付公交车票的女孩，她的名字叫秦月。我曾经问过秦月名字的由来，她没有告诉我，我说是不是秦时明月的意思，她笑了笑，说："如果你觉得是就是吧。"

我跟秦月的故事就这样真正开始了，怎么也没想到，一面之缘，她竟然成了我生命中最重要的女人之一。

我们之间的关系真正突破是在一次公司团建，公司组织去三清山，一个风景秀丽的地方。可能天公作美，在爬山的过程中，秦月崴了脚，我刚好跟她在一起，索性就背着她继续爬山。讲真，当时我并没有多想，爬山累得人都快虚脱了，如果不是为了团队的集体荣誉，我也不会英雄救美，想着去背她。那天，我一会儿背秦月，一会儿搀扶着她，两个人相互扶持着，最终到达了山顶，这件小事让我和秦月之间的关系发生了微妙的变化。

秦月是一个简单淳朴的女孩，在一次聊天中，我跟她讲了这些年有关我在临海的故事，我讲得很投入，秦月听得很沉醉。

想起当年（2006年底，2007年春节前夕），自己穷得叮当响，连个拉杆箱都没有。背起行囊，拎着帆布包，带着对未来美好生活的向往，告别美丽的西江大学，怀揣着梦想来到西江火车站。

火车站人头攒动，嘈杂声四起，大冷天却让人直冒汗。该过年了，去临海打工的人还这么多，真是"天下熙熙，皆为利来，天下攘攘，皆为利往"。

火车站买票的队伍排成了一条长龙，生命在漫长的等待中白白耗费，足足等了半天，终于轮到我了，对着售票窗口道："你好，买一张去临海的火车票。"

"站票，六十五一张。"女售票员面无表情，一副全世界欠了她几百万似的表情。

我伸手掏钱包，半天没有摸到！自己明明把钱包放口袋里了，真是见鬼了！翻遍所有的包，除了几枚硬币，一无所有。

"你到底买不买？"售票员不耐烦地催道。

"买张站台票。"我灵机一动应道。

最后，拿着一张站台票，怀揣着一颗忐忑不安的心，上了火车。我暗暗发誓，等赚了钱，一定把65块车票钱连本带利还给铁道部。现如今每次坐高铁，想起当年的绿皮车，那速度简直比蜗牛快不了多少，真心感觉社会进步太快，一日千里，来不及感慨。

双腿灌了铅似的，那个难受劲儿无以言表。摸了摸兜里的两块钱，面对10块钱的盒饭只能望洋兴叹，即便是最后打5折的剩饭也买不起。那时，我终于明白了人是铁，饭是钢，一顿不吃饿得慌。第一次，感受到了一分钱难倒英雄汉！

正在被饥饿折磨得痛不欲生时，检票员开始检票了，眼瞅着面无表情的检票员离自己的距离越来越近，一颗心悬到了嗓子眼。

心想，这下完了！

在售票员走过来的一刹那，我灵机一动，大模大样地走向了餐厅所在的车厢，自始至终检票员都没有到餐厅检票。我肯定他们不会来餐厅检票，因为，那个年代，在人们的观念里，能到餐厅吃得起饭的人，怎么可能会买不起火车票？

蜷缩在绿皮车抽烟区，又冷又饿的我竟然奇迹般地睡着了。殊不知，一只邪恶的手伸向我的口袋，我梦游般用手抓住了那只邪恶之手，就这样，一个惯偷鬼使神差地被抓获了。

经过一天一夜，终于到了临海，下了绿皮车。

临海，华夏的经济中心，一座用金钱浇筑起来的城市，需要有金钱才能够风光无限。不谙世事的年轻人，不懂得畏惧，到了自己日思夜想的地方。人逢喜事精神爽，心情奇迹般地好了起来。

出了火车站，手里捏着两块大洋，跟卖报纸的老太太磨蹭了半天，两块钱买了份临海市地图。此刻，仅剩的两块钱也被自己花了个一干二净，我正式加入身无分文的行列，但是，我对未来毫无畏惧，反而有一种天不怕地不怕，老子来打天下的豪情壮志。

生存问题是当时面临的最大问题，只要不被饿死，不被冻死就是胜利！

如果我说自己是刚毕业的大学生，来临海找工作，因为钱包被偷，穷得没饭吃，估计几乎百分之百的人会认为我是个利用大学生身份骗取人们同情的骗子。因为以这种借口行骗的现象实在是太多，善良的老百姓已经麻木。再说，自己也不是一个善于利用别人同情心的人，面对再大的困难，只会默默地承受。

背起行囊，拎着帆布包开始按照地图上面的线路找工作了。几乎去了所有路过的写字楼，陌拜了上千家公司，然而，现实狠狠地抽了我一记耳光！

我以为自己好歹是西江大学毕业的，找一份糊口的工作应该是很轻松的事情。后来才知道，在临海，京北大学、华清大学都得悠着点，大把的海归，什么哈佛、耶鲁、牛津、剑桥等世界名校的学子多如牛毛。

陌拜的结果可想而知，不是被拒之门外，就是遭遇白眼。可能列位看官会觉得我带着两块钱，竟然敢只身闯荡临海，真是年少轻狂！

也许，在那些面试官的眼里，面前这个穿着土里吧唧、蓬头垢面的年轻人不像是找工作的，倒像是一个要饭的。

怎么会这样？工作这么难找吗？我的要求不高，只要满足基本的生活，并没有过分的奢求！

一个西江大学毕业的高才生，难道连一份糊口的工作都找不到？迷茫、困顿瞬间让我有种窒息的感觉。

第六十九章 理想很丰满，现实太骨感

秦月听到我竟然身无分文只身独闯临海，对我竖起了大拇指。我问她为什么来的临海，她说因为打小便被父母管着，大学毕业时，父母安排她考西江当地的公务员，可能一直活在父母规划的生活中，不想继续过那种味同嚼蜡的生活，便跟同学一起来了临海，一起租房，半个多月便找到了工作。

我知道，每个人的出身不同，家庭背景不同，注定所经受的磨难是不一样的。

面对饥饿，想用自己带的几本书换点吃的，但是最终还是忍住了，牢牢地攥着泛黄的《红楼梦》和《三国演义》，生怕别人抢了。

天很冷，无家可归的我，无论走到哪里，如果累了，就地蜷缩着身子对付一下。在橘红的灯下跟曹雪芹交心，跟孔明斗智，跟贝多芬共话《命运交响曲》……

面对天空的一弯冷月，残酷的现实让人喘不过气来。

夜晚的临海，灯红酒绿，金茂大厦已经被它旁边的环球金融中心所超越，而与它们两个成品字形的临海中心已经开始打桩；外滩的古老建筑依旧散发出迷人的光芒，并与对面的超现代建筑交相辉映，临江里的油轮载着来自世界各地的游客来回游弋。

而我则蜷缩在临海公园，这让我想起了卖火柴的小女孩，好歹她在临死之前还可以划亮火柴让自己得到一丝温暖，能够幻想吃着满桌的美味佳肴离开人世。我的神智已经模糊不清，实在走投无路，甚至面临着被饿死、冻死。

被饥饿折磨的肝肠欲断，拎着破包漫步在灯红酒绿的大临海，临海的夜景格外的迷人，大街小巷人流涌动，偶尔还有几个手拉手的情侣悄然而过。

路过一个卖彩票的书报亭，有一种中五百万的预感，脑海中开始浮想联翩，自己买了张彩票结果中了五百万，把这五百万投入股市，股市行情一片大好，买的股票以光速疯涨，很快，我身价过亿，成了叱咤临海的金融大鳄。后来，涉足更多行业，经过几年的跨越式发展，打造了一家集贸易、房地产、金融、纺织制造业等为一体的大型跨国企业集团，成了临海炙手可热的企业家。

"你好，要买彩票吗？"一个中年妇女的声音。

瞬间，我从虚幻的亿万富豪的美梦中回到了残酷的现实世界，摸了摸口袋没有一分钱，尴尬道："不好意思，我……我不买。"

离开书报亭，饥饿感来袭，此刻，人生对我而言，就是一碗热腾腾的刀削面，所有的豪情壮志都荡然无存，脑海里只有一个念头，找点东西，吃饱了，美美地睡上一觉，即便是死，也不能做一个饿死鬼。后来，跟秦月结婚后，生活变得稳定，体重直线飙升，不得不减肥。冬天夜长，秦月给我配的减肥餐不扛饿，冬天的食欲比过年杀的年猪都难按，饿的感觉能吞下一头肥壮的年猪。为了减肥管住嘴，我时常想起刚来临海这段有了上顿没下顿的日子。人呢，穷的时候没得吃；日子好了，有了不能吃，真是闹心！

阴冷的天空飘起了雪花，本不多雪的海边城市突然下起了鹅毛大雪，这对生活在这座城市的人来说可谓喜上眉梢，终于可以看雪景了。可对来临海闯世界的我而言，绝对是致命一击。不洗澡可以忍受，没地方睡可以随便找个地方解决，没东西吃人挺不住，没衣服御寒同样也扛不住。

蜷缩在十里洋场，背靠着举世闻名的万国建筑群，面对着高楼林立的临海陆家嘴CBD，湿冷的寒风夹杂着雪花打在身上、脸上，冷得直打哆嗦，我咬了咬自己的胳膊，害怕自己睡着起不来了。

这时，一个身穿OL装的女孩路过，女孩以为我是个讨饭的，竟然从手提包里抽出10元钱，丢给了我。

我一脸的愕然，难不成她把我当成乞丐了？满脸的错愕，对着临江快结冰的江水照了下，几天没剃的胡子让我显得苍老了许多，油乎乎的头发让我嗅到了一股刺鼻的酸味……

我有点不认识自己了，颤巍巍地站起来，准备将钱还给好心人，无奈她已走远。

我对着临海市中心上空大声地吼道："我，李文彬，今天在这里发誓，这辈子，绝对不能白来临海一趟，我要出人头地，我要一举成名天下知！临江为我作证，我，李文彬，这辈子要在临海活出个名堂，不然，我枉为男人！这辈子，要么风风光光地活着，要么一头扎进临江死去！"

10分钟后，一家兰州拉面的小面馆里，点了份大碗拉面，那碗面我吃得很慢，每一根面，每一口汤都让我吃出了一种未曾有过的美味。如果有人问我这辈子吃过最好吃的一顿饭是什么，我会毫不犹豫地说是这碗热腾腾的兰州拉面。

吃完拉面，身子总算热乎了些，抽了张纸巾，抹了下嘴角的油渍，心满意足地走出拉面馆。冬天的临海，虽然没有凛冽的寒风，但是，强劲的江风夹杂着临江上空潮湿的冷空气，还是让人直打哆嗦。

裹紧了呢子外衣，蜷缩着身子不知道下一步迈向何处，身在这座高楼林立的大都市，却无立锥之地，一种从未有过的失落感油然而生。

一向成绩优异、踌躇满志的我，大学期间在同学中间有种优越感，现如今却如此落魄，此时此刻，我深刻体会到了理想很丰满，现实太骨感。

一晃5天过去了，工作依旧毫无着落，似乎命运之神要跟我开个玩笑。在残酷的现实面前，不知道自己还能撑多久。

一碗拉面终究撑不了多久，几乎跑遍了临江以西，也没找到一份工作，再次陷入无边的饥饿。

如果说我没有一丁点退缩的想法是不现实的，男人都爱面子，这么狼狈，有何颜面再见江东父老？

夜晚的临海，灯红酒绿，路边的霓虹灯，给人一种扑朔迷离的朦胧美。

清晨，睁开睡意惺忪的眼睛，鼻子一酸，喉咙有点干涩，轻咳了两声，找了个公共卫生间洗了洗脸。

不远处，一个做煎饼馃子的摊位前排满了买早点的人，一个邪恶的念头在脑海中闪过，冲上前去，去抢一个煎饼馃子吃，不过，在我还没有走到煎饼馃子摊位时，脚步戛然而止。

不远处，一个长者在弯腰捡空瓶子，这让我灵机一动。几个小时后，拎着几十个空瓶子来到了煎饼馃子摊边。

第七十章 人狗情未了

常言道，通常人改变命运的机会有三次，分别是出生、高考和婚姻，可惜我一次都没有抓住。

一个来自农村的穷小子，肩负着家族的希望，怀揣着梦想，来到了临海这座流光溢彩的城市。在人生最落魄时，李文彬暗暗发誓，要打破命运的桎梏，用自己的双手完成人生的一次蜕变和涅槃，为子孙后代创造一个平等的起跑线。

临江边，我手里拿着两个热腾腾的煎饼馃子坐在江边，一口一口地慢慢咀嚼起来。还没品出煎饼馃子是什么味儿，第一个已经被我吃得渣都不剩了。正当我准备吃第二个煎饼馃子时，一只可爱的中华田园犬出现在我的面前，一双饥饿的眼神直勾勾地盯着我。那双眼睛让我看到了对生的渴望，那种近乎哀求的目光让我瞬间石化了，同情心战胜了饥饿。

起身抱起它，拿煎饼馃子给它吃，小狗在我的怀里欢蹦乱跳地叫了几声，低头吃起了煎饼馃子。

不大一会儿工夫，它便吃完了，然后躺在我的怀里，流露出了无比欢快的表情。

一人一狗，漫步在临江边，男人迈着坚定的步伐，狗围绕着男人一蹦一跳。

在这座国际化大都市，两个生命多少给钢筋混凝土增添了几分生机。接下来的一段日子里，我抱着虎子（中华田园犬）找遍了临江以西几乎所有的垃圾桶，我去捡，虎子去叼，就这样，一人一犬度过了一段艰辛而又值得回忆的时光。

一天，找了大半天也只找到了几个瓶子，望着临江对岸高耸入云的建筑只能望洋兴叹。令人称奇的是，虎子似乎看穿了我的心思，迅速地跳下护栏，跳进临江，向对岸游去。

看到虎子跳进临江，我的心一下子提到了嗓子眼。不知道它为什么游向对岸，难道是跟着我连馒头都吃不上，要寻找新主人？一种莫名的失落感油然而生。

迎着寒冷的江风，看着远去的虎子，内心阵阵凄凉袭来，想离开，却又不忍心，站在那里，傻傻的，似乎眺望自己远去的亲人。

人是一种有感情的动物，一个人，一只刚接触没多久的狗，两个生命在瞬间产生了共鸣。

10分钟，20分钟……橘红的太阳已经落山，黑色的天幕笼罩了大地，临江对岸高耸入云的建筑瞬间全亮了。

忽然，江对面一个白点向这边游来，少顷，虎子竟然叼着一袋空瓶子，气喘吁吁地上了岸。我一个箭步冲上去，用自己的外衣把它浑身冰冷的水擦干净，抱在怀里，把它的身子暖热。

用虎子从对岸叼来的塑料瓶换了三个煎饼馃子，我吃了一个，给了虎子两个，虎子吃了一个之后便扬起脖子盯着我，好像跟我说，我吃饱了，你吃吧。顷刻，我完全被感动了，双眼噙着泪水哽咽着吃下了最后一个煎饼馃子。

为了不让虎子再次冒险到对岸，我绞尽脑汁想到国外很多艺人都在地铁口或者人流多的地方卖艺糊口，我曾经夺得匜江大学吉他比赛第一名，再加上通人性的虎子，赚点生活费应该不是问题。

于是，我站在临江边开始弹吉他，让我感到神奇的是，当吉他声起，虎子竟然仰天配合着吉他声抑扬顿挫地发出喔喔的叫声……

临江市人民广场地铁口，我和虎子上演了一场人狗情未了，靠着表演挣得的钱暂时解决了温饱。

为了不让饥饿再度来袭，我决定扩大范围，无论如何，好歹先找份工作，先不谈理想，最起码不能让懂事的虎子跟着我有了上顿没下顿，先挣点钱，生活有了基本保障之后，再图发展。

再说了，以现在的情形，空谈理想也是不现实的。有时，理想需要向现实低头，更何况，不经历风雨，怎能见彩虹？所有的一切都是为了完成一次蜕变，一个来自山旮旯的穷小子，完成人生的一次涅槃重生。

一个穷小子，肩负着家族的希望，怀揣着梦想，来到了临海这座流光溢彩的城市，明天会怎样？我没有确切的答案，仰望星空，想想来临海这段遭遇，内心多了几分感慨。

在残酷的现实面前，究竟是举手投降，还是坚持？答案毋庸置疑，一切困难都是纸老虎。反正我身无分文、穷困潦倒，大不了从哪里来再回哪里去，我愿意用自己的青春在临海书写自己的未来。

我出生在一个偏远的小山村，它坐落于华夏中部，一个名为李村的地方。

李村的人只知道先辈们是从遥远的东方逃难来的，在李村一直有一个关于李姓祖先的传说。李氏家族也曾是一个名门望族，特别是在唐朝，当时，李村的这支李姓人是一户靠近京城的大户，曾经出过三个进士，一门三进士，也是旺极一时。后来，因为在朝廷的帮派斗争中李氏家族受奸人所害，被满门抄斩。李府上的一个丫鬟为了报答主人的恩德，抱着年幼的小主人流落人间，后来，小主人长大成人，避难来到了李村。

在李家的祠堂门前至今还摆放着一块大条石，上面镌刻着李氏家族的历史。当初之所以选择李村这个地方作为栖息的住所，是因为在逃难的时候，偶遇一个恩人，他颇懂《易经》，根据易经八卦的原理，推算出李村所在的地理位置极其优越，适合繁衍生息，在这里生活的人不仅可以安居乐业，还可能会孕育出旷世奇才。转眼间千年已逝，还没有一个旷世奇才在这个小山村出现。

随着时代发展，李村的村民也开始骚动了，村东头经常到外地跑买卖的老李头家盖起了全村第一栋二层小洋楼；村中通往县城的那条原本不起眼的小街，随着李村人丁的兴旺，慢慢地变成了一条路，后来竟然成为一条繁华的街道。路两边店铺林立，每逢节假日，小商小贩都会聚集在这里，村里面几个有学识见过世面的老人称它为李村的"南京东路"。

在这个不起眼的小山村，有一户李氏家族的后人，虽然是农民，却颇重视教育，当家的高中毕业，虽然老婆斗大的字不识几个，生了个小男孩却极其聪明，农村人做事图简单吉利，家里面添了个男丁图省事，父亲姓李，母亲姓文，便给儿子起了个名字：李文彬。

第七十一章 童年趣事儿

我出生时，李村的前门街还只是一条坑坑洼洼的土路，路北边有一家小酒馆，也是这条街上甚至是村里唯一的一家酒馆。路的南面有一间破草棚，草棚是我爷爷所搭，是用来做烧饼的地方，当时，这条路上仅有这两家店铺。

那时，年幼的我经常在爷爷的店里玩耍，出奇的是，虽然年幼却像一个小大人般，每当有人来买烧饼，总会上前算账收钱，并且是分文不差。来店里买烧饼的客人经常夸我，说这小子将来肯定有出息。

李村人在农闲时没事儿，那个年代出外打工的人很少，进城赶个集都是很奢侈的事情。还记得我第一次进城，身上揣了两块钱，跟几个小伙伴步行，沿着前门街到县城玩，走了大半天才到县城，那是第一次到李村外面的世界，让我看到了六层高的楼以及人山人海。

在那个年代，人们思想保守，往往习惯性地画地为牢。虽然穷，李村做点生意的人却少之又少，而路北这个只有一间破草屋的小酒馆便是大家聚在一起打个麻将，掷个骰子娱乐一下的地方，是这个小村子里面最具人气的地方。爷爷做的烧饼便是大家伙逢年过节改善下生活，或者家里来了客人换个口味的必备品。

虽然中国已经开始了轰轰烈烈的改革开放，中国人开始了缔造财富神话的故事，爷爷还是坚守着他的烧饼摊，没有做大的意思。

李村是个不起眼的小山村，没有让人为之一震的大事儿发生，如果硬凑的话，就是前门街边上集资建造了一所中学，坑坑洼洼的前门街也被大家用烧煤的煤渣垫成了一条平整的路，村里面有一两户人家添了黑白电视机。除此之外，似乎没什么大的变化。

李村人吃着咸菜，喝着白米粥，前门街静静地承载着来来往往熟悉的和陌生的过客。

童年虽然没有太多值得回味的记忆，但是，贫穷干瘪的生活让我认识到了只有奋斗才能改变命运。

太阳炙烤着李村一望无际的农田，知了嘶哑的声音此起彼伏，让人们本来烦躁的心情更加烦躁。

李大婶家的田里，几个小男孩神情紧张，其中一个瘦高挑面目清秀的男孩手里拿着几个掰来的玉米棒子。

"李文彬，你带这些毛孩子来干吗？"

就在我跟几个小伙伴热火朝天掰玉米时，李大婶神不知鬼步觉站在了我们面前。

我还没反应过来，几个伙伴已经溜得无影无踪。

"李婶，我……"

我把玉米递给李大婶，表情十分羞愧。

"拿着吧，以后要是想吃，给大婶说一声，但是不要再跟他们一起偷偷摸摸地学坏。”

我眼睛瞬间湿润了，没想到李大婶竟然如此的大度。

童年的回忆随着时光的流逝，似沉年的酒，变得越来越醇香，越来越有味。只身闯荡临海的我回想起童年做的错事，拍拍卧在旁边的虎子，嘴角露出了会心的笑容。我感谢李大婶，她没有拉着我见父母，更没有拉着我游街，这让我很是感激。

那个年代农村的孩子没有太多的童年故事，能够想起的童年往事可以用手数得过来。在不多的童年记忆里，我想起了一件小事。

上小学三年级时，正赶上农村忙农活，碰巧父亲为了生计又远在临海打工，这时家里面缺人手，所有的脏活累活都压在了瘦弱的母亲身上，对于一个柔弱的女人而言，一个人忙一大家子的农活显得力不从心，况且还有三个孩子要照顾。

在这种情况下，弱小的我便主动帮着妈妈掰玉米，掰完玉米用车往家里拖。让自己一辈子都忘不了的是，那时因为年龄太小，力量不够大，拖着一车的玉米在乡间的前门街步履维艰，为了不让拖车把自己给撬起来，用尽全身的力气弯着腰步履蹒跚地拉着拖车，不幸的是在过一个小土坡的时候，因为实在是劲儿太小，始终上不去，倔强的性格让我依旧执拗地拉着车往前走，后来实在熬不过，沉重的拖车一下子跪在了地上，挣扎着站起身，继续拉着拖车，最终费了九牛二虎的力气，生拉硬拽，硬是把一车在常人看来以我当时的年龄不可能拉得动的一车玉米棒子给拉回了家。

这件事情在我幼小的心灵中留下了深刻的烙印，因为当时脑海里只有一个信念，要把玉米拉回家，在这个简单明了的信念支撑下，选择了坚持，用毅力战胜了困难。

这件小事让年幼的我明白了一个道理，无论做什么事情，一切困难都是纸老虎，越是困难的时候越是要咬紧牙关走下去，只要你不向困难低头，咬紧牙关顶住了，前面等待你的就是成功的喜悦。

现在在临海遇到困难，和当时如出一辙，我坚信困难只是暂时的，相信自己同样可以解决。

怀抱着虎子，迎着刺骨的江风，我睡着了，在梦里忘记了找工作，忘记了饥饿。不知不觉回到了从前，那年，父亲从临海带回来了一辆永久牌自行车，经过几天的学习，被摔了好多次，腿都摔破了，终于学会了骑自行车。

在那个艰苦的年代能有个自行车骑，绝不亚于今天开辆宝马。

学会了自行车后，我开始向走街串巷的生意人学习，虽然母亲极力反对，还是坚持自己的想法。在争取到爸爸的支持后，选择到县城采购冰棒，然后走街串巷去卖冰棒，这是我做的第一份生意，最后一算利润是百分之三百。小东西暴利，成本低，周转快，只要勤奋肯做你就会有所收获，你越努力，就能够赚到更多的钱。

这件事情在我年幼的记忆里同样也留下了深刻的印象，那时我不知道自己以后会考上大学，更不会想到自己大学毕业会到临海，在临海会被人叫做凤凰男，只知道命运掌握在自己的手中，不能只听别人的片面之词。如果别人说你没有能力去做，你就放弃了尝试，也许你就失去了一次成功的机会。

路有千千万，适合你的可能只有一条，你有选择的权利，无论是哪条路，只要是你自己经过分析决定的，就要坚定地走下去。

只有尝试过，努力过，你才会知道适不适合。

这几件小事是我童年记忆中最深刻的，在国门打开、改革开放的号角吹响华夏大地时，我在李村人艰苦朴素的民风熏陶下，在当时物质极为匮乏的艰苦环境下，培养了一种吃苦耐劳、坚定、不达目的誓不罢休的倔强性格。同时，在商品经济的冲击下，小小年纪便能够投身于商品经济大潮，在这个必定要缔造英雄的时代经受磨砺和锻炼。

第七十二章 严师出高徒

秦月说她小时候父母管得很严，父亲是老师，毛笔字写得很好，打小便教姐弟俩学习毛笔字。她生活在县城，靠着父亲一个月几百块钱养家，生活虽然不富裕，也算是衣食无忧。

虽然我一直跟秦月吐槽自己没有抓住高考的红利，因为高考只考取了西江大学，没有考上一所名牌大学，可她却笑着对我说，如果我没考上大学，现在还在山旮旯里掰玉米棒子呢！

现在复盘当初我之所以没有考取震旦大学，很大一部分原因是小学阶段基础没打好。基础不牢，地动山摇，到了高中完全靠刷题。在顶尖的竞争中，需要扎实的基本功和稳定的发挥，每门课出一点漏洞，在一分定乾坤的残酷竞争中很难取胜。

当然，我又是幸运的，顺利走出了大山，上了大学，现在又到临海闯世界。

不过，笑归笑，对我这个山旮旯里走出来的凤凰男，秦月很好奇，李村那么多人，凭什么我能够走出大山？我告诉她，所有的结果都是由一定的原因引起的。

李村小学期末颁奖大会，头发花白的校长在主席台上念着获奖名单，念到最后一位，还是没有我。每当看到别的同学拿奖，我总是流露出羡慕的眼神。

自从上了小学，成绩一直不理想，尤其是语文，可以用一塌糊涂来形容。作文虽然题目字都认识，总是愣上半天写不出几个字来。

父母忙于生计，对我的学习不管不问，完全自由放养，现在想想，我能够从李村走出来，也算是一个奇迹。

转折发生在一个寒冬的上午，我永远忘不了那天发生的事情。狂风肆虐，教室外飘着鹅毛大雪，凛冽的寒风穿透破碎的窗纸吹进偌大的教室，穿着单薄的同学们禁不住打起了寒噤。

王老师正在发数学期末考试试卷，教室里鸦雀无声，有种说不出的紧张，似乎每个人的神经都绷得紧紧的。

"李文彬，一百分，也是我们班这次唯一的一个满分，现在请李文彬同学上来。"王老师嘴角露出了一丝微笑。

我有点不相信自己竟然会考了全班唯一的一百分，王老师再次点名叫我上去，才意识到原来这一切都是真的。

怀着忐忑的心情登上讲台，第一次成为大家眼中的"公众人物"，除了紧张，还有点手足无措。

王老师深情道："今天我要表扬一下李文彬同学，他这次是我们班，也是我们学校唯一的一百分，他的成绩进步之快是大家有目共睹的，大家以后要向李文彬学习。为了表示对他的鼓励，奖励彩色粉笔一盒。以后大家要以李文彬为榜样，下次谁能考一百分，我同样也奖励。李文彬，希望你不要骄傲，继续努力。"

当着全班所有同学的面，王老师发了一盒彩色粉笔给我，以资鼓励。不要小看这一盒粉笔，这在当时那个物质极其匮乏的年代，已经算是一个不小的奖励了，感觉比现在发 1000 块钱都让人激动。

在全班近百名同学面前，第一次受到表扬，内心像吃了蜜一样。说来也奇怪，从此数学一直是我的优势，我似乎因此找到了自信。

一次表扬，让一个默默无闻、甚至微不足道的小学生，一下子变成了全班的数学神童。后来，每当回忆起王老师对我的鼓励，我都心存感激。

还有一件让我至今记忆犹新的事儿，一次数学竞赛，被寄予厚望的我竟然名落孙山。还记得那堂课王老师拎了一块厚木板子进了教室，她叫我上讲台，一句话没说，示意我把小手掌放在讲桌上，掌心向上，然后举起木板一连打了十几下。冬天的木板打在人的手掌上，让人感觉到钻心的痛。

我强忍着没哭，看着平日里慈眉善目的恩师，发现她的眼睛里有几滴眼泪在打转。经历过此次小挫折，我的生活发生了彻底的改变，每天放学回家之后，第一件事情是先温习当天老师所教的功课，然后提前预习第二天要学习的内容，慢慢养成了良好的学习习惯，最重要的是成绩稳定了，一直保持着全班第一，从没拿过第二。

有时候，老师貌似不合理的"酷刑"，也是催人上进的动力，俗话说得好，严师出高徒。我对城里一些家长认为自己家的孩子老师不能动一手指头是持反对态度的，其实，孩子没有那么娇贵，正常的体罚教育并不是妖孽。

秋风萧瑟，黄叶飘零，时光总是让人还来不及用心去感受，它便已匆匆而逝。

一次数学课，王老师利用一堂课的时间专门给同学们讲了一个放牛娃的故事，通过一个简单的故事，给大家描绘了未来美好的大学生活。王老师叮嘱我们要度过人生的三个关卡，顺利升初中，上高中，将来考上大学。

她还给我们讲了两个身边的例子，一个学生特别聪明，毫不夸张地说，他可以过目不忘，可惜上学的时候爱耍小聪明，不好好学习，结果初中没毕业便下地务农了，天天过着日出而作、日落而息的生活，儿子上个学连学费都交不起。另外一个学生并不是特别聪明，但是他学习很刻苦，很努力，自己认准的事儿会脚踏实地坚持做下去。后来，这个学生考入了省城的一所不起眼的大学，大学本科四年依旧像高中一样努力，又考上了西班牙公费留学的留学生，现在人家可出息了，在一家世界五百强企业工作，不仅在大城市成家立业，还把父母接过去享清福。

同学们听了王老师的一席话，她向大家描述了一个从未听过的世界，我知道她想给我们传递一个考大学的信念，让每一个小伙伴对未来特别是远方的大学充满了憧憬。

当时听了王老师的一席话，我学习变得更加主动，不是为了老师的表扬，而是为了一个就连自己也不知道的很模糊的未来而努力。至少，脑海里有了一个我要上大学，成为一名天之骄子的大学梦，上大学的梦想时刻召唤着我，提醒着自己时不我待。

时至今日，我已经大学毕业，成了一名从山旮旯走出来的凤凰男。

既然选择了临海，就要活出个人样，不仅要在临海买房、买车，娶妻生子，还要立言、立功、立德，在市场经济大潮中，金戈铁马，气吞万里如虎！

第七十三章 父爱如山

肆虐的西伯利亚寒风到了临海,虽然有点强弩之末的味道,打在脸上还是有一种刀割般的疼。

不管是临时工还是日结工,我都不嫌弃,可脚都走出了鸡眼,工作依旧没有着落。临海宝山路,一个集装箱的大堆场,待卸的卡车排着长队,司机不耐烦地抽着烟,一些脾气暴躁的骂起了娘。过年了,辛苦了一年的工人大多休假回家过起了老婆孩子热炕头的生活,由于缺工人,导致货物不能及时的装卸。

看到眼前的景象,我知道机会来了,那种感觉绝不亚于哥伦布发现新大陆,简直有点淘金者发现金矿的感觉。冲进堆场,一个办公室一个办公室地打听。虽然缺工人,但人家见我细皮嫩肉,又是刚毕业的大学生,便直接婉言拒绝了。

就在我耷拉着脑袋不抱任何希望时,一个身穿超短裙的女人,仔细打量了一下我,道:"你一个大学生,细皮嫩肉的,吃得了这个苦吗?"

"没问题,俺也是从农村走出来的,上大学之前也是一个干农活的好手。"

女人点燃了一支炫赫门,吐了口烟圈,道:"帅哥,你可想好了,我们这边一天至少要装两个柜的货!"

"严经理,我双手按着《圣经》发誓,绝对没问题!"

"你怎么知道我姓严?"

我用手指了指女人胸前的工牌,道:"您的工牌。"

女人掐掉了烟,笑道:"算你机灵。实不相瞒,现在我们的确缺人,我知道你现在也只是暂时遇到了困难,迫不得已才来这里的。机会我可以给你,但是,你必须保证至少干一个月,你看行吗？"

"严经理，大丈夫一言既出驷马难追，一个月绝对没问题，即便我提前找到工作，也会干满一个月！"听到女人同意我留下做装卸工，我激动地上前握住了她的手。

女人表情迟疑了片刻，将手抽出，道："帅哥，别激动，午饭还没吃吧？"

我点了点头，并连声说了好几次不好意思。女人没有深究我的唐突，而是吩咐人带我去食堂吃午饭。吃完午饭，一个皮肤黝黑、一身腱子肉的中年男人带着我去了堆场。世人皆知中国出口年年增长，有谁知道这些默默无闻的装卸工人，用自己的血汗为中国的货物顺利运往国外做出了极大的贡献。很快，我也加入了他们的队伍。寒冬腊月，干了一会儿便将自己的上衣脱了个精光，就这，汗珠还止不住地流。

"李文彬，你这么玩命不行，别看我们干的是粗活重活，但也要讲究方法。这活需要耐性，像你这种干法，用不了两个小时你就没力气了。"老余抹了把额头的汗珠道。

我知道老余的意思，可此时此刻，我就是想用体力劳动让自己忘掉一切烦恼。对老余的善意报之以微笑，但我并没有放缓装箱的动作。

偌大的堆场，留下了我忙碌的身影，一天、两天、三天……转眼间，半个月过去了，我已经完全适应了搬运工的生活。原本瘦弱的身子肌肉若隐若现，人也变得寡言少语，吃饭时大口大口吃菜，晚上，为疲惫不堪的身子冲个热水澡，一天下来，看书的力气都没了。虎子很乖，每每这个时候，都会趴在我的身边，深情地看着我。

半个月，好似过了半个世纪，新年还是蹒跚而来，如期而至。过年了，堆场特意给没有回家的工友放了三天带薪假，劳累了一年的搬运工终于可以休息片刻了。

大年三十晚上，临海宝山路某堆场搬运工的宿舍区，我和老余两个人坐在宿舍门口，两人中间有一个凳子，上面放了几碟小菜，虎子趴在旁边，啃着一块骨头。老余拧开一瓶红星二锅头递给我，两个人就这样喝上了。

"文彬，你不是大学生吗？怎么不找份体面的工作，跟我们这些大老粗一起吃这苦？"老余喝了口二锅头，皱着眉头不解道。

我拿起二锅头，咕咚咕咚喝了几口，抹了一下嘴角，便一五一十把自己来临海闯世界，丢钱包，然后遇到虎子，再到堆场的前前后后说了一遍。

老余听了我的经历，对我竖起了大拇指，在他的印象里，我们这些大学生都是不食人间烟火，娇贵的很。让他没想到的是，我面对困难不仅没有退缩，还放低身段干起了粗活。

"老余，当初你怎么想着来临海这边打工？在家里面随便做个营生，全家人其乐融融，不比在这背井离乡的好？"

"我家里有两个娃，大儿子和你年纪差不多，现在在读大学，二儿子还在念高中，谁不想过老婆孩子热炕头的生活？这不是没办法么？孩子上学开销太大，为了生活不得不外出打工。"老余提起两个儿子，一脸的自豪，原本眯着的眼睛有了光。

"将来等您两个儿子毕业了，就可以享清福了。"跟老余聊天，让我不由自主地想起了老家的父亲，他也是起早贪黑忙碌了一辈子。

"嗨，我自己也就这样了，希望娃们能够走出农村，将来在大城市找份体面的工作，不要像他老爹这样没出息就可以了。"

"老余，这大过年的，你怎么不回家跟他们团聚哪？劳累一年了也应该回家热闹热闹呀！"

"孩子上大学花费高，趁过年的时候工资翻倍，多挣点钱，好让娃们像城里的孩子一样有新衣服穿。"

"你考虑过自己吗？一大把年纪了，不远千里来临海打工，只拿一份死工资，没有社保和医保，将来上了年纪怎么办？"

"嗨，这个就不想了，咱外地人怎么能跟他们临海本地人比？特别是我们这些没文化的，他们本地人交五险一金，老了每月有养老金，生病了有医疗保险，买房有公积金，失业有失业救济金，生孩子有生育津贴。虽然是干同样的活，待遇却完全不同，我们只能靠天吃饭。社会就是这样，我为什么这么拼，就是要让我的两个娃走出大山，跟他们城里人一样，将来退休了有养老金，生病了有医疗保险。"

瞬间，我对老余肃然起敬，父爱如山，他背井离乡，不远万里来到临海，目的很单纯，就是为了挣钱供孩子读书，希望他们将来能过上城里人的生活，自己却承担着所有的一切，这就是父爱。我知道自己父母跟老余一样，生活在农村，同样是靠天吃饭，没有什么保障。他们供我大学毕业，花费了全部的积蓄。为了给他们争口气，同时，也为了改变自己的命运，我没有退路，必须勇往直前。

"李文彬，你行，我不会看走眼的。你既有文化，又能吃苦，临海这地方，相对很公平，只要你努力，就能出人头地，我相信将来你肯定会有大出息，到时候可别把你余叔给忘了。"

"余叔，我李文彬不是见利忘义的人，更何况，这些日子您帮了我不少，我知道，如果不是跟你搭班子干活，我根本坚持不下来。"

两个大老爷们，一老一少，几叠小菜，喝着二锅头，坐在那里敞开心扉，天南地北，无所不谈。

第七十四章 英雄救美

夜深了，喧嚣的堆场迎来了难得的宁静，冰冷的月光照进小小的窗子，简易房好像披上了一层雪白的薄纱，显得格外的恬淡清幽。堆场某简易宿舍播放着贝多芬的《月光曲》，老余躺在床上，打着鼾。我抱着虎子，手里拿着一本泛黄的《三国演义》，背靠着一条破旧的被子，躺在床上看书。当音乐从《月光曲》循环到《命运交响曲》时，原本恹恹欲睡的我陡然来了精神，随着音乐的起伏，陷入了沉思。刘备贩履织席为业，尚且能够三分天下。自己堂堂一个八尺男儿，难道就不能在临海打出一片属于自己的天下？

我曾经告诉秦月，身为一名只身闯荡临海的凤凰男，千万"海漂一族"的一分子。面对激烈的竞争，怎么才能杀出一条血路，做出一番事业，在当时是没有答案的。我能怎么办？变，以变应万变。

看了看熟睡的老余，合上书，摸了下虎子，我可不想一辈子都过这种生活，更不会让虎子跟着我颠沛流离，居无定所。或许，该走了！听了一夜的《命运交响曲》，又是一夜无眠。

雪花变成了冷雨，淅淅沥沥地淋湿了这个陌生的世界。

新年在噼噼啪啪的鞭炮声中热闹了起来，看着临海大街小巷的饭店天天爆满，临海人享受着和平年代的幸福生活，而自己却身处异乡，没有祝福，没有山珍海味，白天干活，晚上捧着书聊以自慰。

忙碌了整整一年的搬运工，在家还没缓过神来，年假便已经结束，短暂而又幸福的新年从指缝间悄然而逝，依依不舍地告别父母、老婆孩子，为了生计，不得不匆匆踏上返程。

雨住了，骄阳懒洋洋地挂在临江的上空，显得有些朦胧，虽然没有夏日的炽热，还是让人觉得暖洋洋的，充满了舒适和惬意。

好似上帝使了什么魔法，冷清的堆场一下子又恢复了往日的喧嚣，到处是搬运工忙碌的身影。

临海宝山某堆场办公室，我正跟堆场负责人严经理结算工资。

"李文彬，扣除几天假期，你在这刚好做了30天，工资是两千，这五百是我的一点心意，你刚来临海，缺钱，买件新衣服，面试的时候用得着。"严经理一脸的真诚。

"严经理，大恩不言谢，这段日子如果不是您帮忙，真不知道现在我还在什么地方流浪。我虽然缺钱，有这2000也够了，您这500说什么也不能拿。"严素红的话让我瞬间破防，不过，她给的钱还是不能拿，我这人比较倔，不喜欢接受别人的施舍。

"李文彬，这时候你就不要端着了。谁还没困难的时候？我也是新临海人，刚开始来临海找工作虽然没你落魄，也是捉襟见肘，每当想起那段时光心里面总是酸酸的，现在落下的胃病就是因为那时候生活太没规律，所以，你不要以为年轻能吃苦不注意保护身体，你今天不好好待它，明天它就会让你不舒服。再说了，当时我们堆场也正缺人，你来也正好帮上忙。这500块钱你拿着，虽然不多，但对现在的你来说还有点用。"

"严姐，客套的话我也不多说了，感谢这些日子对我的照顾，有机会我会回来看大家的。"

"好好保重，遇到困难说一声，大忙帮不上，小事严姐还是可以帮衬一下的。"

"谢谢严姐！"泪水开始在眼里打转，告别了严姐，跟老余相互拍拍肩膀，沐浴着初春的阳光，大踏步离开了堆场。

走出堆场，漫步街头，心情格外舒畅，就连虎子都比平日里欢快了几分，不时还兴高采烈地叫上两声。

右手摸了下带体温的2000块钱，总算可以租个房子，找份正式的工作，开启新生活了。身后的堆场越来越远，七转八拐已经看不见了，人生的小插曲就此别过，我没有回头，因为未来的路还很长，等待着我去探索，翻过去的已是历史，未读的是崭新的明天和让人期待的美好未来。

不过，跟严素红的故事并没有就此结束，十几年后，她失业了，刚好被我碰到，便将她招进了自己的公司委以重任。

冬天虽然过去了，临海依旧刺骨的冷，没有一丁点儿春天的气息。宝山某宽阔的马路，我刚吃过一碗热腾腾的刀削面，抱着虎子蜷缩在潮湿的墙角，漫无目的地瞅着马路上川流不息的车流，等待着黎明的到来。

这时，一个身材高挑、一身黑色OL装的女人迈着优雅的步姿从不远处缓缓而来。女人的身影刚进入我的眼帘，斜刺里窜出一个人影，以迅雷不及掩耳的速度冲了过去。

只听得"啊！"的一声尖叫，虎子已经开始汪汪地狂吠，少顷，当我缓过神来，大叫一声不好。

女人的背包被人抢走了，站在原地喊抓贼，偏僻的死胡同无人回应。眼前的一幕让我来不及半点思考，一个箭步冲上前去，三步并作两步追了上去，伸手死死地抓住了贼的胳膊，瞬间，两人僵持在了那里。

"把包给我！"我用不容置疑的声音道。

"兄弟，大家都是出来混的，何必多管闲事！"对方显然没想到深更半夜竟然会有人英雄救美。

"松手！"我抓着对方的胳膊道。

"兄弟，劝你莫要多管闲事。"不知何时，一个壮实的男人站在我的身后。

"哥们，你把手放开，今天算什么都没发生，不然，别怪老子不讲情面！"抢包的贼见来了救兵，口气硬了许多，同时手里不知道何时多了把锃明发亮的匕首。

来者不善，我知道不能大意，牢牢抓住对方的手腕，让他无法用力，虎子对着我身后的男人不停地狂吠。

不远处警车疾速驰来，我知道女人报警了。看到警车来了，身后的男人见势头不对，转身逃之夭夭。

被我擒住的贼求饶道："大哥，饶了小弟这回吧，我也是迫于生计，没办法才走上这条路的，以后绝对不会再做这种事情了。"

"少跟我套近乎，早知今日，何必当初！"

最终，小偷被警察带走了，我将包还给了女人。

"谢谢！"风铃般的声音从耳边飘荡而过，给人一种从未有过的清新悦耳。

接下来是沉默，片刻之后，女人抬头认真打量了我一下，一副欲言又止的样子。

就在她抬头的瞬间，我看清了女人精致的脸，简直是沉鱼落雁，闭月羞花。凛冽刺骨的寒风让人瑟瑟发抖，月色如银，给冰冷的临海夜空披上了一层神秘的银纱。女人的身影被月光拉长又缩小，看着她远去的背影，整个世界似乎都停滞了，风中还飘着女人留下的清香。

我和虎子并排着站在那里，静静的，呼吸着淡淡的清香，似乎时间定格在了那一瞬间。

在这个既有生命凋零，又有生命绽放的冬季，我如同一粒在泥土里悄然沉睡的种子，平静地等待黎明的曙光。

第七十五章 出人头地

每颗珍珠原本都是一粒沙子，但并不是每一粒沙子都能成为一颗珍珠，我想成为一颗珍珠，而不是默默地做一粒沙子。

清晨，冷清的街道逐渐热闹了起来，睁开朦胧的双眼，揉了下干涩的眼睛，起身抖了抖身上的灰尘，肚子叽里咕噜地开始罢工了。

正准备去买点早点，伸手去兜里拿钱，却发现自己的2000块钱不翼而飞了。我忽然想到昨晚的两个贼，很明显，钱被他们顺走了，我甚至怀疑那个女人是托，不过，接下来发生的事儿，直接让我打脸了。

找了半天，兜里摸出了一块钱，给虎子买了个鲜肉包。我宁可自己饿肚子，也不能亏了虎子。这段日子虎子跟着我，让我孤寂的心灵有了伴侣，人是有感情的，既然它对我不离不弃，我自然不能亏待它。

原本今天去中介租房的，现如今钱没了。我再次陷入绝境，好几天没有进食了，曾经考虑过重返堆场，我不喜欢吃回头草，尽管我很难，尽管我知道回去严姐肯定会帮我，但还是忍着没有回去。

人是铁，饭是钢，几天不进食，我的身体虚弱到了极点。一人一狗在临海的街头闲逛时，突然眼前一黑，昏倒了过去。

当我苏醒时，发现自己正舒服地躺在一张床上，一股熟悉的清香，满屋子都是粉红色，我这是在哪？

"你总算醒过来了，饿了吧？起来梳洗下吃饭吧。"风铃般的声音，淡淡的清香。

努力去搜索大脑里所有的记忆，直到看见那张精致的脸，我才恍然大悟。

女人笑道："我叫张怡冉，前几天被人抢了包，是你帮我追回了包。"

"我怎么会在这里？"

"昨天下班，意外发现虎子，是它带着我找到了你，当时你晕倒在小区的门口，我让保安帮忙费了九牛二虎之力才把你抬到家里。"张怡冉笑着对我说道。

"谢谢你！"我挣扎着起身。

快速地起床、刷牙、洗脸……

张怡冉做了一桌丰盛的晚餐，我狼吞虎咽，一会儿把满满一桌好吃的给吃了个精光。

"帅哥，我看你一表人才，怎么会落魄成现在这个样子？"

透过橘红的烛光，我认真打量了下面前的女人，红润的脸，一对酒窝，像含苞欲放的海棠花，皮肤嫩得像水蜜桃。

我将自己独自来临海闯世界，钱包丢了被迫流浪，后来到堆场做短期工，然后遇到她包被抢，自己英雄救美后被偷的经历一五一十地告诉了张怡冉。

张怡冉问我为何来临海？我告诉她临海是冒险家的乐园，我不甘心平庸，想活出不一样的人生。

张怡冉问我来临海后不后悔，我明确告诉她不后悔。我坚信困难只是暂时的，方法总比困难多。很多时候，不是人不能战胜困难，而是在行动之前，往往已被困难吓倒了。

吃完饭，聊了会儿，环顾四周，发现张怡冉一个人住，觉得自己留下来似乎不方便，便笑道："怡冉姐，感谢您的救命之恩，现在不早了，我要走了，不打搅您休息了。"

女人愣了一下，道："怎么？聊了两句就烦我了？"

"怕打搅到您。"我连忙解释道。

"李文彬，你现在居无定所，要不，先住我这，我想办法帮你安排个工作？"

"如果方便的话，我就打搅您一段时间，先住客厅的沙发上，工作我还是想靠自己先找找。"

"我尊重你的选择，工作你先找，如果有需要帮忙的，随时跟我说。"

……

那晚，我跟张怡冉聊得很投机，好似久别重逢的朋友，以至于晚上睡觉的时候，躺在沙发上，翻来覆去睡不着。

第二天，我又开始去找工作，不是说我没经验，就是嫌我不是临海本地人，一连好几天，几乎跑遍了临海，都被拒之门外。

一天，进了一家华莱士，抱着试试看的态度，找到店长，向她表明了自己的来意，最后店长扛不住我的死缠烂打，答应让我先做一个月试试。

当天我便上班了，等我拖着疲惫的身体回到张怡冉的住处，发现她穿着一件香奈儿的真丝睡衣躺在沙发上睡着了，我轻轻地放下背包，她竟然醒了。

我告诉她自己找了一份华莱士的兼职，她知道我只是暂时的权宜之举，也没有说什么。

华莱士的临时工，给了我得以喘息的时间，总结最近找工作的得失。每天起早贪黑，虽然解决了温饱问题，但自己来临海的初衷是为了混出名堂，堂堂八尺男儿，天天端盘子，不能做自己想做的事情，内心的纠结和迷茫显露在了稚嫩的脸上。

店长苏晓晓问我是不是遇到什么困难了，最近状态不是很好。我告诉她来临海之前还以为临海遍地是黄金，处处是机遇，原本雄心万丈，自命心比天高，在现实的面前，没想到连吃饭都是问题。

苏晓晓告诉我她没有上过大学，高中毕业不甘心在穷山沟里过一辈子日出而作、日落而息的单调生活。带着一颗不安分的心和对未来生活的美好憧憬，跋山涉水来到了临海。当时也是举目无亲，繁华的临海跟她似乎没有任何关系，苏晓晓说她也睡过大街，试想，一个女孩子睡大街是一件多么恐怖的事情。这就叫做"天将降大任于是人也，必先苦其心志，劳其筋骨，饿其体肤，空乏其身，行拂乱其所为，所以动心忍性，曾益其所不能。"

试想，中国十几亿人，每天来临海的人成千上万，每个人都想在临海出人头地，可最终能够留下来的有几个？

苏晓晓说她为了出人头地，感觉高中毕业文凭太低，便报考了震旦大学的自学考试，起早贪黑，两年时间便把震旦的本科文凭拿到了，再加上自己的努力，来临海的第三年便成了这家华莱士店的店长。为了能够有更好的发展，现在她又在备考全国硕士研究生考试，她的目标是震旦大学管理学院的工商管理硕士。正是因为她的努力和不断学习，集团组织部已经在考察她，有意提升她做临海华莱士分公司的总经理。

每天我提前半个小时到店里，店长苏晓晓已经在公司了，一坚持就是 5 年，她不成功估计老天爷都不同意。

苏晓晓曾经跟我讲，在这个世界上，无论是谁，上至达官贵人，下至贫民百姓，只有时间是公平的。规划并管理好自己的时间早晚会有出头之日，她从住的地方到公司单趟 2 个小时，来回 4 个小时，她所有的学习都是在来回公司的地铁上完成的。

店长苏晓晓用她的亲身经历告诉我，一个人，刚开始最重要的不是赚多少钱，而是培养良好的工作和学习习惯，特别是终身学习的习惯，这决定了你以后人生的高度。你今天的思路和决心，决定着 10 年 20 年后你的人生。

第七十六章 引路人

阴天不一定下雨，晴天不一定有太阳。

一天下午，晴空万里，临海忽然下起了瓢泼大雨，行人被突如其来得大雨淋得措手不及。临海一家华莱士店，一向火爆的生意今天却格外冷清。柜台后面坐着一位身材魁梧、长相俊朗的男店员，手里捧着一本"Moment in Peking"，英文版的《京华烟云》，男孩聚精会神地看着书，似乎忘记了工作。

这时，一位戴着墨镜、穿着时髦的女人来到了店里，对着柜台后的男店员道："来份十件套套餐。"

沉浸在姚木兰感情故事的男店员似乎没听到女人的声音，不过，女人没有丝毫生气的迹象，用手轻轻地拍了下他的肩膀，柔声道："李文彬，你看的什么书呀？这么投入！"

合上书，连声说了几句对不起。女人没说话，笑了笑，摘下了脸上的墨镜。我傻傻地愣在了那里，像一个干瘪的木乃伊。

"怎么？不欢迎？"

"怡冉姐，您怎么来啦！欢迎，热烈欢迎。您想吃什么尽管点，我请客。"

"来份十件套套餐。"言罢,张怡冉找了个安静的地方坐下,我毕恭毕敬地端着一份十件套套餐放在张怡冉面前的桌子上。

"文彬，坐下来吃点吧？"张怡冉笑着说道。

"怡冉姐，抱歉，公司有规定，上班时间不准跟顾客一起用餐。"

"今天姐请你吃饭，有什么问题我担着。"

我知道张怡冉的性格，如果此时我还坚持的话，她肯定会不高兴的，于是，便一咬牙坐了下来。

这时，店里又进来了一位身材高挑的漂亮女孩，她后面还跟着一只欢快的中华田园犬，店长苏晓晓从总部开会回来了。

张怡冉这次找我没有别的意思，她实在不想看着我在华莱士浪费时间，准备介绍我到他们公司做外贸业务助理。平时从跟张怡冉的聊天中了解到她是在一家名叫 Wintex 的百强民营外贸公司工作，年纪轻轻已经是业务总监了。

经过认真思考，我决定接受张怡冉给我的机会，毕竟我英语六级，有一定的英文基础，做外贸助理应该不成问题。更为重要的是，当时我没有任何经验，技不压身，可以跟着张怡冉学习一些外贸经验，说不定哪天自己创业用得着。

第二天我便入职了 Wintex 公司，在这家公司一干就是 7 年，任劳任怨，从没有任何的懈怠。第一年年底便从业务助理晋升为业务员；第二年从业务员晋升为公司的资深业务员，开始带领三个人的小团队；第三年通过竞聘，升任客户经理，带领十个人的团队。7 年间，我负责的业务从零起步，到离职时做到年销售额 3000 万美金。

坦白讲，在 Wintex 工作的 7 年间，曾经有无数的外部机会，但是，因为张怡冉的知遇之恩，我一直没有跳槽。但是，她不是老板，虽然她尽力想帮我加工资，提升我的福利待遇。无奈，老板是一个非常抠的人，以至于我离开 Wintex 时，拿着比下面业务员还低的工资。

刚加入 Wintex 时，因为是外地户口，公司没有给我缴纳社保，而是缴纳综合保险。等我办理了临海人才居住证，公司按最低标准给我缴纳社保。如果想在临海通过居住证转户口，就必须正常缴纳社保，工资、个税、社保三者一致，且要达到一定的基数，最好是达到社会平均工资的两倍或者三倍。以我当时的收入和公司的政策，在 Wintex 干到退休都不可能实现居转户，实在是看不到希望，万不得已才跳槽到了 Keyhome 这家外企。

张怡冉为 Wintex 付出的更多，她的工资也不高，社保缴纳基数也是低得可怜，直到后来，我印象中是 2019 年，我拿到了临海户口。在一次聚餐中，我把自己拿到了临海户口的消息告诉了她，当时她还半开玩笑地说，还是你李文彬明智，她在 Wintex 干了 15 年，连个户口都没有解决。

Wintex 曾经计划在创业板上市，因为老板格局不高，日常经营不合规，最终在上市的路上夭折。在这家公司奋斗了 7 年，公司留下了我年轻时奋斗的身影，虽然没挣到钱，不过，庆幸的是自己平日里不设置边界，学到了很多，也交了几个朋友。

一家中等规模的民营企业，内部帮派林立，干活的不如睡的。老板每年拿着高额的分红，吃香的喝辣的；而我们这些业务员则拿着微薄的工资，日子过得紧巴巴的。所以，尽管故事很精彩，对于这种没有一丁点感情的公司，我不愿意写更多有关它的故事。

当然，我跟张怡冉的故事并没有因为我的离开而结束，她是一个非常优秀的人才，也是我的引路人。多年以后，当我创业需要合作伙伴时，第一时间将她约到了一个小酒馆，喝着清酒，吃着她喜欢的日料，以她在 Wintex 3 倍的年薪将她挖到了我的公司负责海外业务，当时公司在临海每年有落户的名额，第一时间给张怡冉办理了临海户口。

甭看张怡冉在 Wintex 是业务总监，但是，她过得并不开心，老板刘苏俊经常骚扰她。有一次加班，路过总经理办公室，见总经理办公室的门虚掩着，里面传出了女人求饶的声音，当时我太年轻不懂事儿，如果换作今天，明白里面正发生什么事儿，也不会傻乎乎地冲进去，一副义愤填膺、舍生取义的样子。

一进办公室，便看到刘苏俊衣衫不整，正准备对张怡冉霸王硬上弓，当时我一下子就懵了，进也不是，退也不是。

坦白讲，活了 20 多年，第一次碰到这么尴尬的事情。我当时大脑一片空白，感觉无所适从。自己毕竟也是热血男儿，20 岁出头，大学刚毕业，正是血气方刚的时候，碰巧遇到这种事儿。如果说，当时我一丁点儿都不激动，那也太虚伪了。关键刘苏俊欺负的对象是我的大恩人张怡冉，如果换作别人，可能我就睁一只眼闭一只眼了，可张怡冉对我有恩。

当时我豁出去了，直接开口道："刘总，我找张总监有点急事儿，一个英国的客户订单有点问题，需要她把把关。"

刘苏俊怎么也没想到我这个愣头青会出现，到嘴边的鸭子飞了，好事儿被我搅黄了，刘苏俊虽然很不爽，一双眼睛瞪得跟驴蛋似的，可他也不敢乱来，毕竟，他一米七的身高，而我则是一米八几的大高个。

后来他曾经刁难过我几次，无奈我的业绩不错，他又不舍得把我这个廉价劳动力开了，这件事儿也就不了了之了。

Wintex 的老板刘苏俊除了色胆包天之外，最大的特点就是抠。一次出差，他开的保时捷，雨刮器竟然坏了，当时我问他为什么不修一下，刘苏俊竟然回答太贵了。一年公司做十几个亿，他竟然不舍得请一个司机。还有一件更抠的事儿，公司负责打扫卫生的阿姨是刘苏俊的老乡，我离开 Wintex 那年，阿姨流着眼泪告诉我，她不仅负责整个公司四层楼的卫生，并且还得给刘苏俊家人做早中晚三餐，她的工资才 1800 元每个月，根本不够贴补家用。

人挪活，树挪死。我告诉阿姨，以她的能力，完全可以找一份三四千的工作，没必要耗在这里。

离开 Wintex 半年后，阿姨打电话给我，说她找到了一份月薪 4000 元的工作，比在 Wintex 轻松很多，至少不用给老板做一日三餐了。她很感激我，因为对市场行情不熟悉，任劳任怨惯了，在我的鼓励和示范下，她才鼓起勇气改变！

还有一件让我特别恶心的事儿，就是每年年底加薪。为了尽可能地压榨我，每次晋升，刘苏俊安排财务经理刘蒙蒙给我谈升职加薪的事儿，而不是我的直属领导张怡冉。

刘蒙蒙颜值颇高，听说跟刘苏俊走得很近，有点不清不楚。每次升职谈薪，她总是以已经加了 10% 为借口，从不考虑我加入公司时工资基数低，10% 的涨薪幅度听着不少，实则绝对值很低，以至于比自己新招来的业务员的工资都低。

第七十七章 阁楼

秦月问我有没有谈过女朋友，我把自己跟陈婷婷的感情经历告诉了她。秦月问除了不辞而别的陈婷婷，还有没有其他女生。在她的再三追问下，不得不将伤心的往事告诉她，大学时我曾经追求过西江大学医学院的一个学霸，她有一个非常好听的名字，桂文婷。

大学我追了她四年，临近毕业，她考取了美国哈佛医学院的研究生，并且拿到了全额奖学金。在我去临海，桂文婷去美国之前，她约我去旅行，我们去京北爬长城，逛长安街，旅行途中她答应了做我女朋友。

毕业那天，我买了一百朵红玫瑰，鼓起勇气向她求婚，她笑了笑，对我说："李文彬，你去临海先挣一百万，等你挣够了一百万，到美国找我。"

为了攒够 100 万，在 Wintex 拼了命地开拓业务，下班兼职送外卖，晚上挑灯夜战写网络小说，毕业第六年，我的银行卡里真的有了 100 万，我将银行的账户余额拍照发 QQ 信息给她，她没有回我信息。我直接买机票飞了过去，桂文婷见了我一面，她恭喜我赚了 100 万，但是，她并没有跟我回来，我妥协说可以为了她留在美国，她摇摇头说："李文彬，你不要再逼我，我不想结婚。"

她是一个科研狂，为了做实验可以通宵达旦，但是，她对婚姻却有恐惧心理。

很多年以后，我才知道桂文婷来自一个单亲家庭，她对婚姻恐惧，虽然她内心喜欢我，但是恐婚的她无法接受跟我结婚。

后来，还有一件更让我震惊的事儿，就是那次毕业旅行，桂文婷怀了我的孩子。我知道她是故意的，虽然不能嫁给我，但是，要给我生一个孩子。

桂文婷去美国后没有再谈恋爱，更没有结婚，怀孕的桂文婷一边读书一边兼职工作，原本计划生下孩子，将他抚养成人。可因为桂文婷学习和工作强度太大，孩子没有保住，这件事儿更是刺激了她，让她对婚姻的恐惧变得更甚。

我告诉秦月，正是因为曾经我跟桂文婷之间的故事，让我变得更加珍惜生活。从秦月答应做我女朋友那一刻起，我便发誓不能辜负她。当然，我对身边所有的亲戚朋友，都很上心，比如张怡冉，当知道刘苏俊经常欺负她之后，便劝她离开Wintex，张怡冉好像被洗脑了一样，不管我怎么鼓动她，她都不为所动。

三天前是礼拜五，那天晚上，约了张怡冉到一家日料店吃饭，我的目的就是劝她离开刘苏俊，可惜失败了。晚上，我在小区附近超市买了一箱雪花啤酒，两瓶红星二锅头，两个小菜，扛着这些东西回到了蜗居的阁楼。

借酒浇愁，愁更愁！

一个人喝醉了，一醉便是 3 天，直到 3 天后张怡冉打电话给我，质问我为什么没请假不到公司上班，我才迷迷糊糊地醒过来。

当时我在气头上，直接把张怡冉的电话挂断了，不管了，大不了离职！

醒来了，就睡不着了。头晕乎乎的，翻了个身，饥肠辘辘，浑身乏力，还有那些该千刀万剐的蚊子。

那天晚上，几乎喝完了所有买回来的酒，除了几颗花生掉床底下被老鼠消灭之外，全部被我干掉了。酒和花生米对一个失意的男人，尤其是身上没有几个钱的男人而言，那可是止痛药！

阁楼的小隔间满地的酒瓶，空气里充满了酒味儿。准确地讲，我所住的地方不能称作是房子，因为它不是真正意义上的房子，而是阁楼，充其量就是正常人家堆放杂物的地方。

一间只有七八平方米，人只能弯着腰活动，躺着的时候身体是直的，如果站起来就会被撞头。

这种阁楼是临海市所特有的，在外地估计放东西都嫌地方小。在临海，对刚毕业的外地学生或者外地来务工的人而言，却成了炙手可热的香饽饽。

也许有人会问，这种地方也能成为香饽饽？是的，因为它便宜。

不过，反过来讲，能不便宜吗？一个阁楼，竟然被黑心的二房东隔成了 7 套廉租套间，再加上下面的 7 间正常的隔间，楼上楼下共计 14 间，却只有 2 个卫生间。

　　一般外地刚毕业的大学生，初来临海没什么经济来源，只能跟十几甚至二十几个人合租这种阁楼。

　　一张床，一张破旧的桌子，上面摆着一台二手的电视机，连个下脚的地方都没有，一年四季里面的温度跟外面一样。特别是夏天，就像一个大烤箱，人在里面就像是被烤的肉粽子，能把人热死。

　　刚搬进来，便撞上百年不遇的酷暑，因为便宜，没有空调，晚上热得根本没法待在里面，每天晚上都跳到窗外睡在屋顶，以天为被，以瓦为床。

　　这段艰苦的岁月，时刻提醒我，无论遇到什么困难，无论遇到什么挫折，即便是爬，我也要爬出阁楼，爬出自己的车，爬出自己的房子，爬出自己的枯藤老树昏鸦，爬出自己的小桥流水人家，爬出自己的会当凌绝顶，爬出自己的一览众山小，爬出自己的江山和天下。

　　三天了，原本想着一醉解千愁，醒来后被蚊子叮了好几个包，嘴里偶尔冒出句粗话，揉了半天，才把眼角的眼屎给弄干净，穿着一条短裤直奔卫生间。

　　他娘的，谁又没冲马桶！！！

　　本来环境就差，一些没素质的人又不爱惜环境，真不知道这些人怎么想的，难道租的房子就不能拾掇得干净些？天天生活在臭气熏天的地方，心情能好？心情不好，工作能顺？

　　关于我租的阁楼，有必要简单地介绍一下。临海有很多五层或者六层的房子，没有电梯，顶楼往往会建半层房子高的阁楼，我就住在顶楼的阁楼。

　　尽管临海市政府明文规定不准群租，无奈市场巨大，每年来临海这个冒险家的乐园淘金的人太多，人满为患。在利益的驱使下，很多人将原本好好的房子隔成小隔间，做起了二房东。

临海的阁楼，京北的地下室，一南一北，遥相呼应，给"海漂"和"北漂"留下了不可磨灭的记忆。秦月得知我之前住过阁楼，当时我们准备攒钱买房子，她便建议我们租阁楼住，不仅可以跟我一起体验一下阁楼的生活，还可以省钱。

我们确立关系合租时住进了阁楼，当时想的只是体验一下，没想到一住进去就没有再搬，直到我们在临海买房，装修好搬进我们的新家。那段时光很艰辛，也很充实。

第七十八章　有故事的人

自从我跟秦月住一起后，生活变得有规律了，人也变胖了。

一个周末，我在小区散步，一股淡淡的，沁人心脾的清香扑面而来。

"李文彬，你怎么在这里。"清脆悦耳的声音，感觉有点熟悉。

出于好奇，我扭头一看，心咯噔了一下，原来是Keyhome市场部的推广专员董思琪。在跟董思琪的聊天中了解到她竟然也住在这个小区，并且让我惊讶的是她竟然是我的房东太太。房东是一个50岁左右的男人，董思琪23岁，妥妥的老牛吃嫩草。

董思琪来自南湖省，年轻漂亮，不知为何嫁给了临海的拆迁户。

闲聊了几句之后，我转身就要走，董思琪一把拽住了我的胳膊，笑道："李文彬，我今天去参加一个聚会，缺个男伴，要不你陪我一起去吧？"

不知道董思琪葫芦里究竟卖的什么药，虽然她是我的同事，单独跟她去参加聚会，我担心秦月会多想。

女人见我不说话，继续道："李文彬，你一个大老爷们，能不能爽气点。"

董思琪越是催促，我越是紧张，甚至有点羞涩。女人见我像个小男生一样，兴奋得打了鸡血般，嗲里嗲气地笑道："李文彬，你是不是怕秦月吃醋？"

我瞅了一眼董思琪，尴笑道："思琪，秦月可没你想的那么小心眼。"

董思琪刚入职 Keyhome 没多久，虽然是同事，但是我们之间并没有交集，三言两语之后，算是混了个脸熟。

原本我以为像董思琪这种年轻漂亮的 90 后，都追求品质生活，对自己的另一半也要求很高，没想到她竟然找了一个大自己 30 岁的男人。有时候，不能光看别人光鲜的外表，那只是假象，必须深挖背后的故事。就像当我知道董思琪嫁给一个拆迁户的第一反应，她肯定是一个拜金女。

要不然，她年纪轻轻，跟房东相差 30 多岁，她嫁个糟老头子干吗？当我听了她的故事之后，才知道，她有自己的难言之隐。

每个人都有自己的故事，有的人愿意敞开心扉，有的人打掉了牙却咽进肚子里。

坦白讲，从某种角度而言，这个世界还是蛮公平的。它既可以给你无上的光彩和荣耀，同时，它又给你等量的苦。就在我们准备起身去参加 Party 时，麻烦事儿来了。

一个酒红色头发的瘦高个男人出现了（以下简称"红毛"），他一出现，便凶神恶煞般地上前揪住董思琪的头发，让我忍无可忍的是，他竟然用脚去踹董思琪，一边踹，还一边骂她是婊子！

女人是用来疼的，不是用来打的。我不是一个惹事儿的人，但我也不是怕事儿的人。董思琪是我的同事，被红毛如此虐待，我自然不能不管。上前将董思琪护在身后，二话不说，对着红毛的脸就是狠狠的一拳，瞬间红毛鼻血如泉涌而出。

尽管如此，我觉得还不解气，飞起一脚踹了过去，只听红毛一声猪嚎。

"滚！"我咆哮道。

红毛捂着被踹的部位，弯着腰灰溜溜地跑了。

可能有人会觉得我太夸张了，在这里有必要跟列位看官交代一下，上高中时，我没有住校，每天往返跑四十公里上学，不敢说三年高中生活让我脱胎换骨，至少普通人三四个近不了身。

我知道这一踢的厉害，英雄救美之后，我第一时间打了110，跟警察叔叔交代刚才发生的事情经过，并拿出红毛欺负董思琪的视频给警察叔叔看，如果不是红毛被我正当防卫踢伤，不知道董思琪会被他打成啥样。

处理完之后，董思琪挽着我的胳膊离开了是非之地。

当我们走远了，见董思琪的脸色煞白，我关心道："思琪，你没事儿吧？要不送你去医院检查检查吧？"

董思琪摇了摇头，微微一笑，道："没事儿，我可没那么娇贵。"

"没事儿就好！"

此时董思琪还挽着我的胳膊，可能她意识到了什么，急忙松开手，喃喃道："文彬，谢谢你，如果不是你，今天还不知道该怎么办呢！"

原本我对董思琪的印象并不好，觉得她只不过是一个拜金女而已，可遇到今天这事儿，我知道她是一个有故事的人。

"思琪，刚才那男的是谁？他怎么会无缘无故打你？"

董思琪眼睛里闪过一丝异样，微微一笑，道："李文彬，有些事情一两句话讲不清楚，你要相信我并不是一个拜金的女人。"

"你年轻漂亮，身材又好，什么样的男人找不到？为什么非得嫁给一个老男人？刚才那个红毛又是谁？他为什么要打你？"我满脑袋的问题，情不自禁地问道。

"我知道你心里想的什么，难道我不想找一个跟自己门当户对，年纪相仿，自己喜欢的人，过一辈子吗？你以为我想嫁给那个糟老头子吗？在残酷的现实面前，我只能妥协。李文彬，我跟你说实话，看到他我都想吐！"泪水从董思琪的眼角淌了出来，里面写满了委屈。

见董思琪欲言又止，我知道，她是一个有故事的人，我想知道她的故事，便轻声道："是什么原因？方便告诉我吗？"

董思琪以请我吃饭为由，岔开了话题。今天秦月加班，正好饿了，有人请客吃饭，我自然不能拒绝。

走出小区，街上的灯光明亮了许多，我第一次仔细打量董思琪。不得不承认，董思琪是一个气质和容貌都超群的女孩，她的美，盖过大部分女明星。

进了附近的一家西餐厅，董思琪帮我叫了一份牛排，一杯卡布奇诺，她自己点了一杯摩卡。

吃饱喝足，两个人聊了一会儿，又重新回到了原来的话题。

董思琪想了良久，似乎在极力地想说服自己，最终她答应敞开心扉，说出她内心憋了很久的故事。

董思琪出生在南湖省一个普通的工人家庭，父亲好吃懒做，还爱在外面花天酒地，吃喝嫖赌玩五毒俱全，家里面稍微值点钱的东西都被他拿去赌了。

　　最让人痛恨的是他竟然将自己的老婆，也就是董思琪的母亲当作赌注，一次他输了一千块钱，实在是没钱付给对方，他竟然答应让自己的老婆陪对方一晚抵偿输掉的赌资。

　　那年，董思琪十岁，她清晰地记得那天晚上父亲带着一个尖嘴猴腮的男人来到了自己家，当父亲跟母亲说了事情的来龙去脉时，母亲死活不答应，后来他竟然将母亲和那个男人锁在屋子里……

　　那天，董思琪站在房门外一个劲儿地敲门，直到那个尖嘴猴腮的臭男人提着裤子一脸坏笑地离开。

　　这件事情像噩梦般，让董思琪永远都无法忘怀，给她年幼的心灵留下了无尽的阴影。

　　也就是因为这件事情，董思琪的母亲将父亲和那个尖嘴猴腮的臭男人告上了法庭，两个人被抓了起来，董思琪的母亲也和没人性的父亲离了婚。离婚后，她一个人带着董思琪，因为没有正式工作，打打零工，做点零散活，家里的日子过得很艰辛。

　　母亲始终将董思琪当作她手心的一块宝，买最好的衣服给她穿。从小到大，虽然家里穷，从没让董思琪在物质上落后同龄人。直到上了大学，4 年的大学生活，让董思琪认清了，原来上大学并不能让她土鸡变凤凰，更不能让她立刻改变家里面的困境。

　　原本董思琪上大学的目的就是等毕业了找份好工作，让母亲过上幸福的生活，可是，残酷的现实让她认识到这只是她自己的想象而已。

　　现实让董思琪看不到一丝希望，刚开始，她努力去找一份好工作。那年，那天，董思琪记得是一个星期天的早上，接到一家公司的面试通知，让她当天到市中心去面试，当时也没多想，周末稍微正常点的公司都不会面试的，一般公司都是做五休二，但是，那时因为找工作心切，所以，也就没想那么多，急急忙忙地去了。

到了约定的地点才知道，那是一栋居民楼改造的办公室，起初董思琪有些迟疑，可一心想找工作的她没有多想。

为她开门的是一个戴着眼镜，文质彬彬的中年男人。

因为找工作心切，董思琪没多想，脚刚迈进去，男人便将门反锁上了。

这时，董思琪意识到了一个女孩子不安全，提出离开。此时，男人撕下了伪装，直接扑了过来，董思琪极力反抗，跟他打作一团。

别看男人挺瘦，没想到还挺有劲儿，董思琪始终逃脱不了，最后使了个缓兵之计，表面上妥协，在他毫无防备时狠狠地踹了他一脚，男人倒在地上，满地打滚，董思琪趁机逃离。

第七十九章 祸不单行

董思琪是一个思想传统的女孩儿，大学四年，除了跟男朋友拉拉手之外，从没有做过出格的事儿。上一次求职经历，董思琪心理受到了极大的打击。又找了一段时间，还是没有找到合适的工作。董思琪不得不屈服于现实，降低求职目标，进了一家小公司。那是一家做文具批发贸易的公司，工资每个月1500元，扣除房租、公交、吃饭等日常开销，1500元花个精光，甚至还要倒贴。

董思琪告诉我，因为生活太平淡，在临海这边又没有朋友，每天只要一有时间，便上网聊天，以至于整天沉迷于网络。

一天，通过网络游戏认识了一个男生，他在游戏里面的级别很高，超级厉害，而董思琪只是一个初玩者，以至于她对男生有种莫名的崇拜。

一来二往，两个人慢慢超越了一般网友的关系。后来，他们在游戏里面结了婚，彼此迷恋着对方，如果有哪一天没见到对方上网，甚至会睡不着觉。随着两个人关系的一步步升温，彼此都非常想见对方，尽管相隔千里，最后男生还是千里迢迢来临海找董思琪。

那天是他们第一次相见，也是最后一次。男孩很帅气，是董思琪喜欢的类型。他们一起到临海的老街去吃小吃，到海边去看风景，到临海港汇广场去逛商场……

日落西山，华灯初上。

两个人似乎彼此都很害怕失去对方，所以，都没有打破沉默，害怕某一方道别。当两个人坐在酒店房间里的时候，董思琪才意识到了原来他们竟然到酒店开了房。那晚，是董思琪平生第一次跟男孩子近距离接触。后来，窗外电闪雷鸣，竟然下起了瓢泼大雨。他好像猫见了鱼，闻到了腥味儿，变得格外的鲁莽。

就在倒下去的一瞬间，他看到了床单上的血渍，他轻轻在董思琪额头吻了一下，一双眼睛柔情似水地看着董思琪，后来，又情不自禁吻了过来……

那一天，董思琪对未来充满了幻想，幻想着跟他结婚、生子，成了一对让人羡慕的恋人。两个人相互扶持，春暖花开，面朝大海，幸福一辈子。

第二天，董思琪醒来发现他不见了，找遍了房间都没有看到他的人影，行李也不见了，董思琪知道，他已经走了。他把董思琪的QQ、微信、手机等全部拉黑，从那以后，他没有再跟董思琪一起玩过游戏。

　　一个人，就这么消失了。

　　听到这里，我实在是忍不住了，骂了一句："畜生！"

　　董思琪听到我爆粗口，冷冷地看了我一眼，继续说道："我不恨他，也不怪他，一切都过去了，我只是想知道他为什么就这么一声不吭地消失了。"

　　说着，董思琪竟然动情了，她的泪水如断了线的珍珠般落了下来。

　　"思琪，别哭了，他不值得你难过！"看着董思琪竟然哭了起来，我劝道。

　　董思琪用纸巾轻轻地擦拭了一下眼角的泪珠，继续道："可能应了那句祸不单行，后来妈妈生病了，我们家又没什么钱。当时，我求爷爷告奶奶，就是借不到钱。这时，红毛出现了。他就是一个地痞，父母是做小生意的，家里面也没多少钱。在我上高中时，便追求过我，我是不会跟这种地痞，小混混在一起的。可一分钱难倒英雄汉！

　　妈妈生病，急需钱做手术的时候，红毛拿出了 5 万块跟我说，只要我愿意做他女朋友，他就给我五万块帮妈妈看病！

　　李文彬，你能想象得到吗？当时我一点办法都没有，在那种情况之下，只好答应了他的无理要求！"

　　我被董思琪的孝心打动了,用手轻轻地拍了一下她的肩膀，本想安慰一下她，可眼泪已经在我的眼睛里打转，扭过头，背对着她点了点头。

　　董思琪苦笑道："红毛就是一个畜生，他就是为了得到我的身子。当他知道我已不是处子身时，骂我是贱货，天天想方设法来折磨我。从此，我好似掉进了万丈深渊，每日度日如年。我跟他已经离婚了，钱也还给他了，但是，他还缠着我！我从没有遇到过这么丧心病狂的人，他不仅断了我所有的路，还不肯归我与人海，不给我重生的机会。后来，随着妈妈的病情加重，需要更多的钱，我认识了现在的丈夫。我跟他没有一丁点儿的感情，他图我的身子，我是为了帮妈妈治病。虽然我丈夫年纪大了，也很花心，但他对我还是挺好的，至少，把我当人看。尽管每次跟他过夫妻生活，内心很抗拒，一想到他拿出几十万治好了妈妈的病，还了红毛的 5 万块钱。毕竟，在这个世界上，花言巧语易说，真金白银没几个人舍得给你。

董思琪一边用纸巾擦着自己眼角的眼泪，继续说道："李文彬，我知道你从骨子里面看不起我，觉得我是一个拜金女，为了钱，竟然愿意嫁给一个糟老头子。可我一个软弱的女子又能怎么办？一个月 1500 块的工资，猴年马月能挣到几十万去治我妈妈的病？更何况，时间不等人，看病急着要钱，一天不交钱，医生一天不给你做手术。妈妈是这个世界上唯一的牵挂，为了她，我可以付出一切！"

这时，我认真打量了一下面前的董思琪，一个漂亮的女孩子，漂亮得让你情不自禁想呵护。可就是这么一个女孩子，竟然遭遇了种种命运的不公，岁月如刀子般深深地刺进了她的身体，让她原本应该被呵护的身体和心灵受到了双重打击，这就是生活。

我被董思琪说得两眼湿润了，喃喃道："思琪，我不但不会看不起你，相反，我觉得你是一个了不起的人。面对困难，不逃避。"

"谢谢！"董思琪捋了下自己的秀发，道。

"思琪，接下来，你对未来有什么打算？"

董思琪抿了一口咖啡，道："我现在好歹进了外企，经济上独立了，虽然我不爱他，但我不会辜负他，毕竟，在我人生最困难的时候，他愿意帮助我。"

对于感情，我没有太多的发言权，毕竟每个人的经历不同。董思琪的感情经历，以及她对于家庭的付出让我对她刮目相看，同时也对这个世界有了新的认识。

第八十章 初为人父

刘颖走了，移民去了英国，临行前我问她为什么移民，她告诉我："你们外地人来临海是不错呀，可我们临海本地人也会攀比的呀！邻居去了澳洲，同学去了美国，如果我还待在临海，是不是太没面子了。"

对于刘颖的这个想法我实在无法理解，因为业务关系，我曾经多次去美国和欧洲，对于国外的生活，并不觉得比国内好。事实也证明刘颖的选择是错误的，多年以后和我的 MBA 同学一起去西班牙短期游学，刚好遇到了刘颖，虽然她身穿阿玛尼，拎着几万块的 LV 包，但是，感觉她人变了，没有在国内时的精气神儿了。在跟她的交流中也了解到，刘颖在国外过得并不开心，因为国外的税负更重，到手的工资比国内低，一个人在英国也挺无聊的，不像在国内还有闺蜜可以一起逛街，去酒吧玩。我问她既然这样，为什么不回去。刘颖告诉我，她拉不下面子。

后来，我跟秦月在临海的郊区买了一套房子，当时我们并没有太多的积蓄，又想买套大一点的房子，佛系的秦月完全听我的，我们便在临海的郊区买了一套 120 多平米的房子。刚付完定金，第二个月便涨了几十万，中介告诉我捡了个皮夹子，如果不是房东置换到市中心，存在不过户的风险。房东买的市区的房子赚得更多，可他却眼红我赚大了，拒绝支付3年的物业费，还有几个月的水电费，也就几千块钱，当时没跟他理论，便自己交了。

买完房，在秦月父母的强烈要求下，我们去西江省秦月的老家举行了定亲仪式。西江省大部分是山区，还保留了很多优良的传统，比如定亲仪式就比较隆重，先去祠堂拜先祖，然后七大姑八大姨地挨家挨户走亲戚，每家亲戚都会请大家一起吃一顿饭，结果一轮走下来，我又胖了三斤。

当时我们刚买完房，手里没多少钱，秦父秦母很开明，也没有多要我们的彩礼，也就是意思了一下，并不是传说中的大几十万。当时的几万块钱父亲和我一人一半，他那时候看起来还很年轻。举行订婚仪式的那天，可能父亲太高兴了，亲朋敬酒，他基本上来者不拒，毕竟我们是客人，我不想他喝醉了当众出丑，但是，看到他开心地跟亲朋好友推杯换盏，我又不忍心扫他的兴，结果还是喝醉了。

举办完订婚仪式，我带着父亲去了一趟西江大学，虽然学校一般，但是校园规模宏大，高楼林立，父亲看到之后感觉学校还挺好，我告诉他，西江大学连211都不算，他呵呵一笑，啥是211？面对父亲的疑惑，我没有打趣他，一个山旮旯里的农民，虽然上过高中，平日里为了一家人的生活奔波，没有时间关心时事。从思想层面，现在我跟他已经不是同一个世界的人，也很难再改变他的思想，索性就顺着他。

当初考上西江大学我不想来，想回高中复读，看着父亲拿着通知书满脸的笑容，为了尽快让这个家庭摆脱贫穷，最后还是妥协了。可能命中注定我要经历一些磨难，大学不是理想中的大学，考研明明可以上震旦大学的，因为投资失败，最终去了临海外国语大学。可能是阴差阳错，也可能是命中注定。这就好比谈恋爱，你喜欢的未必喜欢你，刚开始不一定是最合适的，最终走到了一起。

"十一"黄金周在我的老家，南河省一个小山村举行了婚礼。虽然婚礼不算隆重，但基本上所有的亲戚都来了，在村里的饭庄摆了满满的几十桌。如果问我父母他们一辈子最开心的时刻是什么时候，一个肯定是我的婚礼，另外一个就是我儿子降临这个世界的时候。婚礼上父母满脸的褶子都笑开了，我知道他们很开心，这也是为什么父亲对我说，不管以后你在哪里扎根，婚礼一定要在老家办。正是为了满足父亲的这个愿望，我和秦月的婚礼在老家举办，临海只是请了几个常联系的朋友一起吃了一顿饭。

后来，汪莫林和沈晓燕在临海新区 CBD 临海中心举行了盛大的婚礼，我和秦月一起参加了。看着秦月一脸的羡慕，我告诉她，这辈子我一定会给她补办一场轰轰烈烈的婚礼，不然，我李文彬枉为男人。

对于买房这件事儿是我们这些在临海打拼的外地人的刚需，房住不炒一直是我的理念。所以，后来房价翻了好几倍，每每朋友说我赚大了，我总是报之以微微一笑。

因为喜欢安静，从没想过去市中心，或者买个好的学区房，所以，买了房以后，尽管我们有条件置换，也没有去折腾。它就是一个住的地方，自己也不会变现，赚或赔不会影响我的心情。

最关键的是我在一个相对低的点安全上车了，这样，即便后来投资失败，自己几年便从至暗时刻走了出来，正是因为没有高额的房贷压力，后来才有了创业的想法，并付诸行动。而我的一些同事或者朋友，因为买房晚了几年，贷款都是几百万甚至更多，每个月的还款压力让他们喘不过气来，一些很优秀的人，本应有更好的前程，因为房贷，日子过得紧巴巴的，别说创业了，就是跳槽都不敢轻举妄动。

对我儿子，如果说有什么让我感觉遗憾的，他出生时，我不在身边，这也是我感觉愧对秦月和儿子的地方。怪就怪杨爽，我承认她的业务能力很强，但是，她太过于霸道，太不懂得人情世故，工作中不懂得使用权术，一个好好的团队被她整得支离破碎。

杨爽在 Keyhome 干了将近 20 年，竟然没有自己的核心团队，一些工作能力强的员工，因为她看不顺眼，便将人家优化掉，最终导致团队涣散。当时的我已升任 Keyhome 产品企划研发及供应链总监，几十亿的生意，员工又不稳定，压力可想而知。

老员工不停地流失，新员工不能及时地招聘，或者即便新员工来了，不能及时地顶上。在这种情况之下，我不得不直接冲到第一线去解决一些实际的问题。

儿子出生那天，我正跟美国的一个客户沟通大货的交付问题，因为色牢度检测不过，如果不能及时解决问题，将会面临着空运。

我觉得蛮搞笑的是，杨爽竟然指着我的鼻子说："李文彬，你身为产品企划研发及供应链总监，为什么工厂会出现色牢度不过的问题？"我告诉她，纺织品生产过程中很多不可控的事情都可能发生，根据广检的统计，色牢度不过的概率是 20% 多，工厂也是受制于上游的面料厂，这种检测，差半级，很多时候人为的因素也占一部分，遇到问题只要积极地应对，不用纠结，复盘的时候可以总结经验教训。杨爽对我的解释极为恼火，她认为我在替工厂讲话，我告诉她，我们已经让工厂重做了，现在是要解决问题，而不是盯着一个点不放。那天我的情绪有点失控，当着下属的面顶撞了杨爽，并且说她不专业也就罢了，还没有格局。

当医生打电话给我，说我老婆要生了，没有人签字。我告诉医生自己还在公司上班，父母不是在那边吗？后来到了医院才知道，因为医生给的声明书存在霸王条款，我父母不敢签字，最后已经被麻醉还没有完全睡着的秦月自己签了字。而我，无缘无故被医生骂了一顿。

当我得知秦月要生了，给杨爽发了个消息，告诉她我要请假，原本她不准，还要跟我讨论关于客户的大货问题应该怎么处理，工厂为什么会出现这种低级的错误，以及如何处罚工厂。

我用语音回复杨爽，即便明天你把我辞退了，今天我也得走。你不懂我现在的心情，等你结婚了，有孩子的时候，你就懂得什么叫初为人父。

第八十一章 破茧成蝶

赶到医院，秦月已经生了，医生当面数落了我一顿，然后让我去缴费，办理相关手续。

办理完相关手续，可以探视秦月了。走进病房，看到躺在床上满脸笑容的秦月，我的眼睛湿润了。当我准备去看孩子时，还没开口问，护士便主动笑着对我说："恭喜你，李先生，你媳妇给你生了个大胖小子。"当我见到儿子那一瞬间，有一种说不清道不明的感觉。

时至今日，面前这个女人跟着我尝尽了人间疾苦，没有享过一天福，还记得我们刚确立恋爱关系那会儿，我跟秦月讲刚来临海那会儿，为了节省开支，我住过阁楼。为了攒钱买房，秦月竟然提议跟我住阁楼，她要跟我一起体验一下阁楼的生活。临海的阁楼，连个空调都没有，夏天因为太热，我们通过狭小的窗户爬到外面，以天为被，以瓦为床。现在想想，那段日子虽然很辛苦，但是，真的很甜蜜。

当时临海的外地人买房需要有结婚证，我们先领了结婚证，花 100 多万在临海郊区买了一套 120 多平米的房子，虽然离秦月上班的地方很远，可毕竟有了自己的房子，简单地装修了一下，买了几套家具，便住了进去，秦月从来没有一句怨言。可能有人刚开始觉得秦月和我不是最合适的，结婚以后，却能够相濡以沫，这就是缘分。

有了房子，秦月便跟我讨论结婚的事儿，跟我讲了很多关于他们西江省的规矩，有时，因为一些婚姻的习俗不一致，我这个一向喜欢一切从简的人，免不了跟秦月吵上几句。这时我才意识到婚姻不是两个人的事情，而是两个家族的事儿。

我当时就上网搜了一下，网友们一致认为西江省的女孩出嫁有件事儿被大家诟病，彩礼出奇的多。看了这些网上的评论之后，我一度担心如果向秦月的父母提结婚，他们会狮子大开口，现实打了我的脸。

买房的时候，秦月手里没什么钱，向家里借了点，贷款时我出差，就把自己所有的钱转给她，让她去办理了贷款手续。

后来，到秦月家订婚，给彩礼时，他们并没有多要。不过，秦月的爸爸，也就是我岳父问了我几个问题，其中让我印象最深的是让我讲讲对未来的规划，尤其是最近 5 年的规划。我知道他什么意思，女儿要嫁人了，担心女儿跟错人，过不上好日子。

三十而立，在我 29 岁时，在临海买了房子，买完房子，没多久，便跟秦月举行了婚礼。对于一个男人而言，三十而立，自己家已成，就等着成就一番事业了。

秦月什么都好，唯一的缺点就是太重感情而忽视经济问题，无论是对亲戚还是朋友，她一直没有意识到这个问题，有时因为她亲戚或者朋友的事情还跟我冷战。

直到我考研的那一年，才知道她为了闺蜜能够出业绩，竟然帮闺蜜担保贷款 100 万买了 P2P 理财产品，第二年初，闺蜜公司的 P2P 产品暴雷了。

原本我跟曾不凡合伙投资失败，亏得一塌糊涂，但是我在投资之前进行过资产评估，即便投资失败也不会影响我们的正常生活。当我知道秦月闺蜜这件事儿时，如五雷轰顶，如果不能尽快将贷款还上去，银行就会起诉，当时我亏钱卖了太嘉市的房子，连同临海的酒店式公寓也卖了，父母辛苦一辈子挣的一点钱都给我了，还是不够。最后，向大姐借了一些钱，才算是将窟窿堵上。

直到 P2P 暴雷，秦月收到法院的传票，她才意识到自己捅了大娄子。当时就是因为秦月替闺蜜担保贷款 100 万购买 P2P 理财产品暴雷，再加上我投资失败，让原本的小康之家一夜回到了解放前，十几年的努力化为泡影。

成年人不仅拼事业，拼学习，拼体力，更要拼财力。我原本考取了震旦大学管理学院的工商管理硕士，因为拿不出高昂的学费，不得不降低目标。隔年报考了临海外国语大学，因为没钱，咬牙贷款，如愿进入了临海外国语大学攻读工商管理硕士研究生。

读了 MBA 之后，我开始重新思考未来的职业方向。在 Keyhome 已经待了 6 年，整整 6 年，每天都做着几乎相同的事情，我想跳槽换个工作环境，曾经为了户口，即便有合适的机会，我也一直忍着没有去尝试。现在我已经拿到了临海户口，完成了从外地人到新临海人的蜕变，也就没什么顾忌的了。

30多岁的男人，在职场上遇到了瓶颈，又没有解法。所以，我选择去读MBA，试图在读MBA的过程中能够寻找到答案，也正是读了MBA之后，自己的思想开始发生变化，每天都在思考如何改变。

也正是在这个时候，京城一家猎头公司找到我，问我有没有兴趣去A大厂做自有品牌业务。A大厂是全世界最大的互联网电子商务公司，对我的吸引力自然很大，不过，我从没有想过自己会被A大厂录取，因为A大厂太过于传奇。并且，A大厂在西杭市，我已经落户临海，有房、有车，老婆孩子热炕头，根本就没想过去西杭市工作。

有意栽花花不成，无心插柳柳成荫。起初只是抱着试试看的态度，跟着猎头的节奏，开始了一轮又一轮的面试。顺利通过第一轮面试之后，我便搜集了几乎所有关于A大厂和其自有品牌的信息，当时A大厂自有品牌业务在国内某大型连锁超市还有店中店，我多次前往考察，后面经过精心准备和自己在家纺行业多年的沉淀，经过4轮面试，成功拿到了A大厂的Offer。

还记得那是2019年下半年，那年我35岁，过了春节，就36岁了。同一年发生了三件事儿，每件都足以改变我的命运：考入临海外国语大学攻读MBA，不仅可以提升学历，还进入了不同的圈子；我和儿子通过居住证转户口拿到了临海户口，成为新临海人，儿子的教育问题被解决了；拿到A大厂的Offer，加入这个地球上最大的电子商务公司，完成了从传统行业到互联网行业的转型。

经历一年多的低谷，一个到临海闯世界的凤凰男，终于破茧成蝶，人生似乎开始迎来了春天。

第八十二章 精致的利己主义者

杨爽没来得及跟我秋后算账，一场因为股权变更而引起的人事变动在 Keyhome 如地震般发生了。

因为市场竞争加剧，Keyhome 的业务在激烈的市场竞争中也受到了冲击，Tony 年龄大了，早已把钱赚够的他不想再辛苦经营了，将公司卖给了美国的一家投行。当国外资本接手 Keyhome 之后，一场席卷全公司的人事变动开始了。先是在美国设立了办事处，开始招聘本地业务人员来接管客户，慢慢地，公司规定 Keyhome 中国团队只能跟美国办公室沟通，杨爽面临着被架空的风险。

根据美国的邮件通知，三个月内，Keyhome 中国办公室的工作人员要精简一半，从 120 人缩减至 60 人。经过这几年的发展，Keyhome 的业务规模发展迅猛，外贸业务达 10 亿美金，内销自有品牌电商业务已经做到了 8 亿人民币，120 人已是人人超负荷运转，现在又要人员减半。看到美国的邮件，杨爽气得直接将正在喝茶的玻璃杯子砸在了地上，"彭！"的一声，玻璃杯清脆的破碎声，让全办公室的人都感到了一阵寒意。

杨爽直接打电话给美国，跟他们沟通此事，美国并不吃她那一套，限她 3 个月之内搞定，如若不然，美国就派人过来。说白了，你杨爽如果搞不定，美国过来搞，到时候就包括你杨爽在内了。

杨爽业务能力虽然很强，但是，面对办公室政治斗争却束手无策，随着 Tony 的离开，她在 Keyhome 的职业生涯也快结束了。很明显，美国人要在保证业务能够正常运转的情况下，将 Keyhome 中国的人员清洗一遍。投行的那些人善于资本运作，买了 Keyhome，需要重新包装，以便将来卖个好价钱。为了彻底掌握公司的控制权，需要将核心岗位换成自己的人，一场办公室的政治斗争席卷整个 Keyhome，那段时间，人人自危。

胳膊是拧不过大腿的，更何况现在的杨爽根本没有话语权。得知 Tony 要出让 Keyhome 股份时，我曾经劝过她，让她直接另起炉灶。当时客户还在她的手里，如果杨爽当机立断另起炉灶，大概率她会成功，可惜，她没有太大的野心，更不愿冒风险揭竿而起，才有了今天的被动。根据现在的形势，美国佬就是要利用杨爽裁员，等裁员一结束，杨爽的好日子也就到头了。

因为我们部门的特殊性，当杨爽让各个部门负责人报裁员名单时，我只报了吴佩佩一个人，我忍吴佩佩已经很久了，之所以没有裁她，是因为我还以为她会被我的仁慈感化，可这些年来，她见我站住了脚，不好欺负，便将打击目标转移到了秦月身上，时不时地找碴。吴佩佩的行为让我很不爽，名单提交给杨爽的第二天，吴佩佩便被 HR 通知赔钱走人了，当她哭着过来求我时，我告诉她，今天的果是她昨天的因造成的，工作打酱油也就算了，还四处惹事儿，最关键的是还收受供应商贿赂。

后来，吴佩佩不服公司决定，跟 Keyhome 打官司。蛇打七寸，一般我不会下死手，吴佩佩的行为太过分，我也就痛打落水狗了。有供应商举报她受贿，数额较大，直接报警，吴佩佩聪明反被聪明误，被判处三年以下有期徒刑，并处罚金。

Keyhome 的裁员还在继续，整个办公室压抑得让人窒息，大部分员工在公司干了很多年，年纪又大了，如果被开除，虽然能拿到一些补偿，但是，很难再找到一份跟 Keyhome 待遇类似的工作，尤其是那些没有技术壁垒的工种。

孙玉萍是 Keyhome 公司的一个辅料设计师，日常主要负责产品的辅料设计工作，刚好她的合同到期，便直接不续签合同，她在公司工作了 10 年以上，赔了 11 个月的工资。孙玉萍在家里休息了 3 个月开始找工作，找了半年，找到了一份只有 Keyhome 一半待遇的工作，因为她自己只会做一些简单的设计，缺乏创意，所以，职业生涯一直没有提升。好在她是临海本地人，家里房子有好几套，不然，如果是外地人，基本生活都是问题。

还有一些刚买了房子的同事，因为贷款几百万，每个月都等着工资还贷款，现在一下子工作没了，有的人有一些积蓄还好，那些没有积蓄，借不来钱，又不能及时找到工作的，竟然断供了，房子最后被银行收走拍卖……

至此以后，尽管 35 岁危机，40 岁职场魔咒存在，我一直保持警惕，每年都会更新下自己的简历，跟猎头保持一次互动，了解一下市场行情。

几年后，互联网的寒冬席卷全球，整个互联网行业哀鸿遍野，天天可以看到各大互联网公司裁员的新闻。当时我在 A 大厂已经工作 3 年，经常出现今天还在一起把酒言欢的同事，第二天便人走茶凉，甚至整个团队解散的事儿。经历过 Keyhome 的大裁员，我对这些也就习以为常了。

随着一个个熟悉的面孔离开，我最后找了一次杨爽，试图鼓动她带领大家一起另起炉灶，并且愿意抵押自家的房子出资 100 万入股。但是，杨爽摇了摇头，她告诉我，做了将近 20 年的纺织品国际贸易，心累了，奔五十的她不想再折腾了，我知道，多说无益。

当时，我已经经过了 4 轮面试，A 大厂等着我确认是否接受他们的 Offer，刚开始我还心存犹豫，毕竟，跟 Keyhome 的同事共事 6 年，人都是有感情的，如果大家能够一起努力保住这家公司，保住大家的工作，我愿意留下来。然而，杨爽的态度让我毫无留恋之意，当时我没有能力挽救 Keyhome 的兄弟姐妹，更何况自己还有一屁股的债等着去还，所以，我就毫不犹豫地接受了 A 大厂的 Offer。

杨爽彻底让我失望了，刚入职 Keyhome 时，她的专业让我钦佩，虽然她小心眼，处处针对我，但是，瑕不掩瑜。6 年时间，让我从一个热血沸腾的毛头小子，成长为一个具备国际化视野、杀伐决断的生意人；进入临海外国语大学攻读 MBA 更是开拓了我的视野，同时打开了我的格局；而杨爽那个原本遥不可及的牛人，在我面前似乎渐渐变得稀松平常。她面对美国资本的态度，更让我意识到她啥也不是，就是一个精致的利己主义者，她能够做到小富则安，但是，不可能成就一番事业。

我跟杨爽不一样，她本身出生在大城市，而我来自农村，没有任何资本，为了实现梦想，必须继续奔跑。

第八十三章 应无所住，而生其心

A 大厂的文化，尤其是 361 的绩效制度，把人性恶的一面彻底激发了出来；每一次绩效考核，都是一次血淋淋的人性博弈。

面对巨大的利益落差，人与人之间更多的是竞争、倾轧甚至背叛，友善显得无比的脆弱。而我李文彬，一个传统行业的老兵，根本不知道自己将会被莫名地推向一个前所未有的利益冲突的漩涡。见证了人性的善与恶，美与丑。

我有名校情结,这辈子进入震旦大学读书是人生目标之一,因为变故,读书的学费被亏没了,又背负一身债务,没能如愿进入震旦大学。现在想想,庆幸当初通过全国硕士研究生统一考试,得以重返校园;更庆幸自己没有固执,选择进入临海外国语大学攻读MBA。

冥冥之中自有天意,自从读了MBA之后,学业与生活产生了共振,我的人生开始发生了变化,第一学期竟然通过四轮面试拿到了A大厂的Offer,顺利居转户拿到了临海的户口。

一个穷乡僻壤的凤凰男,有了房子、车子、妻子、票子,在常人的眼里,拿着稳定的薪水,过着老婆孩子热炕头的小日子,了此一生,不挺好么?

2018年底,由于过度自信,栽了一个大跟头,投资失败,不仅给儿子买学区房的首付没了,还亏掉了太嘉的房子、临海的酒店式公寓和MBA学费,抵押了临海的商品房,原本惬意的中产小康生活瞬间变成了背负100多万的外债。当时的境况可以用内外交困,度日如年,入不敷出,举步维艰来形容。

拿到A大厂的Offer,既是意料之外,又是意料之中。那年我35岁,过了年就36岁了。三十而立,虽已成家,尚未立业,迫切需要做出改变。内心的不安分,让我拒绝所谓的稳定。

秦月是那种得过且过的性格,而我则是满腔热血,一心想成就一番事业的人,尽管我们性格和人生目标大相径庭,大部分时间,生活过得还算和谐。

尽管我很努力,生活却一直没有太大起色,不知道是因为自己不够努力,还是生不逢时。

一心求变的我,曾经写了一篇散文来表达内心对当时的自己和秦月的不满,秦月看到这篇散文时,对我很是不满,她认为我不懂得自我和解。

致人生

这个世界是公平的。

你之所以有今天的不顺，不是生活刻意刁难你，而是你自己。

当别人在努力时，你在干什么？当别人在奔跑时，你又在干什么？

万事皆有因果，无因哪来的果？

当别人为了更好的明天在奋斗时，你却慢腾腾地活在自己的世界里；

当别人在努力改变，实现人生蜕变时，你却慢腾腾地不思进取；

当别人思考人生，不断试错，改进，进步时，你却在抱怨老天对你不公；

无论何人，如果不设定目标，不努力，终将被时代所淘汰。

请记住，你自己对你自己负责，你所过的生活都是你自己拼搏得来的。

没有任何人可以舒服地躺在床上做一个吸血鬼。

不改变，不自省，不努力，换来的终将是一日不如一日。

一个不努力的人，终将变得越来越懦弱和无能，最终被生活所抛弃。

你要有自己的目标，更要有为了实现自己的目标而拼搏的勇气。

抱怨没有用，幻想没有用！

努力吧，再不努力，你的人生终将被淹没在昏暗的角落里！

时间回到 2019 年，当时国际贸易形势越来越严峻，父母年迈，不能帮忙带孩子，家庭负担较重，我不得不重新思考未来的职业方向。之所以写这篇散文，是希望我和秦月都可以改变自我，拥抱变化，实现人生的涅槃。

按照正常人的思维，老婆孩子热炕头，作为新临海人，有房有车，又落户临海，家庭稳定，我没有理由抛妻弃子离开临海去西杭市工作，虽然 A 大厂是赫赫有名的头部互联网大厂，是很多人梦想工作的地方。

可投资失败，尤其是秦月为闺蜜担保贷款购买了 100 万的 P2P 理财产品暴雷，当时借钱堵上了窟窿，虽然我在 Keyhome 的收入不错，可跟互联网一线大厂相比还是有天壤之别的。更何况 Keyhome 已经陷入风雨飘摇之中，而杨爽又是一个精致的利己主义者。

刚开始我一时还下不了决心，临海有一座古刹，里面有一个得道高僧，疫情刚开始时管控不严，我驱车去古刹向高僧求教，他并没有见我，而是让弟子送给了我一本《六祖坛经》，同时让弟子转告我一句话："应无所住，而生其心"。

刚开始我并不明白高僧的用意，回家后，读了一遍《六祖坛经》并没有悟出什么道理，直到读到第四遍我有一种大彻大悟的感觉。《六祖坛经》的精髓就是应无所住，而生其心。放下心中的一切依附和执着，保持心的自由和开放，从而达到觉悟和自由。当时因为内心有太多的想法，没有理清楚自己和家庭面临的核心困难和问题，才导致不知如何抉择。

思想问题解决之后，一切都变得水到渠成，鉴于当时的经济形势和家庭情况，不得不积极转型。我知道此次转型肯定有阵痛，不仅要跟家人分开，一个三十五六岁的中年男人还要面对从传统企业到互联网企业的职业变化所面临的挑战。

经过深思熟虑，我最终决定倒逼自己转型，从传统行业向互联网行业转型，将自己十几年的国际贸易和家纺行业经验和互联网结合，对我而言，既是机遇又是挑战。

西风烈，长空雁叫霜晨月。霜晨月，马蹄声碎，喇叭声咽。雄关漫道真如铁，而今迈步从头越。从头越，苍山如海，残阳如血。

十几年的积累化为乌有，还有百万的负债，在人生至暗的时刻，为了家人，也为了自己，我选择从头来过，开启新篇章。

2019年底，经过慎重思考，毅然决然辞职，我的离开让杨爽彻底失势了，她在 Keyhome 工作将近20年，除了我，没有一个人挺她的，完全成了一个空架子。

命运之神似乎跟我开了一个玩笑，因为疫情不能正常入职，原计划2020年1月6号到西杭市报到。人算不如天算，2020年初疫情肆虐，入职时间从年前推到年后，随着疫情加重，一直没有确定的入职时间。

房贷、MBA学费贷款、借款、生活开支，一旦没有工资生活就转不动了，试想，当时我内心是多么的焦虑，这就是中产的生活！我似乎变成了一头驴，一头拉磨的驴，一天不拉磨，就面临挨饿的风险。

时间进入2020年2月，焦虑让我寝食难安，甚至一度跟秦月说不行我就跑顺风车，秦月笑着对我说，大家都在家，谁坐你的顺风车？

在我的心态即将崩溃时，入职时间终于敲定，A大厂的HRBP为我办理了线上入职，一颗不安的心这时才安定下来。入职至少能保证下个月有钱进账，这个家还能转得动。

尽管我多次申请前往公司报到，因为疫情不明朗，一直没有得到公司总部的批准。隐隐约约，觉得接下来的路不会平坦。

我知道自己是来渡劫的，成功了，涅槃重生；失败了，人生依旧。

时间迈入 2020 年 3 月，申请前往公司西杭总部报到被批准了。那天，我兴奋得跳了起来，随之而来的是伤感。我知道，我要跟秦月和儿子分别了，这一别，能否重逢都不得而知，为了这个家，我豁出去了。

买了些菜，跟秦月和儿子在家里吃了一顿火锅，便头也不回地坐上车，自驾前往西杭市，那一路，泪水如断了线的珠子，贝多芬的《命运交响曲》也没能让我忍住。

永远也忘不了在西杭全季酒店隔离的 15 天，我的人生从那时开始悄然变化。在酒店实在是太无聊，便在网上购买了《毛泽东选集》一至四卷。

人只有体验过生死般的经历，才会顿悟和涅槃。面对疫情，大家都不知道未来会怎样，为了生活你又不得不前行。

经历过人生巨变之后，看穿了一些人世的荣辱悲欢。在 2020 年初全季酒店隔离期间，我竟然真正地走进了《毛泽东选集》，甚至有一种相见恨晚的感觉。从此，对《毛泽东选集》爱不释手。

第八十四章 赛马

白天贩卖自己，夜晚赎回灵魂。凌晨洗完澡躺在床上的感觉真好，结束了一天的钩心斗角，终于可以卸下伪装，享受片刻的宁静和自由，这就是我在 A 大厂的生存状态，也是大部分成年人的状态。

有人的地方就有江湖，更何况是以 996 闻名全国的 A 大厂，不要以为拿到 A 大厂的 Offer，就鸟枪换炮，土鸡变凤凰了。殊不知，等待我的是一个接着一个意想不到的坑，我差点被埋进深坑爬不出来。

故事从试用期开始，原本 A 大厂的试用期很简单，我工作十几年，经验还算丰富，这一次差点在试用期被干掉。

起因是我的师姐罗桦，她是江浙省西杭市人，西子湖畔孕育的典型江南水乡女子。30 岁，身材高挑，皮肤白皙，瓜子脸，喜怒不形于色。据传有一个漂亮的女儿，老公也是西杭人，家庭条件优渥，在 A 大厂已经工作了两年多。

一入园我便展开了自己的常规套路，请客吃饭，除了自己的老板无尘和师兄罗桦外，其他人都推辞没有参加。当时我还真以为大家很忙，后来才知道，我被孤立了。我的到来并不是真正的岗位需求，而是罗桦一直不能研发出好产品，导致自有品牌的家居家纺和内衣配饰起了个大早，赶了个晚集，被竞争对手压得死死的。无尘为了让 A 大厂自有品牌的家居家纺和内衣配饰品类能够杀出重围，便试图招聘有经验的行业专家，通过赛马将业务做起来。直白点说，只有一个岗位需求，罗桦和我需要 PK，胜者留，败者淘汰出局。

这就是成年人的世界，想要获得更好的工作机会，就要承受常人难以承受的压力。一次秦月拿着我在 Keyhome 时的一张照片跟我说："文彬，短短几年，你变得憔悴多了。"

刚开始并不知道招我进来是要跟罗桦竞争的，要么我把罗桦干掉，要么我被淘汰出局。刚开始我根本接受不了这个现实，毕竟，罗桦在 A 大厂工作了两年多，有太多的资源，让我一个新人小白跟她 PK，太不公平了。可现实是，我已经回不去了，必须挺住。

当我参加集团组织的培训时，才知道自己在剩下两个月的时间必须做出一番成绩，如若不然，我就将不得不灰溜溜地回临海。当时我背负着巨额债务，这份工作对我很重要，可以说是我的救命稻草，既然有一线生机，死活都要抓住机会。生活不允许我再失败，必须背水一战，不管是罗桦还是王桦，我都必须把她干掉！不仅为了我，更为了这个家，老婆孩子还等着米下锅。我背井离乡从临海来西杭市，是要东山再起，而不是屁股还没坐热，就灰溜溜地回去。

罗桦这个看似温婉的江南柔弱女子，在利益面前表现出了女人的阴险与霸道。她的策略很简单，她漂亮，凭借着自己的长相优势，游走于各个部门和男同事之间，虽然她是我的师兄，连带我跟同事做个简单的介绍都没有，以至于我跟整个团队是割裂的，甚至有人问我："李文彬，你来一个月了，师兄是谁？"当时我愣在那里不知如何回答，怪只能怪生活，从内心我不怪罗桦，从她的角度而言，我是来抢她的饭碗的。

罗桦很警觉，她将家居家纺和内衣配饰的所有产品企划和研发都牢牢抓在手里，而我看起来则成了一个闲人。

时间一天天地流逝，三个月的试用期我是要进行个人答辩的，如果没有工作亮点，如何正常转正？

幸亏在集团的新人培训时遇到了知乎，一个曾经在 A 大厂有十年工作经验的老人，因为离职创业失败，二进宫。他是我在 A 大厂的指路明灯，如果不是他的指点，我根本就无法活下来。原本我对罗桦还有一丝同情，她的做法激起了我的斗志，让我也变得冷冰冰的。

既然罗桦要孤立我，我就反孤立。尽管她在 A 大厂工作时间长，但是业绩不好，老板不喜欢。为了能够活下来，我分析了无尘身边的所有人，将他们分成三类：核心人员、次核心人员、外围人员。然后从核心人员到外围人员，一个个地约着吃饭、喝酒，曾经好几次喝醉出洋相，印象最深的一次喝醉竟然睡大街。早上5点多醒来，发现自己睡在马路边。经过一段时间的推杯换盏，最终，罗桦精心布下孤立我的局，便被我轻而易举地给击破了。

打破孤立只是第一步，接下来就是业绩问题了。罗桦以为她把所有线上的电商业务都抓在自己的手里，就可以高枕无忧了，她不知道，真正地看完《毛泽东选集》的我已经脱胎换骨，我在下一盘更大的棋。A大厂是电子商务公司，线下业务基本没有。《中国社会各阶级的分析》给了我灵感，我对整个中国的线上和线下零售市场做了深入的分析，做了一个A大厂自有品牌如何赢得线上和线下市场的分析，根据分析的结果，对一些趋势品类的产品策略详细做了研究，并且给出了相应的方案，当然，包括家居家纺和内衣配饰类目。

当我跟无尘滔滔不绝地讲完100多页的PPT，他兴奋得几乎跳了起来。游走在罗桦和我之间的天平，开始向我这边倾斜。无尘支持我拓展线下业务，我便甩开膀子加油干，一个多月更拿下了大润发、盒马、联华超市等大型的线下零售商的年度框架协议，一个多月订单突破了5000万，而罗桦负责的线上业务还在持续性下滑。

入职3个月时，我进行了一次分享，对自己3个月的工作做了一个阶段性的总结，同时对未来做了一个展望，重点介绍了一下，如果自己接手家居家纺和内衣配饰业务，如何短期将生意做大做强。

跟罗桦的赛马以我的顺利转正、罗桦被淘汰出局结束。我如脱缰的野马，有一种金鳞岂是池中物，一遇风云便化龙的豪情壮志。

第八十五章 伪装者

互联网大厂最大的不变就是变化，一年一季的双十一要来了，无尘被调到了别的事业部，我迎来了在 A 大厂的第二任领导。

吴丹，一个戴着高度近视眼镜，满脸痦子，嘴还有点歪的中年女人。据传，她没有业务经验，是跟着自己以前的老板来的 A 大厂，之所以能够坐上领导的位置，完全是有人挺她，因为她并不是做业务出身，以前是做秘书工作的。她擅长在开会时一字不落地把各种会议内容记下来，但是，对于品牌的战略，产品的策略，营销推广，品牌营销等一窍不通。

无尘离开时带走了几个人，当吴丹要接手自有品牌产品企划和研发的消息传来以后，整个部门沸腾了，很多人积极寻找转岗的机会，有些人甚至找到了外部的机会离职了。当时我还是一个新人，不知道为何大家会转岗或者离职。而吴丹来了之后，所做的一切，不仅说明她是一个伪装者，更说明在她虚伪的外衣下是一副丑陋无能的皮囊，一副好牌被她打得稀烂。

吴丹掌管自有品牌产品企划和研发工作以后，先召集几十号人开了个大会。会议上，她当着新来的大老板苏桐的面，满嘴仁义道德，将自己包装成了一个一心为公，堪比包青天的大好人。可能我这人太单纯了，当时竟然信了这个歪嘴女人的鬼话。当天晚上约她去吃了一顿烤肉，主要是新领导来了，向她汇报一下自己的情况，还可以跟她对焦一下业务，以便更好地进行下一步的工作。

约了吴丹在集团园区旁边的韩国烤肉店吃饭，那天她欣然赴约。吃饭时，她说了很多好听的话，让我放宽心，她不会任人唯亲，她是以结果和贡献来考评团队成员的。

第二天，这个冠冕堂皇、满嘴仁义道德的人，便将原来无尘团队几个留下来的人手里的好品类和推进的好项目都强行转给了她带来的人，原本他们部门是要被遣散的，正是因为无尘的转岗，让吴丹和她的团队死灰复燃，并迅速地侵占了好的坑位。可恶的是，吴丹并不是知人善任，而是任人唯亲，为了能够让她自己手下的人拿到好的绩效结果，将他们放在并不适合的岗位。

面对发生的这一切，当时我没有一丁点的体感，不知道接下来会发生什么，毕竟，我还沉浸在入职A大厂并成功地活了下来的喜悦里，像一匹脱缰的野马做着自己喜欢的事情。

坦白讲，入职A大厂让我开了天眼，通过大数据了解消费者的消费轨迹，洞察消费需求，从消费者视角研发产品，满足消费者的差异化需求。

为了更好地开发产品，利用集团的资源，不仅洞察消费者，还寻找了更多的供应商，当年双十一我负责企划研发的国潮抱枕和卫衣，成为自有品牌部唯一被头部主播威雅选中的产品，一场直播卖了1000多万，同事们投来了羡慕的目光，他们以为我半年度考核拿下3.75是妥妥的。

在这里有必要对A大厂361的绩效考核制度做个简单的介绍，所谓361是指30%的人拿3.75或者3.5+，这些人年终考核如果也能拿到3.75或者3.5+，就能拿到至少6～12个月的奖金，外加集团股票奖励；60%的人拿到3.5，差不多3～5个月的奖金加一点股票奖励；10%的人没有奖金没有股票。从集团的绩效考核制度可以看出，拿到不同的结果，所得的奖励天壤之别，所以，很多人为了能够拿到3.75或者3.5+，毫无底线地使用各种手段，而当时我对这些竟然一无所知。

半年考核来了，让我怎么都无法接受的是，整个无尘团队留下的人，包括我李文彬，全部成了361的1，也就是年底什么都拿不到的那部分10%的人。对于这个结果我无法接受，绩效面谈时直接表示不接受，要求复议。并将我半年以来所做的事情跟吴丹团队的人进行了对比，发邮件给了HRBP。但是，在A大厂复议基本是不可能成功的，这也就是为什么很多被打了1的人内心不服的原因。

任人唯亲，不以结果论英雄。以我负责的业务为例，我在A大厂自有品牌的第一年，不仅线下的业务超出预期，并且另辟蹊径，从0到1，开辟了很多以前自有品牌没有涉及的业务，并且能够将这些业务在短时间做起来，并超越了现有的业务，即便如此，吴丹瞎了一样，视而不见。

被自己的直属领导无视和不公平对待，一开始我的心态受到了影响，情绪低落，甚至有了离开的想法。后来，吴丹见我没有转岗或者离职的意思，便将一些脏活累活以及不出成果的活硬压给了我，我知道她什么意思，试图想通过超负荷的工作将我逼走。正是因为她的打压和逼迫，激起了我的斗志，硬压给我的活我都一一接下，不懂的行业利用集团的资源寻找合适的工厂。曾经为了做好内衣配饰这个类目，根据产品和产业带，我去了诸暨找袜子供应商，去广东小榄镇开发内裤供应商，去东山省开发保暖内衣供应商……

为了将袜子做好，在产品企划阶段，将整个店铺的老款产品全部淘汰，规划了一版全新的产品线，当时我跟诸暨一家袜子工厂的老板说，明年我跟你做一个亿的生意，我知道刚开始那个老板是质疑的。

为了提升消费者体验，不仅找了很多人去试穿袜子，自己更是每天换一双不同的袜子体验，随着一轮轮新的样品送达办公室，大家的满意度越来越高，最终船袜在第二年的三八大促之前成功上线。

高性价比，品质又不输一线大牌的产品一经上线，便火爆了全渠道，不仅线上，还包括线下，紧接着又推出了中筒袜、直角袜、礼盒装等不同的产品。通过一年两季的产品将整个袜子品类做深、做宽、做透，打造出了几款现象级的爆品，很多头部的优质供应商慕名前来合作。

第二年"双11"，谁也没想到卖得最好的不是大家寄予厚望的羽绒被、四件套、拉杆箱、杯子等这些产品，而是我开发的袜子、内裤、一次性旅行产品等。

尽管吴丹继续采取打压政策，但是，面对我做出的成绩，她很难将我划入年底一无所有的10%了。

吴丹不是一个好的管理者，她不仅心胸狭隘，更没有团队精神，我是她团队的一员，但是，她却将我视为眼中钉肉中刺。我跟她不存在博弈关系，她却处处找碴，我知道她的心眼小，没什么格局。即便被她踩在地上摩擦，我还是定期约她吃饭，向她汇报工作，我从没有奢望她对我的态度会有所改变，她既然想伪装自己，索性就一叶障目、掩耳盗铃。

夜幕褪去，冬日的阳光洒在广袤无垠的大地上，让人感觉暖洋洋的，空气中弥漫着春的气息。晨光唤醒了花草树木，有人背上行囊远行，有人蜷缩在被窝里沉睡。有梦想的好男儿，只有坚定不移地前行，完成自己的人生使命，才不辜负梦想的召唤。

第八十六章 祸兮福之所伏

吴丹的问题出在心胸狭窄，她容不下跟她意见不同的人，更容不下比她能力强的人。

上任伊始，吴丹简直成了部门的暴君，几个曾经在无尘下面当过差的人，都被她利用绩效逼走了，当时临海的一家互联网企业通过猎头挖我，被我拒绝了。我的倔脾气一上来，你越是想让我走，我偏要留下来活得更好。

吴丹身为我的领导，跟我共事几年，她竟然没有摸清我的性格，更不知道我深谙《毛泽东选集》，是打不死的小强。如果她稍微懂得变通，都会变打压为拉拢。

我工作多年，也算是见过一些职场的政治斗争，吴丹的打压策略算是让我开了眼，她的手段之残忍让我体验到了什么叫做心如蛇蝎。不过，她对我的每一次打压，都是我在A大厂的一次成长。

曾经有一段时间，我怀疑自己是不是抑郁了，好在每天我都会抽出一定的时间看《毛泽东选集》来治愈被伤害的心灵。几年时间，几乎每天都会阅读和思考，伟人很多思考问题的方法，尤其是行文的方式，甚至口吻，已经慢慢内化成自己的思维和表达，如果将《毛泽东选集》比喻成一个浩瀚的知识海洋，自己就像一块海绵，尽情地吸收它的精髓，用它来武装自己，而吴丹的小手段，便变得不足挂齿了。

也许，这就是祸兮福之所伏，《毛泽东选集》改变了我的心态，影响了我的气质。面对未来的不确定性，在这个浮躁的世界，难得有精神的慰藉。当有了安身立命的精神之后，未来才能够走得更远，而《毛泽东选集》就是我走得更远的精神支柱之一。

在吴丹逼迫我自我蜕变时，我遇到了人生中的另外一个贵人，A 大厂的七禾。七禾是我做公益认识的一个女孩，她的交际能力非常强，在集团各个事业部都混得很好。在我抑郁的那段时间，她时常约我一起做公益，同时开导我，正是在她的开导下，让我慢慢地走出了阴霾。

在被吴丹打压的那段时间，是我平生职场最难熬的日子，整个人都差点抑郁了，如果不是有《毛泽东选集》的滋养，不是苏桐老师拨乱反正，不是跟着七禾做公益，八成我坚持不下来。

读书可以改变命运，真的很庆幸自己攻读了临海外国语大学工商管理硕士，让我在 A 大厂紧张的工作之余，可以在周末和来自世界各地的教授进行思想碰撞。实不相瞒，进入 A 大厂之前，无论是逻辑思维还是表达能力，跟那些优秀的人相比，自己一无是处。进入 A 大厂之后，见贤思齐，工作和学习相辅相成，促使我不断地进步。

还记得 2020 年 10 月 11 日，在课堂上做了一次《毛泽东选集》分享，毕竟是第一次在课堂上正式分享，很多想法并没有表达出来。不过，正是从这次分享开始，到 MBA 学业的结束，短短两年多时间，竟然在班里做了几十次分享。更为可喜的是，分享成为我的一个习惯，原本工作中埋头苦干，不善于表达，现在一有机会便积极表达自己的观点，我的影响力在不断地扩大，命运的天平似乎开始向我倾斜。

自有品牌事业部的业务是以产品驱动的，为了激励大家的积极性，自有品牌事业部举行了品宝日活动。所谓品宝日，是为了激励产品部研发出更多的爆款产品，在一定的期限内，根据新品的销售额和利润情况而设置的评奖活动，符合获奖产品的企划研发专家获得 MVP 单品奖。

2020 年"双 11"，我研发的卫衣、国潮抱枕、T 恤等产品获得了 3 个品宝日 MVP 单品奖，当时吴丹完全无视我的努力和结果，以运气为由年底试图把我划入被淘汰的 10%。

在激烈的绩效内部排名会上，自有品牌的大家长苏桐义正词严地反问吴丹："吴丹，你身为部门负责人，要做到一碗水端平，不能这么明显地打压李文彬。李文彬"双 11"创造了自有品牌事业部单场直播销售额的最高纪录，是去年的两倍多，如果仅仅靠运气，为什么张三、李四没有这个运气？"

当时，吴丹被问得哑口无言，不过，她依旧我行我素，强行给我打了不好的绩效。不过，最终苏桐老师在分配奖金的时候并没有让我吃亏，在恨不得将一分钱掰成两半花的日子，年底的奖金对我可谓是救命的稻草。如果我没有扛住，被吴丹打压离开，以当时自己的家庭经济状况，存在家庭破产的危险。如果从一个家庭主心骨的角色而言，吴丹不亚于我的仇人。这个女人心如蛇蝎，为了小团队的利益，完全不顾及别人的死活。

以德报怨，可能是我在 A 大厂最大的收获。几年以后，当我离开 A 大厂，准备创业时，依然请吴丹吃了一顿饭，因为她的打压让我变得更强。让我哭笑不得的是，当时她竟然说："李文彬，这些年你挺不容易的，我知道对你不好，但是，你肯定觉得我是一个好人？"

吴丹此话一出，当时几个一起吃饭的人都愣住了，而我嘴里的菜也差点被喷出。可能吴丹觉得我请她吃饭是因为她在我心里是一个好人，殊不知，是因为她的打压和摧残促使我自我涅槃。

如果说 2020 年"双 11"威雅直播有一定运气成分的话，经过一年的布局和努力，2021 年上半年我研发的新品抗菌除臭船袜、云朵 EVA 拖鞋、莫代尔无痕抗菌内裤成为自有品牌事业部上半年为数不多跑出来的新品，三个单品成功拿下品宝日 MVP 单品奖。

个人一次性获得 3 个奖项（本次共有 6 个商品获奖，其中吴丹团队只有李文彬一个人获得 3 个奖项，其他 3 个被 TO B 团队的 3 个人获得），占比 50%，被同事戏称为"冠军之王"，"金牌三连击"。

获奖后，苏桐老师问我的心情怎么样？当时我并没有说话，而是微微一笑。我知道，苏桐老师之所以搞这个活动，是想纠正像吴丹这种人的做法。A 大厂的确是一家伟大的企业，林子大了什么鸟都有，公司给他们发着高薪，工作不好好做，一些人整天想着拉帮结派，利用自己手中的权力，为了小团体的利益，将同事视为异己，进行摧残和打压。

我长舒了一口气，内心汹涌澎湃，一个人第二次一次性获得 3 个 MVP 单品奖，已经在自有品牌事业部 100 人面前再次证明了自己的能力。经过一整年的蛰伏，至少证明了即便是在 A 大厂这个地球上最牛的互联网电商企业，我也可以成为最优秀的选手之一！

当时为了能够在 A 大厂这个超级大平台活下来，用一次次的战役为自己证明，证明自己的能力、成长和不一样。一个从传统行业来的大龄青年，在 A 大厂这个地球上最牛的互联网电商企业，一次次站在最高领奖台，证明自己同样可以做到最优秀。

反观吴丹，原本管理着整个自有品牌事业部的产品部，后来，团队在她的带领下业绩一泻千里，面对复杂的竞争，产品部被划分为了好几个小组，而吴丹只负责一个小组，下面只带两个人。不过，她也曾经试图通过猎头在外面找一些合适的机会，因为确实没什么干货，一直没找到合适的机会。

　　事物的发展并不是一帆风顺的，2021 年 12 月 18 日是 MBA 论文正式答辩的日子。可能这两年太拼了，以至于忽略了身体。2021 年 12 月 17 日凌晨 3 点多，左侧腰部突然疼得厉害，那种疼痛的感觉让我万念俱灰，平生第一次感觉到死神的存在。

　　之前，我一直坚信我命由我不由天，在疼痛的那几个小时，我只想平安度过此劫，别无他求。

　　在 A 大厂的收入不错，可当我身体出现状况的时候，虽然只是结晶，还没有形成结石，不过，经此一劫，内心开始出现退意。虽然虚惊一场，但不知生命在何时终结，而我创立一家伟大企业的梦想还没有着落。即便从职业生涯的角度思考，身边已经开始出现 2000 年出生同事的身影，无形中给人以压力。

第八十七章　为自己活一次

　　在人生 40 岁即将来临之际，儿时那个创立一家伟大企业的梦想一直在脑海里挥之不去，虽然 A 大厂能够让我在临海过上殷实的生活，但我还是想为自己活一次。

　　有了创业的念头之后，它便如野草般在脑海里生根发芽，疯狂生长。我已经求生存了将近 40 年，该为自己的梦想活一次了。于是，我便毫不犹豫地提出离职，快速组建了 Sunlucky 公司，一家做内衣的电商品牌公司。刚开始因为资金有限，只有 10 个人不到的小团队，3.8 大促备的货都是靠抵押临海的房子才付了供应商的首付款。这一次，我知道自己只能成功，不能失败，不然我就对不起秦月和儿子了。

可能是幸运之神的眷顾，Sunlucky 3.8大促销售额突破了2000万，一举实现盈亏平衡。后来，苏玉箫知道我创业了，第一时间打电话给我，当了解到我的实际情况之后，箫箫便提出投资1000万，只要10%的股份，短短几个月的时间，公司估值已经达到了一个亿，当时公司扩张需要资金，我便毫不犹豫地拍板同意了。

拿到了箫箫的投资，Sunlucky公司便在临海的临港新城租了一套500平方米的办公室，迅速地组建了运营中心、产品部、市场部、供应链、视觉工作室等完善的电商团队，Sunlucky从一家草创公司开始走向了正轨，准备迎接即将到来的6.18大促。

Sunlucky内衣电商业务，我将沈晓燕和汪莫林挖过来管理，组建了Sunlucky Underwear电子商务有限公司，他们夫妻投资100万，外加技术入股，给了他们20%的股份。沈晓燕和汪莫林也算给力，入职没多久，便给我设计了一套三步走的方案，通过3到5年的时间，将Sunlucky Underwear打造成一家年销售额达30亿的头部新锐内衣品牌。

当Sunlucky Underwear业务稳定了之后，我便着手设计打造Sunlucky Home，一家做家纺业务的电商品牌公司。干事业的前提是要有人才，我有多年家纺行业的经验，有很多新的想法，但是，我的想法需要有人帮我落地。很快，我约董思琪在Hakkasan吃了一顿晚餐，她现在已经是Keyhome国内电商的运营总监，当她听完我的想法之后，二话不说，直接从Keyhome离职，出资100万要跟我一起做Sunlucky Home。

董思琪的到来，让我如虎添翼，很快Sunlucky Home开张营业。在第一个6.18大促中，作为一个新锐家纺品牌，销售额全渠道破3000万；而Sunlucky Underwear作为内衣新锐电商品牌，在第一个 6.18 中的销售额突破 8000 万。

一家刚成立不久的公司，第一个 6.18 直接做了 1.1 亿，这绝对是一件值得庆祝的事情。为了庆祝 6.18 大获全胜，Sunlucky 组织员工到泰山进行团建。

其实，很早我就有到泰山一游的想法，苦于一直没有机会。这次创业，6.18 大卖，Sunlucky 从众多品牌中成功破圈，兑现业绩破亿的承诺，正好利用这次团建的机会，去一趟泰山。

一行 60 人，分 3 组，坐着大巴车从临海直奔泰山。到了泰山，直奔泰山顶，可能是阳过之后身体虚了，我爬得比较艰难，整体经历了三个阶段。第一个阶段直喘粗气，好不容易到了龙门，看到气势磅礴的龙门牌坊，让我想到了古代的读书人，为了鲤鱼跃龙门，挑灯夜读。而此时的我，在创业的路上越走越远，看到龙门，有一种涅槃重生、鲤鱼跃龙门的感觉。第二个阶段，登泰山十八盘，1600 个石阶，浑身直冒冷汗，听着贝多芬的《命运交响曲》，原本疲惫的身体瞬间便来了精神，我越爬越勇。第三个阶段，过了南天门到玉皇顶的路上，感觉两条大腿的筋都在颤抖，虽然很吃力，但是，眼瞅着即将登顶，我咬牙坚持着。

这次爬泰山是团建，不能慢悠悠地爬，刚开始我体能有些不支，在停下来休息时，遇到了一个人。我怎么也没有想到在泰山竟然会遇到李云峰，想想两个人的过往，似乎就像昨日发生的事儿，历历在目，我的眼睛再次湿润了。

我问李云峰现在做什么工作？李云峰告诉我，为了李村，他已经放弃大城市的工作，考了村官，做了李村的村长。他告诉我虽然李村盛产粮食作物，但是，没有深加工，也没有销售渠道，大量的粮食卖不出去，都烂在了家里。

我知道李云峰是一个什么性格的人，他跟我差不多，一心想做大生意，当个大老板。当年高考考入了南河省省会的一所大学，后来他发现虽然中国的 GDP 高速增长，远离沿海的农村特别是偏远山区的农村依旧是一穷二白。以李村为例，所在的县是农业大县，每年走出去了那么多的名牌大学生，为什么还是这么穷？

按理讲家乡是不缺人才的，究其原因是因为年轻人走出去以后，几乎没有几个人愿意回到这个贫穷的地方。年复一年，虽然培养了很多有知识有文化的人才，但是，最终没有几个人才回来建设自己的家乡。

为了能让家乡的父老乡亲过上好日子，李云峰放弃了在大城市当公务员的机会，放弃了大城市的高薪和健全的社会保障，考了一名村官，他绝对不是为了贪图虚名，完全是为了做点事情。李云峰一直在关注我，他知道今年我创业成功，问我能不能回李村，投资发展高科技农业。

"云峰，我也是李村人，家乡需要我，原本我不该有任何推辞。现在兄弟我的事业刚刚起步，我以前的经验都在外贸和电商，如果说你让我回来投资建设一个电商园，可能我会有点想法。你让我投资高科技农业，可我对高科技农业一窍不通，不敢贸然进场。毕竟，公司都是有合伙人的，我要对每一个股东负责。"面对李云峰的邀请，我不敢贸然答应，毕竟，Sunlucky 也只是刚起步，更何况高科技农业我不熟悉。

"文彬，我知道你的顾虑，毕竟创业九死一生。你这次创业，押上了身家性命，不能有半点闪失。但是，兄弟今天还是要跟你讲，农业，尤其是高科技农业，是未来的一个发展方向，中国十几亿人口，粮食问题关系到每个人，现在我们李村跟南河省农业大学已经合作做了一些研究，我们这个地方适合种植旱稻，我们李村种植的旱稻米质晶莹剔透，口感好，软而不糯。并且李村这个地方土地成本很低，人力成本更低，并且，现在国家建设社会主义新农村，为了让广大老百姓过上好日子，给予了很多优惠的政策，比如说税收优惠等等。再说，你可是李村的乡亲们看着长大的，不能因为这边穷，你自己发达了而忘记了大家，你可不能忘本呀！"李云峰一边谈政策优惠，一边打感情牌，很明显，这次跟李文彬见面，他可是有备而来。

面对李云峰的盛情邀请，我竟然一时无法拒绝，当然，更多的是我也看好科技农业。

当我和李云峰听到泰山祈福平安钟的钟声，瞬间感觉神清气爽，我们兴致勃勃地来到了弘德楼，不知何时，竟然传来了《高山流水》的琴声。

少顷，一个小道士打开门，道："请问哪位是李文彬先生？"

在泰山之巅，我原本沉醉在《高山流水》之中，被小道士的声音拉回了现实。冲着小道士礼貌地微微一笑，道："我就是。"

小道士递给我一本书，从小道士手中接过书，定睛一看，原来是一本《道德经》。

我正要开口跟小道士说想拜访他师傅，小道士开口道："师傅有交代，拿了书，李先生就可以下山了。"

言毕，小道士关闭了弘德楼的门，留下我跟李云峰面面觑。

第八十八章 明知山有虎，偏向虎山行

李云峰是我的好兄弟，他邀请我回李村看一看，我懂他什么意思。

对我而言，科技农业是一个未知领域，虽然前途一片光明，可没有资金和人才，无疑是明知山有虎，偏向虎山行。

架不住李云峰的盛情相邀，从泰山回到临海，我便跟苏玉箫通了电话，问她是否感兴趣投资科技农业，箫箫倒是很干脆，问我什么时候去李村，届时，她带团队跟我一起去。自从我创业之后，随着公司的发展，跟苏氏集团的合作也越来越多，苏玉箫因为有了我这个强大的外援，带领苏氏集团从单一业务向多元化业务成功转型，在苏氏集团的地位也越来越稳固了。

搞定了箫箫，我便约储香云在临海中心附近喝咖啡，她是震旦大学毕业的，震旦大学农学院有顶尖的农业专家，我要储香云帮忙找个农业专家一起去李村考察，如果项目可行，可以让农业专家技术入股。

半个月后，我带着Sunlucky团队的核心成员，苏玉箫带着苏氏集团投资部的相关人员，储香云带着震旦大学农学院专家李萌萌，一行人在临海国际机场汇合后，直飞南河省南河市。下了飞机，包了两辆大巴车，直奔李村。

车还没到李村，远远地便看到黄澄澄的稻谷。由于李村独特的气候和肥沃的土壤，当地产的大米颗粒饱满，香味浓郁，营养成分高，吃起来香甜可口。

村口，李云峰和几个村干部站在那里，李村的百姓自发组织了舞龙队，兴高采烈地表演着。

下了车，和李云峰相视一笑，我让李云峰安排人带大家实地去参观李村的农业生产现状。而我则跟李云峰去拜访老支书，跟着他来到了村口不远处老支书家，一个普通的农家小院，几间烂瓦房。

进门时，不小心差点摔倒，这是我第一次进老支书的家，堂屋竟然连水泥都没有铺，还是坑坑洼洼的土地，屋子里摆放着几件旧家具。这竟是老支书住的地方，好歹李村也是有着五六千人的大村，干了几十年的村支书，竟然没有一件值钱的家当！坐在老支书家里破旧的长椅上，内心打翻了五味瓶般酸甜苦辣都有，此时，我知道，为了李村人都能过上好日子，该做些事情了。

李云峰跟老支书说明了来意，老支书从柜子里拿了几个水果摆在堂屋桌子上，他枯如老藤的脸上露出了少见的笑容，轻声道："李文彬，自打你去临海，我就天天向你父亲打听关于你的消息，你是我看着长大的，你小时，我经常跟你爹说，这小子长大肯定有出息！"

"谢谢老书记夸奖，老支书，听父亲说您以前是老革命，是给国家做过大贡献的人，怎么会来李村当村支书？"

"李文彬，我是李村长大的，当初从部队转业原本安排到了省城。转业前回家探亲，看到咱李村破败的景象，便要求组织把我调回李村做个村支书，把咱村发展好。谁承想真的回来了，本以为可以带着乡亲们勤劳致富，没承想遇到了大炼钢铁，结果不仅没炼出好钢，大家伙的锅碗瓢盆都给砸了，生产也荒废了……当初放弃了优厚的待遇来报答父老乡亲的，可谁承想会成这个样子。直到今年云峰来了，读过书，上过大学的人，做事就是不一样，一来便张罗着修路。要想富，先修路，路修好了，李村做生意的慢慢多了起来。"老支书道。

"老书记，这次把李文彬请来，是看他能不能在咱们李村投资搞科技农业，现在虽然大家都有饭吃，但是，跟城里人相比，我们还差得远。等我们把高科技农业发展起来了，大家就可以像城里人那样上班，公司给缴纳社会保险，老了有养老金领。同时，我们还要造新学校，造体育馆，电影院等等，城里有的，我们这里有，城里没的我们这里也有，这样我们就不会再羡慕城里人的生活了。"云峰不等我开口便把自己的想法说了出来。

"文彬，你啥意思？我感觉云峰出的主意挺不错的，不知道你有没有投资李村的意向？咱李村走出去的人不多，希望你能够帮帮这里的穷乡亲。"老支书投来了殷切的目光。

"老书记，我现在还没有具体的方案，不过，请您放心，我不会忘记乡亲们的。这次，我带了相关的农业专家来了，也带了外部的投资机构，只要专家评估下来在李村适合发展高科技农业，我会全力以赴带领乡亲们发家致富的！"

跟老支书聊了一会儿，储香云打电话过来，让我和李云峰过去。看到老支书激动得老泪横流，我不忍心开口，便示意李云峰，跟老支书道别。

离开了老支书家，我们直奔李村的田间地头，震旦大学农学院专家李萌萌已经现场看过了李村的农业情况，她告诉我，李村的大米非常好，营养价值非常高，是她见过为数不多的好大米。

苏玉箫带来的苏氏集团投资部的人员，现场评估了以后，觉得非常有投资价值，愿意投资。

这时，地里收水稻的妇女抬起头朝我们瞅了一眼，女人急忙放下手中的农活，打招呼道："李文彬！你回来啦，好久没见你了，你跟以前没什么大的变化，不过，好像又瘦了些，怎么？当了大老板现在还不舍得吃呀？"

这时，我才认出说话的原来是李大婶。看着明显苍老了许多的李大婶，我内心有种莫名的伤感，夹杂着几分生分道："李大婶，您最近身体怎么样？"

"李文彬，我身体硬朗着呢，我就说你小子将来肯定会出息，没想到你还真的干出了一番事业。听他们说你要回李村投资高科技农业，以后我们就不用手工种地，全部机械化生产了？"

……

跟李大婶又闲聊了几句，接下来聊的是什么，已经记不起来了。我内心在盘算着如何帮助这个生我养我的村庄，让生活在这个地方的人能够过上幸福的生活。

当天，我们便在李村的村委会办公室举行了激烈的讨论，最终，一家名为 Windream 的农业科技公司诞生了。Sunlucky 投资 3000 万，占股 60%；苏氏集团投资 1500 万，占股 30%；震旦大学农学院专家李萌萌技术入股，占股 5%；剩余的 5% 留给未来的管理层，由储香云代持。虽然储香云此时还没有加入公司，但是，我已经跟她谈了好几次，她已经有些心动了，尤其是这次到李村，她洞察到了科技农业是一个好的创业方向。

Windream 的第一款产品便是李村大米，经过精心的准备，一上线便脱销了，这让整个团队信心满满，李云峰则到县里面争取资源，研究如何扩大李村大米的种植面积。

我跟李云峰谈了好几次，让他做 Windream 的总经理，他放不下李村，死活不肯。我知道，他内心有自己的抱负和执着。

第八十九章 读万卷书不如行万里路

心安即归处，考虑再三，我还是决定做国际业务。为了迅速地展开业务，我准备为公司的国际业务部筛选一位负责人，在杨爽和张怡冉之间，我选择了张怡冉。

每个市场，都有打开它的一把钥匙。

张怡冉的加入，推动了宏图集团国际化的快速发展。为了开展国际业务，我们组建了 Sunluckytrade 公司，并招聘了专业的外贸业务员，聚焦外贸家纺业务。张怡冉的业务能力很强，并且沉淀了很多开拓国外市场的方法论，每一种方法论都是一把钥匙，一把打开国外市场的钥匙。公司组建后不久，便开发了十几个欧美的大型客户，订单突破一千万美金。根据这个发展势头，第一年保守估计，Sunluckytrade 的外贸业务订单至少能做 5000 万美金。

根据张怡冉 3 年行动计划，3 年后 Sunluckytrade 要做到 2 亿美金的体量，为了能够支撑业务的快速发展，Sunluckytrade 相继在美国和欧洲开设了分公司。

当业务发展到一定阶段时，我便跟张怡冉聊起了 Sunluckytrade 的战略定位问题："怡冉，现在国外品牌可以在国内赚取高额的利润，我们 Sunluckytrade 却只能赚一丁点儿的辛苦钱，出口贴牌业务已经被国外零售商和品牌商压榨得没什么利润了，我们接下来要外贸和自有品牌两条腿走路。外贸家纺做规模，提升我们集团的供应链能力；自有品牌强心智，赚取更多的利润。"

张怡冉微微一笑，道："李总，您想快速地扩规模、打品牌的心情我理解。但是，目前 Sunluckytrade 还处于业务发展的初期，自有品牌这一块肯定会做，不过，我们不能太急，至少等到外贸业务规模发展到 1.5 亿美金，利润达到 1.5 亿人民币时，公司有了足够的利润支撑，就可以在国外市场拓展我们的自有品牌业务了！"

……

到国外大学短期游学，是临海外国语大学工商管理硕士的优势之一，正常地完成游学，学校会以奖学金的形式返还部分学费。疫情几年，不能正常出国，直到 2023 年才恢复正常的交往，我们才得以实现国外游学。

当经过十几个小时的飞行，坐在西班牙某商学院的教室，对着满脸笑容的教授，我脑海陷入了沉思，我们为何而来？

无论是二十岁的青涩，三十岁的坚毅，还是四十不惑。在今天这个光速发展的时代，无论是职场还是在创业的道路上，都会或多或少遇到瓶颈。

创业虽然还算顺利，我也会遇到一些问题。临海外国语大学就像一座包罗万象的金矿，让我挖掘到跟自己属性相匹配的金矿，汲取营养，实现创业之路的自我蜕变。

当世界再次开放，少了融合，多了碰撞。此次西班牙游学之旅，是一批临海外国语大学人探索前沿数字营销之旅，我们追寻的不是知识，而是心灵与心灵的碰撞。对我个人而言，国内电商业务竞争越来越激烈，此次西班牙之旅希望能够学到最前沿的数字营销知识，实现个人阶段性涅槃。同时，希望能够为宏图集团挖掘一批高端人才，从而促使宏图集团管理层团队实现一次蜕变。通过管理层的优化，进而促进集团各项业务的发展，尤其是国内电商业务。

一批临海外国语大学管理学院学子汇聚西班牙马德里，一场中西关于数字营销的思想大碰撞拉开了帷幕。

Juan Luis 教授从消费者视角出发，讲述了如何差异化地精心打磨产品，利用数字营销手段触达消费者，实现生意爆发式增长。身为两个女儿的父亲，在生意遇到挫折时，是什么支撑他走到今天？正如他所表述，两个可爱的女儿是他的老板，是他战胜困难的精神寄托，正是因为在追求事业的同时对家庭的兼顾，让他最终实现了事业与家庭的完美平衡。

……

在企业参访阶段，给我印象深刻的是 LA VIRGEN，马德里当地的一家啤酒企业。它的规模虽然不是很大，却有着自己鲜明的特色，公司负责人介绍，他们有着一颗做更好产品的心，从全球精选原材料到整个生产流程的严格把控，体现了啤酒的热爱者基于消费者需求，对产品的精心打磨和质量控制。他们非常重视自有渠道建设，通过差异化的产品和自有渠道建设，实现业务增长。

君子和而不同，此次西班牙游学总共有 3 个小组，每个小组都要做一次西班牙游学分享。我们 Team 成员对这次分享做了充分准备，尤其是对选题进行了深入讨论，小组成员按照各自的分工积极行动，尤其是我们 Team 的储香云和张建波，为了在短时间内将 PPT 做到尽善尽美，展现临海外国语大学学子的风采，在酒店餐厅做 PPT 熬夜到半夜两点钟。

星光不负赶路人，经过几天紧张的准备，小组成员在我的带领下完成了 PPT 的制作，储香云代表我们小组完成了一次精彩的分享，赢得了老师和同学们的高度评价。

时光荏苒，岁月如梭，10 天的西班牙数字营销之旅结束了。回想短短 10 天跟众多数字营销前沿学者的思想碰撞，深感收获颇丰，学习之余，同学们也被马德里的风景所折服，还没离开西班牙，便有同学说将来要带孩子来西班牙开拓一下视野。

在离开马德里之前，顺便采访了几位学员，储香云同学说读万卷书不如行万里路，游学之益在于体验，有些知识、情感和体会，非亲历其境不能得其益，游学跨文化交流的必要性就在于此。此次通过西班牙游学之旅，不仅收获了理论知识，同时也近距离与西班牙艺术促膝长谈，和异国的思维碰撞出了火花，承载回去的是满脑子的灵感和激情。更为重要的是，她的职业生涯发生了革命性的改变，储香云接受了我的邀请，离开工作了 10 年的国企，成为宏图集团的 CEO。

当公司发展到一定规模后，发现自己经常被一些日常琐事推着走，身为宏图集团董事长兼 CEO，虽然每个月提前给自己做时间规划，到月末复盘时发现自己被带偏了，跟月初做的时间规划完全不一样。一个人成就的大小跟他花时间最多的几个人的平均值强相关，我希望有所突破，这也是我为什么请职业经理人将自己从繁琐的日常管理中解脱出来的核心原因。

在如此年轻的年龄，聘任专业人员做集团 CEO。既可以让专业的人才管理企业，我又可以抽出身来，专注整个集团的战略思考以及投资业务。

张建波是我临海外国语大学 MBA 同学，也参加了西班牙之旅，他有多年的供应链管理经验，在我的游说下，出任宏图集团副总裁，分管供应链业务。

此次西班牙之旅，好比一场金桂飘香的初秋美梦，几年的期盼终于实现，还没缓过神，已经结束了，一切都是那么的美好又让人觉得不可思议。

秋天的马德里，远处的烟花，近处的篝火，同学们的讨论声，教授会心的笑声掺杂在一起是那么的和谐，夜晚的星空更是美不可言，以至于让我误以为自己步入了童话世界。

让我感到意外的是，在马德里 Salmon Guru 酒吧，竟然遇到了杨爽。刚开始不敢认，原本精气神十足的女强人像泄了气的皮球，浑身上下没什么生气，让我更为吃惊的是，她的头发变得花白，背有点佝偻。我用手狠狠地掐了一下自己的大腿，确信是杨爽后，便上前跟她打招呼。

她也很意外，没想到在异国他乡可以见到故人。在聊天中，了解到我离开 Keyhome 不久，杨爽便被 Keyhome 美国管理层逼着离开了公司，虽然她有足够的钱过完下半生，但是，没有了事业的支撑，这个工作狂便失去了生活的动力。即便来西班牙散心，也如行尸走肉，没有一丁点儿生活的乐趣。

看到杨爽变成这样，我有些于心不忍，毕竟，我进入 Keyhome，从外地凤凰男完成新临海人的转变，杨爽起到了关键的作用，所以，我想帮帮她。我告诉杨爽，基于 Sunlucky（Sunlucky Underwear、Sunlucky Home）、Windream、Sunluckytrade 三家公司，组建了宏图集团，目前公司缺少像她这样的人才，如果她愿意，欢迎加入宏图集团，待遇不低于 Keyhome。

杨爽苦涩地笑了笑，拒绝了我的邀请，我告诉杨爽，人生没有预演，生活不要设限。无奈，她根本听不进去，更放不下架子，毕竟，她曾经是我的领导，我摇身一变，就想成为她的老板，这让杨爽接受不了。

从马德里分别之后，我去巴塞罗那碰到刘颖时，跟她聊起了杨爽，刘颖自己在国外过得也不开心，对杨爽的变化表示惊讶，没聊两句便将话题岔开了。

自马德里相见之后，我再也没有见过杨爽，也没有听到过关于她的消息。

此次西班牙游学的意义不是寻找相似，而是收获不同，通过中西思想的碰撞，我希望在汹涌澎湃的市场经济大潮中，能够带领宏图集团金戈铁马，气吞万里如虎。

好多年没有出去了，这次出国，让我收获满满，不仅再次感受到了大学校园的学习氛围，还结交了一帮朋友。

西班牙游学之旅最大的收获是为宏图集团挖了几个高端人才，这让我兴奋不已。当即连线国内宏图集团下辖几个子公司 Sunlucky、Windream、Sunluckytrade 的中高层管理人员召开了视频会议，通报了此次游学之旅的收获，以及几个高端人才即将加入宏图集团管理层。对储香云、张建波等几个人做了详细的介绍，尤其是他们的具体职责和分工。

在学习之余，我带着几位新加入宏图集团的高管，一起去了一趟法国 LV 总部，去学习高端品牌 LV 的成功之道，给我印象最深的是 LV 对于人群的定义，它聚焦于超净值人群和高净值人群。LV 是奢侈品品牌，如果一个奢侈品已经卖到街上的人都有了，那么它这个奢侈品的特性就没有了，奢侈品的特性没有了，高收入者就无法通过这个物品来向他人展示自己的实力。LV 的品牌理念，对我影响颇深，对于今后布局高端品牌有一定的借鉴意义。

从西班牙回来之后，我跟储香云迅速完成了工作交接，她很快便进入了角色，超强的管理能力展现得淋漓尽致，整个集团的业务在她的管理下井然有序，发展迅猛。

当我从繁琐的企业管理中抽出身来，内心变得波澜不惊，和外界产生链接的机会也变多了，自己似乎变成了一棵茁壮成长的树，向阳而生，每一天都在默默地成长，一些商业灵感如泉水般喷涌而出。

第九十章　后记

随着以 ChatGPT 为代表的人工智能、信息技术、生物技术、新材料、新能源技术等新技术席卷全球，市场变化日新月异，竞争从来没有像今天这么激烈又残酷。为了应对激烈的市场竞争，李文彬带领全体宏图人励精图治，公司的发展更是一日千里，集团下属的两家公司 Windream 和 Sunlucky 同时拉开了上市的帷幕。

经过综合评估、规范重组、正式启动三个阶段，Windream 实现科创板上市，而 Sunlucky 则实现了主板上市。

李文彬是一个懂得分享的人，不仅秦月、储香云、张建波、汪莫林、严素红、张怡冉、桂文婷、董思琪、李萌萌等这些集团的高层都持有公司的股份，集团一些表现优异的中层，甚至普通员工都持有激励股。

Windream 和 Sunlucky 两家公司相继上市，集团举行了盛大的庆功宴。在庆功宴上，李文彬跟秦月补办了一场盛大的婚礼。

秦月跟了李文彬这么多年，同甘共苦，风雨同舟，相濡与沫。虽然领了结婚证，是合法夫妻，一直没有跟她办一场像样的婚礼，这一直是李文彬的一块心病。在今天这个大喜的日子，李文彬决定补办一场盛大的婚礼，也算是对秦月的补偿，毕竟，女人都喜欢浪漫。

Windream 和 Sunlucky 两家公司相继上市成功，不仅代表着宏图集团上了一个新台阶，更代表李文彬创业阶段性成功，人生进入了一个新的阶段。

Windream 是一家农业科技公司，是为了解决老百姓的吃饭问题，融资 60 亿；而 Sunlucky 有 Sunlucky Underwear 国内电商新锐内衣品牌和 Sunlucky Home 国内电商新锐家纺品牌两个子品牌，融资 40 亿，两家公司合计融资 100 亿。手握 100 亿巨资，李文彬并没有飘，反而觉得自己身上的担子更重了。除了两家上市公司外，李文彬还有 Sunluckytrade 这家几亿美金销售额的外贸公司，Sunluckytrade 是宏图集团国际化战略的重要支撑点。

通过全员持股，不仅让员工在临海有了自己的房子和车子，更重要的是提升了大家的凝聚力。通过这次上市，宏图集团涌现出了很多千万富翁，甚至亿万富翁，集团员工士气大增。

筹备多年的宏图大学终于要从蓝图变成现实了，宏图集团花巨资在临海临港新城购买了 5000 亩土地，决定分三期建设宏图大学。宏图大学一期投入 20 个亿，优先建设未来技术学院、管理学院和医学院三个学院。为了发展医学院，李文彬三顾茅庐将桂文婷请回来出任宏图大学医学院院长。

在李文彬勾勒的宏伟蓝图中，宏图大学扮演着一个非常重要的角色，未来技术学院为 Windream 源源不断地输入技术，确保其在激烈的市场竞争中为消费者提供优质的高科技农产品；管理学院培养复合型的管理人才，确保为集团源源不断地输送专业的管理人才；医学院研究各种前沿医学，解决疑难杂症，医学院的附属医院不仅为员工提供免费医疗，同时，向社会开放。

原本秦月的父亲一直以为李文彬是一个油嘴滑舌的人，对李文彬不认可，现如今李文彬创业成功，不仅带领 Windream 和 Sunlucky 两家子公司上市，还创立了宏图大学，并且看了李文彬邮寄给他的小说《青蝉》，老丈人微信告诉李文彬，他女儿的眼光不错，比她老子强。

他问我，何谓青蝉？我告诉他：青，取之于蓝，而青于蓝；蝉为了破土而出，蜕壳羽化，振翅高飞，甘愿蛰伏于地下，它的生命周期更是被比作人生的艰苦奋斗与凤凰涅槃，寓意着坚韧不拔的精神和对光明、自由的执着追求。

宏图大学一期工程奠基典礼现场的主席台，宏图集团CEO储香云一身黑色的职业套裙，满脸的自信。她笑盈盈地对着台下的观众道："感谢各位领导，各位朋友亲临宏图大学一期工程典礼现场，现在有请我们宏图集团董事长、宏图大学创始人兼第一任校长李文彬同志上台致辞。"

李文彬穿着高级定制的西服，迈着自信的步伐走上临时搭建的演讲台，环视周围，开始发言：

尊敬的各位领导，各位来宾，非常欢迎大家莅临宏图大学一期工程的奠基仪式。

今天，对于宏图人而言，是一个非常值得庆祝的日子，宏图大学一期工程举行奠基典礼，首先，我预祝宏图大学一期工程奠基典礼成功。

之所以创办这所大学，是因为技术创新是企业立于不败之地的基石；企业的发展需要源源不断的管理人才；员工甚至国人的健康问题，也是我们企业需要关注和考虑的。

中国经济经过长期的发展，已经有了很好的基础，但是，和先进的发达国家相比还存在一定的差距，在这种情况之下，我们所要做的就是奋起直追。

一个国家的繁荣富强，需要每一个国人的努力；一个企业的发展，需要每一个员工的努力。

一个普通人，尤其是农村出生的孩子，在今天如果想改变自己的命运，变得越来越难。为了给他们提供一个相对公平的竞争环境，当然，也是为了给宏图集团输送更多的人才，我们

358

投资兴办这所大学，希望未来宏图大学能够发展成为中国乃至世界的名校。

宏图大学的奠基不仅象征着我们未来会有更多的人才，更为关键的是宏图集团的发展已经步入第二阶段，国际化战略。当然，我们Sunluckytrade一直在做出口业务，但是，我们只是简单的贴牌和一些前期的国际化工作。接下来我们要实施宏图集团三步走的第二步，也就是国际化战略，把我们Windream和Sunlucky两家公司的产品卖到全世界去，让越来越多的外国人用到我们集团优质的产品，并且认同我们的品牌。

根据我们的规划，宏图集团未来是一家国际化的企业，我们的目标是成为一家万亿规模的百年企业。

宏图大学的目标是成为一所国际一流的大学，成为世界优秀学子们向往的大学。

大鹏一日同风起，扶摇直上九万里。

我坚信，在所有宏图人的共同努力下，我们的梦想和目标一定能够实现。

李文彬演讲完毕，随着鞭炮声响起，宏图大学一期工程奠基典礼正式开始。李文彬和众多受邀嘉宾一人拿一个绑有红绸布的铁锹，慢慢地向奠基石碑填土。然后，在宏图大学校门两侧种植了一百棵希望之树，象征着宏图大学要成为百年名校。

Windream在李文彬的老家李村建立了水稻生产基地，解决了所有村民的就业问题，李村所有的农业用地被集中开发，农民的收入翻了好几倍，李村人的日子过得越来越红火了。

为了回馈乡亲们，Windream出资为李村建了崭新的小区，李村人集中上楼，都住上了商品房，生活条件发生了翻天覆地的变化，过上了城里人的生活。

十几年前，一个外地的年轻人李文彬来到临海闯世界，那时，他被身边的同事戏称为凤凰男，无房、无车、无户口，找个女朋友都难。

经过短短十几年时间的打拼，这个来自小山村的凤凰男终于打破命运的桎梏，完成人生的涅槃，最终迎来了自己的春天。

在李文彬的事业步入正轨之后，他被临海外国语大学评选为优秀校友，临海外国语大学管理学院邀请李文彬去学校跟学弟学妹做一次分享。李文彬以自己的经历，以青蝉为题目，跟学弟学妹做了一次分享，同时给积极发言的同学，赠送了带有自己亲笔签名的小说《青蝉》。

若干年以后，李文彬接到了一个来自瑞典的跨洋电话，对方用生硬的中文祝贺他，他所创作的以《青蝉》为代表的，反映平凡人通过奋斗改变命运的人生三部曲小说，被诺贝尔文学奖提名了。当得知这个消息之后，李文彬波澜不惊。时隔多年，当真正地触碰到诺贝尔文学奖时，他没有预想中的欣喜若狂，反而，心如止水。

宏图大学一期工程建成后，开始正式招生，李文彬作为第一任校长，同时被聘为宏图大学管理学院的兼职教授，偶尔给本科生、MBA 和 EMBA 同学上上课，分享一下他的创业经验，对中国乃至世界经济的一些看法和对未来的一些预判。

年过四十以后，李文彬养成了一个习惯：工作日的早晨，会跟秦月坐在阳台，一边喝茶，一边唠唠家常。

周末，慵懒地醒来，穿着睡衣起床，伸个大大的懒腰，打开音响，任柔和的音乐肆意涌入两耳。推窗望绿，屋檐上的鸟儿叽叽喳喳地歌唱，偎依在阳台柔软的沙发上，摊开了满是手写感悟的《王阳明全集》……

又过了几年，儿子李一凡考入了震旦大学，并作为新生代表发言，他声情并茂地讲述了父亲李文彬与震旦大学的渊源，这引起了震旦大学管理学院高层的注意。

后来，李一凡在家里问正在看《道德经》的父亲，愿不愿意到震旦大学读博，学校希望他可以攻读管理学院的工商管理博士，李文彬放下书，笑而不语。

临海之巅观光厅位于临海中心大厦主楼地上118～119层，李文彬带领宏图集团160名中高层管理人员俯瞰临海城市风貌，享受身处"临海之巅"的体验。参观完临海之巅观光厅，又到临海中心大厦主楼地上126层，这里是世界最高人文艺术中心，在此聆听了世界级大师的四维音乐作品，感受多媒体带来的视听体验……

最后在临海中心大厦的多功能会议中心，储香云主持了两场重要会议。这次会议，对宏图集团而言，是一次重要的节点，事关集团未来5年的发展。在开会之前，李文彬跟集团的各个子公司的经营负责人进行了深入的交流和讨论。

上午举行了宏图集团年度经营分析暨股东会议，然后，分16组进行了一场激烈的看行业、看市场、看竞争对手、看自己、看机会的市场洞察研讨会。

下午则举行了宏图集团未来5年战略规划研讨，并发布宏图集团未来5年战略意图、战略目标以及关键任务。

会议结束后，全体参会人员在临海之巅观光厅合影留念。

李文彬负手而立，站在临海之巅观光厅，登高望远，一种会当凌绝顶，一览众楼矮的感觉油然而生。

2023年春夏初稿于上海、杭州，同年秋冬修改于上海。